मैं और मैं

[उपन्यास]

मैं और मैं

मृदुला गर्ग

राजकमल प्रकाशन
नयी दिल्ली पटना इलाहाबाद कोलकाता

ISBN : 978-81-267-2576-2

मूल्य : ₹ 400

पहला संस्करण : 1984
पहला राजकमल संस्करण : **2014**

प्रकाशक : राजकमल प्रकाशन प्रा. लि.
1-बी, नेताजी सुभाष मार्ग, दरियागंज
नई दिल्ली-110 002
शाखाएँ : अशोक राजपथ, साइंस कॉलेज के सामने, पटना-800 006
पहली मंजिल, दरबारी बिल्डिंग, महात्मा गांधी मार्ग, इलाहाबाद-211 001
36 ए, शेक्सपियर सरणी, कोलकाता-700 017
वेबसाइट : www.rajkamalprakashan.com
ई-मेल : info@rajkamalprakashan.com

आवरण : महेश्वर

मुद्रक : बी.के. ऑफसेट
नवीन शाहदरा, दिल्ली-110 032

MAIN AUR MAIN
Novel by Mridula Garg

मंजुल भगत को

1

तेज कदमों से चलती माधवी अपने प्रकाशक के दफ्तर से निकलकर स्कूटर की तरफ बढ़ी। डेढ़ बजने से पहले घर पहुँचना है। बच्चों के स्कूल से वापस आने से पहले। दो घंटे बहस में कब निकल गए, पता नहीं चला। उसके प्रकाशक का कमरा क्या है, लेखकों का अड्डा। आए दिन महफिल और बहस–मुबाहिसा। आज बातचीत का विषय उसका अपना इकलौता सद्यःप्रकाशित उपन्यास था। अपने लेखन पर बहस हो और लेखक बीच में छोड़कर उठ जाए, तपस्वी की–सी संकल्पशक्ति चाहिए। माधवी को अपने पर गर्व है, बच्चों की उपेक्षा नहीं की, समय रहते उठ गई।

स्कूटर में बैठने लगी तो कौशल कुमार ने कहा, ''मैं आपके साथ घर चलूँ।'' पूछा नहीं, कहा।

माधवी ने चौंककर उसकी तरफ देखा। हाँ, दफ्तर से साथ बाहर निकला था, लेखक है, बहस में शरीक था, सबसे मुखर। पर...

उसने घड़ी पर नजर डाली। बारह बजकर पैंतीस मिनट।

''मेरे घर? इस वक्त...'' उसने वाक्य अधूरा छोड़ दिया। अकलमन्द को इशारा काफी है। वह समझ जाएगा।

पर शायद समझ का बुद्धि से कोई ताल्लुक नहीं है।

''क्यों, दोपहर के भोजन का वक्त है क्या?'' कौशल कुमार ने पूछा।

माधवी पानी–पानी हो गई। बात ठीक थी। वह यही सोच रही थी। बच्चे आते ही खाना माँगते हैं, वह उनके साथ मेज पर बैठकर खाती है। आदत है। कौशल को खाने के लिए कहना पड़ेगा और एक अजनबी की उपस्थिति उस समय बच्चों को खलेगी। पर बात को इस तरह स्पष्ट कहकर कौशल ने उसे बगलें झाँकने पर मजबूर कर दिया।

''दरअसल डेढ़ बजे बच्चे स्कूल से आ जाते हैं...'' उसने कहा तो कौशल बात काटकर बोला, ''उनके आने से पहले उठ जाऊँगा। सिर्फ आधा घंटा बैठूँगा। कल जो आपने मेरी कहानी के बारे में कहा था, उसे लेकर मन में कुछ शंका थी। बच्चों को पता भी नहीं चलेगा, कोई आया था।''

माधवी को लगा, आखिरी वाक्य उसने कुछ फुसफुसाकर कहा है। उसकी त्योरी चढ़ गई। लगता है, बात का कुछ और मतलब लगा लिया है इसने। बच्चे आ जाते हैं नहीं; आते हैं, कहना चाहिए था।

''बच्चो को पता चलने का सवाल नहीं हैं,'' उसने कहा, ''उनके आने के बाद मुझे अपना समय उन्हें देना होता है।''

''वही तो,'' कौशल ने भोलेपन से कहा, ''मैं उनके आने से पहले उठ जाऊँगा।''

एक बार फिर माधवी शर्मिन्दा हो गई और उसी शर्मिन्दगी में कौशल के 'तो चलूँ' कहने पर 'हाँ' कह बैठी। फिर तो कूदकर कौशल स्कूटर में सवार हो गया। खुद बैठने में उसे वक्त लगा।

स्कूटर चल पड़ा। पहियों की जबर्दस्त खड़खड़ के ऊपर कौशल के शब्द टूटकर गिरने लगे। बिना रुके वह बोल रहा था। पर माधवी तक नहीं के बराबर पहुँच रहा था। वह बेहद परेशान थी।

''आप क्या सोचती है?''

दो बार कौशल की चिल्लाहट कान में पड़ी तो उसे भी चिल्लाकर कहना पड़ा, ''मैंने सुना नहीं, आप क्या कह रहे थे!''

''क्या?''

''मैंने सुना नहीं, आप क्या कह रहे थे,'' उसने आवाज को खींचकर जबर्दस्ती ऊपर उठाया तो खाँसी से बेहाल हो गई।

स्कूटर की रफ्तार और तेज हुई। कौशल के शब्द टूटकर भी कानों में पड़ने बन्द हो गए पर उसका खुलता-बन्द होता मुँह सामने रहा। स्कूटर के शोर, उसकी खाँसी, दूसरे तक पहुँच न पाने की मजबूरी, सबसे बेखबर, कौशल बोले चला जा रहा है।

अपने कोने में सिमटते हुए माधवी ने महसूस किया, यह आदमी किस कदर बदशक्ल है। कुदरत की बख्शी बदसूरती से इत्मीनान नहीं हुआ, अपनी तरफ से काफी मदद की है। पान इतना खाता है कि जबान और दाँतों का रंग कीचड़ जैसा हो गया है। बात करते हुए, कील-मुहाँसों से भरे उसके काले-लम्बोतरे चेहरे के बीच मुँह के अन्दर घूमती कत्थई-लाल जबान कीड़ों पर झपटती छिपकली की याद दिलाती है। वह बिलकुल बेफ्रिक है। मुँह में पान है, इसकी परवाह किए बगैर धाराप्रवाह बोल रहा है और छिपकली...उफ! माधवी की देह ने सिहरन महसूस की तो बुद्धि ने फौरन फटकर बतलाई। बदसूरत होने से क्या होता है, मालूम है न, कितना बढ़िया लेखक है! चार दिन पहले उसकी जो कहानियाँ पढ़ी हैं, उनके प्रभाव से मुक्त हो पाई है? नहीं-नहीं हो पाई। कहानियाँ वाकई दहला देनेवाली थीं। पढ़कर लगा, सब-कुछ अपने केन्द्र-बिन्दु से छितरा गया है। वह, जिसे यथार्थ

को संज्ञा दी जाती है, सच नहीं है और अगर है तो गलत है। तमाम रिश्ते, मूल्य, धारणाएँ झूठी हैं। हम सब मरे हुए लोग हैं। लाशें, जिन्हें कठपुतली वाले ने डोर में बाँध रखा है और इधर-उधर नचा रहा है। उसके इशारों पर नाचने को जिन्दगी का नाम भले दें, है वह मौत का हिस्सा। वैसे भी आदमी जिन्दगी का इस्तेमाल दूसरों को मारने के लिए करता है। अजीब जद्दोजहद है। लाशें एक-दूसरे को मार रही हैं। पर किसलिए? सब बेकार है, फिजूल, ढोंग है, जीने का स्वाँग है, सच कुछ है तो मौत। जीवन निरर्थक है तो शरीर का क्या महत्त्व? कोई कितना भी कुरूप हो या रूपवान...

"मैं बहुत बदसूरत हूँ, नहीं?" सहसा कौशल ने कहा।

चौराहे की लाल बत्ती ने स्कूटर की रफ्तार पर रोक लगा दी थी, इसलिए शब्द स्पष्ट कानों में पड़े।

माधवी का खून जम गया। उसका सोचा, इसने कैसे सुन लिया! शायद उसके कोने में सिमट जाने से समझ गया हो। वाह, क्या सूक्ष्म भावानुभूति है!

प्रतिवाद करने के सिवाय चारा न था। "नहीं-नहीं, बिलकुल नहीं," उसने अतिरिक्त उत्साह के साथ कहा। मन में चोर जो था।

"मैं आपके मन में घृणा नहीं जगाता?"

"नहीं-नहीं, बिलकुल नहीं," उसने उसी गर्मजोशी के साथ कहा।

"आपको नहीं लगता, तो मैं बदसूरत हो ही नहीं सकता।" उसने गहरे इत्मीनान के साथ कहा और एक भीगी-सी मुस्कराहट उसके चेहरे पर चिपक गई, जिसने उसके लिजलिजे होंठों को और भौंड़ा बना दिया।

उसकी तरफ देखा तो मन में आया कि किसी के होंठ कुदरती तौर पर इतने काले नहीं हो सकते। जरूर एक के बाद एक सिगरेट का धुआँ उगलते रहने के कारण हो गए हैं। इसकी तमाम आदतें ऐसी क्यों हैं जो बद से बदतर सूरत बख्शें? उसने देखा, उसके चेहरे पर वही रूमानी मुस्कराहट चिपकी हुई है। उसे अपनी तरफ देखता पाकर उसकी लिजलिजाहट और बढ़ गई। माधवी की परेशानी भी। लगता है, इसने मेरे बात पर पूरा यकीन कर लिया है! यह समझता क्यों नहीं, कुछ बातें हैं जो औपचारिकता के नाते कही जाती हैं पर उनका कोई मतलब नहीं होता। अब किसी आदमी से यह तो कहा नहीं जा सकता—आप बेपनाह बदसूरत हैं, आपकी सूरत देखकर मैं वितृष्णा से सिहर उठती हूँ। कौशल कुमार के रचना-संसार में बसनेवाले जीव कह सकते हों, तो हों, वह नहीं कह सकती। मगर उसकी गलतफहमी दूर करने के लिए कुछ तो कहना होगा।

"मुझे क्या लगता है, उसका कोई महत्त्व नहीं है," उसने कहा।

चौराहे की बत्ती हरी हो गई। स्कूटर खड़खड़ाकर आगे दौड़ गया।

''मुझे किसी पुरुष की शक्ल–सूरत में दिलचस्पी नहीं है,'' माधवी ने कहा पर यह वाक्य शोर में दब गया और पहले वाक्य के जवाब में कौशल चिल्ला उठा, ''महत्त्व है! मेरे लिए बहुत महत्त्व है!''

सीलन–भरी मुस्कराहट की छटा एक बार फिर देखने को मिली और माधवी ने तीखी आवाज में कहा, ''नहीं होना चाहिए।''

मुस्कराहट कायम रही। माधवी ने अपने को दोहराती, पर देखा, घर जानेवाली गली सामने है और जरूरी है कि स्कूटर चालक को दाएँ–बाएँ की हिदायतें दी जाएँ। फिर घर सामने था, किराया अदा करना था, बगल में कौशल कुमार खड़ा था। बिलकुल न चाहते हुए वह इसे साथ कैसे ले आई–सोचती हुई वह भीतर घुसी, कौशल कुमार के साथ।

कमरे में पहुँचकर घड़ी देखी। बारह बजकर पचास मिनट। नौकर ने मेज पर थालियाँ लगा रखी हैं। खाना भी तैयार होगा। बस, खीर उसे बनानी है। छोटे बेटे समीर से सुबह वादा किया था। यह चला जाए तो...

''चाय नहीं पिलाएँगी?'' कौशल कुमार ने आरामकुर्सी में धँसते हुए कहा।

रसोईघर में जाकर वह नौकर को दो प्याले चाय बनाने की हिदायत दे आई, लौटकर पूछा, ''क्या बात थी?''

''किसमें?''

''आप कह रहे थे न, कुछ जरूरी बात करनी है।''

''हाँ, कहानी के बारे में। खोलकर बतलाइए, पढ़कर क्या लगा आपको?''

''बतलाया तो था, कहानी बहुत उद्विग्न करती है,'' उसने घड़ी पर नजर डालकर संक्षिप्त उत्तर दिया।

''क्या उद्विग्न करता है, समाज में होनेवाला शोषण या पात्र के मानसिक ह्रास की स्थिति?''

''दोनों।''

''कैसे? मेरी कहानी में सामाजिक शोषण तो दिखलाया नहीं गया। लगता है, आप मेरी कहानी समझीं नहीं!''

''समझी कैसे नहीं,'' माधवी के अन्दर का बुद्धिजीवी चोट खा गया। ''सामाजिक शोषण दिखलाया नहीं गया, ठीक है, पर पात्र की मानसिकता बनी उसी से है,'' उसने आगे कहा, ''वह मरना चाहता है पर इतना निष्क्रिय हो चुका है कि कर कुछ नहीं सकता, बस चाह सकता है। आत्महत्या के लिए मन में लालच है पर आत्महत्या करने की ताब नहीं। यही तो है जो उद्विग्न करता है। आत्महत्या हमारे अन्दर संवेदना को जन्म देती है, विक्षोभ को नहीं। क्योंकि उसमें आदमी सक्रिय होता है, आवेश–आवेग को महसूस कर सकता है। आत्महत्या जीवित व्यक्ति की बात कहती है,

इसलिए सह्य होती है। पर आपकी कहानी का नायक! वह तो कब का मर चुका। फिर भी जिए जा रहा है...''

कहानी उस पर हावी हो गई। कब आकर हरिचरण चाय रख गया, कौशल कुमार ने लम्बे-लम्बे घूँट भरकर अपना प्याला खाली कर दिया, माधवी का प्याला पड़ा पपड़ी जमाता रहा, उसे ठीक से मालूम नहीं हुआ।

''आप मेरी बात कितनी अच्छी समझी हैं,'' कौशल कुमार ने आगे झुककर कहा, ''शायद इसलिए क्योंकि आपकी रचनाओं में भी वही अनर्थकता की भावना है जो मेरी कहानी में। एक बात और कहूँ, आपका उपन्यास पढ़ा तो लगा, लेखिका का कोई वर्ग नहीं है, इनसान इसके लिए बस इनसान है। दुर्लभ गुण है।''

माधवी का चेहरा खिल गया। ''सचमुच ऐसा लगा आपको?'' उसने गद्गद स्वर में कहा, ''सच कहती हूँ, मुझे पाखंड और आडम्बर से सख्त नफरत है।''

''जानता हूँ। एक प्याला चाय और पिलाएँगी?'' कौशल ने एक ही साँस में दोनों बातें कहीं।

माधवी बुद्धि के छज्जे से वास्तविकता की पथरीली धरती पर गिरी। आडम्बर से नफरत है तो कह दे, अब आप जाइए, डेढ़ बजनेवाला है और चाय नहीं बन सकती। फिर होंठ खुलकर बन्द क्यों हो गए? बार-बार घड़ी देखकर क्यों रह गई, जबान खुली क्यों नहीं?

''आज सुबह बिना चाय पिए ही घर से निकल पड़ा था,'' कौशल ने कहा, ''शक्कर नहीं थी।''

''अभी बनवाती हूँ,'' हकलाकर माधवी ने कहा और रसोईघर की तरफ चल दी।

बाहर दरवाजे की घंटी घनघना उठी। एक-दो-तीन बार। बच्चे इसी अन्दाज में घंटी बजाते हैं। वह बाहर भागी। दरवाजा खुलते ही आलोक और समीर तेजी से बैठक में आए और सोफे पर बस्ते पटक दिए। अजनबी पर नजर पड़ी तो उसी तेजी से बाहर निकलकर बोले, ''कौन है?''

''एक लेखक हैं,'' उसने कहा।

''इस वक्त क्यों आए हैं?'' आलोक बोला। वह दस बरस का है और बेहद मुँहफट।

''बस, जा रहे हैं।''

''खीर नहीं बनी?'' समीर ने रोनी आवाज में पूछा।

''आज समय नहीं मिला, कल बना दूँगी,'' उसने आश्वासन दिया, पर आठ बरस का समीर रो ही दिया, ''आज क्यों नहीं बनी? मैं नहीं खाऊँगा खाना।''

''मैं क्या करती, ये आ गए,'' माधवी ने कुछ-कुछ समीर का अनुसरण करते हुए कहा।

''इस वक्त क्यों बुलाया?'' आलोक ने अपने आक्रामक अन्दाज में कहा।

''मैंने नहीं बुलाया,'' माधवी के भीतर का क्षोभ उभर आया, ''प्रकाशक के पास गई थी, वहीं मिल गए।''

''मिल गए, ठीक है, पर यहाँ लाने की क्या जरूरत थी?'' आलोक ने ऊँची आवाज में कहा।

''चुप रहो, सुन लेंगे,'' माधवी ने दबी आवाज में फटकारा, साथ ही राहत भी महसूस की। सुन लिया होगा तो जल्दी चला जाएगा। जितने ये लोग खाना खाएँगे, वह खीर बना लेगी। हरिचरण ने आकर सूचना दी कि खाना लग गया है, आलोक खाने को तैयार था, पर समीर अपने कमरे में जाकर बिस्तर पर लेट गया। कोपभवन की रस्म-अदायगी खीर न बनने की वजह से नहीं, उसके कहीं और मसरूफ होने कारण है, वह जानती है। खीर बनाकर मना लेगी, उसने सोचा और आलोक के साथ बैठक में लौट आई। देखा, कौशल कुमार आराम से बैठा सिगरेट फूँक रहा है।

''मेरा आदर्श दास्तायेव्स्की है,'' उसे देखते ही वह बोला, ''उसके सामने कामू-काफ्का भी बौने हैं, बौने।''

अरे, यह न जाने किस दुनिया में विचर रहा है। आलोक की बात इसने भला क्या सुनी होगी!

''देखिए,'' उसने कहा, ''बच्चों के लिए कुछ करना है, इस वक्त आप...''

''हाँ-हाँ, कीजिए न, आप अपना काम कीजिए। मैं बैठा हूँ,'' उसने बात काटकर कहा।

अब?

''दूध उबल रहा है,'' हरिचरण ने आकर घोषणा की। आलोक को मेज पर बिठलाकर वह रसोईघर में चली गई।

खीर बनाई, रूठे समीर को मनाया और खाने की मेज पर ले आई। देखा, कौशल उसी इत्मीनान के साथ बैठा सिगरेट फूँक रहा है। सस्ते तम्बाकू की तीखी गन्ध और धुएँ की वजह से कमरा कब्रगाह की-सी घुटन लिये हुए है। घड़ी सवा दो बजा रही है। भूख जोर मार रही है।

''आइए,'' उसके मुँह से निकला, ''आप खाना ही खा लीजिए।''

कौशल उठा और मेज पर आ गया। माधवी ने खाना परोस दिया। उसने खा लिया। खाकर उठा कि माधवी ने हाथ जोड़ दिए, ''अच्छा तो...''

कौशल ने हाथ नहीं जोड़े, आरामकुर्सी की तरफ बढ़ता हुआ बोला, ''चाय नहीं पिलाएँगी?''

हतप्रभ माधवी हाथ जोड़े बेवकूफ-सी खड़ी रही। आलोक ने आकर बचा लिया।

"कल मेरा हिन्दी का इम्तिहान है, तुमसे कुछ पूछना है," उसने फटी आवाज में कहा।

माधवी ने साहस बटोरा और कह ही डाला, "माफ कीजिएगा, अब मुझे बच्चों को पढ़ाना है।"

"क्या बजा है?" कौशल ने पूछा।

"तीन।"

"अरे, तीन बजे तो मुझे रेडियो स्टेशन पहुँचना था।"

"तो जाइए न। मुझे भी अब काम है," माधवी ने रुखाई से कहा।

"बस में पहुँचना तो मुश्किल होगा, स्कूटर लेना पड़ेगा। दस रुपए देंगी? कल लौटा दूँगा," कौशल ने एक साँस में कहा।

"हाँ-हाँ," माधवी ने उत्साहित होकर कहा। दस रुपए में पिंड छूटे तो गनीमत जानो।

उसने जल्दी से बटुआ खोलकर दस का नोट उसकी तरफ बढ़ा दिया और खुद बाहर दरवाजे की तरफ बढ़ गई।

"कल लौटा दूँगा," उसके पीछे से आकर कौशल ने कहा।

"ठीक है, कोई जल्दी नहीं है," कहकर उसने हाथ जोड़ दिए।

"ये दस रुपए मैं..." दरवाजे के पल्लों के बीच खड़े रहकर कौशल ने कहना शुरू किया तो 'नमस्कार' कहकर वह लौट पड़ी। समझ गई थी कि खड़ी रही तो वह बोलना बन्द नहीं करेगा। चला जाएगा तो दो मिनट बाद जाकर दरवाजा बन्द कर लेगी।

माधवी की लौटकर भीतर जाती पीठ को चन्द पल निहारकर कौशल सीढ़ियाँ उतर गया। चौड़ी सड़क पर आकर उसने जेब से दस का नोट निकालकर परखा। एकदम करारा नोट है। बेदाग और खूबसूरत, उस घर की मालकिन की तरह। उसके होंठों ने मुरकी खाई। नोट कैसा भी हो, काम चला देता है पर नए-करारे नोट का नशा है। सौन्दर्य जहाँ भी हो, मन में पुलक जगाता है और साथ ही वितृष्णा। वह अच्छी तरह जानता है कि जब तक सौन्दर्य मन में पुलक जगाता रहेगा, वह दुनिया को पूरी तरह नकार नहीं सकेगा, कहीं-न-कहीं नफरत की आग कम होती रहेगी। क्यों? इतनी बदसूरती के बीच रहकर भी वह सौन्दर्य के वशीभूत हुए बगैर क्यों नहीं रहता? उसके अपने जीवन में कहीं कुछ सुन्दर नहीं है। चेचक के दागों से गुदे बीवी के चेहरे से लेकर घर से सटे उस पोखर तक, जिसके किनारे बूचड़खाने के कसाई, जानवरों की खाल उतारते हैं। उसके खून-घुले पानी से उठते बदबू के भभकों जैसी ही रही

है, हमेशा से उसकी जिन्दगी। पोखर के बराबर से गुजरता है तो डरकर काँप जाता है। और जो हो, यह न हो कि अन्त में इसी पोखर के गन्दे पानी में कूदकर जान देनी पड़े। जिन्दगी खूबसूरत न हो सकी पर मौत...कम-से-कम उसकी मौत...!

पोखर के पानी के साथ ही उसे अपनी कमीज का बेहद गन्दा कॉलर याद आ गया। हफ्ते भर से पहन रहा है। रात में धोकर डाली जा सकती है पर साबुन...इन दस रुपयों में से साबुन की टिकिया जरूर खरीदेगा। एक रुपए की आएगी। फिर आटा, नमक, दाल...छोड़ो दाल...प्याज-हरी मिर्च से ही खा लेंगे। दाँतों के नीचे प्याज और सूखी रोटी की किचल-किचल, उफ! गलती की। दस माँगे। बीस माँगने चाहिए थे। दस रुपयों में क्या-क्या कर लेगा। देखेंगे। अभी तो सिगरेट खरीदो। खत्म हो गई...

उसके पास सिगरेट होती है तो कभी किसी को पिलाने से इनकार नहीं करता। पर दूसरे लोग! साले कभी जो सिगरेट उसकी तरफ बढ़ा दें। उलटे नसीहत देंगे, कम पिया करो, इतनी सिगरेट सेहत के लिए नुकसानदेह होती है। साले, चुगद...बुदबुद करके उसने सैकड़ों गालियाँ बाहर उछाल दीं। फिर कुछ राहत महसूस करते हुए सोचा, पूरा पैकेट खरीदेगा और अकेले पिएगा।

पहली सिगरेट को महबूबा की तरह होंठों से छुआ और बस-स्टॉप के पीछे की दीवार का सहारा लेकर खड़ा हो गया।

हाँ, धुएँ के गोल-गोल दिलकश छल्ले बनाते हुए उसने सोचा, खूबसूरत औरत है उस घर की मालकिन। कमनीय और आत्मग्रस्त। आत्मग्रस्त न होती तो पीछा छुड़ाने को इतनी तत्परता से दस का नोट निकालकर उसके हवाले न कर देती।

आत्मग्रस्त लोग उसे पसन्द हैं। वे खुदगर्ज होते हैं पर दुनियादार नहीं, कूदकर चलती बस में सवार होते हुए उसने सोचा, उस घर की मालकिन की तरह।

2

सुबह उठी तो माधवी के मन पर असन्तोष की असंख्य परतें जमा थीं। इच्छा हो रही थी कुछ लिखे, पर कोई ठोस तस्वीर सामने नहीं थी जिसे शब्दों में उतारा जा सकता। नया सोचने की राह में पुराना उपन्यास रोड़े अटका रहा था। उसके बारे में ठीक राय मिल जाती...कितने लोगों ने कितनी तरह की बातें कहीं पर एक कौशल कुमार ही था जिसकी बात सुनकर लगा, वह जो कहना चाहती थी, पाठक तक पहुँच गया है। वह कहना चाहती थी कि वांछित पुरुष को पा लेने से स्त्री का जीवन सार्थक नहीं हो जाता, एक पुरुष को छोड़कर दूसरे के पास जाने से क्षणिक आवेग भले शान्त हो जाए, अन्ततः निस्सारता ही हाथ लगी है। उसके साथी लेखकों ने समझा था, या जान-बूझकर नहीं समझा था, नायिका में निस्सारता की भावना और कुछ नहीं, वस उच्चवर्गीय ऊब है। बड़ा दुख हुआ था माधवी को। पर कल कौशल से बात करके सिर से बोझ उतर गया था। काश, उस वक्त डेढ़ न बजा होता!

कौशल कुमार अगर आज आए...ग्यारह बजे...जमकर बात हो उपन्यास पर। वह भी एक ही पागल है। रोज सुबह होती है, और सुबह से शाम तक तीन बार खाना पकता है। एक दफा खीर न बनी, दूसरी बार बन जाती, बातचीत का सिलसिला तोड़ने की क्या जरूरत थी। ऐसे मौके क्या रोज-रोज आते हैं। अगर आज कौशल कुमार आए...पर क्यों आएगा वह? छोड़ो।

उसने रजाई को सिर तक खींच लिया। बच्चों को स्कूल भेजकर दोबारा बिस्तर में जा दुबकी है। रोजमर्रा के कामों में मन नहीं रम रहा, दिमाग में वलवले उठ रहे हैं।

''मेरा ब्रीफकेस देखा है?'' कहता हुआ राकेश कमरे में आया।

''ऊँ-हूँ,'' उसने रजाई के अन्दर ही बुदबुद की।

''क्या हुआ, तबीयत तो ठीक है न?''

''हूँ।''

''अरे मुँह तो रजाई से बाहर निकालो, दम घुट जाएगा।''

राकेश को ताजी हवा का मिराक है। खिड़की-दरवाजे सब खुले रखना चाहता है। और माधवी है कि तमाम दरवाजे बन्द करके अँधेरे में अपने भीतर झाँकना चाहती है। राकेश को क्या कभी भीतर झाँकने की जरूरत महसूस नहीं होती? फुर्सत ही कहाँ है? सुबह छह बजे फोन लेकर जो बैठता है तो नौ बजे चोंगा छोड़कर सीधा फरीदाबाद जाता है, दवाइयों के अपने छोटे-से कारखाने पर। सात बजे लौटने पर फिर वही फोन की टन-टन। हर पाँच मिनट पर घंटी बजती है तो माधवी सोचती है, क्या अच्छा हो अगर फोन की घंटी सितार या सरोद के सुरों में बज सके। और कुछ नहीं तो संगीत का रसास्वादन हो। राकेश को फोन से अलग नहीं किया जा सकता। वह तो ऐसे होगा जैसे चाँद से दाग को हटा देना। जो हो नहीं सकता...यह दाग रहेगा ही। दाग क्या, काली-कलूटी मक्खी है, भीमकाय, जो हर कमरे में भिनभिन करती घूमती रहती है। राकेश ने इन्तजाम करवा रखा है कि फोन उठाकर हर कमरे में ले जाया जा सकता है। उससे छुटकारा पाना...अच्छा, सहसा उसे खयाल आया, इस फोन की सूरत और सीरत, दोनों कौशल कुमार से नहीं मिलतीं? रजाई के भीतर खल-खल कर हँस पड़ी।

राकेश ने रजाई खींचकर उसके मुँह पर से हटा दी, पूछा, ''हो क्या रहा है?''

माधवी ने एक आँख खोलकर उसे देखा और दोबारा रजाई के भीतर दुबकने लगी।

''किस दुनिया में हो?'' राकेश ने हाथ बढ़ाकर उसे रोक दिया।

''आज कुछ लिखने को मन है,'' माधवी ने अँगड़ाई लेकर कहा।

''बाप रे, तब मैं चला!'' राकेश एकदम कमरे से बाहर हो गया।

माधवी प्यार से हँस दी। कितना प्यारा पति पाया है उसने। भारतीय पुरुष और पत्नी के अकेलेपन की जरूरत को समझे! ऐसा पति जिस स्त्री का हो उसे और क्या चाहिए? मगर...चाहिए। चाहत की कोई हद नहीं है। आदर्श पति की आदर्श पत्नी बने रहने में दो-चार दिन से अधिक सन्तोष नहीं मिल सकता। दिमाग को खुराक चाहिए, शरीर को प्रसाधन। प्रसाधन? शरीर के सन्दर्भ में प्रसाधन का खयाल क्यों आया, खुराक का क्यों नहीं? क्या है यह? सौन्दर्य की लालसा या उच्चवर्गीय आडम्बर? लोग कहते हैं...मारो गोली। दिमाग इस तरह भटका तो बन ली कहानी! मतलब भटकना तो होगा मन को, पर बिलकुल पटरी से उतरकर नहीं। एक दिशा में इतनी देर तो बढ़े कि कोई तस्वीर जेहन पर उभर आए। फिर तो शब्द कानों में बजने लगेंगे और उन्हें कागज पर उतारना शेष रहेगा।

वह रजाई के और अन्दर खिसक गई। हाँ, लौट चलो गर्भाशय में। सब तरफ अँधेरा कर लो। अन्धकारपूर्ण गरमी में ही बीज अंकुरित होता है और बनता है शिशु या कहानी! शिशु या कहानी? किसे चुनोगी? ऊँह, फिर उठ आया वही

सवाल। कौन-सी भूमिका अदा करोगी आज–माँ की या लेखिका की? संसार एक रंगमंच है, शेक्सपियर ने कहा था, जिस पर हम नाटक करते हैं, रोज नया नाटक, नई भूमिका। कभी आदर्श पत्नी, कभी स्वतंत्र प्रेम में आस्था रखनेवाली प्रेयसी। कभी सुघड़ गृहिणी, कभी मुखर बुद्धिजीवी। कभी वर्गीय अहंकार से भरी सोशलाइट, कभी वर्ग-विभेद से विमुख लेखिका। लिखे ऐसी स्त्री की कहानी? जो जीवन जीती नहीं, बस एक के बाद एक भूमिका निभाती चलती है। दिलचस्प विषय है। तो लिख डाले? और इसे भी उपन्यास की तरह गलत समझा गया तो...क्यों गलत समझा गया उपन्यास को? कभी उसकी अभिव्यक्ति में है या पाठकों की मानसिकता में? और लोग नहीं समझे तो कौशल कुमार कैसे समझ गया? वह तो माधवी के वर्ग का सदस्य भी नहीं है। फिर...एक बार उससे बात हो जाती...शब्द प्रकाशन के दफ्तर जाए तो मिल सकता है...वह रजाई फेंककर उठ खड़ी हुई। तो चले...शब्द प्रकाशन के दफ्तर या अपनी मेज पर? लेखक का स्वधर्म है लिखना, कोई समझे चाहे नहीं। जिसमें संवेदनशक्ति होगी समझ जाएगा, आज नहीं तो कल, औरों की परवाह वह क्यों करे! पर...बात करने में हर्ज नहीं है। बहुत से मुद्दे अपने तहत साफ हो जाते हैं। अपनी आकृति देखने को भी तो दर्पण चाहिए...

शशोपंज की हालत में वह पलंग के पास खड़ी थी कि फोन की घंटी उसी कमरे में घनघना उठी। तो जाते-जाते राकेश उसके कमरे में लगा गया। आज पहली बार उसके बजने पर राहत महसूस की। चोंगा उठाकर कहा, "हलो," तो उधर से आवाज आई, "कैसी हैं? मैं कौशल बोल रहा हूँ।"

एक 'हलो' में आवाज पहचान ली। दो-चार बार तो कुल सुनी होगी।

"नमस्कार! कहिए?" उसके स्वर में उत्साह था।

"आपके दस रुपए लौटाने हैं। किस समय आऊँ देने?"

"दे दीजिएगा। कोई जल्दी नहीं है।"

"लेने की जल्दी नहीं है, यह आपका बड़प्पन है पर मुझे तो देने की जल्दी है। किस समय आऊँ? अपनी सुविधा देखकर बतलाइएगा। कल लगा, आपको कुछ असुविधा हो रही है।"

"बच्चे स्कूल से आते हैं तो तवज्जह माँगते हैं, और कोई बात नहीं है," उसने मधुर स्वर में कहा, "आप ग्यारह बजे आ सकते हैं?"

"बिलकुल। बच्चे कितने बजे आते हैं?"

"डेढ़।"

"ठीक है। आप एक बजे मुझे उठा दीजिएगा। मुझसे संकोच करने की जरूरत नहीं है। साफ कह दीजिएगा, एक बज गया, अब आप जाइए। मैं चला जाऊँगा।"

माधवी उन्मुक्त भाव से हँस दी। सारी दुविधा जैसे एक क्षण में समाप्त हो गई। जब एक बजेगा, बजेगा। तब तक सब-कुछ भूलकर साहित्य चर्चा करेगी। सब-कुछ भूलकर ही महान कृति की रचना की जा सकती है, वरना खीर बनाने के चक्कर में...एक बार फिर वह हँस पड़ी। दिलोदिमाग पर अजीब मस्ती छाई हुई है आज। कहानी बढ़िया बनेगी।

ठीक ग्यारह बजे कौशल आ पहुँचा।

''बिलकुल ठीक समय पर आए आप,'' उसके मुँह से निकला।

''हाँ, मुझे ठीक समय पर आने की आदत है,'' वह बोला।

माधवी हँस दी। ''आने की है पर जाने की नहीं,'' उसने कहा।

कौशल नहीं हँसा। ''जाते हुए डर लगता है,'' गहरी वेदना के साथ फुसफुसाकर उसने कहा, ''जिस आदमी के सामने कोई मंजिल न हो, वह जाने से हमेशा कतराता है।''

माधवी संकुचित हो गई। ''मैंने तो मजाक में कहा था,'' उसने कहा।

अब कौशल हँस दिया। ''और क्या, है ही मजाक की बात। आज देखिएगा, मैं बिलकुल ठीक समय पर चला जाऊँगा। आप संकोच में क्यों पड़ गईं? लाइए, चाय पिलाइए।''

आज माधवी खुद चाय बनाकर लाई। घूँट भरते हुए सोच रही थी कि उपन्यास का जिक्र कैसे करे कि कौशल बोला, ''लगता है, आप इस बात से बहुत दुखी हैं कि लोगों ने आपके उपन्यास को ठीक से समझा नहीं।''

''आपको कैसे पता?'' माधवी ने आनन्दित होकर कहा।

''कल ही समझ गया था। बहुत-कुछ कहना चाहता था पर समय नहीं था।''

''क्या कहना चाहते थे?'' उत्सुक होकर उसने पूछा।

''पहली बात तो यह कि लोगों की परवाह आपको नहीं करनी चाहिए। सब-के-सब बौने हैं, बौने। अपने से अच्छा किसी को लिखते देखते हैं तो ईर्ष्या से भर जाते हैं। आपके उपन्यास में खामियाँ निकालें तो आप समझिए, उपन्यास जरूर बढ़िया है।''

''यह कैसे हो सकता है?'' वह संकोच के साथ मुस्कराई।

''यही है!'' कौशल ने गहरे विश्वास के साथ कहा, ''मुझी को लीजिए। मेरी कहानियों का इन मठाधीशों ने कभी नाम नहीं लिया पर मैं जानता हूँ, साहित्य को पहचाननेवाले मर्मज्ञ जानते हैं, आप भी जानती हैं कि हिन्दी साहित्य में आज इस स्वर की कहानी और नहीं है।''

''आप जितना आत्मविश्वास मुझमें होता तो...''

''होना चाहिए। मैं आपके उपन्यास को हिन्दी साहित्य की उपलब्धि मानता हूँ।''

“सच!” गद्‌गद होकर माधवी ने कहा।

“बिलकुल सच। झूठ मैं बोलता जरूर हूँ पर साहित्य को लेकर नहीं। साहित्य मेरे लिए ईश्वर से ऊपर है। वैसे मैं ईश्वर को नहीं मानता और...इसी बात पर दूसरा प्याला चाय पिलाइए।”

माधवी दोबारा चाय बना लाई और फिर देर तक उपन्यास पर बात हुई। कौशल कुमार के अन्तर्बोध की प्रखरता पर वह दंग रह गई। कैसे उसने उन बारीकियों को जा पकड़ा जिनसे शायद वह स्वयं अनभिज्ञ थी। लेखक सब-कुछ सोच-विचार कर तो लिखता नहीं। कितना कुछ अनायास उसके चेतना-संसार से पात्रों के चरित्र में संगमित हो जाता है। जो वह जीवन से पाता-सीखता है, अपने सर्जित संसार के पात्रों को अर्पित कर देता है, उसका लेखा-जोखा नहीं रखता। अपने को रिक्त करके जो संसार वह रचता है, उसे केवल बुद्धि द्वारा नहीं परखा जा सकता और न सिर्फ भावना के बल पर। प्रखर चेतना, तीक्ष्ण बुद्धि और भावानुभूति होने पर ही एक का कहा-अनकहा दूसरे तक इतनी समग्रता के साथ पहुँच सकता है। संवादहीनता के बारे में बहुत-कुछ सुना-पढ़ा है, महसूस भी किया है पर इतनी तीव्रता के साथ नहीं। संवाद होने पर ही पता चलता है, संवाद का न होना क्या है!

जो आदमी उसकी रचना को इतनी सूक्ष्मता से समझ गया है, क्या उसे नहीं समझ पाएगा? कितना कुछ है जो कभी किसी से कहा नहीं, राकेश से भी नहीं। या कहा है, राकेश ने सुना नहीं। सुना है तो समझा नहीं, समझने की जरूरत महसूस नहीं की, कोशिश भी नहीं की। इससे पहले इस तरह एकाकीपन का अनुभव नहीं हुआ। यह कौन-सी गाँठ खोल दी अजनबी ने उसके भीतर कि अचानक अकेले सोचना भारी पड़ने लगा। दिमाग को भी बन्धु चाहने लगा।

“क्या बजा है?” कौशल ने पूछा।

चौंककर उसने घड़ी देखी, “अरे, एक बज गया। पता ही नहीं चला।”

“देखा। आज आप भूलीं, मैं नहीं। तो जाऊँ?”

“हाँ, एक बज गया। अब आप जाइए,” माधवी ने कहा और हँस दी।

कौशल फौरन उठ खड़ा हुआ।

दरवाजे पर पहुँचकर वह पलटा और बोला, “वह दस रुपए आपको चाहिए?”

इस अटपटे सवाल पर सकपकाकर माधवी ने उसकी तरफ देखा और झिझकते हुए बोली, “ऐसी कोई जरूरत तो नहीं है...”

“कल आपसे झूठ बोला,” कौशल ने कहा, “मुझे रुपए स्कूटर के लिए नहीं चाहिए थे। दरअसल घर पर राशन नहीं था। मुझे तो आपने खाना खिला दिया पर बच्चे दिन-भर भूखे रहे। उन्हीं दस रुपयों से शाम का खाना बना।”

माधवी स्तब्ध खड़ी थी। कहाँ वह खीर को लेकर इतनी परेशान थी, बच्चों के खाने का बेवक्त होना उसे साल रहा था और वहाँ इसके बच्चे...!

''आज पचास रुपए एक जगह से मिले हैं। चाहें तो लौटा सकता हूँ। पर एक हफ्ता रुक सकें तो मुझे सुविधा होगी। अगले हफ्ते सौ रुपए मिलनेवाले हैं, उनमें से चुका दूँगा!''

पचास रुपए क्या चीज हैं। पचास के तो वे दो प्याले हैं जिनमें अभी वे चाय पी कर चुके हैं। और अगर कौशल कुमार के घर आने के बजाय वह स्वयं शब्द प्रकाशन के दफ्तर गई होती तो दस रुपए स्कूटर में लग जाते। समझ लो, कौशल कुमार नहीं आया, वही गई थी।

''रहने दीजिए,'' उसने कहा, ''लौटाने की जरूरत नहीं है।''

''क्यों?'' कौशल कुमार ने तंज के साथ कहा, ''मुझ पर रहम खाकर दस रुपए माफ!''

''नहीं...मैं तो...''

''आपके लिए दस रुपए कुछ नहीं हैं, पर मेरे लिए बहुत मानी रखते हैं।''

''लौटाना चाहें तो लौटा दीजिएगा,'' उसने कोमल स्वर में कहा।

''अवश्य लौटाऊँगा। सौ रुपए मिलते ही आपका पैसा लौटा दूँगा। इस वक्त हाथ तंग है। ऐसा कीजिए, आप मुझे बीस रुपए और दीजिए। पैसा मिलते ही इकट्ठा तीस दे जाऊँगा,'' कौशल ने एक साँस में इस अहंकार के साथ कहा कि संकुचित माधवी उसकी तरफ आँख उठाकर देखने का साहस न कर सकी, चुपचाप अन्दर से बीस रुपए लाकर उसके हाथ पर रख दिए। आँखें उसकी झुकी रहीं। जब देने में इतनी शर्म आ रही है तो लेने में कितनी आ रही होगी!

कौशल ने और बात नहीं की। रुपए लेकर खटाखट सीढ़ियाँ उतर गया।

माधवी वहीं सीढ़ियों पर रेलिंग के सहारे टिकी खड़ी रही।

बच्चे स्कूल से लौट आए। पहले आलोक ऊपर आया। उसे देखते ही कल वाले आक्रामक स्वर में बोला, ''आज भी वह बैठे हैं?''

''नहीं,'' उसने ठंडे स्वर में कहा। अपनी जगह से हिली नहीं।

''यहाँ क्यों खड़ी हो?'' आलोक ने अचरज के साथ कहा।

''तुम अन्दर जाओ,'' उसने उसी ठंडे स्वर में कहा।

तब तक समीर ऊपर पहुँच चुका था। उसे देखते ही बोला, ''खीर बनी है?''

''नहीं,'' उसने डपटकर कहा, ''रोज-रोज खीर खाने की जरूरत नहीं है। जाओ, दोनों ऊपर जाकर खाना खाओ। मुझे परेशान मत करना, मैं लिखूँगी।''

बच्चों ने एक-दूसरे की तरफ सवालिया नजरों से देखा, आपस में मूक समझौता किया और चुपचाप भीतर चले गए। उसकी एक खास दबंग आवाज को वे अच्छी तरह पहचानते हैं, उसके सामने बहस नहीं करते।

माधवी वहाँ से हटकर सीधी अपने कमरे में जाकर बिस्तर पर लेट गई। कुछ देर शून्य में अपलक ताकती रही, फिर सहसा फफककर रो दी। लग रहा था सब-कुछ गलत है, एकदम गलत। और जिम्मेवार वह है।

चौड़ी सड़क पर आकर कौशल ठिठका पर कल की तरह जेब से निकालकर नोट नहीं परखे। वह हलकी ग्लानि महसूस कर रहा था; पैसा लेने के कारण नहीं, गलत कयास लगाने की वजह से। जैसे पानी से भरी सुराही उठाने के लिए आप अपनी पूरी ताकत का इस्तेमाल करें और सुराही एकदम खाली, फूल-सी हलकी निकले। उस घर की मालकिन तो बहुत आसानी से रुपया दे देती है। दस-बीस लेने में कोई रोमांच नहीं है। मजा तब आता है जब रुपया निकलवाने के लिए कसकर मेहनत करनी पड़े; तरह-तरह के कलात्मक झूठ बोलने पड़ें। इसके साथ तो सच से काम चल गया! पचास रुपए उसे मिले नहीं, ठीक है, पर मिलने थे तो। पूरे दस फर्मे पढ़कर दिए थे राजेश्वर मिश्र को। उस बदमाश ने पेशगी दिए रुपयों का खाता खोल लिया और सारे के सारे काट लिये। इस तरह हर आदमी पेशगी दिया रुपया काटता रहा तो उनकी जिन्दगी कैसे चलेगी, कभी सोचा है किसी ने? नहीं, कोई क्यों सोचेगा? उसका है कौन? बीवी? बच्चे? सब साले उसे पैसा कमाने की मशीन समझते हैं। एक ही सवाल है उनके पास—नौकरी क्यों छोड़ी? अरे सालो, हरामजादो, छोड़ी नहीं, छूट गई। दूसरी क्यों नहीं ढूँढ़ी, नहीं ढूँढ़ी बस। नहीं कर सकते हम बँधी-बँधाई नौकरी। जानते नहीं सालो, हमारे पास जीनियस दिमाग है। उच्चतम कोटि का साहित्यकार हूँ, समाज का दायित्व है, मेरा पोषण करे। कौन हैं इस समाज के रक्षक-भक्षक-दाता? यही माधवीजी और उनके पति सरीखे बड़े लोग। लौटाने की जरूरत नहीं है, किस दम्भ के साथ कह रही थी। किस बात पर इतना दम्भ है, माधवीजी? जरूरत नहीं है, जानता हूँ। रुपया हाथ का मैल है। जी हाँ, यह मैल सिर्फ बड़े आदमियों की हथेलियों पर जमता है। हमें मिल जाए तो हम साबुन की तरह उसका इस्तेमाल करें।

कल रात बड़ी तबीयत से कमीज धुलवाई थी अपनी कुरूप और सहनशील भारतीय अबला पत्नी से। पूछना चाहिए था माधवीजी से, कैसा लगता हूँ साफ सफेद कमीज में? बौराई-सी मेरी तरफ देखतीं और कहतीं, डेढ़ बज गया, बच्चे तवज्जह माँगते हैं! और हमारे बच्चे? सिर्फ खाना माँगते हैं। साले, हर वक्त

खाना माँगते हैं! हरामजादे...उसके मुँह से गालियों की बौछार हुई और तभी खयाल आया कि आज बिना खाना खिलाए उठा दिया है उस घर की मालकिन ने। आतें कुलबुला रही हैं भूख से। चाय पर चाय पिलाती गईं, साथ में दो मुट्ठे नमकीन भी न रखा। पिच्च से सड़क पर थूककर, वह पास खड़े खोमचे वाले के पास जा पहुँचा और एक के बाद एक, दो प्लेट कुलचे-छोलों पर हाथ साफ कर गया।

बढ़िया बने थे छोले, डकार लेकर उसने सोचा पर पूरे पाँच रुपए निकल गए हाथ से। पाँच और पान-सिगरेट पर उठ जाएँगे। चलो, जाने दो। पत्नी बेचारी को एक दिन में दस रुपए से ज्यादा खर्च करने की आदत भी नहीं है।

3

अगले दिन सुबह नौ बजे कौशल का फोन आया। उसके अगले दिन भी...फिर रोज आने लगा। ठीक नौ बजे।

पहले दिन माधवी ने आत्मीयता से बात की, फिर औपचारिकता से, फिर उदासीनता से और अब खीज आने लगी है।

दो हफ्ते हो चले...

रोज नौ के घंटे के साथ फोन का टनटनाना बेहद अखरता है, कुछ ऐसे जैसे साफ से बिस्तर पर पड़ी सिलवट। माधवी सोने से पहले कई बार बिस्तर झाड़ती है। चादर पर सिलवट हो तो सिर्फ बदन में नहीं गड़ती, दिमाग में भी खलिश पैदा करती है। कभी-कभी आधी रात को आँख खुलने पर जब बदन में कुछ चुभने लगता है तो माधवी आलस करके पड़ी नहीं रहती, उठकर बिस्तर झाड़ लेती है। सिलवट निकल जाती है। पर इस सिलवट को निकालना उतना आसान नहीं है।

कितनी बार तो झाड़ चुकी...

रोज सुबह नौ बजे फोन बजता है।

"कहिए, किसलिए फोन किया है?" वह सर्द आवाज में पूछती है।

"यूँ ही, गपशप करने, "वह किलककर कहता है।

"रोज-रोज गपशप करने के लिए कुछ है नहीं..."

"किसने कहा?" वह बात काट देता है, "आपसे कहने को मेरे पास इतना कुछ है कि सारी उम्र बोलूँ तो भी खत्म नहीं हो।"

"मुझे और भी काम हैं," उसकी आवाज पहले से भी ज्यादा सर्द हो जाती है।

"तो कीजिए न, काम करने की मनाही थोड़ा ही है," कौशल शायराना अन्दाज में कहता है।

"अच्छा...नमस्कार..." वह कहती है।

"अरे रुकिए न, आपसे एक जरूरी बात पूछनी है," कहकर कौशल उसे रोक लेता है।

और वह जरूरी बात कुछ इस तरह की होती है। कौशल पूछता है, "जीवन में आप किसका निर्देश मानकर चलती हैं, नीति का या विवेक का? या अनैतिक और निर्वैतिक में आपके विचार से क्या अन्तर है? या फिर आपके मत में प्रेम का अधिक महत्त्व है या करुणा का?"

"लम्बी बातचीत का विषय है, फुर्सत से कभी बात करेंगे," वह टालना चाहती है।

"कब?" वह तुरन्त पूछता है, "मैं आ जाऊँ ग्यारह बजे?"

"नहीं, मुझे बाहर जाना है।"

"तो कल आ जाऊँ?"

"कल का प्रोग्राम अभी तय नहीं है।"

"मैं फोन पर पता कर लूँगा," वह कहता है और अगले दिन नौ बजे फिर...

फोन काटकर भी चैन नहीं आता। कौशल का उठाया हुआ कोई-न-कोई सवाल, नैतिक, दार्शनिक या सामाजिक, उसके दिमाग पर हथौड़े बजाता रहता है। कौशल को वह भले टाल दे, उसके सवालों को नहीं टाल पाती। बुद्धि लालच नहीं छोड़ पाती, क्या करे, खुराक जो चाहिए। पर इतनी नहीं बदहजमी हो जाए। यह ठीक है कि कहानी तभी बनती है जब दिलोदिमाग झनझनाए रहें; नसों का तनाव, भावनाओं का उद्वेग, सब जरूरी हैं पर...

फोन की घंटी अतिरिक्त जोर से बजी। जरूर नौ बजे होंगे। बजने दो। वह नहीं उठी। घंटी बजती रही। कट-कटकर बार-बार। क्या बचपना है, उसने सोचा। कौशल होगा तो साफ कह देगी आज, मुझसे रोज-रोज सम्पर्क करने की जरूरत नहीं है। हफ्ते-दस दिन में यह बात हो जाए तो ठीक है पर रोज नहीं।

"हलो," उसने बर्फीली आवाज में बात शुरू की।

"बधाई!" उधर गर्मजोशी की पिघलन थी।

"किस बात की?" आवाज उसकी भी पिघल गई।

"आपके उपन्यास को लखनऊ हिन्दी संस्थान की तरफ से पुरस्कार मिला है, दो हजार का।"

"क्या!"

"राजेश्वर जी ने नहीं बतलाया?"

"नहीं तो। आपको कैसे पता चला?"

"अखबार से। आपने नहीं देखा?"

"अभी नहीं।"

"तो जाइए, देखिए।"

"शुक्रिया," कहकर उसने फोन काट दिया। जल्दी से जाकर अखबार खोला। चौथे पन्ने पर निहायत बेकार की खबरों के बीच बीसेक लेखकों के नाम छपे थे जिन्हें उस वर्ष उत्तर प्रदेश हिन्दी संस्थान की तरफ से पुरस्कार मिले थे। उन्हीं के बीच उसका और उसके उपन्यास का नाम भी था। देखकर शरीर में बिजली का करंट-सा दौड़ गया। काश, राकेश घर पर होता! किसी के साथ खुशी बाँटनी जरूरी लग रही थी।

तभी फोन बजा। क्या पता राकेश हो। झपटकर उठाया तो कौशल था।

"फोन काट क्यों दिया?" उसने कहा।

"बात पूरी हो गई थी, इसलिए।"

"वह तो मामूली बात थी। पुरस्कार आपको मिलते ही रहेंगे। असली बात यह है कि मैं आपके उपन्यास पर लेख लिख रहा हूँ। पश्यन्ती पत्रिका ने माँगा है। उसके लिए उपन्यास की प्रति चाहिए।"

"आपके पास है नहीं?"

"आपने दी कब?"

"राजेश्वर जी ने नहीं दी?"

"वे क्यों देंगे! जलन के मारे तो मरे जाते हैं।"

"मुझसे क्यों जलेंगे? वह हँस पड़ी, "उन्होंने तो छापी है किताब।"

"छापना एक बात है, चर्चित कराना दूसरी। छापी है, क्योंकि जानते हैं बाजार में बिकेगी।"

"हो सकता है।"

"हो सकता है नहीं, है।"

"चलिए, है।" उसने रूखे स्वर में कहा। बेकार की बहस से मन खराब होने लगा था।

"खैर छोड़िए, मैं ग्यारह बजे आकर किताब ले लूँ?"

"आज ही चाहिए?" उसने टालने की नीयत से कहा।

"बिलकुल। अब एक मिनट भी बरबाद नहीं करना चाहता। लिखने का मूड तो कल ही बन गया था, किताब नहीं थी, इसलिए नहीं लिख पाया। आप नहीं जानतीं, इतना समय भी कितने मुश्किल से काटा है। मुझे मालूम है, ग्यारह बजे से पहले आपको फुर्सत नहीं होती सो अब तक रुका रहा, वरना सुबह आठ बजे ही पहुँच जाता किताब लेने।"

"बहुत मेहरबानी की आपने कि बेवक्त नहीं आए," उसने तल्खी से कहा कौशल बेअसर रहा। बोला, "हाँ, आठ बजे तो आपके पति घर पर रहते होंगे।"

"तो?"

"यही कि उस वक्त आप उन्हें खिलाने-पिलाने में व्यस्त रहती होंगी। गृहिणी हैं आखिर! क्या हुआ, आप नाराज क्यों हो गईं?"

माधवी लज्जित हो गई, "नहीं तो," उसने कहा।

"तो ले लूँ किताब ग्यारह बजे?"

"हाँ," उसने कह दिया।

"और हाँ, खाली किताब लेकर लौटनेवाला नहीं हूँ। पुरस्कार मिला है आपको। मिठाई खाए बगैर नहीं आऊँगा। मँगाकर रखिएगा।"

उसके फौरन बाद राजेश्वर मिश्र का फोन आया।

"देखिए, दिलवा दिया न आपको पुरस्कार," छूटते ही चहका।

"आपने दिलवाया?"

"बिलकुल। निर्णायकों में हम भी थे, बल्कि कहना चाहिए हम ही थे।"

"शुक्रिया।"

"बस! इतना मरा-मरा-सा शुक्रिया? खुशी नहीं हुई आपको?"

"हुई तो थी पर..."

"पर?"

"लग रहा है, ज्यादा महत्त्वपूर्ण बात शायद है नहीं।"

"बिलकुल नहीं है," वह उसी उत्साह के साथ बोला, "आप यह समझकर मत बैठ जाइएगा कि कृति की श्रेष्ठता देखकर पुरस्कार दिया जाता है। अरे भई, उन्हें तो सरकारी खजाने से पैसा बाँटना है, सो बीस-पच्चीस लेखकों में बाँट देते हैं।"

"फिर मुझे क्यों दिलवाया?" उसने क्षुब्ध होकर कहा।

"अरे वाह, माया जो मिलेगी। पूरे दो हजार। दस प्रतिशत हमारा, क्यों ठीक है?"

कोशिश करके वह हँसी, एक निहायत खोखली हँसी।

"आप भी क्या मुँह लटकाकर बैठ गईं! आइए, इधर निकल आइए, कुछ खुशी मनाई जाए। ग्यारह बजे तक पहुँच जाइए।"

"ग्यारह नहीं, बारह बजे आऊँगी," उसने कह दिया। सोचा, घर पर बैठे रहने से अच्छा है, कुछ तो खुशी का माहौल बनेगा। कौशल कुमार आएगा तो उसे भी वहीं ले जाएगी।

ग्यारह बजने के साथ-साथ दरवाजे की घंटी बजी। ''एक बार फिर बधाई,'' हाथ का डिब्बा आगे बढ़ाते हुए कौशल कुमार ने कहा।

''यह क्या है?''

''मिठाई। साथ लेता आया हूँ। सोचा, बड़े आदमियों का क्या भरोसा, कह दें, मिठाई तो हम खिलाते नहीं, जिगर खराब हो जाता है। अब ले आया हूँ तो...''

''इतनी ढेर मिठाई क्यों ले आए?'' उसने सकुचाकर कहा।

''ढेर कहाँ है? बच्चे नहीं खाएँगे? मैं बच्चा था तो इतनी अकेले चटकर जाता था।''

''पर इतनी मिठाई...''

''बहुत दाम लगे होंगे। और मैं ठहरा गरीब आदमी। बात आपकी सही है पर परेशान होने की जरूरत नहीं है। आपके तीस रुपए हैं न मेरी तरफ, समझ लीजिए उन्हीं से लाया हूँ। अब खिला तो दीजिए।''

माधवी संकोच से उभर नहीं पाई पर उसे साथ बैठक में ले आई, चाय भी आ गई। कौशल ने तबीयत से मिठाई खाई, चाय पीने लगा तो माधवी व्यस्त हो उठ खड़ी हुई। ''ठहरिए,'' उसने कहा, ''नमकीन ले आऊँ, मीठे के ऊपर चाय पीएँगे तो...''

''नहीं, बिलकुल नहीं,'' कौशल ने टोक दिया, ''चाय फीकी नहीं लगेगी तो पता कैसे चलेगा मिठाई खाई है। दुख नहीं होगा तो सुख की प्रतीति कैसे होगी?'' कहकर वह हँस दिया, ''देखा, यही तो विशिष्टता है हम भारतवासियों की। मिठाई में भी साला दर्शन निकाल लिया।''

माधवी खिलखिलाकर हँस पड़ी। कुछ बुरा तो नहीं इसके साथ बैठना।

''अब बतला तो दीजिए अपने प्रकाशक महोदय को, आपके उपन्यास को पुरस्कार मिला है,'' दूसरा प्याला चाय पीते-पीते कौशल बोला।

''फोन आ गया था उनका, आपके बाद।''

''क्या कह रहे थे?''

एक बार फिर माधवी खिलखिलाकर हँस पड़ी। राजेश्वर मिश्र की नकल करती हुई बोली, ''दिलवा दिया न आपको पुरस्कार!''

कौशल नहीं हँसा। बेहद उत्तेजित होकर बोला, ''उन्होंने दिलवाया? वह कौन होते हैं दिलवानेवाले! मरे हुए लेखक! प्रकाशक बन गए तो क्या समझते हैं खुदा हो गए। आपकी जगह मैं होता तो कहता, पहले जोड़ का उपन्यास लिखकर दिखलाओ तब बात करना। किताब बढ़िया होगी तब न पुरस्कार मिलेगा, किसी साले के करम करने से...'' कौशल कहता जा रहा था और माधवी को डर लग रहा था कि उसकी आँखों से निकल रही आक्रोश और नफरत की चिनगारियों से उसके चश्मे के मोटे

शीशे चटख न जाएँ। साथ ही मन पुलक से भर उठा था; वाकई मेरे उपन्यास के बारे में इतनी ऊँची राय है। खुद इतना अच्छा लिखता है, पर दूसरे के लेखन की इज्जत करना खूब जानता है। पुलक के साथ सम्मान और सहानुभूति की भावना भी उभर आई।

''जरूरी तो नहीं, हर बढ़िया किताब को पुरस्कार मिले,'' मधुर स्वर में उसने कहा, ''उस हिसाब से तो आपकी किताब को मिलना चाहिए था।''

कमरे में सन्नाटा छा गया। माधवी को लगा, कौशल की साँस रुक गई है। एकदम निश्चल हो गया है, जैसे इनसान नहीं, मोम का गढ़ा पुतला हो, पलक तक नहीं झपक रही। खुद उसके लिए साँस लेना दूभर हो गया, अज्ञात आशंका से दिल काँप उठा।

कौशल कुमार के बदन में हरकत हुई। झटके के साथ उसने अपना चश्मा उतारा और आँखें उसके चेहरे पर टिका दीं। माधवी सिर से पाँव तक सिहर उठी। लगा, वह किसी संगीन जुर्म के लिए गिरफ्तार होकर अदालत के कठघरे में खड़ी है।

''मेरी जब कोई किताब नहीं है तो इस झूठी तसल्ली का फायदा?'' हर शब्द को चाकू की तरह इस्तेमाल करते हुए उसने कहा।

''किताब नहीं है?'' मंत्रविद्ध माधवी दोहरा गई।

''जी नही। मेरी आज तक कोई किताब नहीं छपी।''

''क्यों?''

''क्योंकि किताबें हमारे यहाँ लेखन के गुण देखकर नहीं, लेखक का रुतबा देखकर छपती हैं,'' कौशल ने इस अन्दाज में कहा कि माधवी को लगा उसने उसके कीमती कालीन पर उलटी कर दी है।

उसके मुँह से आवाज नहीं निकली, वैसे याद आ रहा था कि पत्रिकाओं में छपी कहानियों की कतरनों के साथ कौशल ने उसे कितने ही आलोचकों-लेखकों के पत्र भी पढ़ने को दिए थे जिनमें उनकी भरपूर तारीफ लिखी थी, फिर क्यों नहीं छपी किताब? पूछना चाहती थी पर हिम्मत नहीं हुई।

''दीपशंकर जी का पत्र पढ़ा था न?'' कौशल ने खुद ही पूछा।

''हाँ,'' माधवी ने कहा।

''महान आलोचक हैं। निजी पत्र में कहानियों को आसमान पर चढ़ा देंगे, पर प्रकाशक राय माँगेगा तो किताब छपने नहीं देंगे। जानती हैं क्यों? लेखक को मारने की आला साजिश है। मुँह पर तारीफ कर दो, बेचारा शिकायत भी नहीं कर सकेगा पर सार्वजनिक रूप से चर्चा मत होने दो, सम्भव हो तो छपने ही न दो। बेचारा इन्तजार करता-करता मर जाएगा। पर मैं इतनी आसानी से मरनेवाला जीव नहीं हूँ। सब सालों को मारकर मरूँगा। मैं खुद छापूँगा अपनी किताब, खुद बेचूँगा और

देखूँगा कैसे नजरअन्दाज करते हैं मेरी किताब को। सिर्फ दो हजार रुपयों की बात है। कहीं–न–कहीं से उधार मिल ही जाएगा। छह महीने की कुल बात है। मय सूद पैसा लौटा दूँगा।''

''कैसे?'' अब माधवी के मुँह से बोल फूटा।

''भारत पुस्तक भंडार से मेरी बात हो चुकी है, किताब छपते ही पचास प्रतिशत कमीशन पर वे मुझसे खरीद लेंगे। पन्द्रह रुपए भी दाम रखें तो एक हजार प्रतियों पर सीधे साढ़े सात हजार हाथ में आएँगे। दो हजार खर्च, बाकी मुनाफा।''

''एक किताब पर इतना मुनाफा होता है?''

''और क्या! सब साले बिचौलिए हजम कर जाते हैं, लेखक के हाथ क्या लगता है!''

''पर प्रकाशक तो यही कहते हैं कि किताब को बेच पाना इतना आसान नहीं है,'' माधवी ने डरते–डरते आपत्ति प्रकट की।

''कौन कहते हैं?'' कौशल ने उत्तेजित होकर कहा, ''राजेश्वर मिश्र?''

''वे भी।''

''आदमी मेहनत करने से कतराएगा तो कुछ भी आसान नहीं है। हुक्म चलाने के अलावा वे क्या कर सकते हैं! सारी–सारी रात बैठकर किताबें तो हम छपवाते रहे हैं उनकी।''

''ओह,'' माधवी की जैसे आँखें खुलीं, ''आप उनके यहाँ काम करते हैं?''

''मैं उनके यहाँ काम क्यों करूँगा,'' कौशल ने ऐसे भड़ककर कहा जैसे उस पर चोरी का इल्जाम लगा दिया गया हो। ''जब–तब आकर गिड़गिड़ाने लगते हैं, किताब फलाँ दिन सबमिट करनी है, तो देख लेता हूँ।''

इस 'देख लेता हूँ' का ठीक क्या मतलब है, माधवी समझ नहीं पाई। महज दोस्ती निभाई जाती है देखकर, या कमाई का साधन भी है, पूछने का सवाल नहीं था। उसे छोड़ असली मर्म को पकड़ा, ''ऐसा है तो राजेश्वर मिश्र आपकी किताब क्यों नहीं छापते?''

''क्यों छापेंगे? मेरी किताब में वह सब मसाला कहाँ है जो बाजार में बिके।''

''फिर भी, जब आप उनके इतने काम आते हैं तो उन्हें भी...''

कौशल तमककर उठ खड़ा हुआ। ''एहसान करके मेरी किताब छापेंगे और मैं छपवा लूँगा! समझ क्या रखा है आपने मुझे!'' उसने इतनी तीखी भर्त्सना के साथ कहा कि माधवी शर्म से सिकुड़ गई। और तभी जैसे चुम्बक से खिंचकर उसे अपनी दृष्टि उठानी पड़ी, कौशल की आँखें उसके चेहरे पर गड़ी थीं और विलक्षण कौंध से लपलपा रही थीं।

वह थोड़ा–सा आगे को झुका, ''आप मुझे दो हजार रुपए दे दीजिए।''

चौंककर माधवी ने पीछे हटना चाहा पर कौशल की दृष्टि ने आँखों को झुकने नहीं दिया।

"समझ लीजिए," वह कहता गया, "आपको पुरस्कार आज नहीं, छह महीने बाद मिला। अब नवम्बर है, मई तक किताब तैयार हो जाएगी और पैसा वापस मिल जाएगा। और हाँ, मुनाफे में आधा आपका होगा, ढाई हजार रुपया।"

"मुझे मुनाफा नहीं चाहिए," पता नहीं क्यों उसके मुँह से निकला।

"कैसे नहीं चाहिए? जायज कमाई है। पैसा आप लगाएँगी, मेहनत मैं करूँगा, दोनों का आधा-आधा हिस्सा होना चाहिए। नहीं-नहीं, आप मना नहीं करेंगी, मैं तय कर चुका हूँ, मुनाफे में हिस्सा आपको लेना ही पड़ेगा," उसने ऐसे कहा जैसे उस पर बहुत बड़ा एहसान कर रहा हो।

माधवी हतप्रभ बैठी रही।

"मैं समझता हूँ," वह बोला, "हम लोगों को महाजनी प्रकाशकों से कम दाम पर किताब बेचनी चाहिए। दो सौ चालीस पन्नों की किताब होगी, आपका क्या खयाल है, पन्द्रह रुपए दाम ठीक रहेंगे?"

"पहले किताब छपे तो..." माधवी को लगा अब बाधा देनी ही पड़ेगी पर कौशल ने बात काट दी, "निश्चित छपेगी! आठ मई को मेरा जन्मदिन है, उसी दिन विमोचन कराएँगे, किसी मंत्री-शंत्री से नहीं, आप करेंगी मेरी किताब का विमोचन। क्यों ठीक है न! मैं फख्र के साथ ऐलान करूँगा, मेरी किताब छपवाने का पूरा श्रेय माधवी चौधरी को है। मुझे कोई शर्म नहीं है आपसे पैसा लेने में, आप मेरे लिए...।"

अरे, यह कहाँ पहुँच गया! मैंने तो पैसा देने के लिए हामी नहीं भरी।

"अभी पुरस्कार का पैसा मिला कहाँ है?" उसने जल्दी से कहा।

"ऐलान हो गया तो मिल भी जाएगा, अब नहीं तो महीना-भर बाद," वह बोला, "हाँ, मुझे आप पैसा अभी दे दीजिए, मैं अपने काम पर लगूँ। मई तक किताब बाजार में आ जानी चाहिए, वही वक्त है ऑर्डर मिलने का। अच्छा, यह बतलाइए, 'अन्धकूप का चिराग' नाम कैसा रहेगा? कल्पना कीजिए, एक गहरा अँधेरा कुआँ है। आप किनारे खड़ी हैं। भीतर झाँकने के खयाल से ही रूह फना होती है। पर कोई है जो पीठ पिछे खड़ा बार-बार कह रहा है, खड़ी क्यों हो, नीचे झुककर देखो, एकदम नीचे, कुएँ के तल में। डर-झिझककर आप नीचे झुकती हैं और चकाचौंध रह जाती हैं। वहाँ एकदम नीचे, कुएँ के तल में एक नन्हा चिराग टिमटिमा रहा है। इतना नन्हा कि अँधेरे को दूर नहीं कर सकता पर अँधेरा भी उसे निगल नहीं पा रहा। घुप अँधेरे में अकेले टिमटिमाते दीपक में ऐसी ताकत है कि आपको अँधेरा दिखना बन्द हो जाता है। अब जिधर देखो, चिराग है, लौ है, रोशनी है, जरा सोचिए, अचानक एक दिन ऐसे चिराग दिख जाए तो कैसा लगेगा...सोचा?"

एक चिराग माधवी के भीतर जल उठा। पैरों के तलवों से शुरू होकर ऊष्मा पूरे शरीर में व्याप गई, स्नेहसिक्त सपने ने अंक में भर लिया हो जैसे।

हाँ, वह पैसे देगी। किताब छपेगी। अन्धकूप का चिराग है वह। दो हजार रुपए क्या हैं उस रोशनी के सामने, जो किताब हर पढ़नेवाले को नजर करेगी।

माधवी को लगा, उसका कद लम्बा होता जा रहा है। गरदन और कमर खिंचकर सीधी अकड़ गई हैं। मस्तक कुछ ऐसी गरिमा से टिका है कि...याद करेंगे लोग, माधवी चौधरी ने पहला पुरस्कार मिलते ही सारा रुपया एक अन्य लेखक की रचना प्रकाशित करने के लिए खर्च कर दिया!

"हम सब चिराग हैं," उसने भावुक होकर कहा, "आप, मैं, हमारे जैसे सब लेखक। चिराग क्या चाहता है? यह कि बस जलता रहे, मेरे माध्यम से आपकी किताब छपे, एक दीप से दूसरा दीप प्रज्वलित हो, इससे बढ़कर खुशी मेरे लिए क्या हो सकती है। मैं पैसा दूँगी।"

कौशल ने सिर हिलाया जैसे पहले से जानता हो। फिर पूछा, "राकेशजी को आपत्ति तो नहीं होगी?"

"नहीं, मेरे पति आम हिन्दुस्तानी पति की तरह नहीं हैं। वे मेरी बात में दखल नहीं देते। और यह मेरा अपना रुपया है, बैंक में रखा है," वह एक दम्भी हँसी हँस दी, "किसी आपातकालीन स्थिति के लिए।"

"कितना पैसा है?" कौशल ने पूछा।

"यही कोई साढ़े चार हजार रुपया।"

"तो लाइए, चेक दे दीजिए। मैं जाकर निकाल आऊँ," कौशल ने कहा।

"अभी?" माधवी जैसे धरती पर आ गिरी।

"और क्या! अभी दो नहीं बजे, बैंक खुला होगा। पैसा लेकर सीधा जाऊँगा प्रेस, और भारत पुस्तक भंडार। अब एक मिनट भी बरबाद नहीं करना चाहता।"

अब? और अदा करो आदर्श दम्पती की भूमिका! पति मेरी बात में दखल नहीं देते! तो निकालो रुपया!

"आह, आप एक दिन जरूर महान साहित्यकार बनेंगी। आपके पास सच्चे कलाकार का मन है," उसने सुना, कौशल कह रहा है।

उसकी दृष्टि उस पर जा टिकी।

"रौ में बहकर काम कर सके, वही कलाकार है, सर्जक है; सोच-विचार कर पैर बढ़ानेवाला तो व्यवसायी होता है।"

बह जाऊँ मैं भी। उठाऊँ कलम और लिख दूँ चेक? माधवी का बदन रोमांच से सिहर गया। इसी रोमांच के लिए लोग पहाड़ों पर चढ़ते हैं, ग्लाइडर में उड़ते हैं...मैं भी उड़ रही हूँ, भावना के पंखों पर, निर्बाध। तो उड़ूँ और ऊँचे उड़ूँ...

उसने चेक-बुक निकाली और दो हजार का बेयरर चेक काट दिया। कौशल कुमार चला गया पर वह धरती पर नहीं उतरी, एक इंच ऊपर उठ रही।

तभी फोन बजा। राजेश्वर था। ''क्या हुआ,'' उसने कहा, ''आईं नहीं? हम तो इन्तजार में आधे रह गए।''

''कोई आ गया था...''

''कौन?''

''कोई था।''

''कौशल कुमार तो नहीं था?'' उसने ऐसे चटखारा लेकर पूछा कि वह तड़पकर कह उठी, ''हाँ!''

''कितना माँगा?''

''क्या?''

''रुपया, और क्या?''

यह कैसे जानता है? सहसा वह लज्जित हो उठी और नासमझ बनती हुई बोली, ''क्या मतलब?''

''देखिए, रुपया माँगने के मामले में कौशल कुमार को खासी महारत हासिल है, बचकर रहिएगा। साले को पता चल ही गया होगा कि पुरस्कार मिला है। अब साहब, जहाँ शहद होगा वहाँ चींटियाँ जुटेंगी ही, और जब बर्तन इतना नफीस हो?''

''क्या मतलब?''

''लीजिए, अब मतलब भी हम समझाएँ!'' वह ठठाकर हँसा। फिर गम्भीर होकर बोला, ''सिर्फ पैसे के मामले में नहीं, हर तरह उससे बचकर रहिएगा, खतरनाक आदमी है।''

''क्यों ख्वाहमख्वाह एक आदमी पर लांछन लगा रहे हैं?''

राजेश्वर की संजीदगी गायब हो गई। ''लांछन?'' उसने अपनी खास चहक के साथ कहा, ''बोलने लगीं न उसकी भाषा! जब आदमी को सच लांछन लगने लगे तो समझ लो वह कौशल कुमार हो गया।'' अपनी बात पर खुद एक जबर्दस्त ठहाका लगाकार राजेश्वर ने फोन काट दिया।

माधवी को दुविधा ने आ घेरा। यह कौशल कुमार की महारत तो नहीं है कि उसने रुपया केवल दिया नहीं, ऐसे दिया जैसे दे नहीं ले रही हो। नहीं, रुपया उसने अपनी मर्जी से दिया है। उसकी भावुकता, कलात्मकता और उदारता पर किसी किस्म का शक नहीं किया जा सकता। न्यूटन ने अन्य वैज्ञानिकों की पुस्तकें छपवाने में अपना सर्वस्व दान कर दिया था, यहाँ तक कि जब उसकी अपनी पुस्तक छपने की बारी आई तो दूसरों से पैसा माँगना पड़ा। ठीक न्यूटन की तरह

माधवी चौधरी ने भी अपनी खुशी से एक लेखक की पुस्तक छपवाने के लिए पैसा दिया है और देने के बाद उसके मन में तनिक पछतावा नहीं है। उसने दृढ़ता से खुद से कहा और होंठों को खींचकर पहले वाली मुस्कराहट में फैला लिया।

स्थिर गति से कौशल उस घर की सीढ़ियाँ उतरा, पर एक बार सड़क पर पहुँच गया तो कदम तेज हो गए, यहाँ तक कि चौड़ी सड़क के आने तक वह दौड़ने लगा। एक खौफ कलेजे को जकड़कर बैठ गया था कि अभी पीछे से कोई भयानक जीव झपट्टा मारेगा और जेब से चेक छीन लेगा।

बस-स्टैंड पर पहुँचकर रुकना पड़ा। उसने एक चौकन्नी नजर अपने चारों तरफ डाली और जेब को थपथपाकर देखा। हाँ, है। बाहर निकालकर देखने की हिम्मत नहीं हुई। दस-बीस रुपयों की बात और है पर एकमुश्त दो हजार रुपए। चेक को निकालकर उँगलियों की पोरों से महसूस भी करे तो वह रोमांच कहाँ जो नोटों को छूकर देखने में होता है। बैंक जाएगा चेक भुनाने, तो कहेगा एकदम नए करारे नोट दो; फिर एक-एक नोट को हर उँगली की पोर से छुएगा जैसे प्रेमिका के बाल सहला रहा हो। सोचकर वह हँसा नहीं। इतनी घिसी-पिटी रोमानी बात। फिर भी वह नहीं हँसा।

एक बार फिर उसने जेब थपथपाई। कैसे हो गया सब कुछ...विश्वास बार-बार टूट जाता है। यह सच है कि कहानियाँ उसके पास हैं और यह भी सच है कि कोई प्रकाशक उन्हें पुस्तक के रूप में छापने को तैयार नहीं है। सच यह भी है कि उसकी लिखी प्रत्येक कहानी साहित्यिक उपलब्धि है। उसकी प्रतिभा मामूली नहीं है। और कोई माने न माने, कौशल जानता है, वह एक जीनियस है। यह बात सोचते हुए वह कभी नहीं मुस्कराता, अब भी नहीं मुस्कराया। यही तो एक विश्वास है उसके पास जो कभी नहीं टूटता। अपनी साहित्यिक प्रतिभा पर...

सहसा रोमांचित होकर वह एक कदम पीछे हट गया। पास खड़े सहयात्री से टकराया तो उसने धक्का देकर आगे कर दिया। उसका बदन पुलक से सिहर-सिहर जा रहा था। जैसे सौ का नोट बार-बार हथेली से रगड़ खा रहा हो। नहीं, उससे कहीं गहरी थी वह पुलक। लग रहा है, माधवी भी उसे जीनियस मान बैठी है। तभी न इतने मुग्ध भाव से दो हजार का चेक लिख मारा। भावुक औरत कुछ भी...

पर कहीं ऐसा तो नहीं है कि सिर्फ चेक लिख मारा हो, बैंक में रुपया-पैसा हो नहीं। नहीं-नहीं, अब कौशल हँस पड़ा। यह कौशल कुमार का दिया चेक नहीं है, उस घर की मालकिन ने लिखा है। बड़े आदमी भावुक होकर चेक लिखते हैं तो खरा, बड़े आदमी जो ठहरे; भावुक होते कब-कब हैं। दरअसल आदमी भावना की

रौ में बहकर काम करे और सच-झूठ का कलात्मक मिश्रण भी बनाए रखे, यह कोई जीनियस ही कर सकता है जैसे....

आधे को पूरा बना देना ही तो सृजनशील कल्पना का प्रमाण है। जो आदमी कल्पना का सूरज यथार्थ की धरती पर चमका नहीं सकता, वह अनुभवों के बिखरे बीज कृति-रूप में प्रस्फुटित भी नहीं कर सकता। एक यही तो रोशनी है जो कौशल कुमार जैसे लोगों को सहलाने से इनकार नहीं करती। कहेगा कभी यह बात उस घर की मालकिन से। मंत्रमुग्ध होकर सुनेगी। खूब औरत है! बेवकूफ और खूबसूरत। बेहद प्यारी चीज। बेवकूफ और खूबसूरत औरत, तिस पर पैसे वाली और पैसे के मामले में भी बेवकूफ। इस प्यारे मिश्रण में सम्भावनाएँ ही सम्भावनाएँ हैं। किसी भी कोण से देखा जाए...अच्छा, अगर उस घर की मालकिन ने...नहीं, अब उसे घर की मालकिन कहकर नहीं पुकारना चाहिए। इतनी प्यारी चीज को प्यार से नाम से...मधु...मधुलिका...मधुली...धत, नाम तो माधवी है। पुकारा सकता है, उसके मुँह पर उसे माधवी? राजेश्वर मिश्र की तरह? नहीं, जबान हकलाकर कहेगी–माधवीजी! गरीब आदमी भी साला एक ही चुगद होता है, चाहे हरामजादा कितना भी बड़ा जीनियस क्यों न हो! अपने को गाली देकर उसे अच्छा लगा। आदमी की जेब में दो हजार पड़े हों तो वह अपने को गाली दे सकता है।

रुपए नहीं, चेक। अच्छा अगर ऐसा हुआ कि यह केवल माधवी के हस्ताक्षरों का वाहक निकला, बैंक से रुपया पाने में असमर्थ, तो? बड़ा मजा आएगा। कौशल सोचेगा, सच्चा साथी मिल गया। कितने लोग हैं जो इतनी साज-सज्जा के साथ ऐसा झूठ बोल सकते हैं जो घंटे-आधे घंटे के अन्दर बेनकाब हो जाए। प्रतिभा के साथ हिम्मत चाहिए। प्रतिभा तो है माधवीजी में। साहित्यकारों की भीड़ में एक वही हैं जिनसे उसे ईर्ष्या हुई है, जिन्होंने उसके सूखे अन्तःस्थल को छुआ है। देखें झूठ पर कितना इख्तियार है माधवीजी का।

काश चेक झूठा निकले, सहसा कौशल कामना कर उठा। तब वह दिखला देगा माधवी और उसके पति को कि अपने प्रति बोले गए झूठ को वह किस बड़प्पन से ग्रहण करता है। जाकर माधवी के सिर पर हाथ रख देगा और कहेगा, तुमने देना चाहा, यही बहुत है। तुम तनिक दुख न करो, देखो मुझे जरा दुख नहीं है। वह कर सकता है पर माधवी? मान लो पुस्तक की बिक्री घिसट-घिसटकर आगे बढ़ी और पैसा वापस मिलने में पाँच-छह बरस लग गए? प्रकाशक ने अपना हिस्सा काटा, पुस्तक विक्रेता ने अपना और अन्त में उसके हाथ आई पुस्तक की कुल दस-बीस प्रतियाँ? राजेश्वर मिश्र कहता तो है उन बेचारों के पास कमाई का और साधन भी क्या है? साला! ठीक है, ले जाकर दे देगा एक प्रति माधवीजी को और कहेगा, किसी ने आपको बेवकूफ नहीं बनाया, आप हैं ही बेवकूफ। पूँजीपति व्यवस्था में

रहती हैं और इतना नहीं जानतीं कि यहाँ बिना बिचौलियों के कोई काम सिद्ध नहीं होता। मैंने कह दिया और आपने मान लिया! इतनी मासूम हैं तो...यह मासूमियत भी इन्हीं बड़े लोगों की बपौती है। मासूमियत नहीं, यह खुदगर्जी है, उदासीनता है, क्रूरता है। जिन्दगी की जद्दोजहद से सिर्फ वही आदमी नावाकिफ रह सकता है जो अपने सोने के किले में महफूज बैठा रहे। ऊँची मंजिल के छज्जे पर खड़े होकर बाल सुखा लेने से ही आप सड़क के आदमी की हमसफर नहीं बन जातीं। आपको अपनी निस्संगता की सजा मिलनी ही चाहिए। आपको तो मेरा शुक्रगुजार होना चाहिए। सच का सामना किए बगैर कोई बड़ा लेखक नहीं बन सकता। सच्चा लेखक आपको मैं बना रहा हूँ समझीं!

गरदन सीधी तानकर वह दौड़ा और अपने दुबले-पतले शरीर का फायदा उठाकर मुसाफिरों की कतार को धकियाता हुआ सबसे आगे पहुँच गया और ड्राइवर के केबिन की दीवार का सहारा लेकर खड़ा हो गया। झटके के साथ हिचकोले खाती बस आगे बढ़ी तो उसका दिमाग भी हिचकोले खाने लगा।

दो हजार रुपया मिल गया तो किताब छपवानी पड़ेगी। उसका दिल उछलकर मुँह में आ गया। एक सपना, बहुत पुराना और बार-बार का देखा हुआ, जिसे पूरे होने की उम्मीद कभी की नहीं, सहसा पूरा हो गया तो? सपना देखना और बात है, पूरा होना...बवंडर से कम नहीं। अचानक जोरदार ब्रेक की मार खाकर बस झटके के साथ रुक गई। पर कौशल गिरा नहीं, पीठ का सहारा था। अब किताब को छपना ही होगा। वक्त आ गया है कि कौशल कुमार सीखे, सपने पूरे होने पर आदमी कैसे जीता है!

बैंक से बाहर निकलते ही उसने पब्लिक बूथ से माधवी को फोन मिलाया।

"कौशल हूँ। यहीं कनाट-प्लेस से बोल रहा हूँ, पैसा मिल गया!"

उधर आवाज नहीं हुई।

"अब सीधा जा रहा हूँ, प्रेस," वह कहता गया, "वहाँ से भारत पुस्तक भंडार जाऊँगा। वहीं से फोन करके बतलाऊँगा आपको।"

"क्या?"

"यही कि काम शुरू हो गया।"

"इसमें बतलाने को क्या है? इतनी बार फोन करने की जरूरत नहीं है।"

"कैसे नहीं है! आपने रुपया लगाया है तो आपको हर पल मालूम रहना चाहिए, काम कैसा चल रहा है?"

"वह जानकार मैं क्या करूँगी? जब किताब छप जाए, बतला दीजिएगा।"

"इतना कृतघ्न मैं नहीं हूँ। अब आप–हम साझेदार हैं। आपको बिना बतलाए मैं कुछ नहीं कर सकता। किताब की पांडुलिपि, कवर का डिजाइन, सब आपको दिखलाकर ही फाइनल करूँगा।"

"मेरे पास उतना वक्त नहीं होगा।"

"वक्त तो मेरा लगेगा। आपने लगाया है रुपया, तो मेहनत मेरी होगी। यही दस्तूर है हमारी व्यवस्था का। हाँ, सलाह आपको देनी पड़ेगी, पर वह भी मैं आपके घर आकर ले जाऊँगा! सच कहता हूँ, आपने जिस भावुकता के साथ रुपया दिया, उसने उम्र भर के लिए गुलाम बना लिया, वरना इस दुनिया में कोई ऐसा पैदा नहीं हुआ जो हमसे चाकरी करा ले। अच्छा चलूँ, पुस्तक भंडार से फोन करूँगा।"

हाँ, माधवीजी, फोन काटकर वह बुदबुदाया, अब हम और आप साझेदार हैं। जानती हैं, कितनी बड़ी बात है, कौशल कुमार जैसे जीनियस के सपनों की साझेदार हैं आप! पहले कभी भरी है इतनी ऊँची उड़ान? नहीं भरी होगी। अब हमारा हाथ थामकर छलाँग लगाइए तो देखिए कहाँ–से–कहा पहुँचती हैं!

गर्व से सीना तानकर, उसने सपने से आ रहे स्कूटर को हाथ देकर रोक लिया। चल बेटा, कमा ले आज दस रुपए तू भी।

4

तीन–चार दिन से कौशल का फोन नहीं आया।

एक अजीब–सी बेचैनी माधवी के भीतर पनप रही है। नौ बजते हैं और अनायास नजर घड़ी पर अटक जाती है। फोन बजता है तो माथे पर बल डालकर तय करती है कि कौशल का होगा तो डपटकर कहेगी–रोज–रोज फोन न किया करें। चोंगा उठाती है। कौशल नहीं होता। राहत महसूस करती है, पर बस क्षण–भर। फिर न जाने कैसा अपरिभाषित शून्य उसे खाली कर देता है। दिमाग खुराक माँगने लगता है, कुछ इस तरह कि घर के किसी काम में मन नहीं लगता...कौशल कुमार ने कहा था, समाज दो भागों में बँटा हुआ है, एक कतार है और एक है हजूम। जो सुरक्षा चाहते हैं, कतार में शामिल हो जाते हैं, औरों के पीछे खड़े होकर या अपने पीछे खड़े रहने की सुविधा देकर। कतार से निकलकर आदमी हजूम में शामिल नहीं हो सकता। वहाँ पहले से मौजूद रहना पड़ता है। आप कहाँ हैं, उसने माधवी से सवाल किया था, आरक्षित अपराधियों की कतार में या बेसहारा हताहतों के हजूम में? उस वक्त माधवी टाल गई थी। पर दो दिन से यह सवाल उसे चैन नहीं लेने दे रहा है। बार–बार वह अपने से पूछती है, ऐसा आदमी भी तो हो सकता है जो कतार में हो पर रहना न चाहे? क्या करेगा ऐसा आदमी, क्या होगी उसकी मन:स्थिति? अपने से पूछ–पूछकर थक गई है, मन है कौशल से पूछे। कौशल से बात होती है तो उसके सवालों के जवाब वह नहीं देता, वह स्वयं पा जाती है। वह एक सवाल पूछता है तो अनेक सवाल और जवाब माधवी के जेहन में उभरते चले जाते हैं।

आज फोन आएगा तो पूछेगी। पर...फोन तो आया नहीं...नौ कब के बज चुके...छोड़ो...कहानी लिखी तो है...देखा जाएगा...चले दो दिमाग को अपनी राह पर...हाथों को कहीं और लगा लो। आज चलो खीर बनाई जाए। समीर का आग्रह तो रोज का है, आज दोपहर राकेश भी खाना खाने घर आएगा, समीर की तरह ही शौकीन है खीर का। तो चलो, सूँघो अब कुछ देर, गाढ़ा होते दो लीटर दूध की खुशबू।

वह रसोई की तरफ मुड़ी कि फोन बज उठा। नजर घड़ी पर गई। ग्यारह बज चुके। कौशल का नहीं होगा। उसने चोंगा उठा लिया।

"मुझे आपसे जरूरी बात करनी है। अभी आ रहा हूँ, जिन्दगी और मौत का सवाल है," कौशल ने अपनी बात कही और फोन काट दिया।

पन्द्रह मिनट भी नहीं गुजरे थे कि वह उसकी बैठक में था। पर आज कोनेवाली कुर्सी पर ढेर नहीं हुआ, कालीन के बीचोबीच खड़ा रहा। जैसे ही माधवी भीतर घुसी, फटी आवाज में कहा, "मुझे एक हजार रुपया चाहिए।"

वह स्तब्ध खड़ी रह गई। आँखों के सामने एक धुन्ध-सी उठ आई। उसी धुन्ध के बीच से उसने देखा, कौशल कुमार का चेहरा तमतमा रहा है, आँखों में बिजली कौंध रही है, माथे पर पसीने की बूँदें झिलमिला रही हैं, नथुने फड़क रहे हैं। दिमाग में अस्पष्ट-सी खयाल आया, पैसा माँगते हुए आदमी की आँखें शर्म से झुकी नहीं रहतीं? कौशल कुमार की आँखें तो ऐसे चमक रही हैं जैसे प्रतिद्वन्द्वी पर तलवार का वार तौल रही हों।

कौशल कुमार के होंठों में स्पन्दन हुआ। "घर खाली करने का नोटिस मिल गया है," चीख से अधिक प्रभावशाली फुसफुसाहट में उसने ऐसे कहा जैसे नोटिस माधवी ने भेजा हो। "साल-भर से किराया नहीं दिया गया। पैसा नहीं मिला तो वे लोग सामान उठाकर बाहर फेंक देंगे। मेरे बच्चे सड़क पर होंगे। नहीं, यह अन्याय मैं उन लोगों के साथ नहीं होने दूँगा।"

नजरें गड़ाकर उसने जड़ खड़ी माधवी को देखा, फिर बोला, "परसों तक दूसरा इन्तजाम कर लूँगा। सूद पर रुपया मिल जाता है। सिर्फ दो दिन की बात है। अभी दे दीजिए, परसों लौटा दूँगा।"

"मेरे पास उतना रुपया नहीं है," माधवी ने कहा।

"चेक दे दीजिए, मैं निकलवा लूँगा बैंक से," कौशल ने तत्काल कहा।

"बैंक में भी नहीं है।"

"क्यों, उस दिन दो ही तो निकाला था, ढाई और होगा।"

तो? बैंक में रखा तमाम रुपया इसके लिए है? बेवकूफ तो वह है। पूरी रकम का ब्योरा देने की जरूरत क्या थी!

"अपने पति से पूछे बगैर नहीं दे सकती," उसने कहा।

"फिर गलत। उस दिन तो कह रही थीं, वे आपकी बात में दखल नहीं देते," वह नहीं चूका।

"नहीं देते, यह उनका बड़प्पन है," लाचारगी और गुस्से से फटकर उसने कहा, "मुझे तो पूछना होगा। वैसे भी रोज-रोज पैसा देना हमारे लिए सम्भव नहीं है। लोग समझते हैं, हमारे पास बहुत पैसा है, पर हमारी जरूरतें ही मुश्किल से पूरी होती हैं..."

"जानता हूँ। जितने पैसों में मेरा पूरा परिवार महीने-भर की रोटी खाएगा, उतने का तो आपकी गाड़ी में पेट्रोल डलेगा। इसलिए तो कह रहा हूँ, परसों लौटा दूँगा।"

माधवी की गर्दन झुक गई ।

कौशल उसके करीब खिसक आया।

"आज पैसा नहीं मिला तो," उसका स्वर काँप गया, "मेरी चौदह बरस की लड़की सड़क पर होगी। पड़ोस की कान्ता वेश्या कैसे बनी...ठीक इसी तरह...सच मानिए..."

सिहरकर माधवी इतनी तेजी से पीछे पलटी की कुर्सी में गिर गई। कौशल कुमार ने झुककर उसके पैर पकड़ लिये थे।

"प्लीज," वह कह रहा था, "आपके पाँव छूकर माँग रहा हूँ, बस आज दे दीजिए, परसों लौटा दूँगा।"

"देखिए, यह सब मत कीजिए। चार दिन पहले आपको दो हजार रुपया दिया है..."

"वह किताब के लिए है। उसे मैं हाथ नहीं लगाना चाहता। बेईमानी करनी होती तो उस रुपए में से किराया न दे देता।"

"दे दीजिए। परसों वापस मिल जाएँगे," परेशान होकर उसने कहा।

"नहीं, कभी नहीं। मरने दीजिए मेरे बच्चों को। हजारों जानवर रोज मरते हैं। इस देश में इनसान की कीमत क्या है! मैं आपके पैर छूकर कसम खाता हूँ, किताब के पैसों को हाथ नहीं लगाऊँगा," कहकर वह वहीं उसके पैरों के पास जमीन पर बैठ गया।

"प्लीज," घबराकर उसने कहा, "आप ऊपर कुर्सी पर बैठिए।"

"नहीं, आपके पैरों में बैठने में मुझे शर्म नहीं है। आपको बतलाना चाहता हूँ, पैसा आप दें, चाहें नहीं, मेरे लिए आप महान व्यक्ति रहेंगी। जिस तरह उस दिन आपने निर्द्वन्द्व, दो हजार दे डाले..."

"पहले आप ऊपर बैठिए। कोई देखेगा तो क्या सोचेगा!"

"सोचने दीजिए। मुझे किसी की परवाह नहीं है। मैं आपकी इज्जत करता हूँ, यह जाहिर करने में मुझे कोई शर्म नहीं है," उसने अपने दोनों हाथ उसके पैरों पर रख दिए, "मेरे सिर पर हाथ रखकर सिर्फ इतना कह दीजिए कि आप मुझसे नाराज नहीं हैं।"

कौशल का सिर अब उसके घुटनों के इतना करीब था कि दूर से देखने पर कोई यही सोचता कि उसकी गोदी में टिका है।

"इतना-सा भी नहीं करेंगी आप मेरे लिए?" वह कह रहा था, "न सही रुपया पर जरा-सी सहानुभूति, थोड़ी-सी मानवीय सहानुभूति मिल जाए तो मैं सब-कुछ

झेल सकता हूँ, बड़ी-से-बड़ी मुसीबत का सामना कर सकता हूँ। इतना भी नहीं देंगी मुझे? बीमार समझकर मेरे सिर पर हाथ रख दीजिए, मैं और कुछ नहीं माँगूँगा।''

रख दे हाथ, माधवी ने सोचा। हर्ज क्या है? इतना-सा करने से अगर यह यहाँ से उठ गया और पैसों के लिए इसरार करना भी छोड़ दिया तो बुरा क्या है? मैं केवल स्त्री नहीं, एक व्यक्ति भी हूँ, तब छूने-भर से इतना परहेज क्यों? वह भी बीमार आदमी को? हाँ, मन:सन्ताप से पीड़ित आदमी बीमार ही तो है।

''प्लीज,'' चेहरा उठाकर कौशल ने कातर स्वर में कहा।

माधवी का हाथ उठा और आश्वस्ति देता हुआ उसके सिर पर जा टिका।

तेल से सने चीकट बालों का स्पर्श सुखद नहीं था। हथेली विद्रोह करके हटने लगी। पर उसने डपटकर रोक दिया। यह उच्चवर्गीय दम्भ है और कुछ नहीं। डॉक्टर-नर्स तो कोढ़ के मरीजों तक को छूने से इनकार नहीं करते। हाथ उसके सिर पर रखे रहकर वह वाकई बड़ा महसूस कर उठी। गर्व से सिर उठाकर ऊपर ताका तो देखा, सामने राकेश खड़ा है।

माधवी के चेहरे का रंग उड़ गया पर उसने हाथ नहीं हटाया। राकेश को देखकर चौंककर हटा लेना बेहद भद्दा लगता।

तभी कौशल ने कहा, ''आपकी गोदी में सिर रख दूँ?''

''नऽहीं!'' माधवी इतनी जोर से चीखी कि खुद दहल गई। कौशल को धक्का देकर वह उठ खड़ी हुई।

आर्तनाद-सा उसके मुँह से निकला, ''राकेश!''

अब जाकर कौशल कुमार की समझ में आया कि राकेश कमरे में है। धीरे से वह उठा, हाथ जोड़कर बोला, ''राकेश जी को नमस्कार।''

ऐसा नहीं कि वह जरा भी शर्मिन्दा है। माधवी को अच्छा लगा।

ये कौशल कुमार हैं, लेखक,'' उसने राकेश से कहा, ''मैंने बतलाया था न, बड़ी मुसीबत में हैं, एक हजार रुपया माँग रहे हैं।''

''उधार,'' फौरन कौशल ने जोड़ा, ''परसों लौटा दूँगा। इन्तजाम करने में जरा वक्त लगेगा और सरकार को आज ही चाहिए, वरना मकान खाली करवा लेगी। माधवीजी के मुँह से आपकी इतनी तारीफ सुनी है कि लगता है मैं आपको अच्छी तरह जानता हूँ,'' वह बिलकुल सहज था।

''तारीफ तो मैंने भी आपकी सुनी है,'' राकेश ने कहा। सहज वह भी था।

''आपने पढ़ीं मेरी कहानियाँ?'' कौशल ने पूछा।

''एक पढ़ी थी। बैठिए,'' वह खुद कुर्सी पर बैठ गया।

कौशल उसके पास वाली कुर्सी पर बैठ गया।

"कौन-सी?" बैठते-बैठते उसने पूछा।

"क्या नाम था...हाँ, ऊपर की मंजिल।"

"कैसी लगी?"

"याद रखने लायक है। इतनी गहरी उदासीनता होती है व्यक्ति के अन्दर! तिलमिला गया था मैं पढ़कर।"

"वाह! मैं नहीं जानता था आपकी साहित्यिक रुचि इतनी परिपक्व है। सच कहता हूँ, राकेशजी, आप जैसा मित्र मुझे मिल जाए तो और कुछ न माँगूँ। माधवीजी वाकई भाग्यशाली हैं।"

राकेश हँस दिया, कहा, "और मैं?"

"आप भी। माधवीजी खूब लिखती हैं।"

"बस?"

"बहुत बढ़िया व्यक्ति भी हैं। मैं तो कहता हूँ, बढ़िया व्यक्ति ही बढ़िया लिख सकता है।"

"जरूरी नहीं है," राकेश ने कहा, "घटिया-से-घटिया आदमी भी बढ़िया लेखक होता पाया गया है।"

कौशल कुमार का चेहरा भभक उठा। "आपका इशारा मेरी तरफ है?" उसने कहा।

"नहीं, आपकी तरफ क्यों होगा?"

"क्योंकि मैं यहाँ पैसा माँगने आया हूँ। पहले भी ले चुका हूँ और कर्जदार हमेशा घटिया आदमी होता है।"

"जरूरी नहीं है," राकेश ने कहा।

कौशल की उत्तेजना कम नहीं हुई। "रुपया आप बेशक मत दीजिए," उसने कहा, "मेरी निगाह में रुपए की कोई कीमत नहीं है। असली चीज है दोस्ती। आपकी दोस्ती खोकर रुपया पाऊँगा तो मेरे लिए डूब मरने की बात होगी। मुसीबत झेलने की मुझे आदत है। बचपन से लेकर अब तक और क्या किया है जीवन में! मकान खाली करना पड़ेगा, कर दूँगा। मेरे बच्चे सर्दी-पाले में ठिठुरकर मर गए तो उफ तक नहीं करूँगा। यह मत समझिए..."

"रहने दीजिए," राकेश ने कहा, "आप बेकार परेशान हो रहे हैं। रुपया ले जाइए। कितना चाहिए?"

"एक हजार," तत्काल कौशल ने कहा।

माधवी को धक्का लगा। एक बार तनिक झिझका तक नहीं।

राकेश ने जेब से रुपए निकाले। सौ-सौ के नोटों की मोटी गड्डी।

माधवी ने देखा, कौशल की निगाह थूक–सनी जबान की तरह लार टपका रही है। होंठ गीले होकर खुल आए हैं जैसे बस लथपथ थक्के बाहर गिरने ही वाले हों। दोनों हाथ बेकाबू होकर काँपे जा रहे हैं जैसे पिछले एक ही क्षण में वह अचानक बूढ़ा हो गया हो। पर बदन चौकन्ना है, घात लगाती जवान लोमड़ी की तरह।

बहुत बीभत्स है।

क्या ज्यादा बीभत्स है?—राकेश के हाथ में सौ–सौ के नोटों की गड्डी या कौशल के मुँह में लार?

कौशल से बेखबर, राकेश एक–एक करके दस नोट गिन रहा है।

माधवी जानती है रुपया कारखाने का है और कारखाने के लिए दस–बीस हजार रुपया मामूली चीज है। पर कौशल नहीं जानता।

कितनी बार राकेश से कहा है, जेब में पड़े तमाम रुपए बाहर निकालकर गिनना असभ्य लगता है, पर राकेश ध्यान नहीं देता।

उसने गिनकर दस नोट अलग किए, बाकी वापस जेब में डाले और उन्हें कौशल की तरफ बढ़ाकर बोला, ''लीजिए।''

शब्द पूरा भी नहीं हुआ था कि कौशल ने लपककर रुपए झपट लिये और उठ खड़ा हुआ।

''परसों लौटा जरूर दीजिएगा,'' माधवी ने कहा।

''जरूर। आपको जरूरत होगी!'' उसने तुर्श आवाज में कहा पर अपने व्यंग्य का असर जाँचे बगैर घर से बाहर निकल गया।

माधवी सह न सकी। ''तुम्हें इतने सारे रुपए उसके सामने बाहर नहीं निकालने चाहिए थे,'' उसने राकेश से कहा।

''क्यों?'' कौशल कुमार से भी तीखी आवाज में राकेश ने कहा, ''इसलिए कि कौशल कुमार गरीब आदमी है और रुपया देखते ही गरीब आदमी की नीयत खराब हो जाती है?''

माधवी हतप्रभ रह गई। किसी तरह अपने को सँभालकर कहा, ''नहीं, पर इतना रुपया एक साथ देखकर किसी को भी गलतफहमी हो सकती है कि हमारे पास बहुत रुपया है।''

''है नहीं तो दान देने का नाटक क्यों करती हो?'' उसी तुर्श आवाज में राकेश ने कहा और फिर कहता ही गया–

''मैं भी गरीब घर का लड़का हूँ। मेरे पिताजी मामूली क्लर्क थे। हमारे यहाँ भी तीन–तीन, चार–चार महीनों तक किराया नहीं भरा जाता था। पिताजी अतिरिक्त कमाई के साधन खोजते इधर–उधर टक्कर मारते घूमते थे। पर उसका यह मतलब नहीं था कि रुपया देखते ही उनकी नीयत खराब हो जाती थी। तुम अमीर बाप की

बेटी हो इसलिए समझती हो कि दरियादिली का नाटक करके गुलाम खरीद सकती हो और तोहमत यह कि रुपया देखते ही उनकी नीयत बिगड़ जाएगी।''

आहत, भौचक माधवी उसको देख रही थी। बारह वर्ष के विवाहित जीवन में जो प्रहार कभी नहीं किया, वह आज क्यों?

''तुम लोगों की नाटकीय हमदर्दी से अच्छी तरह वाकिफ हूँ,'' राकेश कह रहा था, ''जानवर समझकर आदमी के सिर पर हाथ रख दो और...''

अब और नहीं! अन्धे हाथ फैलाकर माधवी दौड़ी और पिस्तौल से निकली गोली की तरह राकेश की छाती से जा लगी।

''नहीं, राकेश, नहीं।''

वह कुछ देर बिलकुल स्थिर खड़ा रहा, फिर एक लम्बी साँस भरी। माधवी ने महसूस किया कि उससे सटे बदन का तनाव ढीला पड़ गया है।

धीरे से उसे अलग करके वह कुर्सी पर जा बैठा।

''यह आदमी ठीक नहीं है,'' बुदबुद करके उसने कहा।

माधवी ने चौंककर उसकी तरफ देखा, कहा, ''मै उसे यहाँ आने से मना कर दूँगी।''

''नहीं,'' कहीं गहरे डूबे राकेश ने कहा, ''मैं हारना नहीं चाहता।''

''पर हमारी उससे कोई लड़ाई नहीं है।''

''लड़ाई है। जिसके पास नहीं है और जिसके पास है, वे न लड़ें तो भी उनके बीच लड़ाई है।''

''पर हमारे पास जो है मेहनत की कमाई है, बेईमानी की नहीं। नम्बर दो का पैसा जिनके पास है, वे...'' राकेश की आँखें अपने चेहरे पर महसूस करके माधवी सहसा चुप हो गई। राकेश की नजरें नकाबों को चीरकर असलियत सामने लाने में माहिर हैं। अपना बिजनेस है उनका, लघु उद्योग ही सही। नम्बर दो का पैसा तो पूरे व्यवसाय का अनिवार्य अंग बन चुका है।

''वह नौकरी क्यों नहीं करता!'' अपने सिर से हटाकर भर्त्सना उसने कौशल के ऊपर उँड़ेल दी।

राकेश चुप रहा।

''मैं अच्छी तरह जानती हूँ, वह रुपए कभी नहीं लौटाएगा,'' उसने कहा।

राकेश फिर भी चुप रहा और जब बोला तो उसका माधवी की बात से कोई ताल्लुक न था।

''अच्छा,'' उसने कहा, ''विद्रोह का यह भी तो रूप हो सकता है कि बैल की तरह जुआ ढोने के बजाय आदमी जोंक की तरह खून पीने लगे।''

''क्या मतलब?''

''जरूरी नहीं है कि जोंक आदमी का ही खून पिए, दूसरी जोंक का भी पी सकती है।''

यह कौन बोल रहा है, राकेश या कौशल कुमार ?

''देना वह कहानी, ऊपर की मंजिल,'' राकेश ने कहा।

''नहीं, रहने दो। कोई जरूरत नहीं है उसकी कहानी पढ़ने की।''

''जरूरत है। बार-बार पढ़ने की जरूरत है,'' राकेश ने कहा और खुद उठकर उसके कागजों में से कहानी निकाल लाया।

माधवी को लगा उसके हाथ में थमे कागजों की परछाईं रेंगती हुई दरवाजे तक जा पहुँची है। बीच दोपहर कमरे में अँधेरे की पट्टियाँ खिंच गई हैं, इस तरह कि अब शायद यहाँ सूरज का दखल कभी न हो।

धम से कौशल कुमार बस-स्टॉप के पास वाली पटरी पर बैठ गया। व्यंग्य करके चला तो आया पर अब लग रहा है, उस घर में दोबारा प्रवेश पाने के लिए आज लिया रुपया लौटाना ही पड़ेगा।

आज घर का मालिक मौके पर पहुँच न गया होता तो रुपया मिलना नहीं था। माधवी ने तो मना कर ही दिया था। लगता है, उतनी बेवकूफ नहीं है जितनी समझा था या शायद उतनी मालदार नहीं है। मालदार! सिर हाथों में थाम लेना पड़ा। चक्कर आ गया था।

आँखों के सामने सौ-सौ के बेहिसाब नोट घूम गए थे जिन्हें माधवी के पति ने लापरवाही के साथ जेब से निकाला था। गिनकर दस नोट अलग करते हुए बार भी उसके हाथ नहीं काँपे, माथा नहीं पसीजा। और कौशल कुमार! याद करके ही मुँह का स्वाद ऐसा हो गया जैसे सब खाया-पीया बाहर आ रहा हो। सिर से हटाकर उसने हाथ पेट पर बाँध लिये। आँखें पूरी तरह खोलकर सामने खिंचे दृश्य पर जमा दीं। हो सकता है कि सामने दीखता यथार्थ फरफराते नोटों से बने मायावी संसार को परे धकेल दे।

पर है क्या सामने? एक फटीचर चाय की दुकान जहाँ उसी जैसे फटीचर आदमी, तिड़के, मैले प्यालों में चाय पी रहे होंगे। पास खड़ा है फटेहाल खोमचे वाला जिससे लेकर कुछ दिन पहले कुलचे-छोले खाए थे। अब सोचकर मतली आ रही है। और सड़क की पटरी पर पसरा चेचक के दागों से गुदा बीड़ी-सिगरेट वाला छोकरा जो उसी का भाई दीख रहा है। जरा दूर पर, कुछ हटकर, बगीचा जरूर है जिसमें रंग-बिरंगे गुलाब लहलहा रहे हैं। पर उसे देखने के लिए गरदन काफी मोड़नी पड़ती है। यही तो विडम्बना है उस जैसे हर आदमी के जीवन की; जो सामने

है इतना बदसूरत कि एकाग्र नहीं होने देता और जो सुन्दर है, इतनी दूर कि गरदन सीधी नहीं रहने देता। पर नहीं, आज नहीं, आज टेढ़ी गरदन के सहारे दीखते गुलाब उसे बाँध नहीं सकते। फरफराते नोटों का संसार कहीं ज्यादा सजीव है, ऐसा यथार्थ जो सत्य है, शिव है और सुन्दर है। नोट आकाश में उड़ान भरते, फरफराते पक्षी हैं; नोट सागर की छाती पर प्रवहमान पानी में बगूले उठाते जहाज हैं; नोट बरसात से धुले पीपल के नए हरे पत्ते हैं। लहरा-लहराकर हर पल नई तस्वीर बनाते हैं नोट। तस्वीर बनती है, नोट क्षण-भर थिर रहते हैं, फिर नाच उठते हैं, पैरों में घुँघरू बँधे हों जैसे। तस्वीर बिगड़ती है, पर दूसरे ही क्षण नई बनकर सामने आ जाती है। फिर वही खेल! बचपन में आत्मविस्मृत होकर देखा करता था, छोटी-सी नली में से रंग-बिरंगी चूड़ियों के टुकड़ों का हर पल बनता-बिगड़ता मनमोहक चित्र। आज जो खेल आँखें देख रही हैं, उसके सम्मोहन के सामने वह क्या है, कुछ भी तो नहीं!

न जाने कितनी देर खुली आँखों से वह सपनों की दुनिया का मायावी खेल देखता रहा। पता नहीं कितनी बसें आईं, ठहरीं और निकल गईं। देखकर भी अनदेखा करता रहा, दौड़कर पकड़ने की कोशिश नहीं की। आज जेब में पड़े नोटों को निकालकर उँगली की पोरों से भी नहीं छुआ।

जो हो, ये रुपए लौटाने ही होंगे। ऐसे के ऐसे, दस नोट, जो जेब में पड़े हैं। सच तो यह है कि किताब के लिए मिले दो हजार रुपयों में से एक हजार वह मकान के बकाया किराए के लिए कल ही जमा कर चुका। सोचा था, एक बार माधवी से मिल लेने पर...वाकई वह उतनी बेवकूफ नहीं है जितनी उसने सोचा था। अच्छा है। इतनी आसानी से रुपए मिलते रहते तो उसमें और उन परजीवी सेठों में अन्तर क्या रहता जिनके विरुद्ध उसका वर्ग-संघर्ष है। वर्ग-संघर्ष! वह ठठाकर हँस पड़ा। कैसा वर्ग-संघर्ष? सब अपने-अपने में गर्क हैं, अपने लिए लड़ रहे हैं; लड़ भी कहाँ रहे हैं, बस मौका देखकर एक-दूसरे को मार रहे हैं। वह भी...

रुपए मगर लौटाने होंगे। न लौटाए तो हो सकता है, माधवी उसे घर आने से रोक दे। कमजोर औरत नहीं है। पति के सामने उसके सिर पर हाथ रखे बैठी रही। क्यों रखा हाथ...हो सकता है...उस दिन कहा, 'आप बदसूरत नहीं हैं, बिलकुल नहीं' और अब...यह इस बात का अकाट्य प्रमाण है कि मैं बदसूरत नहीं हूँ वरना इतनी खूबसूरत, सम्भ्रान्त और प्रबुद्ध महिला मेरे सिर पर हाथ रख ही नहीं सकती थी। हाँ, यह भी तो कहा था, आप बहुत डिस्टर्ब करते हैं। 'तुम नहीं, तुम्हारी कहानी', दिमाग के कोने में छिपे गुप्तचर ने टोका। कौशल ने पेट से हटाकर हाथ कानों पर रख लिये। एक स्त्री पहले कहे, तुम बदसूरत नहीं हो फिर...। 'तुमने पूछा था, उसने खुद नहीं कहा', गुप्तचर ने फिर टोका पर कौशल ने नजरअन्दाज कर दिया। दिमाग के कोनों से आती बेमतलब आवाजों को न सुनना उसके जीनियस का हिस्सा है। हर आदमी

के अन्दर ऐसी आवाजें बुदबुद करती रहती हैं जिन्हें हमने बुर्जुआ संस्कृति से विरासत में पाया है। उनका काम ही है, घिसे-पिटे तर्क पेश करके पेंग भरते आदमी को अड़ंगी मारकर नीचे पटक देना। कौशल कुमार उनसे टक्कर लेना खूब जानता है। एक बार ये रुपए लौटा देने पर...सम्भावनाएँ-ही-सम्भावनाएँ हैं।

किताब के लिए मिले दो हजार रुपयों में से एक हजार किराया हजम कर गया, दूसरा पत्नी और पुत्री निगलने की घात में हैं। जब से रुपया देखा है, बीवी को कब-कब के भूले-बिसरे सूदखोर याद आ रहे हैं, जिनका असल तो क्या, ब्याज चुकाने की हालत में भी वह नहीं रहा। उधर लड़की नए सूट और स्वेटर के लिए भूख-हड़ताल किए पड़ी है। कहती है, फटी सलवार-कमीज पहनकर मैं स्कूल नहीं जा सकती। मत जाओ! जरूरत क्या है पढ़ने-लिखने की? जाओ, जाकर सड़क पर झल्ली ढोओ। और हमने क्या किया है। झल्ली नहीं ढोई, प्रूफ पढ़े। एक ही बात है। सोलह बरस की लावारिस उम्र से लेकर अब तक...

गलती उसकी थी। उन फटेहाल जरूरतमन्दों को रुपया दिखलाना ही नहीं चाहिए था। दो हजार देखकर उसकी अपनी आँखें फट गई थीं, उन बेचारों का क्या कसूर! कहा जरूर था डपटकर, यह तुम्हारे लिए नहीं, किताब के लिए है पर मकान का नोटिस आ जाने पर...नहीं, मुझमें हिम्मत नहीं, किरण को सड़क के हवाले करने की। पता नहीं मुकर्जी ने कैसे कान्ता को...

यह जरूर कर सकता था कि माधवी से लेकर किराए का रुपया चुका देता और बाकी सँभालकर कहीं छुपा रखता। सँभालकर! अपनी ही बात पर उसने पिच्च से सड़क पर थूक दिया। कहाँ रखता सँभालकर, उस एक कमरे और रसोई में, जिसका पूरा साजोसामान एक कुर्सी-मेज है, जिसकी दराज तभी से गायब है जब कबाड़ी से पाँच रुपए में खरीदी थी? पत्नी बहुत बिगड़ी थी पाँच रुपयों की बरबादी पर। पर कौशल अपना प्यारा भ्रम पाले रखना चाहता था कि लिखने की मेज पर बैठते ही, उसके अन्दर एक महान लेखक की आत्मा जन्म लेती है, जो उसे हर कमीनगी से ऊपर उठाकर आला इनसान बना देती है। लिख तो आदमी जमीन पर पसरकर भी सकता है पर तब कमीने आदमी से महान चिन्तक में कायापलट नहीं होती। कैसे होगी जब कमर सीधी तानकर बैठने की सुविधा न हो? उसके कमरे में एक वही कुर्सी-मेज है जो जमीन से ऊपर है, बाकी जमीन-ही-जमीन है। कुछ लोग जमीन पर घर बनाते हैं; उसके यहाँ घर के अन्दर जमीन है। और उसका पूरा परिवार...

एक बार साहित्यिक मित्रों के बीच उसने जुमला फेंका था, "हमारी आधुनिकता देखो, हमारा पूरा घर एक डबल-बेड है जिस पर हम एक-दूसरे को गरम रखते हैं।"

मित्रों को जुमला पसन्द आया था। बलराज ठहाका लगाकार बोला था, "बुखार आने पर खासा आराम रहता होगा। गरम पानी की बोतल पास हो जैसे।"

उसके उजड्ड मजाक पर वह ठहाका लगा रहा था कि राजेश्वर मिश्र बोला था, "डबल-बेड पर केवल पति-पत्नी सोते हैं, पूरा-का-पूरा परिवार नहीं।"

मित्रों ने जोरदार ठहाका लगाया था और कौशल का ठहाका बीच गले थूक में घुटकर रह गया था। साला...।

उस बारह गुणा दस फीट की जमीन के किस कोने में छुपा रखता रुपया? यह माधवीजी की कोठी नहीं है कि आदमी तक छुप सके। ऐसे भी घर होते हैं! एक कमरे में सोफे-कुर्सियाँ, मेजें, इस इन्तजार में कभी कोई आए तो बैठे। पास के कमरे में, सारा दिन बाट जोहता, एक लम्बा-चौड़ा डबल-बेड कि रात होने पर दो प्राणी उस पर आकर लेटें। बच्चों के सोने का अलग कमरा। एक खाली कमरे में करीने से लगी किताबों के बीच एक खूबसूरत मेज और कुर्सी, कि माधवीजी में प्रेरणा का उद्भव हो तो वे बैठकर लिखें।

और एक वह है, कौशल, जिसके दिलोदिमाग में कागज पर उलट आने के लिए शब्दों के कीड़े हरदम कुलबुलाते रहते हैं, पर उसे उस घड़ी तक सब्र से उबकाइयाँ भरते रहना पड़ता है, जब तक घर के बाकी पाँच प्राणी सो न जाएँ और वह भीड़ के बीच अकेला होकर मेज पर बैठ सके। तब कमर तो सीधी तान लेता है, पर पैर सालों को सिकोड़कर रखना पड़ता है। जरा फैलाए नहीं कि जमीन पर पड़ी मांस की गठरी से टकरा गए। मन करता है...

माधवीजी कहती है, बीमार पड़ती हूँ तो एक तरह से अच्छा लगता है। अकेले बिस्तर पर सपाट लेटकर बाहर के संसार से कटकर एकदम रचनाशील हो उठती हूँ। एक बार उसके घर आकर बीमार पड़ें तो पता चले। खुरदरी ठंडी जमीन के एक कोने में फटे कम्बल में लिपटे पड़े काँपते रहो और बार-बार पास से गुजरते मैले, बिवाई-फटे पैरों को देखते रहो। पैर पास आकर ठिठकते भी तो नहीं, बस कोसकर निकल जाते हैं कि साला आधा कमरा घेरकर पड़ गया। कौशल बीमार पड़ता है तो धूप निकलते ही, किसी तरह घिसटता हुआ, म्युनिसिपेलिटी के पार्क में पहुँच जाता है। और शाम तक वहीं पड़ा कँपकँपाता-कराहता रहता है। हमारी सरकार बेचारी है बहुत रहमदिल। अस्पताल नहीं खोल पाती तो न सही, पार्क तो बना देती है। असली समाजवाद वहीं देखने को मिलता है। बड़े आदमियों के कुत्ते और छोटे आदमियों के बच्चे मिलकर पेशाब करते हैं, कोई मनाही नहीं है। अपनों की ठोकरों में पड़े रहने से अच्छा है, अजनबियों के मैले पर पड़े रहो। लिख सकती हैं माधवीजी, आप हमारे घर में बीमार पड़कर? दूसरों की ठोकरों में पड़ा आदमी क्या लिखेगा और कहाँ छुपाकर रखेगा अपनी निजी सम्पत्ति? एक अलमारी तक तो है नहीं। जरूरत भी नहीं है। दिन में कपड़े देह पर टँगे रहते हैं, जिस रात धुले, रसोई में रस्सी पर लटक जाते हैं। किताबें हैं तो मेज पर लदी रहती हैं या कमरे के एक कोने में।

हाँ, दर्शन की किसी सेहतमन्द किताब में छुपाकर रख देता तो रुपए उनकी नजरों से बच सकते थे, पर यह भी हो सकता था कि पत्नी वही किताब उठाकर कबाड़ी को बेच डालती। जरूरत पड़ने पर, और जरूरत उनके घर में पड़ती ही रहती है, पत्नी उसकी कोई भी, अपनी या माँगकर लाई हुई, किताब ऐसे ही कबाड़ी को बेच दिया करती है। तभी तो...नहीं, यह बात गलत है। छिपाकर न रख पाने की मजबूरी की वजह से नहीं, खबर पचा न पाने के कारण, उसने उन लोगों को रुपए दिलवाए थे। मन कर रहा था, घर की छत पर खड़ा होकर जोर-जोर से चिल्लाए, अब समझ आया, हम कितने बड़े लेखक हैं। शहर के धनी-मानी हमारा आदर करते हैं। हजार-दो हजार रुपया तो यूँ ही इसरार करके हाथ में पकड़ा देते हैं कि आपकी किताब छपेगी तो कृतकृत्य हम होंगे। जानते हो, शहर की सबसे खूबसूरत और धनाढ्य महिला ने दो हजार रुपए हमारी नजर किए हैं। छत पर तो खैर चढ़ नहीं सकता था, दूसरी मंजिल पर भी किराएदार रहते हैं, पर बीवी-बच्चों पर खूब रोब झाड़ा था। उसी की कीमत तो...

उस कुत्ते के पिल्ले मकानमालिक को अभी बकाया किराया वसूल करना था। एक साल रुका रहा, और महीना-भर नहीं रुक सकता था!

एक बस आई और किकियाकर ठीक उसके सामने रुक गई। ढेर सारी धूल उड़कर उसके चश्मे के शीशों पर जम गई। किर-किर करती आँखों में घुल गई। फिर भी वह उठा नहीं, वहीं पटरी पर पसरा रहा। चश्मा उतारकर शीशे भी साफ नहीं किए, न आँखें मलीं। पास की दुनिया की तस्वीर पर पड़ी धूल की परत साफ करके क्या मिलेगा और धूल सिर्फ आँखों में नहीं, उसके पूरे अस्तित्व में घुली हुई है। बसें और भी आईं और निकल गईं। वह बिना देखे देखता रहा, बिना सोचे सोचता रहा। इस बार रुपए लौटाने ही होंगे। फिर देखेंगे क्या होता है। आज रात स्पिनोजा के मोटे ग्रन्थ में छुपाकर यह दस नोट रख देगा। सबके सो जाने के बाद तक पढ़ता रहेगा और सुबह वही किताब हाथ में लेकर जल्द-से-जल्द घर से निकल जाएगा। योजना बनाकर काम करने की आदत नहीं है पर रात-भर के लिए निभा ले जाएगा।

जाने दो सामने से मुसाफिरों से लदी बसों को। उसे कोई जल्दी नहीं है। रात घिर आने पर पकड़ेगा और खूब देर करके घर में घुसेगा। सब सो चुके होंगे। तब डर नहीं रहेगा। सिर्फ बड़ी मछलियाँ ही छोटी मछलियों को नहीं खातीं। कभी-कभी कमजोर और मासूम दीखनेवाली छोटी मछलियाँ भी मिलकर बड़ी मछली को खा जाती हैं। घात लगाकर नहीं। बस अपने होने के वजूद से।

5

अगली सुबह दस बजे दरवाजे की घंटी बजी। माधवी ने खुद आकर दरवाजा खोल दिया।

सामने कौशल खड़ा था। उसके माथे पर बल पड़ गए।

"कहिए?" उसने कहा और भीतर जाने के लिए नहीं पलटी।

"भीतर आने को नहीं कहेंगी?"

"आइए," उसने अनिच्छा से कहा और पूरी तरह उस पर जाहिर करने के खयाल से क्षण-भर और वहीं खड़ी रही।

फिर मुड़ी तो वह उसके पीछे आकर अपनी कुर्सी में धँस गया।

माधवी उसके सामने खड़ी हो गई। पूछा, "कुछ खास बात है क्या? मुझे अभी बाहर जाना है।"

"चाय नहीं पिलाएँगी?" उसने बात काटकर कहा।

क्या मुसीबत है

वह मुड़ी और रसोईघर में जाकर एक प्याला चाय बनाने लगी। जितनी देर पानी खौला, बदबुद करके, कौशल को एक-से-एक वाहियात गाली देती रही। फिर प्याला लाकर उसे पकड़ा दिया और दोबारा पूछा, "क्या बात थी?"

"आप चाय नहीं ले रहीं?" उसने पूछा।

"नहीं, मैं बहुत जल्दी में हूँ। आप अपना काम बतलाइए।"

"बस, चाय खत्म कर लूँ तो बतलाता हूँ। दो मिनट लगेंगे। एकदम गरम चाय पीने की आदत है। पत्नी बेचारी बहुत परेशान रहती है। जरा-सी ठंडी हो जाए तो दोबारा गरम करवाता हूँ, और पीता भी, एक नहीं, तीन-चार प्याले हूँ।"

माधवी कमरे में घूमकर सामान ठीक करने लगी, बैठी नहीं।

"एक प्याला आप भी लेतीं तो..." कौशल ने कहा।

"नहीं!" उसने इतनी शुष्कता से कहा कि अचरज था कौशल के प्याले की चाय सूख न गई। दो मिनट के अन्दर उसने चाय खत्म कर ली, पर उतनी देर में माधवी ने असंख्य गालियाँ उसे और दे डालीं।

इत्मीनान से खाली प्याला पास पड़ी मेज पर रखकर कौशल ने कहा, ''आपके रुपए लौटाने आया हूँ। माफ कीजिएगा, कल आपको बहुत असमंजस में डाला।'' कहकर उसने जेब से रुपया निकाल भी लिया।

''मैं अच्छी तरह समझ रहा था, आपने मुझे माँगनेवालों की कतार में ले जाकर खड़ा कर दिया है,'' कौशल ने कहा और रुपए आगे बढ़ा दिए।

''इन्तजाम हो गया?'' लज्जित, भौचक माधवी के मुँह से निकल गया, ''न हुआ हो तो अभी रख लीजिए।''

कहकर वह घबरा गई। कहीं वह सच न मान ले।

''जरूरत होगी तो फिर माँग लूँगा, अभी तो रखिए,'' कौशल ने स्निग्ध उदारता के साथ कहा, ''आपसे माँगने में मुझे कोई शर्म नहीं है। जिस अपनेपन के साथ उस दिन आपने रुपए मुझे पकड़ा दिए थे, मैं समझ गया था, आपके मन में मेरे लिए जगह जरूर है।''

''नहीं–नहीं,'' रुपए थामते हुए माधवी अपना बचाव कर उठी, ''मैंने रुपए इस विश्वास पर दिए थे कि अप्रैल–मई तक वापस मिल जाएँगे।''

''आप कुछ भी कहें, मुझे धोखा नहीं दे सकतीं। व्यवसायी सूझ–बूझ में अपनी मानवीयता और उदारता को कितना भी लपेटें, मेरा विश्वास नहीं हिला सकतीं, कभी नहीं; आप जैसी उदारमना नारी इस युग में और नहीं मिलेगी।''

माधवी ने प्रतिवाद करना चाहा, पर मन कहीं खुशी से नाच उठा। सच तो कह रहा है। उस जैसी उदार और संवेदनशील स्त्री क्या आसानी से मिल सकती है? कोई व्यक्ति हमारा ठीक मूल्य जाने तो...

''और चाय लेंगे?'' उसने कहा।

''ले लेंगे। जो देंगी ले लेंगे।''

''कुछ खाएँगे?'' उसने पूछा, खयाल आ गया कि हो सकता है यह बिना कुछ खाए घर से चला हो।

''खिलाएँगी तो खा भी लेंगे।''

वह प्लेट में नमकीन निकाल लाई और इस बार के बजाय दो प्यालों में चाय डालकर, उसके पास आ बैठी।

''कुछ और लिखा आपने?'' कौशल कुमार ने पूछा।

''एक कहानी लिखी तो है पर अभी...''

''दिखलाइए न,'' बात पूरी होने से पहले ही कौशल ने किलककर कहा, ''आपकी रचना देखने को मिले, ऐसा दिन बहुत ही शुभ है।''

माधवी ने कहानी लाकर उसे दे दी।

कौशल कुमार ने पूरी तन्मयता से कहानी पढ़ी। चाय पास पड़ी ठंडी होती रही।

माधवी उसके चेहरे के भाव पढ़ने की कोशिश करती रही। तल्लीनता के अलावा कुछ नजर नहीं आया। कैसी लग रही है, जानने के लिए उसकी देह की हर शिरा तन गई। उसने गहराई से कौशल कुमार को महसूस किया। उन कुछ क्षणों के लिए उनके बीच एक घनिष्ठ आत्मीयता स्थापित हो गई। अन्तिम पृष्ठ पढ़कर उसने कागज नीचे किए तो माधवी की आँखें उसी पर टिकी हुई थीं। तीरकमान की तरह तनी देह केवल प्रश्न बनी हुई थी।

कौशल ने प्याला उठाकर घूँट भरा और बोला, "एकदम ठंडी हो गई। गरम चाय नहीं पिलवाएँगी?"

माधवी शालीन नहीं रह सकी। पूछ ही बैठी, "कहानी कैसी लगी?"

"इसीलिए तो चाय माँग रहा हूँ," कौशल ने कहा, "इतनी बढ़िया कहानी है कि मन हो रहा है लेखक के हाथ चूम लूँ, पर जानता हूँ आप इजाजत नहीं देंगी इसलिए चाय पर सन्तोष कर रहा हूँ।"

कहानी की प्रशंसा सुनकर माधवी प्रसन्न हुई और हाथ चूमने की बात सुनकर क्षुब्ध।

"प्लीज, इस तरह मत बोला कीजिए," उसने कहा।

"किस तरह? कहानी अच्छी लगे तो प्रशंसा न करूँ?"

"प्रशंसा कीजिए पर इस तरह के शब्द..."

"किस तरह के?"

माधवी चुप रही। कुछ शब्द दोहराए नहीं जा सकते।

"देखिए," कौशल ने ही कहा, "मेरी कोई बात आपको बुरी लगी हो तो माफ कर दीजिए। मुझे भद्र समाज के तौर-तरीकों और बोलचाल का ज्ञान नहीं है। एक बात का विश्वास रखिएगा, प्राणों की रक्षा करने के लिए भी मैं आपके अपमान की बात मन में नहीं ला सकता।"

"अच्छा, अच्छा, जाने दीजिए, मैं चाय लाती हूँ," वह उठी और एक प्याला चाय बना लाई।

"एक दिन आपने कहा था न," सामने बैठकर उसने कहा, "आदमी या कतार में होता है या हजूम में। उसी को लेकर मैंने यह कहानी लिखी है। ऐसा भी तो हो सकता है कि आदमी कतार में हो पर रहना न चाहे...तब?"

"तब उसे इस बात के लिए तैयार रहना चाहिए कि हजूम उसे कन्धों पर नहीं उठाएगा, उसे रौंदता हुआ आगे बढ़ जाएगा, उसकी मैयत पर थूकेगा, फब्तियाँ कसेगा और इस बहादुरी का सेहरा अपने सिर बाँधेगा कि कतार से बाहर खींचकर, कम-से-कम एक आदमी को उसने खत्म कर दिया।"

माधवी का पूरा बदन रोमांच से सिहर उठा।

"आह," आनन्दित होकर उसने कहा, "वही तो...ठीक वही तो है कहानी में।"

"यानी कहानी में कहीं हम भी हैं," कौशल ने ठसक के साथ कहा।

माधवी हँस पड़ी। "और क्या," उसने कहा, "आपसे बात करके कोई आदमी चैन से बैठ सकता है भला!"

कौशल क्षण-भर उसे देखता रहा फिर उसकी आँखों में बिजली-सी कौंध गई।

"कहानी मुझे पसन्द आई, पर..." उसने कहा।

"पर?" अधीर होकर माधवी ने पूछा।

"एक बात जरा-सी खटकी। बतलाऊँ?"

"हाँ-हाँ, बतलाइए न।"

"अन्त जरा क्षिप्र है। अंग्रेजी में जिसे कहते हैं एबरप्ट। एक दृश्य और आना चाहिए जिससे स्पष्ट हो कि नायिका की मन:स्थिति में परिवर्तन आया कैसे, क्यों कतार से निकल भागने की छटपटाहट मन में जागी। तब देखिएगा कहानी एकदम क्लासिक बन जाएगी।"

"अच्छा..." वह सोच में पड़ गई, "पढ़कर देखूँगी एक बार। जरूरत लगी तो लिख दूँगी।"

"आप कहें तो मैं लिख दूँ?" कौशल ने लापरवाही के साथ कहा, इतनी लापरवाही से कि कहानी में डूबी माधवी को समझने में वक्त लगा। जब समझी तो तड़प उठी। क्या कह रहा है यह आदमी; उसकी अस्मिता को नकार रहा है और इस लापरवाही के साथ जैसे दूसरा प्याला चाय माँग रहा हो।

"आप क्यों लिखेंगे! मैं खुद लिख लूँगी," उसने कहा।

"आप तो लिख ही लेंगी," कौशल तुरन्त बोला, "पर हमें भी ऐसी महारत हासिल है कि बिलकुल आपकी तरह लिखकर दिखला दें।"

"तो?" माधवी ने इतनी कड़ी भर्त्सना के साथ कहा कि कौशल पर असर हुए बगैर न रहा। पल-भर उसे देखकर वह बच्चों की तरह बेधड़क हँस दिया, "अरे, मैं तो मजाक कर रहा था, आप परेशान क्यों हो गईं? अब देखिए न, और कोई तो हमारी तारीफ करता नहीं, हम खुद ही करके खुश हो लेते हैं।"

माधवी सहज नहीं हो पाई। "नहीं," उसने कहा, "यह मजाक नहीं है। मेरी कहानी मेरी अपनी है, उसमें किसी का दखल मैं बर्दाश्त नहीं कर सकती। हो सकता है, आप मुझसे अच्छा लिखते हों, आपका जीनियस मुझसे बड़ा हो पर मेरी कहानी आप नहीं सुधार सकते। अगर मुझे लगा कि आपके कुछ जोड़ने से मेरी कहानी सुधर गई तो लिखना छोड़ दूँगी। हमेशा के लिए।" अन्तिम बात तक आते-आते उसकी आवाज रुँध गई, आँखों में आँसू छलछला आए।

कौशल कुमार प्याला छोड़कर उसके पास चला आया। "मेरी बात का दुख न करें, मैं आपसे माफी..." कहकर वह नीचे झुका ही था कि माधवी चीख पड़ी, "दूर रहिए आप!"

कौशल दूर नहीं हटा, बल्कि उसके और करीब आ गया।

"मतलब क्या है आपका!" वह कहती गई, "पैर छूने के बहाने बार-बार मेरे करीब किसलिए चले आते हैं! मैं किसी का हाथ-पाँव छूना बर्दाश्त नहीं कर सकती।"

कौशल भौचक उसे देख रहा था। माधवी का चेहरा तुरन्त दहकी अँगीठी की तरह तमतमा रहा था, छाती खौखियाती बिल्ली की तरह ऊपर-नीचे हो रही थी।

"मैं जा रहा हूँ," कौशल कुमार ने कहा।

"जाइए! जाना ही चाहिए! आप क्या समझते हैं, मेरी कहानी सुधार कर आप..." उसके होंठ इतनी बुरी तरह काँप रहे थे कि आगे बोल नहीं पाई। 'जा रहा हूँ' कहकर भी कौशल वहीं उससे सटा खड़ा था।

"अब जाते क्यों नहीं!" आँसू घोंटकर वह चिल्लाई।

"ठीक है। जा रहा हूँ।" उससे भी ऊँची आवाज में चिल्लाकर कौशल बाहर निकल गया।

माधवी धीरे-धीरे कुर्सी में धँस गई। सिर पीछे डालकर आँखें मूँद लीं। सोचा, बहुत थक गई है पर क्षण-भर बाद महसूस किया कि थकान के बावजूद बदन अलस नहीं, तरोताजा है, जैसा लम्बी सैर के बाद होता है। मन हो रहा था, हँसे, खिलखिलाए, दिमाग का चाकू की धार की तरह इस्तेमाल करे। आँखें खोलकर वह कूदकर कुर्सी से उठ खड़ी हुई और देखा सामने कौशल खड़ा है।

कुछ कह पाती, उससे पहले ही वह ऊँची आवाज में बोला, "यह पूछने के लिए लौट आया हूँ कि आपके पैसों का क्या करना है?"

"क्या मतलब?"

"अपना रुपया अब शायद आप वापस लेना चाहें। कुछ रकम प्रेस को दी जा चुकी है। उसके लिए क्या करना होगा, बतला दीजिए।" उसकी आवाज और ऊँची उठी तो माधवी ने अनायास कहा, "जरा धीरे बोलिए।"

"क्यों? क्यों धीरे बोलूँ? मैं आपका नौकर हूँ?" वह चीखा पर आवाज में इतनी ताकत नहीं थी कि ऊँचाइयों को सँभाल सकती, बीच रास्ते फटे बाँस-सी जवाब दे गई।

माधवी ने देखा; एक दुबला-पतला आदमी, जो मर्दानगी दिखलाने की कोशिश में बेहद जनाना लग रहा है, चार्ली चैपलिन के ट्रैम्प से ज्यादा हास्यास्पद।

"आपने शरच्चन्द्र पढ़ा है?" उसने चुपके से पूछा।

"जी! क्या मतलब?"

"मतलब कुछ नहीं।"

"मैं जानना चाहती हूँ, आपने शरच्चन्द्र पढ़ा है?"

"हाँ," रबर के खिलौने की तरह सिर हिलाकर कौशल ने कहा।

"तभी!"

"जी?"

"आपकी बोलचाल से लगता है आपने शरच्चन्द्र पढ़ा है," कहकर वह चुप हो गई। पल-दो पल चुप्पी में घिसटे।

"पैसों का क्या करना है?" चुप्पी से परेशान कौशल ने कहा।

"किताब छपेगी और क्या!"

"नहीं, मैं ऐसे आदमी से पैसा क्यों लूँ जिसके मन में मेरे लिए इज्जत नहीं।"

"फिर शरच्चन्द्र!" कहकर वह खिलखिलाकर हँस पड़ी।

तभी बाहर दरवाजे की घंटी तीन बार बजी। बच्चे! हरिचरण दरवाजा खोलने लपका। अब दृश्य को खत्म करना होगा। कुछ ऐसा कहे कि बहस की गुंजाइश न रहे।

"आप समझती हैं, गरीब आदमी का मजाक उड़ाकर आप..." दाहिने हाथ को दो बार हवा में उछालकर कौशल ने अपनी कँकरीली आवाज में कहना शुरू किया कि माधवी बोल पड़ी, "देखिए, आपके मन में मेरे लिए जरा भी जगह है तो बहस मत कीजिए। मेरी इच्छा है कि आपकी किताब छपी हुई देखूँ। अब जाइए, किताब छपवाने का इन्तजाम कीजिए।"

"आपका हुक्म मैं नहीं टाल सकता," कौशल ने फौरन भीगी आवाज में कहा।

"अब जाइए, बच्चे आ गए," जल्दबाजी में माधवी ने इतना ही कहा।

"आपका यह हुक्म भी सिर-आँखों पर," कहकर वह बच्चों से टकराता हुआ बाहर निकल गया।

"इडियट!" पीठ पीछे आलोक ने गाली उछाली। माधवी ने सुनी पर एतराज नहीं किया।

खाना खत्म हुआ तो कहानी लेकर बैठ गई। एक बार पूरी पढ़ डाली तो लगा, कौशल ने ठीक कहा था। दोबारा पढ़ी और यहाँ-वहाँ कलम चलानी शुरू कर दी। लगा, उसकी कलम की धार पहले से तेज हो गई। तो क्या उसे कौशल का शुक्रगुजार होना चाहिए।

आपने शरच्चन्द्र पढ़ा है? खिल-खिल। पढ़ा है शरच्चन्द्र? एक खिलखिलाहट कौशल का पीछा करती रही। माथे पर त्योरियाँ चढ़ाए, कड़ुवे-तीते मुँह बनाता वह बस-स्टॉप तक आया और पटरी पर बैठे पनवाड़ी से एक साथ दो पैकेट सिगरेट खरीद लिये। एक हजार हैं न घर पर। पानी की तरह बहाए जा सकते हैं। बहती गंगा में वह भी हाथ धो ले। आज जमकर पीएगा। दारू। अभी सिगरेट चलने दो।

धुएँ के छल्ले अठखेलियाँ करते चेहरे के सामने थिरके और खिलखिलाहट में तब्दील हो गए। आपने शरच्चन्द्र पढ़ा है? कौशल ने कई बार सड़क पर थूका, पर खिलखिलाहट ने पीछा नहीं छोड़ा। जहरीला मुँह बनाकर वह धुआँ बाहर फेंकता और फौरन वह खिलखिलाहट में बदल जाता।

हर सिगरेट के साथ मुँह का स्वाद पहले से ज्यादा कड़ुवा होता चला गया। आमतौर पर जब ऐसा होता है, मुँह की कड़ुवाहट मन के जहर से होड़ लगाने लगती है तो सुकून महसूस होता है। पर आज मन की तिक्तता की सीमा नहीं है। सिगरेट का धुआँ उससे टक्कर नहीं ले सकता। तेज शराब मिले तो चैन आए।

सहसा सिगरेट का टोटा दूर फेंककर वह सीधा खड़ा हो गया।

वापस चले माधवी के घर और उससे कहे, आपके घर में व्हिस्की तो होगी, हमें पिलवा दीजिए। तकल्लुफ की जरूरत नहीं है, बस बोतल पकड़ा दीजिए। आठ-दस घूँट गले से नीचे उतार लूँगा; तबीयत बिगड़ गई है, सँभल जाएगी। माधवी की आँखों से चिनगारियाँ फूट पड़ेंगी, देह से नफरत के भभके उठने लगेंगे और...!

नफरत के मोम से मढ़ी देह को समर्पण की आग में झोंक देने में जो आत्मपीड़न है, आत्मपीड़न में जो आध्यात्मिक परितृप्ति है, स्त्री ही जान सकती है। पुरुष तो पर-पीड़न में आनन्द लेत है। कौशल की बात और है। वह है तो पुरुष भी और स्त्री भी; नहीं है तो न स्त्री न पुरुष। आत्मपीड़न और पर-पीड़न को एक साथ भोगने की सामर्थ्य है तो केवल कौशल कुमार में। इसीलिए तो जा रहा है लौटकर माधवी के पास कि नफरत की आग में उसे झुलसाए और खुद भी झुलसे। जैसे-जैसे आग फैलेगी, शालीनता, तटस्थता और आत्म-नियंत्रण के मुखौटे चेहरे पर से उतरते चले जाएँगे और उस सभ्य-शिष्ट देह में कैद आदिम औरत जंजीरें तोड़कर बाहर निकल आएगी। और तब...कुछ भी हो सकता है! माधवी के घर की तरफ बढ़ते कौशल कुमार के कदम तेज हो गए। मैंने सिर्फ शरच्चन्द्र नहीं, पढ़ा, माधवीजी, आप कहिए, आपने जैनेन्द्र पढ़ा है?

कौशल कुमार ने घंटी बजाई तो दरवाजा समीर ने खोला। उसे देखकर चिल्लाकर कहा, "मम्मी, वह आए हैं।"

''कौन?'' अन्दर कमरे से माधवी की आवाज आई।

''वही जो अभी गए थे!'' वह फिर चिल्लाया।

''अन्दर भेज दो।''

तभी आलोक बाहर निकला और उसके ठीक सामने आकर ठिठक गया। एक भरभूर नजर उस पर डाली। कौशल सिहर उठा। यह लड़का उसे एकदम ठीक पहचान गया। उससे बचने के लिए लगभग दौड़कर वह अन्दर कमरे में पहुँच गया।

हाथ में कागज थामे माधवी तल्लीन होकर अपना लिखा पढ़ रही थी।

कौशल उसके सामने जा खड़ा हुआ। माधवी ने सिर ऊपर उठाकर देखा और नहीं भी देखा। एक सरसरी नजर उस पर डाल, बिना कुछ कहे हाथ के कागज पढ़ती रही।

''आपके घर में व्हिस्की तो जरूर होगी, हमें पिलवा दीजिए। तकल्लुफ की जरूरत नहीं है। बस बोतल पकड़ा दीजिए...'' कौशल ने अनकही कह पाने के ठसके के साथ शुरू किया पर माधवी ने बात काट दी।

''व्हिस्की हमारे यहाँ नहीं है। मेरे पति पीते नहीं हैं। वैसे भी एक महिला से इस तरह शराब माँगना अशोभन है,'' उसने सहज स्वर में कहा।

हलके तिरस्कार का पुट स्वर में जरूर था, पर क्रोध या घृणा का नहीं। कौशल कुमार चाबुक खाने आया था, नकार की शिष्ट मार से हकला गया। ''तबीयत बिगड़ गई थी... सँभल जाती...'' जो सोचा था बाहर उगल दिया पर आवाज में दम नहीं था।

''चाय बना देती हूँ, पी लीजिए,'' माधवी ने कहा, ''सँभलनी होगी तो उसी से सँभल जाएगी,'' इस बार उसके स्वर में दबी हँसी की खनक थी। ''जब तक चाय बने, आप मेरी कहानी देखिए। दोबारा पढ़ी तो आपकी बात ठीक लगी, कुछ संशोधन किया है, देखिए, अब तो कोई कमी नहीं रही।'' आखिरी बात कहते हुए माधवी का स्वर असन्तुलित हो गया। कौशल समझ गया कहानी उसके लिए बहुत मानी रखती है। ''चाय के साथ कुछ खाने को भी लाइएगा, भूख लगी है,'' फौरन उसने कहा।

माधवी चाय और टोस्ट लेकर लौटी तब तक उसने कहानी पढ़ ली थी।

''बढ़िया। एकदम त्रुटिहीन। अब बनी न बात,'' उसे दखते ही बोला।

''आपको दिखलाने का नतीजा है,'' माधवी ने मुस्कराकर कहा।

''नहीं, दोबारा पढ़ने पर आप स्वयं उस नतीजे पर पहुँचतीं जिस पर मैंने पहुँचाया। आपकी रचना-प्रक्रिया को मैं आपसे ज्यादा अच्छी तरह जानता हूँ।''

''आत्मप्रशंसा बहुत करते हैं आप!''

"उतनी नहीं जितनी आपकी करता हूँ," कौशल ने उमंग के साथ कहा और माधवी का जायजा लिया, खुश हुई या खिन्न? देखा, खुश है। कहानी वाकई इसके लिए बहुत मानी रखती है। ऐसा है तो कौशल को एकदम से काटकर अलग नहीं किया जा सकेगा। पोली दीवार में सेंध लगाकर सुरंग बना लेने में वह माहिर है। तरह-तरह के औजार हैं उसके पास, पैने पर धागे से महीन, जिन्हें नग्न आँखों से देखना भी मुश्किल है।

"आपकी कहानियों में मुझे जैनेन्द्र जैसा भाव-संवेग और चिन्तन मिला। छोटी बात नहीं है," उसने कहा।

माधवी मुस्कराई।

"माधवीजी, आपने जैनेन्द्र पढ़ा है?" उसने कहा और कुर्सी की पीठ का सहारा छोड़, आगे को झुक आया।

6

छह महीने बीत गए।

नवम्बर सर्दी-पाले में ठिठुरकर जनवरी बन गया; तेज हवाओं पर सरसराकर मार्च महीने में प्रवेश किया और फिर गरमाता ही चला गया। अब तो सूरज उद्दंड बालक की तरह सिरदर्द बन चुका है।

मई का महीना है।

माधवी को गरमी बर्दाश्त नहीं है। धूप-लू में घर से बाहर नहीं निकलती। कूलर चलाकर सुबह-सुबह कमरे में कैद हो जाती है और सुखद एकान्त में कागज रँगा करती है। आजकल उपन्यास लिख रही है। मन करता है दोपहर बाद जब बच्चे स्कूल से लौटें तब तक बराबर लिखती रहे पर...

दस बजे के बाद कूलर बन्द कर देना पड़ता है। कौशल के आ जाने पर चलाए नहीं रख सकती। लगता है, अभाव से उत्पन्न व्यथा का रुक्ष संगीत ही उसके लिए उपयुक्त पृष्ठभूमि है; सुख की हलकी-सी झनकार भी लय बिगाड़ देगी। त्रासदी की पवित्रता को कलुषित कर देगी। वह आता है, गन्धाते पसीने के भभकारे उड़ाता, धूप से झुलसा काला चेहरा लिये। तब गरमीं से बच पाने का सुख इतना बड़ा हो जाता है कि किसी तरह बर्दाश्त नहीं किया जाता।

माधवी उसके आने से दस मिनट पहले कूलर बन्द कर देती है।

तब तक यह कोशिश करती है कि दस-बारह पन्ने लिख लिये जाएँ जिन्हें उसे दिखला सके। पता नहीं क्यों उसे दिखलाए बिना उपन्यास आगे बढ़ाने को मन नहीं होता। चन्द पन्ने पढ़कर वह कह देता है—बढ़िया है—तो मन की थकान मिट जाती है। हाथ दोबारा कलम थामने को बेकरार हो जाते हैं। आगे के पन्ने एक-एक करके आँखों के सामने खुलने लगते हैं। ऐसा न होता तो उस गरमी को क्यों बर्दाश्त करती जो उसे झेलने की जरूरत नहीं है। कौशल को घर आने से रोक न देती!

माधवी नहीं चाहती कौशल पास आए। फिर भी उसके सामीप्य को बर्दाश्त करती जा रही है। क्यों? सिर्फ इसलिए कि उपन्यास लिख रही है? माधवी ने

आत्मविश्लेषण स्थगित न कर रखा होता तो कहती, नहीं, बार-बार परे धकेलने पर भी जो आदमी लौट-लौटकर पास आता है, उसे परे धकेलने में एक आनन्द है, जिसकी चाहत आकर्षण-विकर्षण के खेल की हर पारी के बाद बढ़ती ही जाती है। परे धकेलने में आनन्द है तो धकेले जाने में भी एक रोमांच है जो आदमी को बार-बार वापस लौटा लाता है। इस खेल में...

माधवी ने घड़ी पर नजर डाली और उठकर कूलर बन्द कर दिया। दस बजकर बीस मिनट। साढ़े दस तक कौशल पहुँच जाएगा। कूलर बन्द कर देने पर भी कुछ देर ठंडक बनी रही। माधवी का चेहरा पसीने से नहीं भीगा। सामने का दरवाजा खोल दे तो कमरा फौरन गरम हो जाएगा। लू के थपेड़ों का सामना करने से वह कतरा गई। बैठी रही। पर जैसे ही बाहर दरवाजे पर घंटी घनघनाई, कूदकर दरवाजा खोल डाला। बाहर का दरवाजा हरिचरण खोल चुका था। कौशल कुमार और लू के थपेड़े ने एक साथ कमरे में प्रवेश किया।

"आपने त्यागपत्र पढ़ा है?" दरवाजे से ही उसने उत्तेजना से लड़खड़ाती आवाज में पूछा और एक पतली-सी किताब उसके सामने मेज पर उछाल दी।

माधवी की समझ में नहीं आया इसमें उत्तेजित होने की क्या बात है। "हाँ," उसने कहा, "बहुत दिन पहले पढ़ा था। आपने अभी पढ़ा क्या?"

"पहले पढ़ चुका हूँ। अब एक बार फिर रास्ते में पढ़ता चला आ रहा हूँ।"

"बस में?"

"और क्या! जिन्दगी का इतना बड़ा हिस्सा बसों में गुजारना पड़ता है कि वहाँ न पढ़ें तो अनपढ़ रह जाएँ। वैसे भी अनपढ़ हूँ। तालीम हमारे यहाँ बड़े लोगों की बपौती है।"

जानती है माधवी। कितनी बार सुन चुकी है! कौशल के माँ-बाप बचपन में गुजर गए। इसलिए वह आगे पढ़ न सका। उस तरफ से उसका ध्यान हटाने के खयाल से उसने कहा, "क्या कह रहे थे त्यागपत्र के बारे में?"

"मृणाल के चरित्र की विशालता से अभिभूत चला आ रहा हूँ। आपको याद है वह एक कोयले वाले के साथ भाग गई थी!" आखिरी वाक्य उसने इतने उत्तप्त स्वर में कहा कि माधवी को ताजे खून की बास आने लगी। जैसे शेर शिकार खेल चुका हो या खेलने की तैयारी में हो।

"तो?" उसके मुँह से निकला।

"आह, असुन्दर के सम्मुख समर्पण करने की शक्ति स्त्री में ही हो सकती है। पुरुष तो कुरूप को नष्ट करके स्व को सुरक्षित रखना-भर जानता है। इसीलिए तो बार-बार पराजित होता है। और स्त्री! जो असुन्दर है, कुत्सित है, बीभत्स है, उसे गले लगा लेती है, उसमें विलीन हो जाती है, अपने को मिटाकर, स्व का विसर्जन

करके पूर्ण रूप से विजयी हो जाती है। जो अपने पर विजय पा चुका हो, उसे कौन हरा सकता है,'' कहते-कहते कौशल ठीक उसकी कुर्सी के आगे आकर खड़ा हो गया, इस तरह कि उसके घुटने माधवी के घुटनों से छू गए।

माधवी का सर्वांग काँप गया। सिहरकर वह कुर्सी पर पीछे को लुढ़क गई। कौशल के घुटनों का स्पर्श बना रहा। शायद वह और आगे खिसक आया था। ''उफ,'' वह कहता गया, ''कितने महान नारी-पात्रों की परिकल्पना की है जैनेन्द्र ने। मृणाल! सुनीता! सुनीता पढ़ी है न?''

माधवी ने अपने सूखे होंठों पर जबान फेरी। वह कहना चाहती थी, आपको जो कुछ कहना है, सामने कुर्सी पर बैठकर कहिए। पर मुँह से एक 'हाँ' तक न निकला। कौशल उसके उत्तर की प्रतीक्षा किए बिना कहता गया।

''एक कुंठाग्रस्त, मनोग्रन्थि से पीड़ित पुरुष को किस आस्था के साथ स्वीकार कर लिया। विश्वास हो तो अन्धा! प्रश्न पूछे ही नहीं। इसी आस्था के कारण तो सुनीता विजयी हो सकी। पुरुष को पराजित करके नहीं, उसे विजयी बनाकर। उससे विद्रोह करके नहीं, उसके प्रति पूर्ण समर्पित होकर। मुझे भी एक मृणाल की तलाश है, एक सुनीता की जरूरत है। आपमें वह विशालता है जो आपको मृणाल बना सकती है, सुनीता बना सकती है।'' कहकर कौशल वहीं जमीन पर उसके सामने बैठ गया। अब माधवी के घुटनों को उसकी छाती छू रही थी। काँख से पीसने की बू का एक जबर्दस्त भभक उठा और माधवी को बुरी तरह झिंझोड़ गया।

''नहीं!'' उसने कहा, ''मैं सुनीता नहीं हूँ। स्त्री बेजान यंत्र नहीं है कि पुरुष की मनोग्रन्थियाँ सुलझाने के लिए उसका उपयोग किया जाए। मैं ऐसी बातें...''

''नहीं!'' कौशल बात के बीच में बोल पड़ा, ''आप उनसे भी महान हैं। मेरे लिए आप ही ईश्वर हैं, आप ही गुरु! मैं आपके सामने कन्फेस करना चाहता हूँ। मैं कुरूप ही नहीं, अपराधी भी हूँ। आपके सामने अपना अपराध स्वीकार कर लूँ, आप मुझे क्षमा कर दें तो एक भयानक आत्मदाह से छुटकारा पा सकता हूँ। इतनी दया भी मुझ पर नहीं करेंगी?''

अचम्भित माधवी उसे देखती रह गई। क्या कह रहा है कौशल! वह तो न जाने क्या सोचकर भयाकुल हो गई थी। उसके कानों ने कौशल की आवाज की कायरता को सुना और अब अपनी सुरक्षा के प्रति आश्वस्त हो जाने पर, उसके मन में करुणा का जामा पहने कौतूहल ने जन्म लिया। पूछा, ''क्या कहना चाहते हैं?''

''मैंने एक आदमी की हत्या की है,'' कौशल ने फुसफुसाकर कहा।

क्या! यह मेरे घर शरण लेने तो नहीं आया। इसका पीछा करती हुई पुलिस... माधवी बुरी तरह घबरा गई। "कब?" बमुश्किल उसके मुँह से निकला।

"तब मैं पन्द्रह बरस का रहा हूँगा। एक मुसलमान लड़के के पेट में चाकू भोंककर मैंने उसे मार डाला," कौशल फिल्मी अन्दाज में बुदबुदाया।

माधवी न राहत महसूस की। पच्चीस साल पहले किया गया अपराध...नहीं, उसके लिए पुलिस इसका पीछा नहीं कर रही होगी। कौतूहल ने आशंका की जगह ली और माधवी ने प्रश्न किया, "क्यों?"

"क्योंकि वह असुन्दर का प्रतीक था," कौशल ने आत्म-धिक्कार के स्वर में कहा।

"क्या मतलब?"

"मतलब यह है कि वह कुरूप था और पुरुष कुरूप को समूल नष्ट कर सकता है, उसे स्वीकार करके असुन्दर को सुन्दर में तब्दील नहीं कर सकता," कौशल ने कहा।

लफ्फाजी इस वक्त माधवी को रास नहीं आई। अपने सामने बैठे कुरूपता के प्रतिमान के मुँह से यह विस्मयकारी तर्क सुनकर वह बेहद खीज उठी।

"यह तो कोई बात नहीं हुई," उसने कहा कि कौशल उसी नाटकीय अन्दाज में बोला, "नहीं, वह कुरूप नहीं था। बस हमें सिखलाया गया था कि हर मुसलमान आदमी कुरूप है और इसीलिए उसे नष्ट कर देना चाहिए। हिन्दू-मुस्लिम दंगों के दौरान मैंने उसका कत्ल कर दिया।"

"ओह, तब!" कह माधवी सहसा हँस पड़ी। एक बेमतलब हँसी। हँस चुकने पर उसे शर्म महसूस हुई। कत्ल कत्ल है, किसी समय भी किया गया हो। पर नाटक में एंटी-क्लाइमेक्स के आकस्मिक प्रवेश ने हँसा दिया।

"आप हँस रही हैं!" आशंका के अनुसार कौशल ने तीखे स्वर में कहा। "दंगों के दौरान किया गया कत्ल आपके लिए कत्ल नहीं है। मुझे ऐसे लोगों से नफरत है जो सामाजिक अपराधों को अपराध नहीं मानते। जानती हैं, सामूहिक रूप से किया गया अपराध कहीं ज्यादा संगीन होता है, कहीं अधिक अमानवीय। पर आपके वर्ग के लोग ऐसा नहीं समझते। कैसे समझेंगे! समाज का पैसा बटोरकर लाखों लोगों को भूखा मरने के लिए मजबूर करते हैं पर उसे चोरी नहीं मानते। हाँ, उनके अपने घर से कोई दो रोटी उठा ले जाए तो चोर-चोर की चीखोपुकार से आसमान सिर पर उठा लेते हैं। नफरत है मुझे आपके वर्ग के लोगों से..."

"वर्ग की आड़ क्यों लेते हैं?" माधवी ने तिलमिलाकर कहा, "जो कहना है सीधे मेरा नाम लेकर कहिए। आपके हिसाब से मैं चोर हूँ!"

''नहीं-नहीं, आपके वर्ग की बात कह रहा हूँ आपके सामने, क्योंकि आपको वर्ग से अलग मानता हूँ। आपका कोई वर्ग नहीं है, जाति नहीं है, सूबा नहीं है। मैं क्या जानता नहीं, आप सिर्फ इनसान हैं; इनसान क्यों, आप नारी हैं, पूर्णरूपेण नारी। मन-मस्तिष्क-चेतना से। आपमें क्षमा करने की अपार शक्ति है। मुझे क्षमा कर सकेंगी?''

''मैं? मेरी क्षमा की क्या सार्थकता है? उस लड़के के सम्बन्धियों से माँगिए।''

''नहीं-नहीं, मेरे लिए आप ही सब कुछ हैं। मेरे कुरूप जीवन में एकमात्र सुन्दर आप हैं। पच्चीस बरस से मैं सौन्दर्यविहीन संसार में जीता रहा हूँ। प्रकृति तक का सौन्दर्य मुझे दिखलाई नहीं देता और जब दिखलाई दे जाता तो तोष नहीं, त्रास पहुँचाता। स्त्री-पुरुष मेरे लिए मात्र यंत्र-औजार थे। आपने मेरी कहानियाँ पढ़ी हैं न। मेरे पात्र मनुष्य नहीं, मशीन के कल-पुर्जे हैं, स्त्री-पुरुष के बीच का प्रगाढ़ आत्मीय सम्बन्ध एक यांत्रिक क्रिया। रोलर पर कागज चढ़ाने की तरह, जो दो पुर्जों को पास लाकर भी उनके बीच सम्बन्ध स्थापित नहीं करती। मैं सुन्दर को नकार चुका था, मेरी चेतना सुप्त थी, इसलिए मेरा अपराधबोध भी अशक्त पड़ा था। पर अब! मेरा सौन्दर्यबोध मुझे मिल गया, मेरी सोई चेतना जाग्रत् हो गई है तो मेरा अपराधबोध भी जाग उठा। मेरा गिल्ट मेरी सौन्दर्य चेतना को कुंठित कर रहा है। ऐसा मत होने दीजिए। मैं एक भयानक धुन्ध से उबरने की कोशिश कर रहा हूँ। मेरी मदद कीजिए। मेरा हाथ थाम लीजिए। मुझे क्षमा कर दीजिए।''

इस आवेग के सामने माधवी चकित-स्तब्ध बैठी रही। समझ में नहीं आ रहा था, इस आवेश को बाँधे, रोके या अपने सहज प्रवाह में बह जाने दे।

असमंजस से बिना उबरे उसने कह डाला, ''मेरी क्षमा आपके लिए इतनी महत्त्वपूर्ण है तो मैंने आपको क्षमा किया।''

''आपने मुझे स्वीकार कर लिया!'' कौशल ने आह्लादित स्वर में कहा और उसके दोनों हाथ अपने हाथों में जकड़कर बेतहाशा चूमने लगा।

''क्या कर रहे हैं? नौकर देखेगा तो क्या सोचेगा?'' घबराकर माधवी ने कहा।

''दरवाजा बन्द कर लेते हैं,'' गहरे इत्मीनान के साथ कौशल ने कहा।

माधवी को लगा, घर की छत टूटकर उसके सिर पर आ गिरी। धक्का देकर उसने कौशल को परे फेंक दिया और उठ खड़ी हुई। उस क्षण एक असामान्य शारीरिक बल उसकी दुबली-पतली देह में भर गया था पर अधिक देर उसने साथ नहीं दिया। ''निकल जाइए मेरे घर से!'' चीखकर कहा और हाँफ गई।

हाथ से छूटी जा रही शक्ति को सँजोकर उसने सख्त स्वर में जोड़ा, "याद रखिए, मैं सुनीता नहीं हूँ।"

जमीन पर उठँगा गिरा कौशल कुछ देर वहीं पड़ा उसे देखता रहा, फिर धीरे-धीरे खड़ा हुआ और बोला, "नहीं, आप सुनीता नहीं हैं। पर माधवी तो हैं। आप माधवी बनी रहेंगी, इसी विश्वास के साथ जा रहा हूँ।"

इससे पहले कि माधवी कुछ कहती, वह घर से बाहर निकल गया।

व्याकुल माधवी ने फूटती रुलाई को रोकने की कोशिश में हाथों से मुँह ढाँप लिया। सीलन-भरी बासी रजाई की दुर्गन्ध ने उसे झकझोर दिया और वह गुसलखाने की तरफ दौड़ गई। मल-मलकर साबुन से हाथ धोने और सूखने तक तौलिए से रगड़ती रही। फिर नाक के पास ले जाकर हाथों को सूँघा। अब तक बास नहीं गई। खूँटी से उतारकर तौलिया सूँघा। उसमें भी वही बास। एक बार फिर उसने साबुन से हाथ धोए, गीला तौलिया मैले कपड़ों में डाला और अलमारी से सूखा तौलिया निकालने लगी।

तभी सुना आलोक चीख रहा है, "कूलर क्यों बन्द कर रखा है?"

उसके साथ ही राकेश की आवाज आई, "दरवाजा खुला पड़ा है। तमाम लू आ रही है। हरिचरण! हरिचरण!"

तो आज राकेश भी आ गया है दोपहर के भोजन के समय। तौलिए से हाथ रगड़ती माधवी बैठक की तरफ भागी; कूलर चलाया और दरवाजा बन्द कर दिया।

"दरवाजा खोल क्यों रखा था?" आलोक ने तीखी आवाज में कहा।

"कूलर बन्द क्यों कर देती हो, हम आते हैं तो इतनी गरमी होती है," समीर ने रुआँसे स्वर में जोड़ा।

अब वे लोग खाने की मेज पर बैठे थे।

"तुम क्या रोज कूलर बन्द कर देती हो?" राकेश ने पूछा।

"नहीं तो!"

"और क्या! रोज ही तो बन्द किए रहती हो," आलोक ने उसी तीखेपन से कहा, "जब भी वह आता है..."

"कौन?" राकेश ने पूछा।

"वही कौशल कुमार!" आलोक ने थूकने के अन्दाज में कहा।

"वह क्या रोज आता है?" राकेश ने पूछा। उसका स्वर सहज था, पर आलोक और माधवी, दोनों में से कोई सहज भाव से उत्तर नहीं दे पाया।

"अब नहीं आएँगे," माधवी ने अपराधी भाव से कहा और आलोक ने हठ करके पूछा, "अब तक क्यों आते थे?"

माधवी ने जवाब नहीं दिया। कुछ देर चुप्पी रही। फिर राकेश ने तनिक हँसकर कहा, "जवाब दो न।"

"आलोक पूछ रहा है या तुम?" माधवी ने दृष्टि उस पर जमाकर पूछा।

क्षण-भर के लिए राकेश झिझका फिर बोला, "हर्ज क्या है?"

"किसमें? तुम्हारे पूछने में, या उसके आने में?"

"मेरा पूछना तुम्हें बुरा क्यों लग रहा है?"

"बुरा क्यों लगेगा? वह आता था क्योंकि मैं उपन्यास लिख रही हूँ और पांडुलिपि उसे दिखलाती चल रही हूँ।"

"उपन्यास पूरा हो गया?"

"नहीं तो," माधवी जैसे सोते से जाग उठी।

"तो अब क्यों नहीं आएगा?"

माधवी जवाब न दे पाई। परेशान-सी राकेश को देखती रही। आज से पहले कभी पति के सामने इस तरह छोटा महसूस नहीं किया। कभी जवाब देने के लिए शब्द ढूँढ़ने नहीं पड़े। भरसक कोशिश कर लेने पर भी इस तरह नि:शब्द रह जाना नहीं पड़ा। बच्चे न होते तो वह रो ही देती।

रात घिर आने पर माधवी और चुप न रह पाई। जैसे ही राकेश सोने के कमरे में प्रवेश किया, वह रोते-रोते कह उठी, "तुम्हें कौशल का यहाँ आना अच्छा नहीं लगता?"

राकेश बिस्तर पर सपाट लेट गया, उसकी बात का जवाब नहीं दिया। उसके नहीं न कहने ने माधवी को बुरी तरह हिला दिया। उसके बराबर में बैठकर उसने कहा, "तुम्हें पसन्द नहीं है तो मैं मना कर दूँगी।"

"दोपहर तुमने कहा, वह अब नहीं आएगा, फिर यह सवाल क्यों?"

यह राकेश को क्या हो गया! वकीलों की तरह जिरह करना उसने कब सीखा!

"तुम चाहते हो वह न आए?" उसने कहा।

"तुम क्या चाहती हो?"

तड़पककर माधवी ने राकेश के दोनों हाथ अपने हाथों में जकड़ लिये। "हमें हो क्या गया है राकेश! हम प्रश्न के उत्तर में प्रश्न क्यों पूछ रहे हैं? ऐसा तब होता है जब आदमी मन की बात कहने से डरे। ऐसा नहीं है। मैं तुमसे सच्ची बात कह देती हूँ। कौशल मेरे लेखन के लिए अनिवार्य हो गया है। उसे दिखलाए बिना उपन्यास आगे नहीं चला पाती। इसीलिए यहाँ आने से उसे रोक भी नहीं पाती..."

तो यही है सच!

पूरा सच क्या है, कौन जानता है। अपने को झुठलाए रखना जिन्दा रहने की अनिवार्य शर्त है और सच ही की खोज करनी है तो जिन्दगी से बड़ा सच और क्या है? वाह, सहसा वह हँस पड़ी। क्या तर्क खोजकर निकला है, माधवी! लेखिका हो आखिर! अपने पर हँस लेने से माधवी की शर्मिन्दगी कम हो गई। सुना, राकेश कह रहा है, ''इसमें हँसने लायक क्या है?'' तो सहज भाव से बोली, ''है। आज क्या हुआ, तुम्हें बतलाती हूँ।''

उस दिन की कहानी उसने राकेश को सुना दी। बस एक बात बचा ले गई। वह जुमला जो कौशल ने बोला था, दरवाजा बन्द कर लेते हैं। दोहराने की जरूरत नहीं थी। वह खुद उसे भूल जाना चाहती थी।

''उसके मन में मेरे लिए बहुत श्रद्धा है,'' बात खत्म करके उसने कहा।

''श्रद्धा नहीं, आकर्षण। उससे पूछोगी तो वह उसे प्रेम का नाम देगा।''

''मेरे लिए वह केवल लेखक है। पुरुष की तरह, तुम जानते हो, मैंने उसे कभी नहीं देखा।''

''मैं जानता हूँ, ठीक है। सवाल यह है कि वह जानता है या नहीं!''

''जरूर जानता है,'' माधवी ने दृढ़ स्वर में कहा।

''फिर यहाँ क्यों आता है?''

माधवी के पास जवाब नहीं था।

''एक जगह पहुँचकर प्यादा भी वजीर बन जाता है,'' कुछ देर चुप रहकर राकेश ने कहा।

''यानी?''

''तुम्हारे पास पैसा है इससे तुम्हें यह अधिकार नहीं मिल जाता कि आदमी का मोहरे की तरह इस्तेमाल करो।'' अब राकेश का लहजा तल्ख था।

''वह भी तो हमें इस्तेमाल कर रहा है। किताब के लिए पैसा नहीं ले गया था? दो हजार पहले ले गया। एक हजार जो बाद में तुमसे लिया था, अगले दिन वापस कर गया पर कुछ ही दिन बाद फिर, मुझसे यह कहकर कि किताब की छपाई में खर्च ज्यादा आ रहा है, हजार और ले गया। कह रहा था...अरे हाँ, अब तक तो किताब छप जानी चाहिए थी। पूछूँगी अगली बार।''

राकेश होंठ टेढ़े करके मुस्करा दिया।

''तुम नहीं चाहते तो नहीं मिलूँगी अगली बार,'' तिलमिलाकर माधवी ने कहा।

''और उपन्यास?''

''तुम्हारी खुशी पहले है। नहीं लिखा जाएगा तो न सही।''

राकेश उठकर बैठ गया। उसके दोनों कन्धे हाथों से दबाकर बोला, "मुझसे झूठ मत बोलो, माधवी! मैं तुम्हारी बिसात का मोहरा नहीं हूँ।"

"फिर तुम आदेश क्यों नहीं देते?" माधवी ने रुआँसे स्वर में कहा।

"मेरे आदेश का सहारा लेकर तुम त्यागमयी नहीं बन पाओगी। उतना महान भारतीय पति मैं नहीं हूँ।"

"तुम बहुत क्रूर हो," माधवी कह उठी।

"हाँ, झूठ में मेरा विश्वास नहीं है।"

"और प्रेम में? जिसे प्रेम करो उसकी रक्षा करनी चाहिए।"

"जो स्त्री को रक्षिता मानते हैं, वे करते होंगे। मैं नहीं मानता।"

ईश्वर और गुरु भी नहीं मानते होंगे, हठात् माधवी के मन में बजा।

"मानती तुम भी नहीं," राकेश कहता गया, "और इतनी कमजोर नहीं हो कि इस पुराने जंग लगे हथियार को अपनाना पड़े।"

ठीक तो कह रहा है राकेश। साफ, सच्ची, सुसंगत बात कहने में राकेश का जवाब नहीं है। तर्क द्वारा उसकी बातें काटी नहीं जा सकतीं और तर्कहीन बात सुनने को वह इस वक्त तैयार नहीं है। होता तो माधवी रूठकर कहती, नहीं, तुम प्रेम नहीं करते और राकेश उसे मनाने की खातिर...

नहीं, कोई फायदा नहीं है। कहेगी तो वह फौरन कहेगा, वह करता है? हाँ, वह करता है, माधवी ने खुद से कहा। सच्चा प्रेम हमेशा इकतरफा होता है। वह जानता है, उसके प्रेम का प्रतिकार नहीं मिल सकता, फिर भी...जानता है? हाँ...नहीं...नहीं जानता तो वह बतला देगी। साफ-साफ। और आज के बाद उससे घर के एकान्त में नहीं मिलेगी। बाहर भीड़ के बीच निरापद होकर मिला जा सकता है। हाँ, यही ठीक रहेगा।

"क्या सोच रही हो?" उसने सुना, राकेश पूछ रहा है।

"जब सब कुछ मुझी को तय करना है तो सोचना पड़ेगा ही।"

राकेश हँस दिया।

माधवी के बदन में काँटे उग आए।

"छोड़ो, जब तय कर ही चुकीं तो सोचना क्या," राकेश ने कहा और उठकर बत्ती बुझा दी।

माधवी के घर से बाहर आकर कौशल ने आत्म-मुग्ध भाव से अपने अन्तिम शब्द दोहराए। आप सुनीता नहीं पर माधवी तो हैं। आप माधवी बनी रहेंगी, इसी विश्वास को लेकर जा रहा हूँ। वाह, क्या जुमला है! वाकई शब्दों का जादूगर है कौशल!

क्या बात कही उसने और बेचारी माधवी...वह हिनहिनाकर हँस दिया। ये बड़े लोग भी अजीब होते हैं। किस कदर डरपोक! उच्चवर्गीय अहंकार भी बस! उसके चुम्बनों से घबराकर माधवी ने कहा भी तो क्या, नौकर देखेगा तो क्या सोचेगा! यानी नौकर न होता तो...फिर उसे सुनीता बनते कितनी देर लगेगी?

सिगरेट के लम्बे-लम्बे कश खींचकर उसने अपने चारों तरफ धुआँ कर लिया। धुएँ के परदे से हसीन परदा है नहीं और दुनिया में। आदमी अपने साथ अकेले रहने से डरता नहीं है। हाँ तो...वह खूब अच्छी तरह जानता है कि माधवी के मन में कुछ जरूर है उसके लिए, वरना इतनी देर तक उसे अपने पैरों से सटकर बैठने न देती। उसके मुँह से 'हत्या' जैसे भयंकर शब्द को सुनकर भी जरा विचलित नहीं हुई।

चलते-चलते सहसा वह ठिठक गया। कहीं ऐसा तो नहीं है कि माधवी ने उसकी बात पर विश्वास ही नहीं किया! उसने सिगरेट का एक जोरदार कश खींचा, देर तक धुआँ फेफड़ों में अटकाए रखा, फिर धीरे-धीरे कलात्मक छल्लों में बाहर छोड़ा। नहीं, पहली बार उसके मुँह से हत्या की बात सुनकर वह काफी डर गई थी। वह तो उसको क्षमा-याचना का प्रभाव था कि करुणा से अभिभूत हो उठी। एक बार करुणा जग जाए तो प्रेम में बदलते कितनी देर लगती है? और करुणा का कौशल से बड़ा अधिकारी कहाँ मिलेगा? पश्चात्ताप की आग में जलता हत्यारा, घुटनों के बल गिरा हुआ क्षमा माँग रहा है। वाह, क्या दृश्य है!

कौशल कुमार ने चाकू घोंपकर उस लड़के को न मारा होता तो भी अपराधी वही होता। असली चीज है इच्छा। मारने की इच्छा उसकी थी इसलिए मानसिक रूप से वह, उसके मरने से पहले ही, अपराध कर चुका था। हाथ उठाकर वार करने में कितनी हिम्मत चाहिए! उसके मुँह में ढेर सारा खट्टा थूक जमा हो गया। पिच्च से उसने सड़क पर थूक दिया। साले, वे भगवा उठाए नौजवान! कितनी हिकारत से उसकी तरफ देखकर कहा था, यह क्या किसी को मारेगा। पिद्दी न पिद्दी का शोरबा! गुप्ती कमर में खोंसकर घूमने से क्या होता है। बाहर निकालने के लिए मर्द का बच्चा होना पड़ता है, मर्द का बच्चा! इसका तो उस लम्ब-तड़ंग को देखकर ही पाजाम गीला हो जाएगा। साले!

हाथ उसका उठा हो या हरभजन का, गुप्ती के वार से वह खूबसूरत मुसलमान लड़का सड़क पर औंधा गिरकर ढेर हो गया था। खून से लथपथ शरीर सिर्फ एक बार छटपटाया था, पर वह छटपटाहट हमेशा के लिए कौशल की साथिन बन गई थी।

मैं अपराधी हूँ, कौशल ने हजारवीं बार खुद से कहा। हाथ भले ही हरभजन का उठा हो, इच्छा-शक्ति मेरी थी, अपराध मेरा था, अपराध-बोध भी मेरा है।

एक अपराध-बोध माधवी में है, अपने वर्तमान का, उच्चवर्गीय रहन-सहन का, जिसे चाहकर भी वह छोड़ नहीं सकती और न अपराध-भावना से मुक्ति पा सकती है। कौशल साथ न होता तो शायद पा जाती पर अब...वह धीमे से हँसा...चिनगारियों को हवा देकर लपट बनाने में भी कौशल...अब कहाँ-कहाँ तक अपनी महारत गिनाए!

एक अपराध-बोध कौशल का है, अपने व्यतीत को लेकर। माधवी सहानुभूति दिए बगैर कैसे रहेगी? करुणा, संवेदना और भय के मिश्रण से बने बन्धन के सामने प्रेम क्या है! गिल्ट की कीलों से बिन्धे प्राणी एक-दूसरे की तरफ हाथ नहीं बढ़ाएँगे तो कहाँ जाएँगे? जैसे-जैसे माधवी का अपराध-बोध बढ़ेगा, और जरूर बढ़ेगा, वह कौशल के पश्चात्ताप से अभिभूत होती जाएगी और फिर एक दिन ऐसा आएगा जरूर जब...माधवी अपनी कुर्सी छोड़कर उठेगी, उसके पास आएगी और...कौशल का बदन आवेश से काँप उठा, बार-बार। दम तोड़ती एक सिहरन, जो ज्वर की कँपकँपी से कम न थी। कई बसें उसने सामने से गुजर जाने दीं, फिर एक अटूट थकान उसे निढाल कर गई और वह वहीं आग बरसाते सूरज के नीचे तपती सड़क पर बिछ गया।

7

अगली सुबह ठीक नौ बजे कौशल कुमार का फोन आया।

"उपन्यास आगे लिखा?" सहज भाव से उसने पूछा।

"थोड़ा बहुत," माधवी ने सहजता का जवाब सहजता से दिया।

"दिखलाएँगी?" उसकी आवाज में काफी दयनीयता घुली हुई थी।

"हाँ, पर अपने घर पर नहीं। आपका यहाँ आना ठीक नहीं है।"

"क्यों, मुझसे कोई गलती..."

"हाँ, गलती हुई है। मैंने फैसला लिया है कि मेरे घर अब आपका आना नहीं हो सकता। कहीं बाहर बैठकर बात कर सकते हैं।"

"जैसी आपकी मर्जी। मैं आपके हुक्म से बाहर नहीं हूँ," कौशल ने प्रतिवाद नहीं किया तो माधवी को खुशी हुई। लगा, बात उसकी समझ में आ गई। अकलमन्द को इशारा काफी है। पर...कौशल कुमार कब से समझने लगा? उसके तो सिर पर ईंट दे मारो तो सोचे, कागजों को हवा में उड़ जाने से बचाने के लिए, फेंकी गई होगी।

"कहाँ मिलेंगी?" वह पूछ रहा था और माधवी कह रही थी, "त्रिवेणी। कैंटीन में, ग्यारह बजे।" यानी वह इशारों के न समझे जाने की जोखिम उठाने को तैयार है।

"ठीक है," कौशल ने कहा, "मैं पौने ग्यारह पहुँच जाऊँगा।"

माधवी ने भी सोचा, ठीक तो है, बात का बतंगड़ बनाने से फायदा?

त्रिवेणी पहुँचकर स्कूटर से उतरी तो देखा, सड़क की दूसरी तरफ त्रिवेणी की इमारत के बाहर फुटपाथ पर कौशल कुमार खड़ा है। स्कूटर-चालक को पैसे देने में जितना वक्त लगा, उतने में वह झपटकर उसके पास पहुँच गया।

"आ गईं?" ललककर उसने कहा।

रेजगारी गिनते स्कूटर-चालक के हाथ रुक गए और उसने एक गहरी नजर दोनों पर डाली। पास से गुजर रही दो किशोर लड़कियाँ भी ठिठककर उन्हें देखने

लगीं। उन्हीं की नजरों से माधवी ने कौशल को परखा। इसके चेहरे पर प्रफुल्ल मुस्कान बिलकुल ऐसी लग रही थी जैसे पुराने जूते का मुँह आगे से खुल आया हो। उसके स्वागत में सड़क पर खड़े रहने की क्या जरूरत थी। उसके व्यक्तित्व में कुछ भी तो ऐसा नहीं है कि माधवी जैसी महिला भरी सड़क पर उससे मिलकर गर्व का अनुभव कर सके। मैली बदरंग पैंट-कमीज, खस्ताहाल चप्पल, बिवाई फटे पाँव, तेल चुपड़े बाल और हड्डी निकली देह। आने-जानेवाले सोच रहे होंगे कौन है यह औरत जिससे यह बदहाल आदमी इतनी आत्मीयता से मिल रहा है।

''आप सड़क पर क्यों खड़े थे?'' उसने कठोर स्वर में पूछा।

तब तक स्कूटर-चालक विदा हो चुका था और कौशल कुमार उसके कदम से कदम मिलाकर त्रिवेणी की इमारत की तरफ बढ़ रहा था।

''और कहाँ खड़ा होता?'' अतिशय मधुर स्वर में उसने कहा।

''कैंटीन में बैठते।''

''यह कैसे हो सकता है, आप आएँ और हम आपका स्वागत न करें!''

''जरूरत नहीं थी,'' माधवी ने चिढ़कर कहा, ''सड़क पर खड़ा रहना भद्दा लगता है। आने-जानेवाले पता नहीं क्या सोच रहे होंगे।''

कौशल कुमार के चेहरे की मुस्कराहट मिट गई। आँखों से चिनगारियाँ निकलने लगीं। सिगरेट का जोरदार कश लगाकर उसने ढेर सारा धुआँ माधवी के ऊपर उगल दिया और कसैली आवाज में बोला, ''हाँ, अगर मैं बढ़िया सूट पहने होता तो मेरा सड़क पर इन्तजार करना भद्दा न लगता। क्यों?''

इतना बेहिस्स सच थप्पड़ की तरह माधवी के गाल पर लगा। उसने 'नहीं' जरूर कहा पर जैसे प्रतिवाद नहीं, अपराध स्वीकार कर रही हो। वाकई वह इतनी छोटी तबीयत की औरत तो नहीं है। क्या है जो हमें आदमी-आदमी में फर्क करने पर मजबूर करता है। दम्भ, संस्कार या केवल आदत? एक शर्मनाक आदत जो बचपन से नहीं, पीढ़ी-दर-पीढ़ी हमारे भीतर पनपती रही है।

''प्लीज, ऐसा मत सोचिए,'' उसने कातर स्वर में कहा और फिर हाथ बढ़ाकर उसका हाथ थाम हीं तो लिया।

उसका सिर झटके से उसकी तरफ घूमा, पहले अविश्वास, फिर आश्वस्ति का भाव चेहरे पर झलका और अपने हाथ से उसके हाथ को दबाकर वह बोला, ''चलिए, आप कहती हैं तो नहीं सोचेंगे।''

फौरन माधवी ने अपना हाथ वापस खींच लिया। क्या कर बैठी वह!

पर तब तक वे कैंटीन के भीतर थे और माधवी का पूरा ध्यान ऐसी मेज ढूँढ़ निकालने पर था जहाँ आमने-सामने बस दो कुर्सियाँ हों, जिससे अगल-बगल बैठने की गुंजाइश न रहे।

सामने कुर्सी पर कौशल बैठा तो माधवी ने देखा, उसका चेहरा अब तक पसीजा हुआ है।

"आपकी किताब का क्या हुआ, अब तक तो छप जानी चाहिए थी," बैठते ही कुछ कहने की जल्दी में उसने पूछा।

उसकी बात का जवाब न देकर कौशल बोला, "चाय के लिए कह दीजिए...या कॉफी लेंगी?"

खुद न कहकर उससे कहने को क्यों कह रहा है, माधवी को अटपटा लगा पर तब तक छोकरा मैले झाड़न से मेज रगड़ता हुआ पूछ रहा था, "क्या...?"

"दो कॉफी। गरम। प्याले जरा अच्छी तरह साफ कर लेना," माधवी ने यंत्रवत् संवाद बोल दिया। मोटर के सफर के दौरान सड़क के किनारे खुली सस्ती चाय की दुकानों से लेकर चाय पीनी पड़ जाती है तो वह यही सब कहती है। उसकी बात पूरी होने से पहले ही छोकरे के माथे पर शिकन पड़नी शुरू हो गई थी, इसलिए उसने एक मोहक मुस्कराहट के साथ जोड़ दिया, "प्लीज!" वह जानती है, शिष्टता से जरा-सा आगे बढ़ती मुस्कराहटें बड़ी कारगर होती हैं। छोकरे के माथे से शिकन मिट गई। वह भी कम समझदार नहीं है। जरूरत से ज्यादा टिप देनेवाली औरतें ही ऐसे बेमतलब शब्द बोला करती हैं, अच्छी तरह जानता है।

वह हटा तो माधवी वापस कौशल कुमार की तरफ मुड़ी, देखा वह व्यंग्य से होंठ टेढ़े करके मुस्करा रहा है। "किताब छप गई?" तिलमिलाकर उसने पूछा।

"कॉफी तो आने दीजिए," उसने कहा।

"आ जाएगी। उसका इससे क्या ताल्लुक है?"

"सहारा रहेगा।"

"यानी छपी नहीं। पर आपने कहा था, मई तक जरूर छप जाएगी?"

"हाँ, और यह भी कहा था कि आपका पैसा लौटा दूँगा।"

"बिलकुल। फिर छपी क्यों नहीं?"

"छापकर होता क्या? भारत पुस्तक भंडार ने तो लेने से इनकार कर दिया," कौशल ने आराम से कहा।

"पर आप कह रहे थे उनसे बात हो चुकी।"

"अब मुझे क्या पता था वे जबान देकर मुकर जाएँगे।"

"आपने बतलाया क्यों नहीं? अभी कुछ दिन पहले आप मुझसे हजार रुपए और ले गए हैं। किताब छपनी नहीं थी तो..."

"किसने कहा नहीं छपनी?" बात काटकर कौशल बोला, "सम्भावना प्रकाशन से मेरी बात हो चुकी है। अगले महीने किताब आ जाएगी।"

"नाम अच्छा है, सम्भावना!" तल्ख हँसी के साथ माधवी ने कहा।

कौशल हँस पड़ा। ''आप बहुत जल्दी नाराज हो जाती हैं। भारत पुस्तक भंडार वाले बिना प्रकाशक के ठप्पे के किताब लेने को तैयार नहीं थे तो सम्भावना से बात करनी पड़ी। क्या करें, इस पूँजीपति-व्यवस्था में बिचौलियों की रोटी चले बिना कुछ हो नहीं सकता। कितना चाहा आपका रुपया दुगुना करके लौटाऊँ पर व्यवस्था के आगे घुटने टेकने पड़े। जो लगाया है वही वापस मिलेगा। मैं आपका अपराधी हूँ, जो सजा चाहें दे लें।''

''छोड़िए, किताब छप जाए वही बहुत है,'' माधवी ने कहा। लग रहा था, अपराधी कौशल नहीं वह स्वयं है; इस व्यवस्था का पोषण करनेवाले उस जैसे लोग ही तो हैं।

छोकरा कॉफी के प्याले लाकर मेज पर पटक रहा था। प्याले साफ नहीं तो ज्यादा गन्दे भी नहीं थे। एक प्याला तिड़का हुआ जरूर था। हालाँकि वह दूसरे प्याले की निस्बत माधवी से ज्यादा करीब था, उसने उसे परे सरकाकर साबुत प्याला अपनी तरफ कर लिया।

कौशल कुमार मुस्करा दिया। ''प्याले तो साफ हैं,'' उसने कहा।

माधवी के कान गरम हो गए। ''मुझे सफाई का खब्त है,'' हकलाकर उसने कहा, ''राकेश इसे बड़े लोगों की सनक बतलाते हैं।''

''गरीब आदमी गन्दगी ही पसन्द करता हो, जरूरी नहीं है। मैं खुद बहुत सफाई-पसन्द हूँ। राकेशजी...''

''तो क्या राकेश को गन्दगी पसन्द है? आप ख्वाहमख्वाह उन पर आरोप क्यों...'' तीखी आवाज में कहते-कहते वह रुककर हँस पड़ी, ''सच, मुझे गुस्सा बहुत जल्दी आ जाता है, आपने तो कोई आरोप नहीं लगाया। चलिए, मान लेते हैं कि हम सब निहायत सफाई-पसन्द हैं, पर एक-दूसरे पर हँसने की हिम्मत रखते हैं। किस्सा-कोताह यह कि भाड़ में डालिए यह चर्चा और हमारा उपन्यास पढ़िए,'' कागज उसके सामने करके वह फिर खिलखिला उठी।

ठगा-सा कौशल उसे देखता रह गया।

''क्या हुआ?'' दिप-दिप करती आँखों से उसने पूछा।

''कुछ नहीं, बस यह आपकी...पल-पल बदलती मूड...''

''मूड शब्द स्त्रीलिंग नहीं, पुल्लिंग है,'' माधवी ने बात को मोड़ा।

''आपको कैसे मालूम? शब्द अंग्रेजी का है और उसमें लिंग नहीं होता।''

''क्या! अंग्रेजों के लिंग नहीं होता!'' भौंहें ऊपर चढ़ाकर माधवी ने कहा।

कौशल ही-ही करके हँस दिया और...हँसता ही रहा।

''उपन्यास नहीं पढ़ना?'' माधवी ने बाधा दी।

''क्यों नहीं! ऐसा विट इसमें भी है? वाह-वाह अंग्रेजों के लिंग नहीं होता!''

गलत आदमी के सामने जुमला उछाल दिया। राजेश्वर मिश्र होता तो जवाब में कोई शैतानी भरी बात कहता और दोनों मिलकर मजा लेते। पर कौशल...एक बात को पकड़कर लटक क्यों जाता है! लिखने में एक शब्द फालतू नहीं लिखेगा; यही शिकायत है लोगों को कि इतने कम शब्दों में बात कहता है कि समझ नहीं आती और आपसी बोलचाल में...उफ ! हो सकता है, रोजमर्रा की जिन्दगी में मन की सारी कटुता बाहर उगलते रहने की वजह से इसकी अन्तरात्मा इतनी निष्पाप और अखंडित हो गई हो कि जब लिखने बैठता है तो हिंसा की जरूरत नहीं रहती। न भावुकता की। कौशल तूफान का जिक्र नहीं करता, पाठक स्वयं झंझा का आविष्कार करता है और दूर तक फैला सुकूत तूफान की आशंका बन उसे झिंझोड़ देता है। हम लोगों को हमारा आभिजात्य ऐसे सन्नाटे गढ़ने नहीं देता। जीवन में आदिम प्रवृत्तियों का गला घोंटते हैं; आक्रोश को हँसकर टाल देते हैं; चीख को वक्र मुस्कराहट पर झेल लेते हैं; तभी कहानी-उपन्यास में इतने मुखर हो उठते हैं। अतिभावुक। अतिनाटकीय।

उसके दायरे में कौशल ही एक ऐसा आदमी हैं जिसके सामने आवेश को बाँधकर रखने की जरूरत नहीं है। हो सकता है उसके ऊपर मन का गुबार निकाल लेने पर वह भी कुछ अभूतपूर्व लिख सके। कला के निर्दोष स्वरूप को प्राप्त करने के लिए कुछ जोखिम तो उठानी पड़ेगी। बुरा क्या है?

अपने स्वार्थ के लिए जीते-जागते इनसान को वस्तु की तरह इस्तेमाल करना बुरा नहीं है? 'ओफ्फोह, यह न्यायबुद्धि, पता नहीं, कहाँ से मेरे हिस्से आ गई।' माँ न्यायाधीश की बेटी थीं, इसी से...? याद करके वह धीमे से हँस दी। माँ जब-तब नाना का हवाला देकर कहा करती हैं, हमारी बेटी अन्याय नहीं कर सकती, आखिर एक न्यायाधीश का खून है उसकी रगों में। माँ चाहती थीं वह कानून पढ़े और देश की महिला-जज बने। और वह बन गई लेखिका। बेचारी माँ! पर लेखक भी तो एक तरह का न्यायाधीश होता है। स्याह-सफेद अलग करता है; बस उसके फैसलों का असर रफ्ता-रफ्ता होता है, और फैसलों के साथ घुल-मिलकर, ऐसे कि पता नहीं चलता क्या किसका असर है।

तो जब उसके भीतर के न्यायाधीश ने पूछा—अपनी कलात्मक प्रगति के लिए व्यक्ति का उपयोग अन्याय नहीं तो क्या है। उसने कन्धे झटककर कहा—मानवीय सम्बन्धों में कुछ-न-कुछ अन्याय तो होता ही है। कौशल कुमार ने ही एक दिन कहा था—मानवीय सम्बन्ध न्याय-अन्याय की कसौटी पर नहीं परखे जा सकते; भावना का चुम्बक जिधर घूमेगा उसके आकर्षण से बँधा सम्बन्ध भी उधर घूम जाएगा। जो प्रेम करता है उसका अन्याय करना भी एक तरह का न्याय है। पर जो न प्रेम करे न न्याय? माधवी एक कड़ुवी हँसी हँस दी।

''बढ़िया है,'' तभी कौशल ने कॉपी बन्द करके कहा, ''हँसी क्यों?''

''यूँ ही। ठीक लगा यह अध्याय?''

''बिलकुल। अब तो उपन्यास क्लाइमैक्स पर पहुँच रहा है। हँस क्यों रही थीं?''

''ललिता वाला प्रसंग ठीक लगा? अतिनाटकीय तो नहीं है?''

''बिलकुल नहीं। स्थिति के अनुकूल आवेश तो होना ही चाहिए। प्रियजन में सहानुभूति का न होना खलता है, स्वयं हम चाहे कितने भी तटस्थ क्यों न हों। पर यह तो बतलाइए कि आप हँस क्यों रही थीं?''

''ऐसे ही कुछ याद आ गया था। आपसे सम्बन्धित बात नहीं है।''

''फिर भी है क्या? हम भी हँस लें।''

''मैंने कहा न, आपसे सम्बन्धित बात नहीं है,'' माधवी ने सख्त पड़कर कहा।

''उससे क्या? जो भी हो, बतलाइए तो सही।''

''निजी बात है।''

''मैं किसी से नहीं कहूँगा।''

''वाह! यानी आपसे निजी बात कहने में हर्ज नहीं है, हर्ज है तो बात दूसरों तक पहुँचने में!''

''आप इतनी आसानी से मेरा अपमान कैसे कर लेती हैं?'' कौशल ने कहा।

माधवी स्तब्ध-चुप रही। खुद उसे अपना स्वर काफी अपमानजनक लगा था पर...''एक बात जाननी चाहिए,'' कौशल कहता गया, ''अपमान सिर्फ उसका करना चाहिए जिससे प्रेम करो।''

माधवी उठकर खड़ी हो गई।

''आप मुझसे प्रेम नहीं करतीं न?''

''मुझे लेकर यह शब्द आपके जेहन में आया कैसे?''

''तो मेरा अपमान करने का अधिकार भी आपको नहीं है,'' कौशल ने कहा। माधवी वापस कुर्सी में ढह गई।

''सॉरी,'' उसने कहा, ''पर आपको भी इस तरह निजी सवाल पूछने का अधिकार नहीं है।''

क्षण-भर चुप रहकर कौशल खिलखिलाकर हँस पड़ा और बोला, ''अब आप पूछिए, मैं क्यों हँसा और मैं बिलकुल बुरा नहीं मानूँगा, फौरन बतला दूँगा। पूछिए।''

''नहीं।''

''मैं इसे निजी सवाल नहीं मानता।''

''मैं मानती हूँ,'' वह उठ खड़ी हुई, ''अब चलूँगी।''

"ऐसे नहीं। उपन्यास बढ़िया चल रहा है, इस खुशी में पहले एक कप कॉफी और पिलवाइए, फिर कहिए कि आपने मुझे निजी सवाल करने के लिए माफ कर दिया, तब जाइएगा।"

माधवी झिझकी तो वह बोला, "अभी तो मुझे उपन्यास पर बहुत-कुछ कहना है।"

तब वह नहीं झिझकी। दो कप कॉफी का आदेश दोहरा दिया। बिल आने पर यह भी समझ में आ गया कि कौशल ने उसे ऑर्डर देने को क्यों कहा था। जैसे ही बैरे ने बिल लाकर कौशल कुमार के सामने रखा, उसने बिना हिचक माधवी की तरफ इशारा कर दिया। माधवी ने पैसे दिए तो लगा, अच्छा हुआ, कौशल देता तो संकुचित महसूस करती। बाहर आने का सुझाव माधवी का था। वैसे भी...अच्छा है, कौशल पैसों के मामले में संकोच नहीं करता। अच्छा है? वाकई? एक बार फिर उसके होंठों से तल्ख हँसी फूटने को हुई पर उसने अपने को रोक लिया। फिर वही सवाल सुनने को वह तैयार नहीं थी।

कौशल के मुँह से वह केवल उपन्यास के बारे में सुनना चाहती थी। प्रशंसा, विश्लेषण, आलोचना सब कुछ। एक बार उसने उस विषय पर बोलना शुरू किया तो वह तन्मय होकर सुनती रही। फिर भी डेढ़ बजने से पहले घर के लिए रवाना हो गई।

स्कूटर में वापस जाते हुए वह बराबर सोच रही थी, कुल मिलाकर आज का दिन बुरा नहीं बीता। उसके उपन्यास की, जितनी ब्योरेवार प्रशंसा कौशल ने आज की पहले कभी नहीं की थी। हाँ, इस बात के लिए बहुत इसरार किया था कि उसके साथ स्कूटर में उसके घर तक चले। कहता रहा था, घर आने से पहले बस-स्टॉप पर उतर जाएगा और बस पकड़कर लौट आएगा, उसे कोई असुविधा नहीं होगी। इस प्रस्ताव से उसे बेहद कोफ्त महसूस हुई थी। स्कूटर के शोर के साथ किसी का ऊँची आवाज में बोलते रहना बहुत नागवार गुजरता है। वैसे भी कहने-सुनने को कुछ बाकी नहीं था। मन शान्त था और शरीर श्रान्त। बदन परितुष्ट तन्द्रा में झोंके खा रहा था, आँखें बन्द हुई जा रही थीं। वह अकेले रहना चाहती थी। और किसी का साथ बर्दाश्त कर भी लिया जाता पर कौशल! वह बोलता है तो लगता है डिस्को संगीत बज रहा है। एक बार शुरू हो जाए तो सिर पर हथौड़ों की तरह बरसता जाता है; मौके-बेमौके; श्रोता से तटस्थ, अपने में मग्न, अपनी गति से स्वयं उत्तेजित, सम्मोहित और स्वचालित। इतने सारे शब्द! नहीं, कौशल के बारे में सोचने के लिए भी वह अतिश्रान्त है। घर पहुँचकर ठंडे कमरे में बन्द होकर सिर्फ अपने बारे में सोचेगी।

पैर पटकता कौशल त्रिवेणी के पास के बस-स्टॉप की तरफ चल दिया। इतना कहा, स्कूटर में साथ चलने दो, घर पर नहीं उतरेगा, उससे पहले वाले बस-स्टॉप पर उतरकर वापस चला आएगा पर नहीं मानी। ज्यादा तूल उसने भी नहीं दिया। हर नई बात मनवाने में वक्त लगता है। रोज, बार-बार एक बात दोहराते रहने से दूसरे का आत्मबल टूटने लगता है, अपने ही तर्क बेमानी लगने लगते हैं और आखिर कमजोरी का वह क्षण आ पहुँचता है जब निरानन्द भाव से आदमी ठीक वही कर बैठता है जो नहीं चाहता।

एक बार कौशल उसके साथ स्कूटर में घर तक चला गया तो हर बार जाएगा। एक बार की पुनरावृत्ति से ही वह नियम गढ़ लेता है। फिर दूसरे पर उसे थोपने के लिए हर मुमकिन हथियार का इस्तेमाल करता है। उसके चंगुल से बच निकलना आसान नहीं है। कोई नहीं निकला आज तक।

आज सुझाव-भर दिया था, मामूली-सा इसरार भी किया। इतने में ही सफलता मिल जाती तो...!

उसके बदन के रोंगटे खड़े हो गए। लकड़ी-सी बाँहें सूखी छाती पर बँध गईं; काले पपड़ीदार होंठ हवा खींचकर कस गए तो पिचके गालों वाला दागी चेहरा इतना सिकुड़ गया कि...

कामोत्तेजना से बदन झनझनाया तभी वह समझ गया, उस वक्त वह किस कदर बदसूरत लग रहा होगा। उसके सिर की शिराएँ धू-धूकर जल उठीं, आँखों से चिनगारियाँ निकलने लगीं, हाथों की मुट्ठियाँ भिंच गईं और चमड़े की नई चप्पल के जबर्दस्त प्रहार से उसने सामने सड़क पर रेंग रहे तिलचट्टे का कचूमर निकाल दिया।

फाहश गालियों का गन्दा नाला उसकी जबान से बह निकला; काश तिलचट्टे की जगह पैरों के नीचे कोई खूबसूरत औरत होती। ठोकर मार-मारकर बेहोश कर देता और तब...हूँ! हूँगा मैं बदसूरत! जगाता हूँगा आपके मन में वितृष्णा! फिर भी मैं मर्द हूँ। लकड़ी-सी सूखी देह में खड़खड़ करती छाती भले हो, जिस्मानी ताकत इतनी कम नहीं कि...। मरे हुए चिलचट्टे पर दो-चार प्रहार और करके उसने महसूस किया कि उसके जिस्म का उफान धीरे-धीरे कम हो रहा है।

बस-स्टॉप से जरा दूर खड़े पेड़ के तने का सहारा लेकर उसने आँखें मूँद लीं। माधवी! चुम्बन की तरह उसने नाम को होंठों से पुचकारा। लगा, उसका हाथ हाथ में है। कैसे बेहिचक बीच सड़क अपना हाथ उसके हाथ पर रख दिया था। स्कूटर में हाथ रहा होता तो...तंग जगह में हाथ का हाथ से छू जाना, कन्धे का कन्धे से भिड़ जाना, पैरों का आपस में टकरा जाना सहज सम्भव है। हिचकोले खाते स्कूटर के छोटे-से झूले में सवार प्राणी झटका खाकर गिरेंगे तो एक ही दिशा में न?

कौशल ने बाँहें ऊपर उठाकर पेड़ के तने को घेर लिया। आह, वह स्पर्श! गुनगुने पानी की बूँदों से पैदा हुई गरमाई और तरावट उसकी पूरी देह में फैलने लगी; आहिस्ता-आहिस्ता। सब चीजों के बावजूद। कितना कुछ हुआ था आज, जिसे याद करके उसी का करखनदारी मन क्षोभ से भर रहा था। आप सड़क पर क्यों खड़े थे (गन्दे कपड़ों में)? उसने कहा था। किताब क्यों नहीं छपी? (पैसा आप हजम कर गए) उसने कहा था। फिर भी उसके हाथ का स्पर्श, उसका दिया उपहार, प्यार से उसे सहलाए जा रहा था।

किताब अवश्य छपेगी माधवी, पर तुम्हारा रुपया वापस नहीं मिलेगा। यह तो मेरा ही दम है कि किताब छप रही है वरना तुम जैसे दस-बीस आदमी भी जोर लगाते तो छप नहीं सकती थी। भारत पुस्तक भंडार ने नामी प्रकाशक के संरक्षण के बिना बेचने के लिए किताब लेने से साफ इनकार कर दिया। दौड़-धूप करके एक उदीयमान प्रकाशक को राजी किया तो हरामजादे ने पूरे संस्करण के कुल एक हजार रुपए पकड़ाकर सर्वाधिकार डकार लिये। एक हजार यह और एक हजार वह जो तुमने बाद में दिए, इन्हीं से छह महीनों से मेरा घर-खर्च चल रहा है। आपका तो, माधवीजी, एक हफ्ते काम न चले।

ठीक है, किताब छपेगी तो एक प्रति दे जाऊँगा, बाकी खरीद लीजिएगा सम्भावना प्रकाशन से। आपको क्या कमी है! कह रही थीं, किताब छप जाए यही बहुत है। तो ठीक है, देखिए किताब और हँसिए अपनी वह निजी हँसी जिसका कारण आप मुझे नहीं बतला सकतीं। इन बड़े आदमियों की साली हँसी भी निजी होती है जैसे कोई यौन क्रिया हो!

खिल-खिल! खिल-खिल! न चाहते हुए भी कौशल का शरीर स्फूर्त आनन्द से सिहर गया। कहाँ गया मेरा वर्गजन्य आक्रोश? माधवी की वह तेजी से बदलती हुई मूड...बदलता...बदलती...अंग्रेजों के लिंग नहीं होता! माधवी का वह मासूमियत से मढ़ा शोख शरारती चेहरा! मूड पुल्लिंग है या स्त्रीलिंग? खिल-खिल! खिल-खिल! और हँसी? स्त्रीलिंग है या पुल्लिंग? सब तुम हो माधवी। देखो तो, कितना छिछोरा वाक्य भी मैं बोल लेता हूँ। मुझसे खेलो, माधवी। अपनी बदलती मूड का वजन मेरी पीठ पर रखो। मेरा इस्तेमाल करो। खूब करो। एक बिन्दु पर पहुँचकर तुम्हारा जमीन तुम्हें बेचैन कर देगा। तुम प्रायश्चित्त करना चाहोगी और तब, माधवी, तुम्हें पीड़ा मैं नहीं दूँगा, तुम खुद दोगी। मैं चाहता हूँ, तुम अपने भीतर छिपी हर क्रूर प्रवृत्ति को जगा लो। मेरा इस्तेमाल करो और करके सोचो, गलत किया। तुम यह न जानो तो ही अच्छा है, वितृष्णा से ठुकराए जाने से कहीं बेहतर है कि आदमी का उपयोग किया जाए। तुम नहीं जानतीं क्योंकि तुम पीड़ा के सूक्ष्म शेड पकड़ सकती हो, उसके आधारभूत स्थूल रंग को नहीं। मैं जानता हूँ स्थूल पीड़ा को। जब बासी रोटी को

कच्ची प्याज से खाने के लिए आदमी तरस जाता है; जब घर के भीतर बच्चा जन्म ले रहा होता है और बाहर मकान की कुर्की हो रही होती है; जब घर का सामान उठाकर बाहर फेंक दिया जाता है और तेज बुखार से कँपकँपाते बच्चों को खुली सड़क के हवाले कर देना पड़ता है; जब...छोड़ो। समाज ने जो अन्याय मेरे साथ हमेशा किया, उसके सामने तुम्हारा किया अन्याय कुछ नहीं है। करो, तुम अन्याय करो और पश्चात्ताप की आग में जलो। तुम्हारा दिया सब-कुछ मुझे स्वीकार है, लांछन, तिरस्कार, अपमान, वेदना। जितना मैं कहूँगा, दो, पीड़ा पहुँचाना उतना ही तुम्हारे लिए दुश्कर होता जाएगा। तुम पर-पीड़न में नहीं, आत्म-पीड़न में विश्वास करती हो और मैं...।

सिर झटककर उसने आँखें खोलीं, ऐसे जैसे तीसरा नेत्र खोल रहा हो। आसमान रूठे बच्चे की तरह गुमसुम था। हवा न जाने किस डर से पृथ्वी के तल में जा घुसी थी। वातावरण में प्रतीक्षा का बोझिल सन्नाटा था। दूर क्षितिज में लेटी गोधूलि की ईमानदार रोशनी, काली-पीली धूल के मुखौटे में छिप गई थी। पेड़ों में दुबके परिन्दे बेआवाज थे और बस-स्टॉप पर खड़ा हर आदमी आसमान की तरफ आँख उठाए था।

आँधी आनेवाली थी। मई की काली-पीली-लाल आँधी!

वाह! चारों तरफ के मातमी सन्नाटे को चीरकर कौशल की हँसी गूँजी। वाह, बढ़िया है! आए आँधी। सब-कुछ उड़ जाए, मिट जाए, ध्वंस हो जाए। काश, आँधी नहीं, जलजला आ जाए। आसमान से उतनी आशा बेकार है, पृथ्वी विद्रोह करेगी, खुद अपना पेट फाड़ लेगी तभी ध्वंस का लावा उठेगा, तभी ये भव्य अट्टालिकाएँ और सदियों से उन्हें छाँव देते पुराने पेड़ जड़ से उखड़कर गिरेंगे; आग और पानी मिलकर तांडव-नृत्य करेंगे और कौशल हँसेगा। अपने बदन को चिन्दी-चिन्दी होते देखेगा और हँसेगा; मरो, सब मरो। मैं अकेला नहीं हूँ, सब मेरे साथ हैं, मरो, मेरे साथ सब मरो!

8

ठंडे कमरे की पनाह में दाखिल होते ही फोन बजा। "अब कौन है," कहकर माधवी ने उठाया।

"अच्छा किया जो आपने चेले को किताब छपवाने के लिए रुपया नहीं दिया," भारी आवाज ने कहा। राजेश्वर मिश्र!

"मतलब?' उसने कहा।

"मेरे पास आया था कहानियों पर एडवांस माँगने। मैंने कहा, एडवांस तो तब दूँ जब कहानियाँ छापने का मेरा इरादा हो। अब शायद सम्भावना प्रकाशन से सौदा पटा है।"

"यह कैसे हो सकता है!" माधवी के मुँह से निकला तो उसने फौरन बात पकड़ ली।

"तो पैसा आपसे ले चुका।"

"नहीं, मैंने नहीं दिया," वह साफ इनकार कर गई, पर राजेश्वर मिश्र इतना भोला नहीं कि शीशे में उतर जाए।

"फिर क्या नहीं हो सकता और क्यों?" दृढ़ता से उसने पूछा।

माधवी तब तक सँभल चुकी थी। "यही कि आपने कहानियाँ छापने से इनकार कर दिया," उसने कहा।

"क्यों?"

"आप खुद लेखक हैं। शब्द प्रकाशन की स्थापना आपने यही सोचकर की थी कि जिन शुद्ध साहित्यिक स्तर की किताबों को बनिया टाइप प्रकाशन नहीं छापते, उन्हें आप छापेंगे। आपके शब्द हैं, मेरे नहीं। पहली बार मिली थी तब आपने कहे थे, याद हैं?"

"अच्छी तरह। क्या लग रही थीं आप उस दिन! मैंने देखते ही तय कर लिया था, इस औरत से प्रेम करना ही पड़ेगा।"

वाह, किस सफाई से बात उलटाई गई। दाद देनी चाहिए।

"फिर इरादा क्यों बदल लिया?" माधवी ने कहा।

‘‘बदला कहाँ?’’

‘‘तो? क्या कर रहे हैं उसके बारे में?’’

‘‘जो चाहें कर दें। अभी चली जाइए।’’

‘‘शब्द प्रकाशन के दफ्तर में!’’

‘‘जहाँ आप चाहें।’’

‘‘छोड़िए,’’ वह हँस दी, ‘‘इस उम्र में कहाँ खटते फिरेंगे। बहुत झंझट का काम है। मेरे पास भी वक्त नहीं है। आजकल उपन्यास लिख रही हूँ।’’

‘‘तो खत्म होने पर बतलाइएगा।’’

‘‘दूसरा शुरू नहीं किया तो!’’

‘‘चेले पर तो कृपादृष्टि नहीं है, आजकल?’’ राजेश्वर मिश्र ने पूछा तो उसकी हँसी एकदम बुझ गई।

फुंकारकर उसने कहा, ‘‘मुझे ऐसी भद्दी बातें पसन्द नहीं हैं।’’

राजेश्वर मिश्र देर तक हो-हो करके हँसता रहा।

‘‘इसमें इतना हँसने की क्या बात है?’’ चिढ़कर उसने कहा।

‘‘सबसे पहले जो बात हो रही थी, वह भद्दी नहीं थी?’’

‘‘वह मजाक की बात थी,’’ माधवी ने कहा।

‘‘और यह मजाक नहीं है? क्यों?’’

माधवी को जवाब नहीं सूझा। क्यों नहीं है मजाक? इसलिए क्योंकि खुद कौशल इसे मजाक नहीं समझता? कुछ अदृश्य रेखाएँ होती हैं जो व्यक्तियों के बीच, चाहने, कहने और करने के बीच खिंची रहती हैं। जो लोग उन्हें देखे बिना महसूस कर लेते हैं यानी जो सचेत, सामाजिक प्राणी है; उनसे मजाक किया जा सकता है पर समाज से कटे, अपने में लिप्त, अपने तक सीमित लोगों के साथ नहीं।

‘‘जवाब नहीं सूझ रहा?’’ राजेश्वर जीत की खुशी में चहका।

‘‘पहले आप मेरी बात का जवाब दीजिए। आपने कौशल कुमार की किताब छापने से इनकार क्यों किया?’’

‘‘मुझे उसकी कहानियाँ पसन्द नहीं हैं।’’

‘‘यह झूठ है। आप स्वीकार कर चुके हैं कि साहित्यिक दृष्टि से उच्च कोटि की हैं।’’

‘‘हाँ, पर सम्प्रेषित नहीं होतीं। पाठक जो सम्प्रेषित न कर पाए...’’

‘‘कौन पाठक?’’

‘‘आम पाठक।’’

‘‘यानी आप भी बिकनेवाली किताब छापते हैं, साहित्य से आपको कुछ लेना-देना नहीं है।’’

''बड़ी जबर्दस्त पैरवी हो रही है!''

''गम्भीर बात है, मजाक में मत उड़ाइए।''

''मैं पाठक को नकारकर लिखे गए साहित्य को बड़ा नहीं मानता।''

''कौन पाठक? वही तो पूछ रही हूँ। नए ढंग के साहित्य के पाठक धीरे-धीरे बनते हैं। आप छापेंगे नहीं तो पाठक बनेंगे कैसे?''

''चलिए, आपकी बात रख ली। चेले से कहिए उपन्यास लिखकर दे, छाप देंगे।''

''फिर मजाक! आप इस पर गम्भीरता से बात क्यों नहीं करना चाहते?''

''हद है यार, मुझे भी कौशल कुमार समझ लिया है? हर वक्त साहित्य को लेकर चेहरे पर मुर्दनी बिछाए रखना मेरे बस का रोग नहीं है। उसे देखो तो लगता है, साहित्य का जनाजा अकेले एक कन्धे पर उठाए चला जा रहा है।''

माधवी को हँसी आ ही गई। ''उपमा बढ़िया है पर...'' उसने कहा।

''पर यह कि सम्भावना प्रकाशन उसका कहानी संकलन छाप रहा है। एक हजार में खरीदकर। उपन्यास हम छाप देंगे, रॉयल्टी पर। बस काफी भला हो गया साहित्य का। अब यह बतालाइए, हमारा क्या होगा?''

एक हजार पर खरीदा है कहानी-संकलन, सम्भावना प्रकाशन ने? तब तो रॉयल्टी तक नहीं मिलेगी। फिर उसका पैसा...? कौशल उससे तीन हजार ले चुका, यह कहकर कि किताब उसके पैसों से छपेगी और बिक्री होते ही पैसा वापस मिल जाएगा। इतना झूठ!

''हलो-हलो!'' उधर राजेश्वर चीख रहा था।

''हलो...हाँ।''

''कहाँ चली गई थीं?''

''सोच रही थी।''

''क्या?''

''यही कि आपका क्या होगा?''

''सोचा?''

''हाँ।''

''क्या?''

''कोशिश करते रहिए। आदमी का काम है कोशिश करना।''

''सफलता कब मिलेगी?''

''किसी बढ़िया ज्योतिषी से मालूम कीजिए।''

''आ जाइए लेकर।'' उसने तत्काल कहा।

''क्या, ज्योतिषी?'' माधवी हँस पड़ी।

"और क्या! अब, कुछ तो बहाना चाहिए आपको बुलाने का।"

"कल आऊँगी बिना बहाने। ज्योतिषी आप तलाश कीजिए। गरज आपकी है," एक बार फिर हँसकर उसने कोट कर दिया पर अकेले होते ही मन को पुनः दुविधा ने आ घेरा। पूरा दिन बड़ी छटपटाहट में कटा।

अगले दिन के नौ बजे के फोन के लिए वह पहले से तैयार थी। छूटते ही पूछा, "सम्भावना प्रकाशन ने आपका कहानी-संकलन एक हजार में खरीदा है?"

"किसने कहा?" उसने जवाब में सवाल किया।

"राजेश्वर मिश्र ने," उसने फौरन कह दिया। इधर-उधर मुँह मारकर असली बात से मुँह फेरने की सुविधा वह कौशल को नहीं देना चाहती थी।

"वह साला...!" एक भद्दी गाली उसने दी।

"देखिए," उसने कहा, "ऐसी भाषा मेरे सामने मत बोलिए। जो पूछ रही हूँ उसका जवाब दीजिए।"

"हाँ!" उसने कहा।

"जो रुपए मैंने दिए थे उनका क्या हुआ?"

"घर में खर्च हो गए," उसने करीब-करीब चीखकर कहा।

"अब तक मुझसे झूठ क्यों बोलते रहे?"

"कैसे कहता?"

"कभी-न-कभी तो कहना ही पड़ता।"

"मैं कोशिश कर रहा था, किताब रॉयल्टी पर छप जाए; रॉयल्टी मिलते ही मैं रुपया लौटा देता। पर नहीं छपने दी गई।"

"क्या मतलब?"

"आपके आदरणीय राजेश्वर मिश्र जी को गाली न दूँ तो क्या कहूँ?"

"उन्होंने क्या किया?"

"खुद किताब छापने से इनकार कर दिया..."

यह बात तो सच है, माधवी ने नोट किया, आगे?

"सम्भावना प्रकाशन के मालिक को अलग उकसाया कि रॉयल्टी देकर किताब मत छापो। इस आदमी को पैसे की सख्त जरूरत है, जितना खींच सको, खाल खींच लो।"

यह भी सच हो सकता है, माधवी ने फिर नोट किया।

"भारत पुस्तक भंडार किताब लेने को बिलकुल तैयार था, उसके मालिक महेन्द्रनाथ को भी बरगलाया।"

"वे उनकी बात क्यों सुनेंगे?"

"क्यों, उनके लड़के को नौकरी इसी ने तो लगवाकर दी है।"

इस बात का झूठ होना भी जरूरी नहीं है। पर...

"पैसे खर्च हो चुके थे तो आप किताब छापते कैसे?" एक प्रश्न और उठता था।

"तब कहाँ हुए थे? यह राजेश्वर मिश्र मुझे बरबाद करने पर तुला है।"

"फिर एक हजार रुपया और आपने मुझसे क्यों लिया?" माधवी ने दुखी स्वर में कहा।

"क्या करता, बड़ा लड़का सख्त बीमार था।"

"फिर झूठ क्यों बोला?" माधवी का सिर चकराने लगा था, जैसे मकड़ी के जाले में फँसने पर हाथ-पाँव मारकर अपने को और फँसाती जा रही हो। बार-बार वही सवाल! "आपने कहा था, किताब छप रही है," बेदम-सी आवाज में उसने बात पूरी की।

"मैं बराबर कोशिश कर रहा था, पूरी उम्मीद थी किताब छप जाएगी। आपको ख्वामहख्वाह तकलीफ नहीं देना चाहता था। आप चिन्ता न करें, इतनी आसानी से हारनेवाला जीव मैं नहीं हूँ। राजेश्वर मिश्र जानता नहीं, किससे लोहा ले रहा है। अगली किताब के छपते ही सारी रॉयल्टी आपको दे जाऊँगा, बल्कि मैं उसे पत्र लिख भी चुका कि रॉयल्टी मेरे पास नहीं, सीधा आपके पास भेजे।"

"किस किताब की बात कर रहे हैं आप?"

"शब्द प्रकाशन मेरा नया उपन्यास छाप रहा है न, उसी की।"

बिलकुल सच! यह बात तो खुद राजेश्वर मिश्र ने बतलाई थी।

"आपने कभी बतलाया नहीं, आप उपन्यास लिख रहे हैं!" उसने कहा।

"आपने पूछा कब?"

"पूछा नहीं पर..."

"बिना पूछे हम क्यों बतलाएँ? रोज मिलते हैं, आपके उपन्यास पर लम्बी बातचीत होती है। आपने कभी पूछा, कौशल, तुम क्या लिख रहे हो?"

माधवी लज्जित हुई। वाकई कौशल से कम आत्मकेन्द्रित नहीं है वह!

"कितना हो गया?" उसने मधुर स्वर में पूछा।

"बस खत्म होने को है।"

"नाम क्या रखा है?"

"सिफर पर सिफर। कैसा है?"

"बढ़िया। बहुत बढ़िया! उपन्यास कब दिखला रहे हैं?"

"जब आप कहें। अगले सोमवार तक खत्म हो जाएगा।"

"ठीक है। तभी देखूँगी।"

"और आज? अच्छी खबर सुनाने के उपलक्ष्य में कॉफी नहीं पिलाएँगी?"

"अच्छी खबर, कौन-सी?" चकित माधवी ने कहा।

"क्यों, हिन्दी साहित्य की अनुपम उपलब्धि हमारा उपन्यास अच्छी खबरों में नहीं आता?"

माधवी फिर लज्जित हुई, स्वर और मधुर।

"आज नहीं," उसने कहा, "कहीं जाना है।"

इसके बाद करीब पाँच मिनट कौशल ने बहस की–कहाँ, क्यों, कब जाना है, प्रश्नों ने माधवी के स्वर की मिठास सोख ली, तब उसने कहा, "इधर का कोई काम हो तो बतलाइए, मैं शब्द प्रकाशन के दफ्तर जा रहा हूँ।"

"वहीं तो मैं जा रही हूँ," उसके मुँह से निकल गया।

"मेरा वहाँ आना आपको बुरा तो नहीं लगेगा?" कौशल ने पूछा तो माधवी ने चिढ़कर कहा, "मुझे बुरा क्यों लगेगा?" पर साथ ही महसूस किया कि कौशल के साथ वहाँ जाने की उसकी बिलकुल इच्छा नहीं है। अकेले उसका साथ झेला जा सकता है, पर तीसरे आदमी की मौजूदगी में न जाने उसे क्या हो जाता है कि...आक्षेप, आरोप, आक्रोश का सिद्धहस्त शिल्पी है कौशल। आखेट मिलना चाहिए, उसकी जबान अनथक यूँ चलती है कि लगता है वह उसके मुनहने शरीर की तुलना में कहीं ज्यादा लम्बी और ताकतवर है और पहलवान से पहलवान आदमी को पटकनी दे सकती है। तो न जाए? कह देगी राजेश्वर मिश्र से, जरूरी काम पड़ गया था, दो-चार लम्बी आहें भरकर वह बात खत्म कर देगा। पर कौशल? वहाँ नहीं मिली तो फोन करेगा और बार-बार करेगा। जुमलों पर जुमले छोड़ेगा। क्यों नहीं आईं? खैरियत तो है? मैं तो घबरा ही गया, कहीं दुर्घटना न हो गई हो। तबीयत ठीक है न? सच-सच बतलाइए। आवाज धीमी क्यों है? मुझसे छिपाइए नहीं। तबीयत बिलकुल ठीक है न? ठीक है? अच्छा-अच्छा ठीक है तो आइए न त्रिवेणी । देखे बिना मुझे यकीन नहीं होगा। क्या करूँ, फिक्र किए बगैर रहा नहीं जाता। आदत है। भली-बुरी जो आप समझें। क्यों नहीं आ सकतीं त्रिवेणी? आप ठीक से बतला नहीं रहीं। जरूर कोई बात है। तबीयत ठीक है न? बिलकुल?

"उफ!" उसके मुँह से निकल गया।

"क्या हुआ?" उधर से घबराहट-भरी आवाज गूँजी, "मैं कितनी देर से हलो-हलो कर रहा हूँ, आप जवाब नहीं दे रहीं। तबीयत तो ठीक..."

माधवी के हाथ से फोन छूट गया या उसने छोड़ दिया। इससे तो अच्छा है शब्द प्रकाशन चली जाए।

राजेश्वर मिश्र बहुत गर्मजोशी से मिला। तपाक से हाथ आगे बढ़ाया। माधवी को अपना हाथ उसके हाथ में देना पड़ा। मिलाने को तैयार खड़े आदमी के सामने से हाथ खींच लेने की अभद्रता, या कहना चाहिए हिम्मत, वह नहीं कर सकती। उसके

संस्कार...। संस्कार या दम्भ! कौशल कुमार के रहते...वह पहले से मौजूद था। राजेश्वर से हाथ मिलाते हुए नजर उस पर चली गई। अजीब लपलपाती दृष्टि से उनकी तरफ देख रहा था। जैसे वे दोनों हाथ न मिलाकर कोई बेहूदा हरकत कर रहे हों। माधवी के बदन में आग लग गई। जान-बूझकर वह जरूरत से ज्यादा देर तक राजेश्वर का हाथ पकड़े रही। यह नहीं, मधुर स्वर में यह भी कहा, "बहुत दिन बाद मुलाकात हुई आपसे!"

"हाँ, तरस गए!" राजेश्वर ने जुमले को फिल्मी जुम्बिश देकर कहा।

कौशल कुमार का चेहरा पसीज गया और होंठ हल्के-हल्के काँपने लगे। माधवी डर गई। क्या हुआ इसे? हाथ झटके से छोड़कर वह पीछे हट गई और सोफे पर बैठ गई।

"अंगरक्षक को साथ लाने की जरूरत थी?" तभी राजेश्वर ने अदा के साथ कहा।

"क्या मतलब?" चौंककर माधवी ने मुँह ऊपर उठाया।

राजेश्वर की चमकोली आँखें कौशल के ऊपर से होती हुई माधवी की आँखों से आ टकराईं और वह ठठाकर हँस दिया। माधवी अप्रतिभ हो गई अैर कौशल कुमार का मुँह तमतमा गया।

माधवी ने बात का प्रतिवाद करना चाहा, कुछ कहने को मुँह खोला और समझा कि कुछ नहीं कहा जा सकता। चाहे जो कहे, बात बिगड़ेगी, बनेगी नहीं। कुछ न कह पाने की मजबूरी में उसके होंठ एक लाचार-सी मुस्कराहट में फैल गए जिसका मतलब शायद कौशल ने ठीक उलटा लगाया, क्योंकि माधवी ने देखा, उसका चेहरा और तममता उठा है।

राजेश्वर ने नजरें फिर एक से दूसरे पर घुमाईं और जोरदार ठहाका लगाया। हँसी की गूँज खत्म होने से पहले, वह कौशल की तरफ मुड़ा और बोला, "कहो भई, तुम्हारी किताब का क्या हो रहा है?"

"पूरी होते ही आपको दे जाऊँगा," उसने कहा।

"मुझे क्यों?"

"कहा नहीं था, उपन्यास दो, हम छापेंगे।"

"हाँ-हाँ, उपन्यास मैं दूसरी किताब की बात कर रहा था, वह जो सम्भावना प्रकाशन छाप रहा है। कितना पैसा मिला है तुम्हें, एक हजार?"

कौशल कुछ कहता, इससे पहले ही वह दाँत से जबान पकड़कर फुसफुसाया, "च्च-च्च! इस वक्त नहीं कहना चाहिए था न!"

कौशल की आँखों से विक्षिप्त-सी लपट उठी और माधवी बेहद संकुचित होकर बोल पड़ी, "मुझे मालूम है।"

''क्या मालूम है?'' राजेश्वर ने पूछा।

''यही कि सम्भावना प्रकाशन ने एक हजार रुपया दिया है।''

''ओह!'' राजेश्वर ने 'ओह' को इतना अर्थपूर्ण बना दिया कि कौशल की बिलबिलाहट माधवी ने अपनी रगों में महसूस की।

''आपको इसमें इतनी दिलचस्पी क्यों है?'' तड़पकर कौशल ने कहा।

''होगी क्यों नहीं? किताब को लेकर पहले तुम मेरे पास आए थे।''

''मना तो कर दिया आपने!''

''मुझे मालूम था माधवीजी रुपया दे चुकीं, किताब छपे बगैर नहीं रह सकती।''

''पर मैंने तो आपसे नहीं कहा!'' संकोच से जमीन में गड़ते हुए माधवी ने कहा।

''तो मैंने कहा होगा।'' कौशल कुमार ने कड़ुवे स्वर में कहा, ''कहने में मुझे शर्म नहीं है। उधार लिये हैं, चोरी नहीं की। आरामकुर्सियों में जमे आप जैसे परजीवी क्या जानेंगे, हम लोगों के घरों के हालात क्या होते हैं। आपके मुकाबले तो सूद पर रुपया उठानेवाला महाजन भी समाजसेवक है। मुसीबत के वक्त काम तो आता है। आपकी तरह जोंक वह भी है पर वह काम आकर खून चूसता है; आप काम लेकर चूसते हैं। रुपया लेकर मैं किसी का एहसानमन्द नहीं हो जाता। जब होगा, ले जाकर उनके मुँह पर मार दूँगा कि लो अपना रुपया और डूब मरो कहीं जाकर...''

कौशल कहता जा रहा था और माधवी लज्जा, संकोच और अपराध-बोध से मरी जा रही थी। अचकचाकर उसने राजेश्वर की तरफ निगाह घुमाई तो अचरज के साथ देखा कि उसके चेहरे पर अपार तृप्ति का भाव है। सिगार मुँह से लगाए वह छोटे-छोटे कश खींच रहा है और हर कश एक मजेदार नाटक देखने का आनन्द प्रकट कर रहा है।

माधवी की पीठ पर जैसे किसी ने सरसराकर चाबुक बरसा दिया।

यह कैसा उत्पीड़क आनन्द है!

''मुझे रुपए वापस नहीं चाहिए,'' सहसा उसके मुँह से निकल गया।

राजेश्वर ने सिगार का एक लम्बा कश खींचा, ढेर सारा धुआँ बाहर उगला और हर शब्द को चखकर बोला, ''चाहिए हों भी तो कौन से मिले जा रहे हैं!''

एक जबर्दस्त ठहाका कमरे में गूँजा और करीब-करीब उसी साँस में एक दोस्ताना आवाज उभरी, ''भई बिहारी, चाय नहीं पिलाएँगे आज!''

''जरूर पिलाएँगे,'' बिहारी नाम के चपरासी ने खुश होकर कहा और कौशल झटके से उठ खड़ा हुआ।

''मेरा अपमान करने की हिम्मत कैसे हुई तुम्हारी?'' तनकर उसने राजेश्वर से कहा।

"अपमान?" राजेश्वर हँसा, "चाय पिलवा रहा हूँ, इसमें अपमान क्या है?"

"तुम्हें कैसे मालूम, मैं रुपया वापस नहीं करूँगा?"

"करो तो ठीक, न करो तो ठीक! मेरे बाप का क्या जाता है?" वह हँसा, "चाय बन रही है, पियो। ख्वामहख्वाह नाराज क्यों होते हो?"

"मुझे नहीं पीनी तुम्हारी चाय!" पैर पटकता कौशल कमरे से बाहर हो गया।

राजेश्वर ने उसे रोकने का प्रयास नहीं किया। मुँह से सिगार निकालकर धुआँ फैलाता हुआ बोला, "आएगा। लौटकर आएगा। हमेशा के लिए जा सके, वैसा जीव नहीं है।"

माधवी सुन्न-निर्वाक् बैठी रही।

"आपको क्या हुआ?" राजेश्वर ने कहा।

"चलूँगी," माधवी ने कहा और उठ खड़ी हुई।

"और चाय?" सहज भाव से राजेश्वर ने पूछा।

और बिहारी चाय लिये आ पहुँचा।

"चाय पीकर चलूँगी," माधवी ने सहजता के नाटक को आगे बढ़ाया और वापस बैठ गई। प्याले पर मुँह झुकाएँ चुस्कियाँ लेते हुए, वह बराबर महसूस कर रही थी कि राजेश्वर की पैनी नजरें उस पर टिकी हुई हैं।

कुछ पल बेमुरव्वत चुप्पी रही। फिर राजेश्वर मिश्र ने कहा, "कुछ करना है तो डूबते हुए आदमी को बाकायदा कन्धे पर ढोकर बाहर निकालिए। किनारे खड़े रहकर हाथ हिला-हिलाकर बाहर आने की हिदायतें देने से कुछ नहीं होगा।"

माधवी चौंकी, कहा कुछ नहीं।

"उसे पैसे देने बन्द कीजिए," उसने कहा।

"दे कौन रहा है?" माधवी ने आँखें ऊपर उठाए बिना कहा।

"बनिए मत।"

"एक बार दिए थे। अब नहीं दे रही।"

"जो आदमी काम-लिप्सा में मरा जा रहा हो, उसे पैसे देकर नहीं बहलाया जा सकता," उसने कहा।

अवमानना से काँपती माधवी उठकर खड़ी हो गई। "आप...!" उसके मुँह से इतना ही निकला।

"नाराज होने की जरूरत नहीं है।" राजेश्वर मिश्र ने कहा, "मैं कौशल कुमार नहीं हूँ। और न आप 'गुनाहों के देवता' की नायिका हैं। वह जानवर किस बीमारी से मर रहा है, हम अच्छी तरह जानते हैं!" कहते-कहते उसका स्वर इतना क्रूर हो गया कि माधवी धक् से रह गई।

"आपको उससे इतनी नफरत क्यों है?" अनायास उसने कहा।

''साला! लिखता खूब है और अब आप मिल गई हैं प्रेरणास्रोत!'' राजेश्वर मिश्र ने कहा और कहते ही सँभल गया। हो-हो करके हँसते हुए जोड़ा, ''भई, हम लोग ठहरे प्रतिद्वन्द्वी! इश्क और जंग में सब-कुछ जायज है।''

माधवी और वहाँ नहीं ठहर पाई। बोली, ''चलूँगी।''

''चलिए, आपको स्कूटर दिलवा दें,'' कहकर राजेश्वर साथ हो लिया।

गली से बाहर निकलकर चौड़ी सड़क पर आए तो देखा दूसरी तरफ कौशल खड़ा है। माधवी को देखते ही उसकी तरफ लपका पर राजेश्वर को साथ देखकर ठिठक गया और नुक्कड़ पर सजी पान की दुकान की तरफ मुड़ गया।

''साला, उल्लू का चरखा!'' राजेश्वर ने जायका लेकर कहा तो माधवी समझ गई, वह जानता था कौशल बाहर खड़ा होगा।

इस समय राजेश्वर का साथ उसे अत्यन्त अप्रिय है, फिर भी कौशल के साथ से अधिक सह्य है। अकेली होती तो वह आकर घेर लेता और फिर वह होती और होते अबाध गति से छूटते उसके जहर बुझे शब्द-बाण!

उसने महसूस किया उसके सिर में भयंकर पीड़ा हो रही है। वह जल्दी से स्कूटर में चढ़ गई और तय किया कि घर पहुँचते ही टेलीफोन का चोंगा उतारकर नीचे रख देगी।

पान वाले की दुकान से पलटकर कौशल कुमार ने देखा, कनपटियों को हाथों से दबाए, बन्द पंख फड़फड़ाती माधवी स्कूटर में उड़ी जा रही है। मुँह से धुआँ उगलता राजेश्वर मिश्र किसी मायावी जन्तु की तरह, शिकार पर हाथ साफ करके, मूँछें चूसता, अपनी खोह में वापस लौट रहा है। पान की जुगाली करता कौशल कुमार बछिया की तरह उदास खड़ा है। वह जानता है, उसके अन्दर कितना भी गुस्सा क्यों न उफने, वह शेर या आग उगलते ड्रैगन की तरह नहीं दीख सकता। उसका व्यक्तित्व उस मरियल भैंस जैसा है जो ज्यादा-से-ज्यादा मौका मिलने पर सींग मार सकती है, और रहेगा। किताबें चाहे वह जितनी लिख मारे।

उपन्यास अभी शुरू नहीं हुआ। सुबह नाम सूझ गया तो माधवी से कह दिया, पूरा होनेवाला है। राजेश्वर से भी यही कहकर सौ रुपए एडवांस लिये हैं। बड़ा घाघ बनता है साला, उपन्यास पूरा होने का झाँसा एकदम निगल गया। समझता क्या है हरामजादा अपने को, त्रिकालदर्शी? कैसे लार में लपेटकर शब्द टपका रहा था, 'चाहिए हों तो भी कौन से मिले जा रहे हैं!' और वह उसका बुलन्द ठहाका! नीली नसों के मकड़जाल से बने अपने हाथ को कौशल ने देखा। उठाकर घुसेड़ देता भीतर गले तक और कहता—ले, अब लगा कहकहा। हिम्मत हो तो हँस अपने हाल पर।

नहीं हटाऊँगा हाथ जब तक दम घुटकर आँखें बाहर न आ जाएँ, तब मैं हँसूँगा। ठहाके पर ठहाका लगाकर। गला खँखारकर उसने ठहाका लगाने को मुँह खोला और मिमियाकर रह गया।

जबान के नीचे ढेर सारा पित्त जमा हो गया था। आँतों में आग सुलग उठी थी। जब भी वह हँसने की तैयारी करता है, पेट से उठकर यही खट्टा पित्त मुँह में जमा हो जाता है। उसने पिच्च से सड़क पर थूक दिया। पान की पीक से सना बलगम का थक्का, खून के धब्बे–सा निखर आया। ऐसे ही खून की उल्टियाँ करता मर जाए यह कमबख्त राजेश्वर मिश्र। और कौशल सामने खड़ा ठहाके...काश वह उसकी तरह ठहाके लगा सकता। पर बदन में इतनी ताकत कहाँ है? उसका खून भी बहेगा तो सफेद; यह लाली भी साली पान की अमानत है! क्या है उसके अन्दर, नफरत के सिवाय जो उसे ताकत दे सके। जितने रुपयों के ये लोग फल–फ्रूट खा जाते हैं, उतने में तो उसने महीने–भर की रोटी–दाल का इन्तजाम किया है। अब वापस पाने के लिए ऐसे मरे जा रहे हैं जैसे...चाहिए हों भी तो कौन से मिले जा रहे हैं; साला, बदजात, तू कैसे जानता है, वापस नहीं दूँगा!

उसका रोम–रोम घृणा से सिकुड़ गया। जो मैं कहता हूँ, उसका सही–सही अर्थ उस रंडी की औलाद तक कैसे पहुँच जाता है। क्यों दूँ मैं किसी का रुपया वापस? चोरों के समाज में अकेला मैं साहूकार क्यों बना रहूँ? कौन है हमारे भ्रष्ट समाज में जो चोरी नहीं करता, बेईमान नहीं है, दूसरों को झाँसा देकर पैसा नहीं बनाता। यह माधवीजी के आदरणीय पतिदेव! कहाँ से आता है इतना रुपया इनके पास? व्यापार चलाते हैं तो क्या बिना धोखाधड़ी किए! और फिर यह जानकर कि उनके पास है और मेरे पास नहीं है, साले खुद तो मुझे देने आएँगे नहीं। जोर–जबर्दस्ती करके जो छीन लूँगा, वही मेरा होगा न। मुझे अधिकार है छीनने का। जिन्दगी में कभी न रुपया मिला, न प्यार। सच तो यह है; यह साला सच भी उसके अन्दर से बाहर आए बिना नहीं मानता; आदमी का मूल्यांकन इससे नहीं होता कि उसे जीवन में धन–दौलत कितनी मिली बल्कि इससे कि प्यार कितना मिला। मुझे कभी नहीं मिला। जब मिली नफरत, हिकारत, उदासीनता। मुझे अधिकार है कि अपने हिस्से आई नफरत दुनिया में बाँट दूँ। मूल–दर–सूद। पास में जो होगा वही तो औरों को दे सकता है आदमी।

मैं सबसे कहता फिरता हूँ, मेरी माँ बहुत बदसूरत थी। काले आबनूसी चेहरे पर गुदे चेचक से गहरे दाग। इसी से मैं उसे प्यार नहीं कर सका। सच यह है कि प्यार उसने कभी मुझसे नहीं किया। तेरह साल का था तभी दगा दे गई वरना...पर तेरह साल काफी हैं, उस ममत्वहीन माँ की कर्तव्य–परायणता की चोट याद रखने के लिए। काश, मेरे पैदा होते ही वह मर गई होती!

जिसे माँ ने प्यार नहीं दिया, उसे और साली कोई औरत क्या देती! वह बदकिस्मत सलमा...खूब काँइयाँ निकली। उन्नीस सौ सैंतालीस के दंगों में जैसे ही कौशल को अपने साथियों से पता चला था कि हिन्दू नौजवानों की भीड़ उसके घर धावा बोलनेवाली है, वह भागकर वहाँ जा पहुँचा था और सलमा को खबर कर दी थी। भीड़ के आने से पहले वह भाग निकली थी। भीड़ में वह भी शामिल था और किसी के उस जैसे पिद्दी पर ऐसी दिलेरी का शुबहा नहीं हुआ था। सलमा एक बूढ़े समाज-सेवक के घर जा छिपी थी। कुछ दिन बाद वह उससे मिला था। सोचा था, जान बचाने की खातिर वह उसकी इस कदर एहसानमन्द होगी कि...पर वाकई वह बहुत काँइयाँ निकली।

"आपने जान बख्शी है, आपकी एहसानमन्द हूँ, जो हुक्म देंगे बजा लाऊँगी पर इश्क...वह हर किसी से नहीं होता।"

हर किसी से! मन हुआ था गुप्ती के एक वार में सीना चाक कर दे पर...

वह ठहरा भैंस प्रकृति का आदमी। खौफनाक से खौफनाक लम्हे में भी उसकी फितरत शेर का रुख इख्तियार नहीं कर सकती।

उसने चुपचाप जाकर साथियों को बतला दिया था, सलमा कहाँ छिपी बैठी है और...याद करके उसके रोंगटे खड़े हा गए। सलमा...! इससे तो कौशल ने अपनी गुप्ती से उसका सीना चाक कर दिया होता! उन लोगों ने...मांस का वह लोथड़ा...धज्जी-धज्जी औरत!

दृश्य आँखों के सामने खुलता गया तो खड़े रहना मुश्किल हो गया। वह धम्म से वहीं फुटपाथ पर बैठ गया और मुँह आगे करके सड़क पर कै करने लगा।

9

सुबह नौ बजे से पहले माधवी ने राकेश से कहा, ''मेरा फोन आए तो कह देना, घर पर नहीं हूँ।''

''किसका आएगा, कौशल कुमार का?''

''शायद।''

''किसी और का हो तब भी मना कर दूँ या सिर्फ कौशल कुमार को?'' कहते-कहते उसके स्वर में व्यंग्य उभर आया और उसके उत्तर की प्रतीक्षा किए बिना वह टेलीफोन समेत गुसलखाने में जा घुसा।

इससे पहले कि दरवाजा बन्द होता, माधवी उसके पीछे अन्दर आ गई। राकेश शीशे के सामने खड़ा हजामत बना रहा था।

''पूछोगे नहीं क्या हुआ?'' माधवी ने शीशे में उससे नजरें मिलाकर पूछा।

''क्यों, बिना पूछे नहीं बतलाओगी?'' राकेश ने कहा। साबुन के झाग के पीछे छिपे चेहरे के बीच से आँखें कुछ ज्यादा ही तीखी रोशनी लिये चमक रही थीं। माधवी ने नजरें झुका लीं, अपनी दुबली-पतली देह उसके लम्बे शरीर के पीछे छिपा ली। फिर कहा, ''किताब के लिए जो तीन हजार रुपए मुझसे लिये थे, घर में खर्च कर दिए। अब किताब प्रकाशक के पैसों से छप रही है पर उससे भी रॉयल्टी के बजाय एडवांस पैसा ले लिया है। हमारा पैसा वापस मिलने की उम्मीद नहीं है।''

''पहले थी?'' राकेश ने पूछा।

''कुछ तो थी।''

''मुझे नहीं थी।''

''कहता है, दूसरी किताब की रॉयल्टी में से पैसा चुका देगा। तुम क्या सोचते हो, दे सकेगा?''

''नहीं।''

माधवी चुपचाप खड़ी रही।

राकेश हजामत बनाता रहा।

''रुपयों को लेकर तुम परेशान हो क्या?'' कुछ ठहरकर माधवी ने कहा।

''मैं क्यों हूँगा? मैंने तो दिए नहीं।''

''दिए नहीं, पर थे तो तुम्हारे।''

''नहीं, तुम्हारे थे।''

''मेरे-तुम्हारे अलग थोड़े ही हैं...'' कहकर माधवी उसकी पीठ से सटकर खड़ी हो गई। अपना मुँह उसके कन्धे में छुपाकर बोली, ''मेरी मदद करो।''

''क्या?''

''उससे कह दो, मुझे फोन न करे और न मुझे खत लिखे। तुम्हें पसन्द नहीं है। प्लीज!''

राकेश निस्पन्द खड़ा रहा। कुछ क्षण ऐसे ही बीते। फिर उसने कहा, ''और तुम्हारा उपन्यास? पूरा हो गया?''

उपन्यास! माधवी के शरीर में करंट दौड़ गया। पूरा कहाँ हुआ! कौशल ने कहा था क्लाइमैक्स पर पहुँच रहा है, यही तो वक्त है जोखिम का; बने या बनता-बनता बिगड़ जाए!

उसकी देह की सिहरन को राकेश ने महसूस किया और हँस पड़ा। राजेश्वर मिश्र की तरह ठहाका लगाकर नहीं; धीमे से, इतने धीमे कि नकार की तरह वह हँसी माधवी के पूरे शरीर को हिला गई। मन हुआ कोई आदिम शक्ति उसे खींचकर राकेश से अलग कर दे।

राकेश ने खुद बाँह पीछे करके उसे हटा दिया।

''बाहर जाओ,'' उसने कहा, ''मुझे नहाना है।''

''प्लीज...।'' बन्द होंठों से आर्तनाद की तरह एक शब्द फूटते-फूटते फुसफुसाहट में बदल गया। प्लीज क्या, वह खुद नहीं जानती थी। शायद राकेश जान गया।

''फोन लेती जाओ,'' उसने कहा, ''चोंगा नीचे रख देना। आज-भर निर्णय नहीं लेना होगा।''

एक हाथ में फोन का यंत्र और दूसरे हाथ में अलग चोंगा पकड़े वह बाहर निकल आई। लगा राकेश ने उसके सिर पर हाथ रख दिया है। बारह बजे तक जमकर उपन्यास लिखा। कॉपी बन्द करके उठी तो दिलोदिमाग रुई के फाये से हलके हो रहे थे। फोन से अलग लावारिस पड़े चोंगे को देखा तो हँसी आ गई। उठाकर वापस रख दिया और...रखते ही वह बज उठा।

कुछ क्षण वह झिझकी फिर आदत ने जोर मारा और चोंगा उसके हाथ में था।

माँ के घर से छोटी बहिन ममता बोल रही थी।

''यह कौशल कुमार कौन है?'' छूटते ही उसने कहा।

''क्यों, क्या हुआ?''

आत्महत्या तो नहीं कर ली!

"सुबह से दस बार फोन कर चुका है। कहता है, तुम्हारा फोन खराब है..."

"वहाँ फोन आया था?" गहरे आश्चर्य से माधवी ने पूछा।

"एक नहीं, दस बार। कह दिया यहाँ नहीं हैं, आने का कोई इरादा नहीं है; और फोन खराब है तो हमारे मिलाने से ठीक नहीं हो जाएगा, पर अजीब बेहूदा आदमी है, बात समझ में नहीं आती। कौन है वह नामाकूल?"

"है एक पागल।"

"तुम्हारा?"

"ममता!"

"आवाज में जरा कशिश नहीं है। मैं नहीं समझती, दीवाना बनाकर रखने लायक है।"

"उसी तरह नहीं। पागल लेखक है।"

"तुमने भी, जीजी, यह लिखने का अच्छा रोग पाल रखा है।"

"छोड़ो। यह बतला, माँ कैसी हैं?"

"ठीक नहीं हैं।"

"आज दर्द उटा था?"

"हाँ, तभी तो मैं आई। उस पर यह फोन..."

"जानती हूँ। अब नहीं आएगा।"

उसकी माँ हृदय रोग से पीड़ित हैं। जब-तब दर्द उठता है। बार-बार फोन की कर्कश घंटी का बजना कतई बर्दाश्त नहीं कर सकतीं। उफ! यह बेशर्म कौशल! वहाँ का नम्बर मिलाने की हिम्मत कैसे हुई! सामने होता तो दो झापड़ मुँह पर रसीद करती अभी!

फोन काटते ही दोबारा बजा। इस बार कौशल था।

"मेरी माँ के घर फोन क्यों किया?" गुस्से से फटकर उसने कहा।

"आपका खराब था।"

"तो? आपकी हिम्मत कैसे हुई वहाँ फोन करने की?"

"इसमें क्या हो गया? मैंने सोचा, हो सकता है आप वहाँ हों।"

"क्यों सोचा आपने! मेरे पीछे-पीछे फोन मिलाते फिरने का हक क्या है आपको!"

"हुआ क्या?"

"आप जासूस लगे हैं मेरे पीछे? मेरी माँ को दिल की बीमारी है। बार-बार उन्हें परेशान करने का मतलब जानते हैं। ऐसी क्या मुसीबत आ गई थी?"

"मैंने तो यह कहने को फोन किया था कि राजेश्वर मिश्र की बातों का विश्वास मत कीजिएगा। आपका रुपया मैं जरूर लौटाऊँगा।"

"तो? एक दिन इन्तजार नहीं कर सकते थे। आज दे रहे हैं रुपया?"

"नहीं, आज नहीं, पर दूँगा जरूर।"

"जब आज नहीं दे रहे तो दस बार वहाँ फोन करने का क्या जरूरत थी?"

"दस बार? मैंने तो सिर्फ दो बार किया था।"

हो सकता है, ममता व्यंजना में 'दस' कह गई हो।

"एक बार भी क्यों किया," माधवी ने कहा।

"फोन करने में ऐसा हर्ज क्या है!"

"हर्ज है। बहुत हर्ज है। माँ बीमार रहती हैं। उन्हें जब-तब फोन करके परेशान नहीं किया जा सकता। आगे से याद रखिएगा, आप मर रहे हों तब भी वहाँ फोन नहीं करेंगे, समझे!"

"ठीक है।"

"और रोज-रोज मुझे फोन करने की भी जरूरत नहीं है," कहकर उसने चोंगा फोन पर पटक दिया।

फोन फौरन दोबारा बजा।

कौशल था।

"राजेश्वर मिश्र ने मेरे बारे में आपसे क्या कहा है?" उसने पूछा।

"उससे इसका क्या ताल्लुक है?"

"जरूर कुछ कहा है। तभी आप इतनी सख्त हो रही हैं।"

"उन्होंने कुछ नहीं कहा। आपके बारे में बात ही नहीं हुई।"

"मैं नहीं मान सकता। आप एकदम से इतना बदल कैसे गईं?"

"बदली नहीं। हमेशा से मैं आपसे यही कहती रही हूँ। आज माँ को परेशान करके आपने जो मेरा नुकसान किया है..."

"कह तो रहा हूँ, गलती हो गई। और क्या पैर छूकर माफी माँगूँ?"

"नहीं," घबराकर माधवी ने कहा, "फोन बन्द कर दीजिए।"

"बतलाएँगी नहीं, राजेश्वर मिश्र ने क्या कहा?"

"ओफ्फोह, क्या ईडियट आदमी है!" उसके मुँह से निकला, "उन्होंने कुछ नहीं कहा। मैं कह रही हूँ, रोज-रोज फोन करके मुझे तंग मत कीजिए।"

तभी दवाजे की घंटी घनघना उठी।

"बन्द कर रही हूँ," उसने कहा, "दोबारा मत कीजिएगा।"

"कभी न करूँ?"

"नहीं।"

"तो जाऊँ।"

"हाँ, रखिए भी फोन।"

वह चाहती थी कि फोन कौशल ही काटे ताकि दोबारा मिलाने की गुंजाइश कम हो पर वह था कि...

"अच्छा, जा रहा हूँ..." आवाज आई।

"अरे बाबा, जाइए भी," उसने खीजकर कहा और इन्तजार करना छोड़, फोन काटकर चोंगा अलग रख दिया।

तब तक हरिचरण दरवाजा खोल चुका था और बच्चे अन्दर आ गए थे।

"रिसीवर अलग क्यों डाल रखा है?" भीतर घुसते ही आलोक ने कहा और चोंगा वापस फोन पर टिका दिया। फौरन घंटी टनटनाई और चोंगा माधवी ने अपने हाथ में पाया।

कान में लगा लिया और चुपचाप उधर से आ रही 'हलो-हलो' की चिल्लाहट सुनती रही। कुछ देर बाद फोन कट गया।

उसने आलोक-समीर को खाने की मेज की तरफ धकेला और फोन दूसरे कमरे में ले जाकर चोंगा यंत्र से अलग करके रख दिया।

बच्चों की थालियों में खाना परोसकर स्वयं खाना शुरू किया ही था कि देखा, सामने कौशल कुमार खड़ा है। रोटी का कौर हाथ में लिये वह भौचक बैठी रही।

कौशल बैठक के बीचोबीच ठीक उसके सामने खड़ा रहा।

आलोक ने आँख उठाकर देखा और दबी जबान में बोला, "आ गया ठीक खाने के वक्त!"

समीर खिलखिलाकर हँस पड़ा।

माधवी उठकर खड़ी हो गई। कौशल के पास आकर, आवाज एकदम धीमी करके बोली, "यहाँ क्यों आए?"

"विदा लेने आया हूँ," उसने कहा।

"विदा?"

"हाँ, जा रहा हूँ।"

"तो? मुझसे विदा लेने की क्या जरूरत पड़ गई?"

"जा रहा हूँ हमेशा के लिए। मेरा कोई नहीं है, किसके लिए जिऊँ? एक आप थीं..."

"मेरा-आपका कोई सम्बन्ध नहीं है," बात काटकर माधवी ने कहा, "पर आपके बीवी-बच्चे हैं...."

"उनसे मेरा कोई संवाद नहीं है। मैं तो बस आपके लिए जी रहा हूँ। जब आप कोई सम्बन्ध नहीं रखना चाहतीं तो...चलूँगा..." उसका स्वर रुँध गया, "जाने से

पहले आखिरी इल्तिजा करने आया था कि आप...'' रो देने की प्रक्रिया में उसके होंठ बुरी तरह काँप उठे। ''आप..'' नकियाकर उसने कहा, ''राजेश्वर मिश्र की बातों में न आएँ। मैंने-जानबूझकर आपका रुपया नहीं मारा। मेरा आपका और कोई सम्बन्ध हो न हो, यह तो है ही कि मैं आपका कर्जदार हूँ...'' उसने सुबकी भरी, फिर कहा, ''मेरे मरने के बाद आप मेरे बारे में यही सोचती रहीं कि मैं बेईमान था, धोखेबाज था, तो...'' वह सुबककर चुप हो गया।

माधवी शर्म से लाल हो गई। दोनों बच्चे यह नाटक देख रहे हैं। क्या फिल्मी दृश्य है।

''देखिए,'' उसने कहा, ''आप अपने घर जाइए। यहाँ बैठने लायक हालात में आप नहीं हैं।''

''घर जाऊँ?'' रंगमंचीय प्रश्नसूचक लगा, ''मुझे आपके पास बैठकर रोने का भी अधिकार नहीं है?''

''रोने के लिए आदमी का अपना घर ही ठीक रहता है,'' माधवी ने कहा।

''अपना घर!'' उसका स्वर मँजे हुए अभिनेता की तरह व्यंग्य से विषाद तक की मंजिल तय कर गया, ''कहाँ है मेरा अपना घर? घरवालों के लिए मैं केवल पैसा कमाने की मशीन हूँ।''

वह भी खासी निकम्मी! माधवी के मन में बजा।

नहीं, मैं हँसना नहीं चाहती। हँसने से मन बहल जाता है, इस वक्त मेरा एक ही मकसद है, इस आदमी को घर से निकाल बाहर करना।

''मेरे दुख में वे कब शरीक हुए? एक कलाकार की पीड़ा कब उन्होंने समझी?'' कौशल रंग में था, ''मैं हूँ ही बदकिस्मत। जब प्यार मिला, लिया नहीं। जब माँगा, मिला नहीं!''

''यह तो आम बात है,'' माधवी ने कहा तो कौशल ने हाथ के सक्षम इशारे से सब कुछ पोंछ दिया।

''आम बात नहीं है!'' उसने कहा,''आप जानती हैं मुझे कितनी औरतें प्यार कर चुकीं?''

''नहीं। जानना चाहती भी नहीं।''

''एक मुसलमान लड़की थी, सलमा। उन्नीस सौ सैंतालीस के दंगों में मैंने उसकी जान बचाई थी। बेचारी ने न जाने कितनी बार मोहब्बत का इजहार किया, पर मैं बेवकूफ-बदकिस्मत मन में यही गम पाले रहा कि मैंने उसकी जान बचाकर उस पर जो एहसान किया है, उसी का बदला चुकाने के लिए मेरे सामने समर्पण करना चाहती है। मैंने उसका प्यार ठुकरा दिया और आखिर...'' उसने तकनीकी दृष्टि से निर्दोष अन्तराल दिया और भयाकुल आवाज में असली जुमले पर आया, ''आखिर

उसने खुदकुशी कर ली!'' फिर दार्शनिक अन्दाज में जोड़ा, ''हारा हुआ आदमी और कर भी क्या सकता है!''

''पर आप खुदकुशी नहीं कर सकते,'' माधवी ने सिर हिलाकर कहा।

''क्यों?'' उसने उत्तेजित होकर कहा, ''मैं क्यों नहीं कर सकता?''

माधवी देर तक सिर हिलाती रही, फिर उससे भी अधिक दार्शनिक मुद्रा में बोली, ''आप जैनेन्द्र को गुरु मानते हैं और उनका कहना है, जो आदमी सब-कुछ सहकर, जीने की इच्छा न रहते हुए भी, जीता चला जाए, वही द्विज है।''

पल-भर को कौशल निरुत्तर हुआ। माधवी ने खुश होकर सोचा, अच्छी पटकनी दी।

कौशल बहुत जल्दी सँभल गया। सँभल क्या, बिफर गया।

''ये महान आदमियों की बातें हैं। मैं अदना इनसान हूँ। महान बनना नहीं चाहता। जो आदमी भावना की गहराइयों में डूब नहीं सकता, प्यार में सब-कुछ भूलकर दीवाना नहीं हो सकता, हर समय दर्शन और युक्ति के तराजू पर अपने को तौलता रहता है, उसे मैं महान मानता भी नहीं।''

वाह...माधवी दाद दिए बगैर न रह सकी। किस खूबसरती से चित को पट बनाया है!

''यानी महान वे नहीं, आप हैं,'' उसने कहा, ''और महान आदमी खुदकुशी भला क्यों करे? बात खत्म।''

''क्यों नहीं करे?'' कौशल ने जोर देकर कहा, ''मुझे खुदकुशी करने का पूरा हक है और मैं खुदकुशी करूँगा।''

अब इसका जवाब तो एक ही है; दुरुस्त है, शौक फरमाइए। पर माधवी ने यह न कहकर कुछ और कहा, ''आप घर जाइए।''

''घर जाइए। घर जाइए! घर जाइए!!'' कौशल ने नाटकीय पुनरावृत्ति की तो आवाज किकियाकर टूट गई।

ऐसी भूमिकाओं के लिए आवाज भारी होनी चाहिए, माधवी के मन में बजा।

कौशल ने बिखरे तार समेटे और रोने का पुट देकर बोला, ''मुझे रोने का भी अधिकार नहीं है। जिसे देखे बिना जिन्दा नहीं रह सकता, वही मुझसे कह रही है, घर जाइए। मैं घर नहीं जाना चाहता। मैं मरना चाहता हूँ।''

अच्छी जबर्दस्ती है!

''और मरने से पहले आपसे इतनी अनुकम्पा चाहता हूँ कि मेरे साथ अन्याय न करें,'' वह कहता गय, गला रुँध गया पर शब्द निकलते रहे।

''जिन्दगी में कभी किसी ने मेरे साथ न्याय नहीं किया। आप करेंगी, यही सोचकर...'' सहसा वह हिचकियाँ बाँधकर रो पड़ा। उसने अपने बिगड़ते-बिसूरते

चेहरे को छिपाने की कोशिश नहीं की, जेब से रूमाल निकालकर आँखों पर नहीं रखा, आवाज को अन्दर नहीं घोंटा, कालीन के बीचोबीच खड़ा बेपर्दा रोता रहा।

माधवी ने देखा, मेज पर से बरतन उठाता हरिचरण ठिठककर खड़ा हो गया है और रोते-कलपते कौशल को घूर रहा है। दौड़कर वह उन दोनों के बीच जा खड़ी हुई पर कोई फायदा नहीं हुआ। कौशल का कद उससे लम्बा निकला। उसके सिर के ऊपर उसका सुबकता-सिसकता चेहरा हरिचरण के सामने लटका रहा।

"प्लीज, बैठ जाइए," करीब-करीब धकेलकर उसने उसे कुर्सी में गिरा दिया,

"अपने को सँभालिए। यह सब कहने की जरूरत नहीं है।"

"जरूरत है! मैं तब तक खुदकुशी नहीं कर सकता जब तक मुझे यह दिलासा न मिल जाए कि मरने के बाद मेरे साथ नाइनसाफी नहीं होगी।"

"ठीक है, तब मत कीजिए," उसने कहा, "और अब तब बोलिएगा जब अपने पर काबू पा लें।"

कुछ देर चुप्पी रही। कौशल ने नाक-मुँह-आँखें पोंछ डालीं। फिर नकियाकर बोला, "तो क्या करूँ?"

"जो लोग खुदकुशी नहीं करते, वे क्या करते हैं?" माधवी ने कहा और हरिचरण को वहाँ से टला देख, प्रकृतिस्थ हो हँस दी।

"आप हँस रही हैं!" कौशल चीखा।

"नहीं तो!"

"मेरी मौत आपके लिए मजाक की चीज है?"

"नहीं-नहीं।"

"यह देखिए," उसने जेब से पुड़िया निकालकर उसके सामने रख दी, "चाय मँगवाइए। आपके सामने उसमें घोलकर पी लूँगा।"

अब माधवी डर गई। पागल आदमी है, क्या भरोसा, पी ही ले।

"लाइए, मुझे दीजिए," आगे बढ़कर उसने कहा।

"नहीं, मरने दीजिए मुझे!" उसने पुड़िया कसकर मुट्ठी में बन्द कर ली। माधवी चाहती थी कहे, मरना है तो बाहर जाकर मरिए; मेरे घर बैठकर नाटक खेलने की जरूरत नहीं, पर...कहा, "बेकार की बात मत कीजिए। पुड़िया मुझे दे दीजिए।"

"मेरे मरने से आपको फर्क पड़ता है?" उसने पूछा।

"हाँ," उसने कहा।

"मर गया तो आपको बुरा लगेगा?"

"हाँ।"

"मेरी भी कोई सार्थकता है, अस्तित्व है?"

"हाँ।"

क्या बेहूदा संवाद है। मंच पर होता तो दर्शक कब की सीटियाँ बजा देते।

''लाइए,'' कोफ्त से भरकर उसने कहा, ''पुड़िया मुझे दे दीजिए।''

''रहने दीजिए। यकीन दिलाता हूँ, खाऊँगा नहीं। पास रहेगी तो सुकून मिलेगा, कोई है जिसके कहने पर जहर नहीं खा रहा; जेब में है तब भी नहीं खा रहा,'' उसने ताजा धुले तौलिए की तरह टपककर कहा।

उल्लू का चरखा! ''अब घर जाइए,'' माधवी ने कहा।

''चला जाऊँगा, तबीयत सँभल तो जाए। जहर आपने खाने नहीं दिया, अब चाय तो पिलवा दीजिए।''

गहरी अनिच्छा के बावजूद वह रसोईघर में चली गई। पीछे-पीछे आलोक, समीर भी आए।

''ये यहीं बैठे रहेंगे?'' झल्लाकर आलोक ने पूछा।

''हाँ,'' उसने कहा, ''जब तक मरेंगे नहीं, यहीं बैठे रहेंगे।''

बच्चों ने एक-दूसरे की तरफ देखा, ''पता नहीं कब मरेंगे!'' लम्बी साँस भरकर समीर ने कहा।

माधवी को दोपहर खाने के बाद सोने की आदत है। बचपन से। न सोए तो दिमाग भन्ना उठता है। इसके बैठे आज हो लिया सोना। मन हो रहा है, थोड़ा जहर चाय में घोलकर पिला दे। उसका खुदकुशी का चाव पूरा हो जाएगा, अपनी जान बचेगी। पर उफ, शिष्ट समाज के यह दमघोंटू कायदे! बिना बुलाए मेहमान को मारा भी नहीं जा सकता!

पानी में उबाल आने से पहले ही उसने उसमें पत्ती-दूध-शक्कर मिला दी और प्याले में उलटाकर उसे थमा दी।

''आप...?'' उसने पूछा।

''नहीं।''

''क्यों?''

''इच्छा नहीं है।''

''साथ देने को...''

''कह दिया न, इच्छा नहीं है।''

''अच्छा...'' वह आराम से चुस्कियाँ लेने लगा। और माधवी उसे और अपने को कोसने लगी।

रोज-रोज कहती है न, हर आदमी को हक है, अपनी जिन्दगी और मौत के बीच चुनाव खुद करे। खुदकुशी करना चाहे तो शौक से करे। फिर कह क्यों न दिया इस मगरमच्छी आँसू बहाते अदाकार से। खुदकुशी करेगा और यह कितने मजे से बैठा चाय सुड़क रहा है जैसे कुछ हुआ ही नहीं और माधवी है कि आँखें नींद से मुँदी

जा रही हैं, सिर दर्द से फट रहा है।

"उपन्यास आगे लिखा?" सहसा कौशल कुमार ने पूछा, सहज भाव से।

झनककर माधवी की तन्द्रा टूट गई।

"हाँ," उसने कहा।

"दिखलाएँगी?"

"जरूर," कहकर वह अन्दर कॉपी लाने चली गई। अब वह पूरी तरह जग चुकी थी। दरअसल नींद आती है खाना खाने के तुरन्त बाद। अब वक्त निकल चुका!

माधवी के घर से बस-स्टॉप तक आते-आते कौशल ठहाका लगा ही गया। कल से रुका पड़ा था कम्बख्त पेट में। आज का दिन...यादगार दिन...उसने जेब से पुड़िया निकाल ली। क्षण-भर टक लगाकार उसे ताका, काँपते हाथों से खोला, और मुँह खोलकर फाँक गया। चेहरा रुआँसा हो गया। जबान घुमाकर उसने ओठ बिचकाए और मिमियाकर दूसरा ठहाका बाहर फेंका।

वाह, देखी एक पुड़िया चूरन की करामात!

जहर का नाम सुनकर कैसे रूह फना हो गई थी माधवीजी की! क्यों न होती! अपनी बैठक के उम्दा कालीन पर पसरी लावारिस लाश को कौन धनाढ्य और सुसंस्कृत महिला बर्दाश्त कर सकती है? काश कि उस वक्त घर पर अकेली रही होती! दौड़कर उसके पैर पकड़ लेता और सिर घुटनों पर मार-मारकर मजबूर कर देता कि कन्धों से थामकर उसे ऊपर उठाए और...आत्महत्या करने को तत्पर आदमी के भावावेश का क्या कहना! मर मिटने की व्याकुलता में उसे खींचकर बाँहों में भर लेता तो कौन दोष दे सकता था? पर बच्चों के घर पर रहते हुए...इतना वह बखूबी जानता है कि कुछ खास क्षणों में माधवी को बिलकुल नहीं घेरा जा सकता। गलत वक्त पर उसके घर जा पहुँचा। पर करता क्या! सारी सुबह उसका फोन नहीं मिला। बड़ी मुश्किल से माँ का नम्बर पता करके वहाँ फोन किया। सोचा था, वहाँ हुई तो लौटते हुए त्रिवेणी आ जाएगी। पर...तीन बार फोन क्या कर लिया, इस कदर हल्ला मच गया जैसे अश्लील हरकत कर बैठा हो। घर की मालकिन को दिल की बीमारी है, इसलिए वहाँ फोन नहीं किया जा सकता। वाह, साब, वाह! क्या तर्क है। दिल की बीमारी उसके पड़ोस में रहनेवाले चटर्जी को भी है। जब दर्द उठता है, सड़क के किनारे बैठ जाता है, जेब से बोतल निकालकर गोली लेता है और जबान के नीचे दबा देता है। बीस-पच्चीस मिनट सुस्ता लेता है और चल देता है दोबारा काम पर। बिजली का मिस्त्री है, बीस-तीस रुपया रोज कमा लेता है। जिस दिन नागा उस दिन फाका। साइकिल पर मारा-मारा फिरता है, आज तक नहीं सुना कि ट्रक ने भोंपू जोर से बजा दिया इसलिए चटर्जी को दिल का दौरा पड़ गया!

इन बड़े आदमियों के चोंचले भी बस! उसने एक भद्दी गाली दी।

हाँ, एक बात है। माधवी वाकई नहीं चाहती कि वहाँ फोन किया जाए। घर से चलते-चलते याद दिला दिया था कि कितना भी जरूरी काम क्यों न हो, वहाँ फोन नहीं करेगा। और यह तब जब उपन्यास की चर्चा के बाद काफी पसीज चुकी थी। उसने फौरन 'हुक्म की तालीम होगी' वाले अन्दाज में उसकी बात मान ली थी और आगे के लिए नोट कर लिया था कि मौके पर काम आनेवाला हथियार है, सँभालकर रख लेना चाहिए। दिल की बीमारी का तो बहाना है, होगा यह कि माँ को माधवी का गैर-मर्दों से मिलना-जुलना पसन्द नहीं। लगता है, माधवी माँ की भावनाओं की खूब चिन्ता करती है। ठीक है, कौशल ध्यान रखेगा उसकी चिन्ता का, खूब रखेगा!

चूरन की पुड़िया बार-बार काम नहीं आएगी, पर यह हथियार...

उसके दिल को कुछ बुरी तरह कचोट गया। सच एक बार फिर उस पर जाहिर हो गया। उसकी मौत के खयाल से माधवी उतनी उत्तेजित नहीं हुई थी जितनी अपनी माँ की छोटी-सी तकलीफ को लेकर। पुड़िया देखकर डर जरूर गई थी पर...

वह फिर हँसा पर हँसी में विषाद था। वह भयभीत उसकी मृत्यु से नहीं उस विकट परिस्थिति से थी जो उसके घर में आ खड़ी हुई थी। सजे-धजे घर के कीमती कालीन पर बिछी लाश...

नहीं-नहीं! गलत है! जोर देकर उसने खुद से कहा। माधवी उसकी मौत से खौफ खाए हुए थी। उसकी मौत से उसे फर्क पड़ता है, जरूर पड़ता है! पूछा था साफ-साफ कौशल ने। हाँ, कहा था उसने।

माधवी को उसकी जरूरत है। कौशल उसकी साहित्य-रचना के लिए अनिवार्य है और साहित्य-रचना माधवी के जीवन के लिए। क्यू-ई-डी! कौशल ने कोशिश करके हँसना चाहा पर कामयाब नहीं हुआ। एक बोतल दारू मिल जाती! खूब गहरा नशा हो तभी आदमी कायदे की बात सोच सकता है वरना बरसों से चले आ रहे तर्क, मान्यताएँ, पूर्वग्रह चैन नहीं लेने देते।

कल जो सौ रुपए राजेश्वर मिश्र से झटके थे, उनमें से बीस अब भी जेब में पड़े हैं। उसकी पत्नी बेचारी बड़ी बेचारी है। अस्सी रुपए देखकर कितनी खुश हो गई...सौ देने वाकई बेकार रहते। तो चले जमना पार, दो बोतल कच्ची की खरीदे और उतार ले हलक में। बीस रुपए में इतना गाढ़ा नशा हो जाए कि मन में शुबहा न रहे कि माधवी...और क्या चाहिए! क्या स्वाद है खयाल में। विलायती शराब-सा। कच्ची पियो और स्वाद लो स्कॉच व्हिस्की का! वाह! तो चलो, लपक लो सामने से आती बस!

राजेश्वर मिश्र कहता है, औरत का प्यार पाना कौन मुश्किल काम है। औरत का अपने से प्यार कुछ ऐसा जालिम होता है कि आदमी के मुँह से अपनी तारीफ सुनकर

पागल हो जाती है। पता चलना-भर चाहिए कि फलाँ आदमी को उससे इश्क है, उसकी आँखों में अपनी सूरत देखने को मर मिटगी। अजी औरतों को तो आईनों से इश्क हो जाता है, आदमी तो फिर भी एक अदद जान रखता है।

इश्क करना मैं भी जानता हूँ, कौशल ने कौल भरा। दीवानगी के वह-वह कारनामे दिखला सकता हूँ कि...दृश्य संयोजन में कौशल कुमार को कौन मात दे सकता है। उपन्यास के लिए ऐसे अनजने दृश्यों की रचना कर सकता है तो जीवन में...कलाकार बढ़िया हो, कला के प्रति समर्पण पूर्ण और निर्दोष हो तो जीवन क्या चीज है जो उसकी बाजी खेली न जा सके।

राजेश्वर कहता है, लेखिका को साधना और भी आसान है। उसका अहम् दुमंजिला होता है। दूसरी मंजिल की सीढ़ी पर ताला लटका भी दे तो पहली मंजिल में घुसपैठ की जा सकती है। सौन्दर्य की प्रशंसा करो, व्यक्तित्व का गुण-गान गाओ, अक्ल की तारीफ करो, रचना-कौशल पर मर-मर जाओ, कुछ तो रंग दिखलाएगा। एक बात है, राजेश्वर मिश्र कितना भी बड़ा चुगद क्यों न हो, दुनियादारी में उसका सानी नहीं।

''हम तो आपके दीवाने हैं, आपके अफसानों के दीवाने हैं,'' कौशल अपनी आवाज में आशिकाना नमक घोलकर बुदबुदाया। बस एक बार पहुँच जाए कच्ची के ठेकेदारों की बस्ती में। एक बोतल आग कलेजे में उतार ले तो नमक पिघल-पिघलकर बहेगा, बोलेगा, 'सूरदास ने कृष्ण का चित्र मन में बसाकर आँखें फोड़ ली थीं, क्योंकि कुछ और देखने की इच्छा बाकी नहीं रही थी, हमें तो आँखें फोड़ने की भी जरूरत नहीं पड़ी, आपको देखने के बाद खुद-ब-खुद सब-कुछ दीखना बन्द हो गया। आँखें खुली रहें या बन्द, रोशनी हो चाहे नहीं, आपके सिवाय कुछ दीखता नहीं। कुछ...भी...तो...नहीं...'

बस एक बोतल नशा चाहिए, फिर देखना उसका कमाल! राजेश्वर क्या खाकर उसका मुकाबला करेगा। नमक का उससे बड़ा व्यापारी कहाँ मिलेगा!

थूक की फुहार छोड़, वह ही-ही करके हँस पड़ा।

बस के अन्दर बेआरामी से लटके मुसाफिरों को यह बेवक्त की हँसी खिजा गई। ''बीच दोपहर चढ़ा आया?'' एक ने छींटा कसा।

''नहीं, चढ़ाने जा रहा हूँ।'' कौशल कुमार ने ऐलान करते हुए कहा और हँसी बुलन्द करने की कोशिश में ही-ही करके हिनहिनाने लगा।

10

दो दिन तक कौशल का फोन नहीं आया।

माधवी ने जमकर उपन्यास पर काम किया। उस दिन कौशल से बात करने के बाद कथा ने एकदम नया मोड़ ले लिया। सामने खुला समतल मैदान देख कलम सरपट दौड़ चली है। पर मन में दुविधा बनी हुई है, ठीक है यह राह या वापस मुड़कर उसी जंगल में इधर-उधर छुपी पगडंडियाँ खोजे। दिमाग में विचारों की धकापेल मची है; एक के बाद एक बिजली चमकती चली जाए तो आँखें चौंध खा जाती हैं, रोशनी में अँधेरे का भ्रम होने लगता है। सफेद कागज स्याह पड़ रहा है और वह सोचे बगैर महसूस कर रही है, कोई पास होता तो पूछ लेती—ठीक है न यह राह या...

दो दिन से कौशल का फोन नहीं आया, आश्चर्य है। क्या अपनी आत्महत्या की धमकी पर वह लज्जित है? असम्भव है। बीमार होगा शायद। ज़्यादा दिन नहीं रहता। आज शायद फोन आए। आया तो दिखला देगी उपन्यास, काफी लिखा जा चुका। एक बात मगर याद रखनी होगी। उपन्यास पढ़वाने के बाद साफ-साफ बतला देना होगा कि माधवी और उसके बीच किसी किस्म का स्नेह-सम्बन्ध स्थापित नहीं हो सकता। उसी दिन कह देना चाहिए था, उपन्यास पढ़ने बैठने से पहले या बाद। पर...! नहीं कहा तो कह देगी।

उसने दोबारा आत्महत्या करने की धमकी दी तो? कह देगी, कर ले। आत्महत्या करनेवाला जीव वह है नहीं। कर ली तो...? उफ कैसा मकड़-जाल है। अभी वक्त है, हाथ मारकर जाला तोड़ा जा सकता है वरना कौशल का मोह बढ़ता जाएगा और कुछ दिन बाद बेचारा...

बेचारा! माधवी ने गुदगुदी महसूस की। प्यार करना गुनाह तो नहीं, किसी से भी हो सकता है। और प्यार पाना गौरव की बात है, ऐसा प्यार जो आदमी से खुदकुशी करा दे। कौशल की जगह कोई सुन्दर-सम्पन्न नौजवान होता! 'मैं सिर्फ आपके लिए जिन्दा हूँ' उसके गुदगुदे खूबसूरत होंठों से नमकीन आवाज आई। माधवी का बदन हरहरा गया। जो ऐसा प्रेम जगा पाए, महान नहीं तो विशिष्ट व्यक्ति अवश्य है। माधवी विशिष्ट है। हाँ, है। प्रेम ने उसे विशिष्ट बनाया है। यह केवल हमारी

मध्यवर्गीय संकीर्णता और कायरता है जो हमें प्रेम के नाम से डरने-कतराने पर मजबूर करती है वरना प्रेम नैसर्गिक वस्तु है; मन की सम्पदा, उदात्त भावनाओं की अभिव्यक्ति। प्रेम, हाँ; पर काम-लिप्सा? राजेश्वर मिश्र ने कहा था—जो आदमी काम-लिप्सा से मर रहा हो उसे...नहीं-नहीं! वह घिनौना स्पर्श नहीं। अपने पैंरो पर भी उसकी उँगलियों का स्पर्श वह बर्दाश्त नहीं कर सकती।

कौशल यदि सुन्दर-सम्पन्न, उच्च पदवीप्राप्त होता...पर नहीं है। उसका स्वरूप सिंहनी का आखेट करनेवाले शिकार का नहीं, कीड़े-मकौड़े फँसानेवाली मकड़ी का है। उच्च समाज में उसे गौरव के साथ, श्रेष्ठ व्यक्ति की तरह प्रदर्शित नहीं किया जा सकता। प्रेमी का अस्तित्व बहुमूल्य नगीने की तरह हो तभी उसके प्रेम को प्रतिष्ठित किया जा सकता है। प्यार मिले तो किसी गांधी-नेहरू का, टाटा-बिरला का; और कुछ नहीं तो किसी विश्वविख्यात लेखक का। पर कौशल! लिखता बढ़िया है तो क्या! कौन जानता है कोयले को हीरा बनने में कितने युग लगेंगे! कौशल कुमार की जगह मुझे यदि प्रेमचन्द ने प्यार किया होता! सहसा माधवी ठठाकर हँस पड़ी। पर हँसी पूरी होने से पहले ऐसी कड़ुवाहट मुँह में भर गई कि उठकर थूक आना पड़ा। नहीं, वह नहीं करना चाहती बार-बार अपने से साक्षात्कार। अब कौशल से नहीं मिलेगी। कभी नहीं। चाहे खुदकुशी की धमकी दे, चाहे कर ही क्यों न डाले। नहीं मिलेगी। पक्का। एकदम!

तभी फोन बजा।

"कैसी हैं?" कौशल ने उछलकर पूछा।

"ठीक हूँ," माधवी ने कहने के लिए कहा।

"उपन्यास आगे लिखा?"

"कुछ।"

"वाह, बढ़िया। आपने नहीं पूछा, हमने लिखा कि नहीं?"

"खयाल नहीं रहा।"

"वही तो! हमारा खयाल क्यों रहेगा!"

"देखिए..." माधवी ने क्षुब्ध होकर बाधा देनी चाही पर उसके शब्द ऊपर घुमड़ आए, "एक कहानी लिखी है। आपको दिखलानी है। आ जाऊँ?"

"नहीं, घर आने का सवाल नहीं उठता।"

"क्यों, उस दिन बैठे तो थे इतनी देर।"

"आप जबर्दस्ती चले आए थे, मैंने नहीं बुलाया था," कहकर वह अपने शब्दों की बदतमीजी पर शर्मसार हुई।

"आपने कब बुलाया है? जब आया हूँ, मैं ही आया हूँ।"

माधवी चुप रही।

"तो त्रिवेणी आ जाइए," उसने कहा, "कहानी आपको दिखलाए बिना छपने नहीं भेज सकता।"

"आज नहीं हो सकता," माधवी ने कहा तो वह बीच में बोल पड़ा, "आपका उपन्यास देखने को मैं हमेशा तैयार हूँ; रात के बारह बजे कहें तो फौरन हाजिर हो जाऊँ। मेरी कहानी आप नहीं देखेंगी?"

बात न्यायसंगत है और माधवी को अपनी न्यायबुद्धि पर गर्व है!

"क्यों नहीं देखूँगी?" उसने कहा, "पर आज नहीं। कल सुबह..."

"कल तक मैं जिन्दा नहीं रहूँगा," कौशल ने इतनी मायूसी से कहा कि माधवी बरबस हँस दी। "ऐसो क्या बात है?" उसने कहा।

"कहानी लिखकर बिना किसी को दिखलाए, बैठा रह सकूँ, इतना धैर्यवान होता तो अब तक लखपति न बन गया होता!"

"और किसी से पढ़वा लीजिए," माधवी ने कहा।

"किससे?"

"किसी भी अपने दोस्त से?"

"मेरा कोई दोस्त नहीं है।"

"यह कैसे हो सकता है!"

"है।"

"मुझे आप सिर्फ एक साल से जानते हैं, उससे पहले से जो आपके दोस्त हैं..."

"जब से आपको जाना है, और सबको भूल गया हूँ।"

"देखिए, आप इस तरह की बातें मत किया कीजिए," माधवी ने शुष्क स्वर में कहा।

"किस तरह की?" गहरे आश्चर्य के साथ कौशल ने कहा।

"ऐसी रोमांटिक बातें। मैं आपको साफ बतला देना चाहती हूँ कि मेरे आपके बीच किसी किस्म का स्नेह-सम्बन्ध नहीं हो सकता।"

"क्या कह रही है आप! मैं आपमें श्रद्धा रखता हूँ और हमेशा रखूँगा। आप मेरे लिए संसार की सर्वश्रेष्ठ व्यक्ति हैं और सदा रहेंगी। मैं जानता हूँ, मैं इस काबिल नहीं हूँ कि आप मुझे स्नेह दे सकें, पर स्नेह करनेवाले का अधिकार तो दे सकती हैं। मेरी आपसे कोई अपेक्षा नहीं सिवाय इसके कि आप मुझे अपनी सेवा करने दें। आपका कोई भी काम मैं कर सकूँ; आपके स्नेह-पात्रों का, राकेशजी का, आलोक-समीर का, तो अपना सौभाग्य मानूँगा। यकीन मानिए, मैं मर भी रहा हूँगा तो आपका काम पूरा होने तक जिन्दा रहूँगा। मुझे अपने काम आने का मौका देंगी, बस इतनी अनुकम्पा आपसे चाहता हूँ, करेंगी न?"

माधवी पानी-पानी हो गई। स्नेह माँगने के लिए किसी की भर्त्सना कर भी लो, देने के लिए कैसे की जा सकती है। जब, जिस वक्त उसने चाहा है, कौशल ने उसका उपन्यास पढ़ा है और तल्लीनता से, खुले मन से चर्चा की है, अन्तर्मन में पूरी तरह उसे उतारकर। माधवी का कर्तव्य है कि मौका आने पर, वह भी उसी तरह उसकी कहानी पढ़े, उस पर अपनी राय दे, उसे आश्वस्त करे।

''त्रिवेणी पहुँच रही हूँ, ग्यारह बजे,'' उसने कहा, ''कहानी ले आइए।''

''अपना उपन्यास भी लेती आइएगा,'' कौशल ने मीठी आवाज में कहा।

कहानी पढ़कर माधवी अभिभूत-सी कौशल को देखती रह गई।

''विलक्षण!'' विलक्षण उसके मुँह से निकला। ''विलक्षण कहानी है। मैं नहीं जानती थी, आप इतना उदात्त सोचते हैं, महसूस करते हैं। वाकई मंत्रमुग्ध रह गई हूँ।''

कौशल का चेहरा जैसे कहानी की विलक्षण कान्ति से दमक उठा। आश्चर्य के साथ माधवी ने देखा, इस असाधारण चमक ने उसे करीब-करीब सुन्दर बना दिया है।

''मैं बहुत मामूली आदमी हूँ, माधवीजी,'' उसने गम्भीर स्वर में कहा। उसकी वाणी सहसा ओजपूर्ण हो उठी। कहाँ गई वह किकियाती, किनकिनाती, रगड़ खाती आवाज? यह स्वर तो बरबस अपनी तरफ खींचे ले रहा है। माधवी ध्यान से सुन रही है।

''बहुत मामूली,'' कौशल कह रहा है, ''झूठ बोलता हूँ, धोखा देता हूँ, मौके का फायदा उठाकर मतलब सीधा कर लेता हूँ। मामूली आदमी में जो-जो ऐब होते हैं, सब मुझमें हैं। सिर्फ एक जगह मैं बेईमानी नहीं करता, झूठ नहीं बोलता। अपनी लिखने की मेज पर बैठने के बाद, कलम हाथ में लेते ही, मैं सच्चा और ईमानदार आदमी बन जाता हूँ और बना रहता हूँ तब तक, जब तक मेज छोड़कर उठता नहीं।''

माधवी के पास कहने को कुछ नहीं है। बस, मन लगाकर सुन रही है।

''आपसे सच कहता हूँ, माधवीजी,'' कौशल कहता जा रहा है, ''मैंने जीवन में जो चाहा, कभी नहीं मिला। मैंने चाहा निःस्वार्थ प्रेम, आत्म-बलिदान की प्रेरणा, आत्मोत्सर्ग। चाहा, केवल अच्छा लेखक नहीं, अच्छा आदमी भी बनूँ। पर जीवन में कभी कोई उदात्त अनुभव नहीं हुआ। जो कुछ मेरे साथ घटा, निकृष्ट था, ओछा था, मेरे अन्दर के जलील आदमी को उकसानेवाला था। पैसे को मैं नगण्य मानता हूँ। कभी नहीं समझता, पैसा काम की चीज है, सँभालकर रखनेवाली, भविष्य के लिए। आदमी का आकलन पैसे, धन-दौलत से होता है, जानता हूँ, पर जानकर भी बार-

बार भूल जाता हूँ। दोस्त सभी भले हैं, बार-बार याद दिला देते हैं, आँखों में उँगली डालकर दिखला देते हैं फिर भी...अजीब बात है, पैसा मेरे लिए एकदम तुच्छ वस्तु है पर पैसा मेरी सबसे बड़ी कमजोरी भी है। हाथ में आते ही जिस-तिस पर खर्च करूँगा, बचाकर कल के लिए नहीं रखूँगा, पर कल...? कल आने पर पैसा मुझे उसी तरह ललचाएगा जैसे आज ललचा रहा है। पैसा मिलने पर ऊँचे लोगों की तरह उसे ठुकरा नहीं सकता। आज आपसे कह रहा हूँ, पैसे के मामले में मैं भरोसे का आदमी नहीं हूँ। हाँ, लेखन को किसी कीमत पर नहीं बेचता। पैसे की खातिर कोई समझौता नहीं करता। कभी नहीं।''

''बड़ी बात है,'' माधवी के मुँह से निकला।

''मुझे बतलाइए, माधवीजी, मैं अच्छा आदमी बन सकता हूँ?''

माधवी लज्जित हँसी हँस दी। ''किसने कहा, आप बुरे आदमी हैं?'' उसने कहा।

''मैं कहता हूँ, मैं बुरा आदमी हूँ। आप नहीं समझेंगी। अच्छा होना आपके लिए जितना स्वाभाविक है, उतना ही मेरे लिए बुरा होना। बतलाया था न, एक आदमी का मैंने खून...''

''वह दुर्घटना थी, किसी के भी साथ घट सकती थी,'' बात काटकर माधवी ने कहा।

''एक वही बात नहीं है। आप नहीं जानतीं, शराब पीकर आदमी क्या-क्या हरकतें करता है...''

''जानती हूँ। शराब में धुत आदमियों को मैंने देखा है; पार्टियों में...''

''पार्टियों में!'' कौशल ने गम्भीर स्वर में कहा, ''जेब में पैसा रहते हुए आनन्द प्राप्ति के लिए पीना एक बात है और बीवी-बच्चों के मुँह से रोटी का कौर छीनकर, कुछ न होने के एहसास को मिटा देने के लिए पीना, बिलकुल दूसरी। आप लोगों की तरह हमारे पास न होने की मार से बचने का सम्मानजनक रास्ता नहीं है। किसी ऊँची संस्था या क्लब के सदस्य बनकर समाजसेवक कहलाने का सुख नहीं लूट सकते; यहाँ-वहाँ घूमकर यायावर कहलाने का आनन्द प्राप्त नहीं कर सकते; अपने से कमतर आदमी को कीमती उपहार देकर उदार होने का भ्रम तक नहीं पाल सकते। कुछ न होने का एहसास मिटा सकते हैं तो सिर्फ किसी को मारकर, उसकी आबरू लूटकर। उसके अस्तित्व को मिटाने के लिए, मिटाने के दौरान, हमें स्वयं कुछ बनना पड़ता है; शोषक, जल्लाद, बदमाश, जो आप कहें। और सबसे आसान है उस आदमी का अस्तित्व मिटाना, जो हमें स्नेह दे या कम-से-कम देना जिसकी मजबूरी हो। जो जीवनयापन के लिए, जिन्दगी को बरकरार रखने के लिए हम पर निर्भर हो।''

''यानी पत्नी,'' माधवी के मुँह से निकला।

''हाँ, पत्नी। कमजोर-से-कमजोर, गरीब-से-गरीब, निकम्मे-से-निकम्मे आदमी के पास एक जायदाद होती है जिस पर वह हुकूमत कर सकता है, उसकी बीवी! जो यंत्रणा हम अपनी बीवियों को देते हैं...''

''उच्च वर्ग के आदमी भी...''

''देते हैं। पर उनकी पत्नियाँ विद्रोह कर सकती हैं। अगर चाहें तो आर्थिक रूप से स्वतंत्र हो सकती हैं। पर हमारी पत्नियाँ! वे न हों तो हम लोग कुछ न होने के दावानल में जलकर भस्म हो जाएँ। उन्हें मिटाकर जब कुछ होने का एहसास मन में जगता है तो अहम् और-और की माँग करने लगता है। जानती हैं, मैं वेश्याओं के पास भी जाता रहा हूँ। यही नहीं...''

''रहने दीजिए,'' माधवी ने व्याकुल कंठ से बाधा दी।

''वितृष्णा होती है?''

''हाँ!''

''मैंने कहा न, मैं अच्छा आदमी नहीं हूँ, पर बनना जरूर चाहता हूँ। अच्छा बनने में आप मेरी मदद करेंगी?''

''मैं क्या कर सकती हूँ!''

''करना कुछ नहीं, बस होना होगा।''

''मतलब?''

''आप रहें। मुझे आप दीखती रहीं तो आपसे सम्मान पाने के लिए मैं अच्छा आदमी बनूँगा। जरूर। मुझे छोड़िएगा नहीं, बस इतना चाहता हूँ।''

''एक बात मैं फिर आपसे कह देना चाहती हूँ। हमारे बीच स्नेह का कोई सम्बन्ध...''

''मत कहिए। नहीं हो सकता, मैं जानता हूँ। पर मैं नहीं चाहता, बार-बार मुझे याद दिलाया जाए, नहीं चाहता इसे याद रखूँ। आपका कोई नुकसान तो नहीं हो रहा; मुझे यह वहम पाले रहने दीजिए कि हमारे बीच स्नेह का सम्बन्ध है।''

''जो है नहीं, उस झूठ में विश्वास करने से आपकी अपेक्षाएँ...''

''झूठ नहीं, वहम।''

''एक ही बात है।''

''नहीं, बहुत फर्क है। आपका झूठ मेरा सच भी हो सकता है। मैं आपको प्यार करता हूँ, यह मेरा सच है। आप मुझे प्यार नहीं करतीं, यह आपका सच है। सच को मैं झुठला नहीं सकता, पर वहम को सच जरूर मान सकता हूँ। यूटोपिया और किसे कहते हैं? वहम के बिना आदमी कैसे जिएगा, बतलाइए, ऐसा आदमी जिसकी झोली सच के नाम पर बिलकुल खाली हो? मेरा वहम मुझे जीने की

शक्ति देता है तो आपका उसमें नुकसान कहाँ है? आपसे वह कुछ चाहता तो नहीं?''

यह शब्द-जाल है, अर्थ की बात इसमें कुछ नहीं है; माधवी के सचेत मस्तिष्क ने उसे झिंझोड़ा पर अभिभूत चेतना ने चुप रहने पर मजबूर कर दिया। उसके मन में कौशल के प्रति विश्वास जन्म ले रहा था और विश्वास अविश्वास से अधिक सुखदायक है। माधवी उस सुख में डूबे रहना चाहती थी। डूबी रही।

''किसी दिन समय होगा तो अपनी बात आपसे कहूँगा,'' कौशल ने कहा।

''कहिए न?''

''आज नहीं। आज समय नहीं है।''

''समय बहुत है। मुझे एक बजे जाना है। तब तक आप कहिए। और अब तो कहने को बहुत बचा भी नहीं होगा।''

''बहुत है। आज नहीं। आज मैं खुश हूँ, मन खराब नहीं करना चाहता। अब लाइए, आपका उपन्यास पढ़ा जाए।''

''रहने दीजिए, फिर पढ़ा जाएगा। आज ऐसे ही बातचीत करें,'' माधवी ने कहा। आज वह अपनी आत्मग्रस्तता से मुक्त रहना चाहती थी।

कौशल का चेहरा खिल गया।

''आपका इतना कहना ही मेरे लिए बहुत है,'' उसने कहा, ''इसके सहारे मैं हफ्तों जी लूँगा।''

''एक बात है,'' माधवी बोली, ''आप रोज-राज मुझसे सम्पर्क न करें तो मुझे आपसे मिलने में ज्यादा सुविधा हो। ऐसा करें, हम लोग तय कर लें, हफ्ते में एक बार मिलेंगे। हर मंगल को या हर सोम को।''

''हफ्ते में एक बार! यह मुझसे नहीं होगा। एक हफ्ते तक आपको देखे बिना मैं नहीं रह सकता।''

''पर रोज घर से निकलकर आपसे मिलने मैं नहीं आ सकती। रोज-रोज फोन पर आना भी मुझे नागवार गुजरता है। आप समझते क्यों नहीं, जो आदमी रोज-रोज सम्पर्क करता रहे, उससे चिढ़ होने लगती है, इतना सान्निध्य वितृष्णा पैदा करता है।''

''कभी नहीं। मेरे अन्दर आपके लिए वितृष्णा कभी पैदा नहीं हो सकती!''

''मेरे अन्दर तो होती है,'' माधवी ने कहा, ''आप इतनी बड़ी-बड़ी बातें बनाते हैं पर जो मैं कहती हूँ, करते नहीं।''

''करूँगा। पर आप हुक्म दीजिए, अधिकार के साथ। निर्णय मुझ पर मत छोड़िए।''

''ठीक है। तब हम हफ्ते में एक बार यहाँ मिला करेंगे, सोमवार ग्यारह बजे। फोन करने की जरूरत नहीं है।''

"जरूरी काम होने पर भी नहीं?"

"ऐसा जरूरी काम क्या होगा?"

"मान लीजिए है। कोई जरूरी सूचना देनी है।"

"तब कर लीजिएगा, पर मिलने को नहीं कहिएगा।"

"कहूँ भी नहीं?"

"नही, सोमवार को छोड़कर नहीं मिलेंगे।"

" यह आपका हुक्म है?"

हाँ, कहते हुए माधवी को काफी दिक्कत हुई। हुक्म देकर उसे अच्छा लग रहा था; पर हुक्म देना एक बात है और हुक्म दे रही है, स्वीकार करना बिलकुल दूसरी। कहती जो है, हुक्म, आदेश, समर्पण, अधिकार, बिलकुल लिजलिजे शब्द हैं; कोई आदमी दूसरे के आगे अपने व्यक्तित्व का पूर्णतया समर्पण क्यों करे? यह ठीक है कि व्यवस्था और रूटीन उसके अपने बनाए हुए हों तो व्यवस्थित खाँचों में फिट, रूटीन से चलती दिनचर्या उसे भली लगती है; दूसरा आदमी अपनी इच्छा से उसके बनाए खाँचों में फिट हो जाए तो सन्तोष मिलता है, पर किसी पर उसे लादना...वह भी साफ-साफ कहकर...!

फिर भी उसने 'हाँ' कह दिया। कौशल की भावप्रवणता, सत्यवादिता और विश्वास ने उसे मोहित कर लिया है। सिर पर एक नशा तारी होने लगा है। एक आदमी उसे इतना चाहता है, अटूट विश्वास उस पर रखता है कि उसके सामने मिट जाना चाहता है; प्रेम का यह आदर्श रूप कैसे आह्लादित-पुलकित नहीं करेगा! जो कुछ चाहता नहीं, प्रेम के बदले कुछ माँगता नहीं...

नहीं माँगता? इतना पैसा, इतना समय जो अब तक ले चुका? मन में उठे संशय को उसने दबा दिया। समय साहित्य-चर्चा में बीता, पैसा जरूरत के लिए लिया। प्रेम के बदले प्रेम तो नहीं माँग रहा, असली बात वही है।

कौशल के गम्भीर निर्मल स्वर ने फिर अपनी तरफ खींचा।

"जैनेन्द्र कहते हैं," वह कह रहा था, "आदर्श प्रेम प्रतिफल नहीं चाहता। वास्तव में प्रतिफल-रहित प्रेम ही समय के साथ नष्ट नहीं होता। अप्राप्य को प्राप्त करने की लालसा जब तक बनी रहेगी, प्रेम अपने उदात्त रूप में प्रकट होगा, आत्मोत्सर्ग का माध्यम बनेगा। वे कहते हैं, प्रेम अध्यात्म का माध्यम है। मैं अध्यात्म में विश्वास नहीं करता। मेरा ईश्वर मेरा साहित्य है; मेरी पूजा-अर्चना साहित्य-रचना। और उसकी प्राप्ति का माध्यम आप हैं। सच कहता हूँ, आपसे मिलने के बाद जो कुछ मैंने लिखा है, वह मेरा नहीं आपका लेखन है। आप उसकी प्रेरणा ही नहीं, लेखिका हैं। मेरे अन्दर का लेखक मर चुका था, सौन्दर्य-बोध का अन्त हो चुका था। आपने दोनों को जिला दिया। आपने मुझे जीवनदान दिया है।"

इस अति-भावुकता ने माधवी को कुंठित कर दिया। लज्जा कम करने के लिए हँसकर बोली, "तब तो मैं आपकी माँ हो गई।"

"बिलकुल! आप मेरी सब कुछ हैं, माँ, बहिन, दोस्त, गुरु, प्रिया, पथप्रदर्शक, मालकिन सब कुछ!"

माधवी और कुंठित हो गई, बोली, "बस और नहीं, काफी हो गया। अब कुछ ठंडा मँगाया जाए, पीने के लिए।'

"आप ठंडा पीजिए, मैं आपका उपन्यास पढ़ता हूँ," कौशल ने कहा तो वह नहीं न कह पाई। कल से कितना मन है, कौशल पढ़कर बतलाए, उपन्यास ने जो नया मोड़ लिया है, ठीक है कि नहीं।

उपन्यास पढ़ा गया, उस पर लम्बी बातचीत हुई, कौशल की व्याख्या से माधवी प्रसन्न हुई। इतनी कि जब करीब दो घंटे बाद घर जाने के लिए निकली तो स्कूटर लेने से पहले, कौशल से कह उठी, "आपको रास्ते में कहीं छोड़ दूँ?"

"हाँ, मुझे सफदरगंज अस्पताल जाना था," कौशल ने कहा।

"चलिए, मेरे घर के बहुत पास है," माधवी ने कहा और दोनों स्कूटर में बैठ गए।

"आज का दिन बहुत बढ़िया बीता," स्कूटर चल पड़ा तो कौशल ने कहा।

"हाँ, खुले मन से माधवी ने अनुमोदन किया।

तभी स्कूटर ने धक्का खाया और कौशल का बदन उसके बदन से टकरा गया। वह सतर्क होकर अपने कोने में सिमट गई। दोनों के बीच सुरक्षित दूरी बन गई।

"आपने मुझे छोड़ा नहीं तो देखिएगा, मैं कितना उत्कृष्ट साहित्य हिन्दी को देता हूँ। आप चाहती हैं न, मैं एक महान उपन्यास लिखूँ?"

"हाँ," माधवी ने गहरी निष्ठा के साथ कहा, "हम लोग हमेशा अपने को पश्चिम से पीछे क्यों मानते रहें। उनकी टक्कर का उपन्यास हमारे देश में लिखा ही जाना चाहिए। मेरा विश्वास है, आप वह उपन्यास लिख सकते हैं। मेरी महत्त्वाकांक्षा है, आप ऐसा उपन्यास लिखें जिससे मेरा सिर ऊँचा हो सके।"

"लिखूँगा," कौशल ने विश्वास के साथ कहा, "सच, स्वयं लिखने से भी अधिक रोमांचकारी है किसी को लिखने के लिए प्रेरित करना। नहीं?" कहते-कहते उसका कन्धा माधवी के कन्धे से रगड़ खा गया। उसने देखा, वह अब भी एक कोने में सिमटी बैठी है, पर जो दूरी उसने अपने और कौशल के बीच बनाई थी, वह मिट चुकी है। शायद कौशल और पसरकर बैठ गया है।

उसने चाहा, उससे जरा हटकर बैठने के लिए कहे, पर यह सोचकर कि अपमानजनक लगेगा, चुपचाप अपने में कुछ और सिमट गई।

"एक थीम मन में है, सुनाऊँ?" कौशल ने कहा।

''यहाँ, स्कूटर में?'' माधवी ने चकित होकर कहा, ''इतने शोर में भला क्या सुनाई देगा! त्रिवेणी में क्यों नहीं सुनाई?''

''थोड़ी देर के लिए कहीं और बैठ लेते हैं।''

''नहीं, अब मुझे घर पहुँचना है।''

''तो घर चलूँ?''

''नहीं! अरे, आप कैसे आदमी हैं? अभी-अभी तो तय हुआ है, अगले सोमवार को मिलेंगे। तब सुनाइएगा।''

''एक हफ्ते बाद?''

''हाँ।''

''बहुत मुश्किल है,'' उसने कहा और उसका हाथ माधवी के हाथ पर आ गिरा।

तड़पकर उसने हाथ झटक दिया और मुँह घुमाकर स्कूटर से बाहर ताकने लगी।

''अच्छा-अच्छा, नाराज न हों। अब देखिए, बच्चा सीखते-सीखते सीखता है। कान पकड़ता हूँ, अब सवाल-जवाब नहीं करूँगा। आपका हुक्म है, सोमवार को मिलेंगे तो सोमवार को ही मिलेंगे। बस। कोई दलील नहीं, अपील नहीं, सजा में छूट नहीं। सुप्रीम कोर्ट का फैसला है। अडिग। ठीक है?''

''ठीक है,'' माधवी ने कहा। हँसी रोकना मुश्किल हो रहा था।

''हँसकर कहिए न,'' कौशल ने कहा, ''देखिए, बालक कितना सुधर गया है।''

माधवी हँस पड़ी।

सफदरजंग अस्पताल जैसे ही आया उसने स्कूटर रुकवा लिया। कौशल से कहा, ''अस्पताल आ गया। उतर जाइए।''

''अरे, आप क्या कभी कुछ भूलती नहीं?''

''नहीं। अब उतर जाइए।''

''जो हुक्म,'' कहकर उसने अपना दायाँ हाथ उसके आगे फैला दिया। कहा, ''आज आपने मेरी दोस्ती कबूल की है, हाथ मिलाइए।''

''भारतीय संस्कृति के अनुसार हाथ मिलाए नहीं, जोड़े जाते हैं,'' कहकर माधवी ने नमस्कार में हाथ जोड़ दिए।

कौशल वैसे हाथ फैलाए स्कूटर में बैठा रहा। स्कूटर-चालक ने सामने लगे शीशे में उन्हें देखा, फिर पीछे मुड़कर घूरा। जल्दी से माधवी ने हाथ आगे कर दिया। कौशल ने उसे थामा तो एक बार हिलाकर तुरन्त अलग कर लिया। कहा, ''अब जाइए, स्कूटरवाला परेशान हो रहा है।''

उसके नीचे उतरते ही स्कूटर चल पड़ा। मुड़कर उसने कौशल की तरफ नहीं देखा।

आज का दिन बुरा नहीं बीता। चलते-चलते हाथ न मिलाना पड़ता तो और अच्छा रहता। गलत है, माधवी ने खुद को फटकारा। कौशल से हाथ मिलाने में कोई हर्ज नहीं है। बल्कि मिलाना ही ठीक है। ऐसा दोस्त किस्मत से मिलता है। इतना निष्ठावान, अनुरक्त और वफादार; उसकी तरफ दोस्ती का हाथ बढ़ाना ही चाहिए।

सफदरगंज अस्पताल के आगे उतरकर अन्दर जाने के बजाय कौशल बस-स्टैंड की तरफ चल दिया। घर तक पहुँचा आने को कहता तो माधवी इनकार कर देती, इसीलिए अस्पताल का नाम लिया। इधर-उधर डोलते स्कूटर की तंग सीट पर पास-पास बैठकर जितनी अन्तरंगता स्थापित हो सके उतनी ही सही....

उसका सीना छाती के भीतर चौड़ा हो रहा था। आज उसने जो कुछ कहा, सच कहा और सच के अलावा विशेष कुछ नहीं कहा। वाकई वह अच्छा आदमी बनना चाहता है; ऐसा आदमी जिसे माधवी जैसी औरत स्वीकार कर सके।

अच्छा आदमी बनने का यह मतलब नहीं होगा कि वह लिखना छोड़ देगा, बल्कि पहले से ज्यादा बेबाक लिखेगा। इतना बढ़िया और दो-टूक कि राजेश्वर-रामेश्वर किस्म के लोग तिलमिला उठेंगे। सब चेहरों से नकाब उतर जाएँगे और नंगा, खौफनाक सच बाहर आ जाएगा। पाठक पढ़ेंगे और दाँतों तले उँगली दबा लेंगे। खूब लिखेगा वह, अच्छा आदमी बनकर लिखेगा।

लोग उसकी इज्जत करेंगे। अच्छा लगता है, जब कोई उसकी इज्जत करता है। उसके भीतर आने पर लोग कुर्सी माँगने की गुहार नहीं मचाते; उसे खड़ा रखकर पूछते हैं, 'हो गए प्रूफ तैयार?' हाँ, उसकी जगह केवलकृष्ण आ पहुँचे, वह आयकर अधिकारी जो अपने को लेखक बताता घूमता है तो प्रकाशक महोदय कुर्सी मँगाएँगे ही नहीं, अपनी छोड़कर खड़े हो जाएँगे और खीसें निपोरकर कहेंगे, "आइए-आइए, बिराजिए।"

मुँह में आई फाहश गाली को उसने वापस धकेल दिया। जाने दो, मरने दो कुत्तों के पिल्लों को। माधवी जैसी महिला मुझे दोस्त कहेगी तो समाज में इज्जत भी मिल जाएगी एक दिन। सच तो यह है मेरे लेखन को मान्यता मिल जाए तो समझूँ मुझे मेरा सम्मान मिल गया। लेखन की इज्जत ही मेरी इज्जत है। मैं इज्जतदार आदमी बन सकता हूँ, बस माधवी जैसी औरत साथ हो, जो मुझे अच्छा आदमी बनाए। मैं बुरा हूँ, जानता हूँ, तभी न बार-बार उससे कहा, मैं बुरा हूँ। बुरा नहीं हूँगा तो मुझे अच्छा

बनाने की प्रेरणा कैसे मिलेगी? कितने गर्व की बात होगी उसके लिए मुझे सुधार पाना! एवरेस्ट की चोटी पर चढ़ने जैसी चुनौती हूँ मैं। वह मुझे सुधारेगी तो मैं सुधर जाऊँगा, कभी-न-कभी। उसके काम को नामुमकिन नहीं बनाऊँगा। आसान भी नहीं। मुश्किल न हो तो चुनौती कैसी? पर मैं अपनी तरफ से पूरी कोशिश करूँगा। एक सबूत तो यही है मेरी ईमानदारी का कि आज मैंने उससे पैसा नहीं माँगा। मेरी बातों ने उसे इतना भावुक बना दिया था कि स्कूटर से उतरते वक्त, अस्पताल का नाम लेकर, सौ-पचास रुपए माँग लेता तो जरूर दे देती। फौरन। पर मैंने नहीं माँगे। इतना बढ़िया मौका तैयार करके भी नहीं माँगे। हाथ मिलाकर रह गया। रवीन्द्रनाथ ठाकुर के रोमानी नायक की तरह! वह धीमे से हँस दिया और उछलकर सामने से आ रही चलती बस का हैंडल पकड़, लटक गया।

11

“अच्छा, साहित्य तो अकेले आदमी का नहीं होता, पूरे देश का होता है बल्कि कहना चाहिए पूरे संसार का,” अगले दिन प्रसन्नचित्त माधवी ने नाश्ते के दौरान राकेश से कहा।

“यानी?”

“यानी नहीं, पहले कहो होता है।”

“होता है।”

माधवी कुछ देर चुपचाप टोस्ट कुतरती रही, फिर बोली, “हम जैसे लोग जिन्दगी में करते क्या हैं, बस खाते हैं और सोते हैं।”

राकेश चुपचाप खाता रहा।

“नहीं?”

“इस वक्त जरूर खा रहा हूँ पर बाकी वक्त सोता नहीं, मेहनत करता हूँ।”

“खाना जुटाने के लिए की गई मेहनत। कालान्तर में कौन याद रखेगा?”

“हाँ भई, हम ठहरे मामूली आदमी। पर तुम तो लेखिका हो।”

“मुझे जो लिखना है, मैं लिखूँगी। पर मैं कह रही थी, वाकई कोई बड़ा लेखक हो और हमारी मदद से लिख सके तो महीने में दो-चार सौ रुपए खर्च कर देने में हर्ज क्या है? वह तो अनागत में पूँजी लगाने जैसा है। नहीं?”

राकेश कुछ देर उसकी तरफ देखता रहा, फिर बोला, “मैं नहीं समझता रुपया होने-न-होने से कौशल कुमार के लेखन का कोई सम्बन्ध है।”

“नहीं-नहीं, उस तरह नहीं। मेरा मतलब है, अगर वह हमसे कुछ रुपए ले भी ले तो हमें यही सोचना चाहिए कि हम कालजयी साहित्य-रचना में हाथ बँटा रहे हैं।”

राकेश हँस पड़ा, बोला, “देखो भई, तुम उसे रुपए देना चाहती हो तो जरूर दो पर इतनी बड़ी-बड़ी बातें मत करो।”

माधवी लज्जित हो गई।

“सॉरी,” राकेश ने कहा, “बात हँसने की थी नहीं।”

“कल उसकी एक लाजवाब कहानी पढ़ी थी, इसी से...अच्छा, कभी-कभी आदमी तर्कहीन बात कर ले तो हर्ज क्या है?”

राकेश उठकर उसके पास आ गया, उसके कन्धे पर हाथ रखा, झुककर माथा चूमा और कहा, “जो हमेशा तर्कसंगत बात करे उसे भला कौन प्यार करेगा?”

माधवी ने उसका हाथ पकड़कर चूम लिया।

राकेश वापस अपनी कुर्सी पर बैठा तो सोच में पड़ा लगा। कुछ देर बाद रुक-रुककर कहा, “किसी आदमी की जिन्दगी, हम बदलना चाहें तो...बदल सकते हैं?”

“शायद,” माधवी ने कहा, “आर्थिक अभाव तो कम कर ही सकते हैं।”

“आर्थिक अभाव एक दिन की चीज नहीं है, जिन्दगी के साथ चलनेवाला प्रवाह है। पैसा देने से कुछ नहीं होता, बस अभाव की घड़ी टल जाती है। कोई बँधा हुआ काम हो, जिससे मासिक आमदनी हो सके तो...”

“तुम कौशल कुमार के बारे में सोच रहे हो?” बीच में माधवी ने कहा।

“हाँ। खैर देखेंगे। इतने तुम अनागत में पूँजी लगाना चाहो तो जरूर लगाओ,” हँसकर उसने कहा, व्यंग्य से नहीं, प्यार से।

माधवी का चित्त और प्रसन्न हो गया। राकेश उसकी मनोभावना से अछूता नहीं है। एक-दूसरे की बात समझ लें, स्वीकार न भी करें, यही क्या कम है। जहाँ तक करने का सवाल है वह तो आदमी करते-करते करता है, कर सके तो, देखें क्या होता है।

राकेश को ब्रीफकेश हाथ में लिये अन्दर से आता देख, माधवी भी दरवाजे पर आ गई।

“तुम्हारा क्या प्रोग्राम है?” राकेश ने पूछा।

“मन बहुत खुश है आज। सोच रही हूँ जर्मन चित्रकारों की जो प्रदर्शनी लगी है, बच्चों के घर आने के बाद, वह देख आऊँ।”

माधवी को चित्र-प्रदर्शनियाँ देखने का शौक है। राकेश को नहीं है। अच्छा है माधवी को अकेले चित्र देखने में ज्यादा मजा आता है। चित्रकार से एकात्म होने पर ही चित्र को मन में उतारा जा सकता है और उसके लिए जरूरी है कि बगल में खड़ा दूसरा आदमी, संवेदना की माँग न कर रहा हो।

‘बाग में ताल’ नाम था चित्र का। सूरज की ऊष्मा में लिपटे एकान्त की तस्वीर। किनारे खड़े स्त्री-पुरुष, ताल के एहसास को अपने में समेटे पेड़-पौधे हों जैसे।

माधवी देर तक चित्र के सामने खड़ी रही। धीरे-धीरे वह उस एकान्त में समाहित हो गई। उसे लगा, वह ताल के भीतर है। अकेली। निस्पन्द देह ताल के

पानी पर बही चली जा रही है। एकान्त का एकाकीपन भंग नहीं हो रहा; उसकी उपस्थिति से पूर्ण हो रहा है। एक नैसर्गिक सुख से देह हलकी हो आई, आँखें मुँद आईं। प्रहर्ष की अनुभूति में कोई बाधा नहीं है, गहरे परितोष के साथ उसने महसूस किया कि पीछे से एक बेसुरी आवाज ने कहा, ''माधवीजी को नमस्कार है।''

उसकी तन्द्रा टूट गई। निर्दोष का एहसास मिट गया। पूर्णता छिन्न-भिन्न हो गई।

उसे पीछे मुड़ना पड़ा। देखा, सामने कौशल खड़ा है।

''हाँ,'' चिहुँककर कौशल ने कहा, ''चलिए, बाहर कैंटीन में चलकर एक प्याला चाय पी जाए।''

वह बेहद खुश नजर आ रहा था जैसे कोई योजना सफल हो गई हो।

''आप यहाँ कैसे आए?'' माधवी ने पूछा।

''बस में, और कैसे, अपने पास कौन-सी मोटर है!''

तो आज यह मजाक के मूड में है।

''आपको चित्र-प्रदर्शनियों में दिलचस्पी है, मुझे मालूम नहीं था।''

''मुझे हर उस चिज में दिलचस्पी है जिसमें आप रुचि रखती हैं।''

''आपने मेरे घर फ़ोन किया था?'' फौरन माधवी ने पूछा।

''नहीं,'' उतनी ही तत्परता से कौशल ने जवाब दिया।

साफ था कि वह झूठ बोल रहा है।

''झूठ बोलने का फ़ायदा नहीं है, घर पहुँचते ही मुझे पता चल जाएगा,'' माधवी ने कहा।

''आपको कैसे पता चला, मैं झूठ बोल रहा हूँ?'' कौशल ने ऐसे खुश होकर कहा जैसे कोई उपहार मिल गया हो।

माधवी चिढ़ गई। ''जो आदमी झूठ बोलता ही रहता हो, उसका झूठ पकड़ना क्या मुश्किल है'', उसने कहा पर कौशल ने धैर्य के साथ उसकी बात सुनी नहीं, बीच में बोल पड़ा, ''सम्प्रेषण का यही रूप तो मैं आपके और अपने बीच देखना चाहता हूँ। मैंने जो कहा, वह नहीं, आपने उसके भीतर का अर्थ पकड़ लिया...''

गद्गद कंठ में की जा रही व्याख्या को बीच में काटकर माधवी ने कहा, ''मैंने मना किया था फिर आपने फोन क्यों किया?''

''क्या करूँ, फोन देखते ही मैं अपने काबू में नहीं रहता, आपका नम्बर आप-से-आप घूम जाता है।''

पीठ फेरकर माधवी चित्र की तरफ पलट गई और दोबारा उसमें डूबने की कोशिश करने लगी। सुबह की सहानुभूति काफूर हो चुकी थी। उसकी अनचाही

निकटता के विकर्षण ने ज्यादा कुछ कहने भी नहीं दिया। पीठ पीछे उसकी मौजूदगी का अहसास बना रहा, जैसे कोई ततैया चक्राकार घूम रहा हो।

कहा था सोमवार को मिलेंगे, उससे पहले फोन मत करना, एक दिन के लिए भी मेरी बात यह रख न सका। जासूस की तरह पीछा करता आ पहुँचा। मेरे पति ने भी कभी मेरे आने-जाने पर नजर नहीं रखी और यह अजनबी, इसकी इतनी हिम्मत कि मेरा पीछा करता घूमे! उसकी कोफ्त गुस्से में बदल चुकी थी और हर पल गुस्सा बढ़ता जा रहा था।

नहीं, उसने अपने को फटकारा, ऐसा करने से काम नहीं चलेगा। प्रकृतिस्थ हो, चित्र को केन्द्र बनाकार, एकान्त का आह्वान करना होगा। यही उसने किया। चुप्पी के दो-चार क्षण मिल जाते तो वह सफल हो जाती, पर तभी पीछे से खिर्र-खिर्र करती आवाज गूँजी, "बहुत ही रोमांटिक चित्र है।"

माधवी ने जवाब नहीं दिया जैसे सुना न हो।

"एकदम बुर्जुआ मानसिकता," आवाज फिर किनकिनाई, जैसे कोई नाखून सें दीवार का पलस्तर खुरच रहा हो या ताल के पानी में कंकर फेंक रहा हो। किर्र-किर्र! माधवी बर्दाश्त नहीं कर पाती, बेसुरी, पुनरावृत्तिपूर्ण आवाजें। नल से टपकता टप-टप पानी, फोन की टन-टन बजती घंटी। उसकी निजी दुनिया में दखल देती बदनुमा आवाजें।

वह चित्र के सामने से हट गई। बाग के ताल का पानी सूखकर नीला कीच बन गया था; ऊपर चमकते सूरत की कौंधती गरमाई परत-दर-परत पुता सफेद रंग! किनारे खड़े मानवतरु, क्रीड़ारत धनिक युवक-युवतियाँ!

कुछ दूर चलकर वह दूसरे चित्र के सामने जा खड़ी हुई। नाम था अनाथालय। बर्फ से अटी सड़कों के बीच चकोर पाटों से बनी लम्बी-चौड़ी इमारत। सब दरवाजे बन्द। गहरे नीले रंग की पोशाक में सामने खड़ी एक बच्ची। अकेली। अकेलेपन की वजूहात से अनजान। सवालिया निगाहें। क्यों, अकेलापन क्यों? यह अथाह उदासीनता क्यों? हताशा में से झाँकती हैरत का अद्‌भुत चित्रण।

"क्यों?" अनायास माधवी के मुँह से निकल गया।

"क्या?" पीछे से कौशल की आवाज किरकी, "क्या कह रही हैं?"

भयावह अकेलेपन से ग्रस्त उस बालिका से उसे ईर्ष्या हो आई। मैं अकेले रहना चाहती हूँ, सिर की नसें फड़ककर कहने लगीं, पर मुँह से उसने कुछ नहीं कहा; सोचा जवाब न मिलने पर शायद वह चुप हो जाए, चित्रकार और उसके बीच दोबारा रिश्ता जुड़ जाए। पर कहाँ?

"आह, भयानक, अति भयानक!" कौशल कह रहा था, "जानती हैं, मेरे लिए सिर्फ भयानक ही सुन्दर है!"

माधवी चुप रही।

"नीला रंग ज्यादा शोख है। सुकून में शोर पैदा कर रहा है। नहीं?" कौशल ने कहा, "मैं होता तो गाढ़ा सलेटी लगाता।"

माधवी की आँखों को नीला रंग कचोट गया। उसकी जगह उसने गाढ़े सलेटी रंग की कल्पना करनी चाही तो कर न सकी, बस चित्र की रागात्मकता टूट गई।

"लड़की की आँखें देखीं आपने?" कौशल ने कहा, "पृष्ठभूमि का सब-कुछ लुप्त हो जाए तब भी इसकी आँखें हमारा पीछा करती रहेंगी, नहीं?"

माधवी कुछ नहीं बोली। चुप रहकर ही उन आँखों को अपने भीतर उतारा जा सकता था।

"नहीं?" कौशल की आवाज ऊपर उठी, "क्या हुआ? आप कुछ कह क्यों नहीं रहीं?"

"हाँ," माधवी ने कह दिया। शायद अब वह चुप हो जाए।

"आप इतनी चुप-चुप क्यों हैं?" कौशल की आवाज नीचे नहीं आई।

"आप पाँच मिनट के लिए चुप नहीं रह सकते?" माधवी ने आजिजी से कहा।

"क्यों, क्या हुआ?"

"मैं चित्र देखना चाहती हूँ, खामोशी में," माधवी ने कहा और समझा कि कौशल चुप हो भी गया तो खामोशी अब कायम नहीं होगी। पाँच मिनट तो नहीं, एक मिनट वह जरूर चुप रहा, पर चुप्पी बेआवाज न बनी, क्योंकि हर लम्हा उसे लगता रहा कि वह अब बोला और अब बोला। मुश्किल से उसने चित्र के साथ तारतम्य बिठलाया था कि कौशल बोल पड़ा, "मुझे लेखक की जगह चित्रकार होना चाहिए था, रंगों का मेरा मिलान लाजवाब है।"

माधवी चुप्पी को थामे रही।

"मैं होता तो लड़की की पृष्ठभूमि में इमारत को और ऊँचा बनाता, तब उसकी तुलना में लड़की की असहायता अधिक प्रभावशाली होती," कौशल ने कहा।

"मैं-मैं-मैं!" सहसा माधवी ने तेजी से घूमकर कहा, "मैं के अलावा आप कुछ और कहते हैं!"

कौशल टुकर-टुकर उसे ताकता रहा।

माधवी का मन हुआ उसे धक्का देकर नीचे गिरा दे। पनीली आँखों और कचर-कचर चलती जबान से मढ़े चेहरे को जूतों से रौंदकर हमेशा के लिए खामोश कर दे। फिर उस खामोशी में आराम से चित्र को देखे, सुने और आत्मसात् करे। दाँत भींचकर उसने अपने को सँभाला और दो कदम पीछे हट गई। नजर सामने टँगे चित्र पर पड़ी। बमबारी के बाद। हाँ, ऐसी ही विभीषिका मिटा सकती है कौशल के अनचाहे अस्तित्व को। ऐसा ही विनाश वह देखना चाहती है, ऐसी ही खामोशी के लिए तरस रही है।

हिंसा से जलती आँखें उसने कौशल की तरफ घुमाईं और कहा, "मैं अकेली रहना चाहती हूँ।"

कौशल की आँखें उसकी आँखों से बँध गईं। "तो?" उसने कहा।

माधवी के सिर खून चढ़ गया। "सुना नहीं आपने, मैं अकेली रहना चाहती हूँ। आप चले जाइए यहाँ से!"

"और न जाऊँ तो?" कौशल ने चुनौती दी।

दोनों हाथों की मुट्ठियाँ भींचकर माधवी ने ऊपर उठाईं और उसके सिर पर दे मारीं। "जाइए यहाँ से!" वह चीखी और स्तब्ध रह गई। देखा, गैलरी में खड़े तमाम प्राणी, एक कदम उसकी तरफ बढ़े हैं और उसे घूरते हुए जड़ रह गए हैं।

क्या हुआ उसे? पागल तो नहीं हो गई! शिकारियों से घिरी जंगली जानवर की तह उसने पगलाई नजर चारों तरफ डाली और बीच में खाली जगह देखकर, बेतहाशा भागती हुई कमरे से बाहर हो गई।

दौड़ती हुई वह सड़क तक आई और धम्म से पटरी पर बैठ गई। आसपास स्कूटर-टैक्सी नहीं थे, वरना किसी में चढ़ गई होती और अब तक...

उसने देखा, धीमे-धीमे कदम बढ़ाता कौशल उसकी तरफ बढ़ा चला आ रहा है। उसने चाहा कि उसके पास पहुँचने से पहले उठकर भाग जाए पर उठा नहीं गया। कौशल आकर उसके बराबर में बैठ गया। वह शर्म से गड़ गई। नजर उठाकर उसकी तरफ नहीं देखा।

"मुझे चले जाना चाहिए था," कौशल ने कहा।

वह एक शब्द भी नहीं कह पाई। सिर कुछ और झुक गया।

"दरअसल," कौशल ने कहा, "आपका मैं मेरे मैं से बड़ा है।"

माधवी ने झुका सिर गोद में बँधे अपने हाथों पर टिका दिया। थकान के मारे उसकी आँखें मुँद गई थीं और उनमें से पानी बाहर बह आया था, आँसुओं की तरह। वह नहीं चाहती थी कौशल उन्हें देखे। उसके बदन ने ऐसी कोई हरकत नहीं की जिससे अनुमान लगाया जाता कि वह रो रही है। फिर भी कौशल का हाथ आकर उसकी पीठ पर टिक गया। और टिका रहा। इतनी ऊर्जा उसके क्लान्त शरीर में नहीं थी कि उसे झटककर उठ खड़ी होती।

वह बैठी रही।

हाथ उसकी पीठ पर चिपका रहा।

यह क्या हो गया? वे दोनों प्रेमियों की तरह सड़क के किनारे कैसे बैठे रह गए? इसका स्पर्श हमेशा उसके भीतर जुगुप्सा पैदा करता आया है पर आज...

लग नहीं रहा यह किसी पुरुष का हाथ है। पुरुष के रूप में इसकी कल्पना नहीं की जा सकती, बदन पर तिलचट्टे रेंगने लगते हैं। पर इस वक्त पीठ पर रखे हाथ

में केवल मानवीय स्पर्श है। उसके जानवरों जैसे व्यवहार का भी इसने बुरा नहीं माना। उसका व्यवहार और जानवरों जैसा! क्या होता जा रहा है उसे? आह, बदन टूट रहा है, एक आनन्दमयी पीड़ा के साथ जैसे...! नहीं–नहीं, क्या ऊल–जलूल सोच गई वह। उच्छृंखल उत्तेजना, हिंसा, आदिम आवेश, ये उसके चरित्र के अंग तो नहीं। पर...शिष्ट बाह्य स्वरूप के भीतर दबा लावा फूटता है तो ऐसी ही आनन्दयुक्त क्लान्ति बदन को दुलार देती है। चेतना को अबाध बहने देने में अपूर्व आनन्द है और...खतरा भी। कौशल का हाथ झटक देना चाहिए। उठकर यहाँ से भाग जाना चाहिए। यह आदमी उसके भीतर सोए आदिम हिंसा के भाव को जगाए बिना नहीं मानेगा और वह...

फिर भी वह बैठी थी।

हाथ उस पर हावी था।

कितना समय बीता वह जान नहीं पाई, पाँच–सात मिनट या शायद उससे भी कम। पर लगा, दोपहर कई बार रात में तब्दील होकर लौट आई है।

बस की पास आती गड़गड़ाहट सुनकर सिर उठाया और सुस्त भाव से उठकर खड़ी हो गई। हाथ पीठ पर लिसड़ता हुआ नीचे गिर गया। वह आहिस्ता–आहिस्ता बस की ओर बढ़ गई। मुड़कर कौशल की तरफ नहीं देखा और न उससे कुछ कहा। हाँ, महसूस जरूर किया कि वह उसके पीछे आ रहा है।

जब वह बस में चढ़ी तब भी साथ रहा होगा, क्योंकि महिलाओं के लिए आरक्षित सीट पर बैठने पर उसने देखा कि वह उसके बराबर में खड़ा है।

बरबस नजर ऊपर उठ गई। पान की पीक से सनी मुस्कराहट आँखों में चुभ गई। वह इस बस में किसलिए चढ़ गया? वह तो इसके घर से ठीक विपरीत दिशा में जाती है। कहीं उसे घर तक पहुँचाने तो नहीं जा रहा! मन हुआ कहे, मेरे पीछे–पीछे किसलिए चले आ रहे हैं, अपने घर जाइए, पर कह नहीं पाई। मुँह दूसरी तरफ घुमा लिया और खिड़की से बाहर देखने लगी। एक–दो स्टॉप आगे चलकर बस खचाखच भर गई। पीछे से भीतर घुसनेवाले और आगे से उतरने को व्याकुल यात्रियों की निरन्तर धकापेल में बराबर में खड़ा कौशल बार–बार माधवी के बदन से टकरा जाता। कई दिन के लगातार इस्तेमाल से बासी हो आए कपड़ों में गन्धाती पसीने की बू सूँघने पर मजबूर, माधवी का सर्वांग वितृष्णा से काँप उठता। मन होता कहे, यहाँ मेरे सिर पर क्यों लटक गए, आगे बढ़िए या उतर जाइए बस से। पर कहना तो दूर, उसने होंठों को खुलने तक नहीं दिया। चुपचाप उसे सहती रही। एक बार के हिंसात्मक प्रदर्शन के लिए अभी न जाने कितनी सजा, प्रायश्चित्त मानकर स्वीकार करनी होगी।

बस स्टॉप पर उतरी तो कौशल साथ उतरा और उसके पीछे–पीछे घर तक पहुँच गया। मुँह घुमाकर एक बार भी माधवी ने उसकी तरफ नहीं देखा, पर आवाज ऊँची

करके साथ आने से मना भी नहीं किया। जैसे कुछ न कहने की कसम खा ली हो। प्रार्थना जरूर करती रही कि घर पहुँचे तो राकेश पहले से आया हुआ हो।

दरवाजा राकेश ने खोला। "बहुत देर कर दी," उसने कहा कि नजर पीछे खड़े कौशल पर पड़ी।

इसे कहाँ से पकड़ लाईं, सवाल उसके चेहरे पर खिंच गया। माधवी से उसकी नजरें मिलीं, राकेश की भौंहें जरा ऊपर उठीं और बहुत देर बाद माधवी के होंठों पर क्षीण-सी मुस्कराहट दौड़ गई। वह अन्दर आ गई।

"नमस्कार," राकेश ने कौशल से इतना ही कहा पर वह भी माधवी के पीछे भीतर आ गया।

"प्रदर्शनी कैसी रही?" राकेश ने माधवी से पूछा।

माधवी आरामकुर्सी में पसर गई। "बहुत बढ़िया, थक गई," उसने कहा, "तुमने चाय पी ली?"

"अभी नहीं, बन रही है।"

"वही चाहिए," माधवी ने कहा और आँखें बन्द कर लीं।

कमरे में चुप्पी छा गई। किसी ने कौशल को बैठने के लिए नहीं कहा फिर भी वह एक कुर्सी में धँस गया और बोला, "मैं भी प्रदर्शनी देखने गया था, माधवीजी से वहीं मुलाकात हो गई।"

राकेश ने नहीं पूछा कि मुलाकात हो गई सो तो ठीक है पर साथ क्यों चले आए। माधवी ने आँखें खोलकर एक बार कौशल की तरफ देखा जरूर पर कहा उसने भी कुछ नहीं।

"एक किताब लेनी थी, इसीलिए चला आया," कौशल ने ही कहा, फिर माधवी से बोला, "दे रही हैं...?"

"कौन-सी किताब?" माधवी ने बीच में कहा, "मुझसे तो किसी किताब के बारे में आपने कहा नहीं।"

उसके झूठ को नकारकर माधवी को अच्छा लगा। राकेश धीमे से हँस दिया।

"दास्तायेव्स्की की ईडियट," कौशल ने थूक घोंटकर कहा, "है न आपके पास?"

"है तो पर चिथड़ा-चिथड़ा। सोलह बरस की उम्र में खरीदी थी, अब तो यह भी याद नहीं कि है कहाँ।"

"ओह," कौशल ने अचकचाकर कहा, "तो चलूँ?"

"हाँ।"

"चाय बन रही है, पीकर चले जाइएगा," राकेश ने हँसकर कहा, "तब तक शायद किताब भी मिल जाए, क्यों माधवी!"

"मेरा इरादा इस वक्त उसे ढूँढ़ने का नहीं है," माधवी ने कहा और राकेश से नजर मिलने पर दोनों मुस्करा दिए।

"कोई बात नहीं। मैं फिर ले लूँगा," कौशल ने कहा।

"ठीक है," राकेश एक बार फिर हँस दिया जैसे कह रहा हो, ठीक है, इस तरह और एक बार घर आने का बहाना हाथ में रहेगा।

राकेश को हँसता देख माधवी भी हँस दी।

कौशल ने अचकचाकर बारी-बारी दोनों को देखा, कुछ कहने को हुआ कि चाय आ गई। जल्दी-जल्दी एक प्याला हलक के नीचे उतारा और उठ खड़ा हुआ। माधवी और राकेश सोफे पर पसरे सुस्ती से छोटी-छोटी चुस्कियाँ भर रहे थे।

"मुझे काम है, चलूँ..." कौशल ने कहा और उनके कुछ कहने से पहले बाहर भाग लिया।

माधवी ने निष्कृति की साँस ली।

"लगता है, अनागत में तुम्हारी दिलचस्पी कम हो गई है," राकेश ने कहा।

"बहुत ही नामाकूल आदमी है, प्रदर्शनी से पीछे लटका हुआ चला आया।"

"बेचारा! कुछ लोग होते ही अनागत के लिए हैं। आज उन्हें बर्दाश्त नहीं किया जा सकता।"

"छोड़ो," माधवी ने कहा, "एक-एक प्याला चाय और हो जाए।"

पर छोड़ो कह देने से चीजें छूट तो नहीं जातीं। चाय खत्म भी नहीं हुई थी कि माधवी दोबारा खिन्न हो गई। फिर न जाने कहाँ से एक मक्खी आकर उसके कान के पास भिनभिनाने लगी। हाथ मारकर एक कान के पास से भागती तो दूसरे कान के पास भिनभिना उठती।

"क्या मुसीबत है!" कहकर उसने चाय का प्याला नीचे पटक दिया।

"बहुत असहिष्णु हो," राकेश ने कहा, "मेरे प्याले में मक्खी गिर भी जाए तो इतना परेशान न होऊँ।"

"प्याले से निकालकर बाहर फेंकी जा सकती है, पर यह जो कान के पास भिनभिनाए जा रही है..."

"उसकी तरफ ध्यान मत दो।"

"मैं दे रही हूँ या यह सिर पर सवार हुए चली जा रही है!"

"मक्खी मार लाओ, कोशिश करो, शायद मर जाए।"

"यानी तुम मेरी मदद नहीं करोगे," माधवी ने रूठे अन्दाज में कहा।

"एक को मारूँगा तो दूसरी आ जाएगी," राकेश ने हँसकर कहा, "इससे अच्छा है, तुम सबसे उदासीन हो जाओ।" फिर सहसा गम्भीर होकर बिना सन्दर्भ

जोड़े, बोला, "जिनकी अपेक्षा अनागत से है, उनसे अनागत को निबटने दो, तुम अपने तक सीमित रहो।"

"क्या करूँ इस कौशल कुमार का?"

"जहर दे दो!" राकेश ने कहा।

माधवी ने इन्तजार किया कि वाक्य पूरा होने पर राकेश हँसेगा पर वह नहीं हँसा। माधवी भी तो नहीं हँसी।

कौशल भागता हुआ बस-स्टॉप पर पहुँचा जैसे हथकड़ियाँ सँभाले पुलिस के सिपाही नहीं, पूरा कैदखाना उसका पीछा कर रहा हो। किसी भी वक्त उसे घेरकर चार दीवारें खड़ी हो सकती हैं और उनके भीतर, कौशल की मौजूदगी से बेखबर, एक स्त्री-पुरुष युग्म, छोटी-छोटी आभिजात्य चुस्कियाँ लेकर चाय पीने लग सकता है।

चारों तरफ छाए अटूट सन्नाटे में वह अपने 'मैं' को मरी मछली की तरह हाथ में उठाए, उनका ध्यान आकर्षित करने की नाकाम कोशिश करता रहेगा और बाहर भागने पर मजबूर हो जाएगा। उस घर से बार-बार बाहर भगा दिया जाना उसकी नियति है। हर बार...दरअसल आज गलती उसकी थी। इस वक्त उसके घर नहीं जाना चाहिए था। उसे क्या पता था कि पति घर पर होगा। व्यापारी आदमी को शाम पाँच बजे घर लौट आने की जरूरत क्या है!

क्या था माधवी और उसके बीच? उसके नहीं, माधवी और उसके पति के बीच? कौशल जैसे प्याले में गिरी मक्खी हो। उसे देखकर वे चीखे नहीं थे, यह उनकी शालीनता थी। मक्खी पड़ा प्याला अलग हटाकर अपने-अपने प्यालों से चाय पीते रहे थे। लग रहा था वे अलग-अलग नहीं, एक ही प्याले से चाय पी रहे हैं और कौशल छटपटाकर बाहर निकल गया है। भिनभिन करके पूरी कोशिश कर रहा है कि उनके सामीप्य में अवरोध पैदा कर दे, पर उसकी भिनभिनाहट उनका मनोरंजन कर रही है, सामीप्य का गठबन्धन और मजबूत कर रही है। जुगुप्सा, वितृष्णा, हिंसा कुछ भी तो नहीं था, जो उसके अस्तित्व-बोध को बनाए रखता।

माधवी और राकेश। पत्नी और पति। कलाकार और व्यापारी। उसने सोचा नहीं था, उनके बीच इतनी उन्सियत और हमदर्दी हो सकती है।

माधवी ने कहा था, मुझे व्यवसाय में जरा दिलचस्पी नहीं है। राकेश कह रहा था, लेखन के बारे में कुछ नहीं जानता। फिर...

नहीं-नहीं, माधवी के जीवन में शून्य है, बहुत बड़ा शून्य है! बौद्धिक अनुकूलता का अभाव आदमी को बिलकुल अकेला कर देता है। मन की बात मैं बहुत कम किसी से कह पाती हूँ, उसने कहा था। शिष्ट-सभ्य-सर्द व्यवहार, यही हमारा जीवन

है, उसने कहा था। वह जानता है, उसकी बौद्धिक आवश्यकताओं और चेतना की माँग को सिर्फ कौशल पूरा कर सकता है।

शिष्ट-सभ्य समाज के नियम-कायदों के नीचे दबा पैशन, उद्दाम आवेग, लेन-देन से परे सुलगता आदिम आवेश, यही तो पूँजी है लेखक की, माधवी की; और यह पूँजी कौशल की कर्जदार है। आज गैलरी के भीतर...उसने हाथ लगाकार अपना सिर सहलाया...किस बेहिस्स उन्माद के साथ माधवी ने भिंची मुट्ठियों से वहाँ वार किया था! वह दहल गया था, चोट से नहीं, घटना की आकस्मिकता से। जैसे बाँहों में जकड़कर मसल डाला हो सहसा किसी ने। तृष्णा कहो या वितृष्णा, एक ही बात है। जो पैशन मैंने उसके अन्दर पैदा कर दिया, उसका पति...

पर...क्या था उन दोनों के बीच, ठंडे पानी के सोते-सा, जिसमें दोनों के पाँव साथ-साथ लटके थे; हाथ एक-दूसरे को छुए बिना भी पानी से क्रीड़ा करते ऐसे मालूम पड़ रहे थे जैसे उँगलियों में उँगलियाँ फँसाए साथ जकड़े हों। और कौशल! पानी के किनारे मच्छर होते हैं न और भुनगे। हाथ से आदमी उन्हें उड़ाता रहता है, न उड़ें तो खीज उठता है पर इससे ज्यादा उनकी तरफ ध्यान नहीं देता।

देख लूँगा, कौशल ने कहा, इसे भी देख लूँगा। सब झूठ है, ढोंग, बड़े लोगों का आभिजात्य। पति-पत्नी कायदे से ड्राइंगरूम में बैठकर, साथ-साथ चाय पिएँगे और मन्द-मन्द मुस्कराएँगे! दिखावा! पाखंड! असली वह है जो कौशल और माधवी के बीच घटा। चोट पहुँचाकर ही प्रेम की अभिव्यक्ति होती है। आदमी जिसे चाहता है उसे मारता ही है। उसे या खुद को। पहले उसे फिर खुद को या पहले खुद को फिर उसे। अपना-अपना स्वभाव है। मेरा स्वभाव है कि जो मुझे स्नेह दे, मुझसे सहानुभूति से पेश आए, मेरी मदद करे, मैं उसे मारता हूँ। आपका स्वभाव है कि आप जिसे स्नेह देती हैं उसे मारती हैं। स्नेह! एक बेमानी शब्द। इसका प्रयोग औरों के सामने किया जाता है। मेरा मतलव प्रेम से है। प्रेम में पुरुष दूसरे को मारता है, स्त्री खुद को। पर उस चरम सत्य तक पहुँचने से पहले, काफी ढोंग चलता है दोनों के बीच। स्त्री तिरस्कार का ढोंग करती है, पुरुष बलिदान का। वास्तव में स्त्री चाहती है मृत्यु, क्षणिक नहीं सार्वकालिक। और पुरुष बनता है उसका सहायक। सेक्स द्वारा मिलती है क्षणिक मृत्यु, पर प्रेम सार्वकालिक मृत्यु प्रदान करता है। स्त्री के लिए प्रेम का अर्थ ही है आत्मपीड़न। वितृष्णा के योग्य पात्र से प्रेम करने से भयंकर आत्मपीड़न कहाँ मिलेगा। मैं क्या जानता नहीं, मैंने जैनेन्द्र पढ़ा है।

''मैं के अलावा आप कुछ नहीं कहते!'' माधवी का फिकरा बिजली की कड़क की तरह गूँजा।

नहीं, मैं 'मैं' के सिवाय कुछ नहीं कहता। मैं न समाज-सुधारक हूँ, न समाजसेवी, यहाँ तक कि सामाजिक प्राणी भी नहीं हूँ। जो कुछ मेरे बाहर घटता है, जब तक मेरे

'मैं' का हिस्सा न बन जाए, मैं उसे कागज पर नहीं उतारता। हर कलाकार यही करता है, बशर्ते कि झूठ न बोले। मैं झूठ बोलता हूँ पर साहित्य को लेकर नहीं। मैं रचना करता हूँ तो अपने बारे में, गन्तव्य की खोज करता हूँ तो अपने तईं, मौजूदा समाज का विनाश चाहता हूँ, इसलिए क्योंकि मैंने यहाँ दुख भोगा है। मैं प्रतिबिम्ब हूँ पूरे समाज का, प्रतिनिधि हूँ उसका; शोषित, कुंठित, जिसे एक-न-एक दिन विद्रोह करना ही है।

मैं पक्षधर हूँ, अभिव्यंजक हूँ, प्रेमी हूँ अपने 'मैं' का। एकनिष्ठ प्रेम सिर्फ अपने से किया जाता है। दूसरे को अपने में समाहित करने की इच्छा प्रेम कहलाती है और अपने में निष्ठा हुए बगैर यह सम्भव नहीं। मैं मामूली आदमी नहीं हूँ। मैंने अपराध किए हैं, करता हूँ, झूठ बोलता हूँ, धोखा देता हूँ। सब करते हैं, सब बोलते हैं, सब देते हैं। पर वे अपराधी महसूस नहीं करते, मैं करता हूँ। समाज का अपराध-बोध मैं अपनी रगों में लिये भटक रहा हूँ। इसलिए आपका कर्तव्य है कि आप...जिसे मैं प्रेम करता हूँ, अपने 'मैं' में मिला लेना चाहता हूँ–मुझे मेरा प्राप्य दें। और आप देंगी, अवश्य देंगी। मैंने कहा न, मैंने जैनेन्द्र पढ़ा है।

12

राकेश को सुबह जल्दी उठने की आदत है। आँख खुलने के बाद बिस्तर पर पड़ा नहीं रह सकता। माधवी की बात बिलकुल अलग है। उसे यही लम्हे सबसे खुशगवार मालूम पड़ते हैं, जो बिस्तर पर अलस लेटे नींद की मीठी खातिरदारी में या सहला-दुलराकर उसे विदा देने में गुजरते हैं।

रात सोने से पहले राकेश उसके साथ था, पास नहीं साथ। सुबह होने पर पूरी तरह जगने से पहले वह उस साथ को बनाए रखना चाहती थी।

आज जिद करके उसने उसे बिस्तर छोड़ने नहीं दिया। चाय बनाकर हरिचरण वहीं दे गया। राकेश ने फोन बराबर में खींचा तो माधवी ने परे सरका दिया। राकेश का एक हाथ अपने हथ में लिया, दूसरे में प्याला थामे घूँट भरती रही।

''आज इतवार नहीं है,'' राकेश ने याद दिलाया। वह भी चाय के घूँट भर रहा था, पर उस इत्मीनान से नहीं जिससे माधवी चुस्कियाँ ले रही थी।

''तुम्हें याद है,'' माधवी बोली, ''शादी की अगली सुबह, चाय पीते हुए तुमने मेरा हाथ छोड़कर नहीं दिया था। प्याला खाली होने पर पूछा—कहाँ रखूँ तो तुमने कहा—फेंक दो! मैंने फेंक दिया था और प्याला जमीन पर गिरकर चकनाचूर हो गया था। याद है?''

राकेश हँस दिया ''क्या कहती हो?'' उसने कहा, ''फेंक दूँ इसे?''

''फेंक दो?''

''सोच लो, काफी कीमती है।''

''होने दो।''

''अच्छा, पहले तुम फेंको।''

कुछ क्षण बीत गए। किसी ने नहीं प्याला फेंका। हाँ, दो-चार मिनट बाद, दोनों एक खिसियानी-सी हँसी हँस दिए। ''देखा, कितना पतन हो गया हमारा,'' माधवी ने कहा, ''एकदम वस्तुलोभी मध्यवर्गीय जीव बन गए,'' और सँभालकर अपना प्याला बिस्तर पर टिका दिया। हाथ फिर भी नहीं छोड़ा। राकेश ने हँसकर अपना प्याला उसके प्याले से सटाकर रखा, कहा, ''इरादा क्या है तुम्हारा?'' और उसे बाँहों में घेरकर पास खींच लिया।

तभी नीचे के घर में जबर्दस्त शोर उठ खड़ा हुआ।

'पकड़ो-पकड़ो! मार दिया! हाय, मार दिया!' की चीखों ने आसमान सिर पर उठा लिया।

भागकर माधवी और राकेश नीचे उतर आए। तब तक पास-पड़ोस के सभी मर्द-औरतें वहाँ जमा हो चुके थे। मकान-मालिक की बूढ़ी माँ छाती पीट-पीटकर जोर से विलाप कर रही थी, "हाय! मार दिया! बरबाद कर दिया! मैं लुट गई!"

उनके रोने-चीखने के शोर के ऊपर आवाजें उठाकर पड़ोसी अलग चीख रहे थे, "क्या हुआ? हुआ क्या?"

"कीड़े पड़ें नासपीटे के! कोढ़ फूटे!" सहसा फुंकार मारकर माताजी श्राप देने लगीं।

"पुलिस! पुलिस!" घर के कर्ता समाधान खोजने लगे।

"क्या हुआ? हुआ क्या?" पड़ोसी अपना राग अलापते रहे।

"मार डाला रे...ए! मार डाला...आ!" माताजी ने नए सुर-ताल में विलाप आरम्भ किया।

माधवी को लगा, जरूर किसी की हत्या कर दी गई है। पर किसकी? परिवार के सभी सदस्य तो सेहतमन्दी के साथ चीखते-चिल्लाते चारों तरफ मँडरा रहे हैं। घूर-घूरकर वह उन्हें देखने-पहचानने की कोशिश करने लगी। शायद कोई बाशिन्दा लापता हो। तब तक पड़ोसियों की लगातार 'क्या हुआ' की पुकार ने जवाब हासिल कर लिया था। पता चला कि माताजी के गले से किसी ने तीन तोले सोने का मोटा हार खींच लिया है और पिछवाड़े की पँचफुटी दीवार फाँदकर भाग गया है। माताजी बेचारी उस समय आँगन की तुलसी को जल दे रही थीं। उनके सिवाय घटना का और कोई साथी नहीं है।

खोदा पहाड़, निकला चूहा! माधवी और राकेश घर लौट आए।

पर नीचे जमा भीड़ के लिए यह हादसा हत्या से कम सनसनीखेज और दुखान्त नहीं था। इनसान का मरना-जीना तो भगवान के हाथ में है, जी कड़ा करना ही पड़ता है। पर सोने का जेवर! अपने हाथ की कमाई खोकर कोई कैसे सन्तोष कर ले! सारी भीड़ बारी-बारी से कयास लगा रही थी कि चोर कौन हो सकता है और घर के कर्ता पुलिस बुलाकर एक-एक को पिटवाने की धमकी दे रहे थे।

घंटे-भर के अन्दर पुलिस सब-इंस्पेक्टर और सिपाही तफतीश के लिए आ पहुँचे। माधवी और राकेश को भी बुलवाया गया। पहले माधवी नीचे उतरी।

"अपने नौकर का नाम-पता बतलाइए," इंस्पेक्टर ने उससे कहा।

"वह क्यों? मेरे नौकर का इससे क्या ताल्लुक है?" उसने अचरज के साथ पूछा।

''सभी का नाम–पता लिखा जा रहा है।''

''अच्छा! मेरा लिख लिया?''

''आपका लिखकर क्या करेंगे! जिन पर शुबहा है उनका लिख रहे हैं।''

''कमाल है! मेरे नौकर पर शुबहा कैसे हो गया? वह उस वक्त घर के अन्दर काम कर रहा था।'

''ऐसा है तो वह खुद पूछताछ के दौरान बतला देगा, आप परेशान क्यों होती हैं?''

''जी नहीं! आप उससे पूछताछ नहीं करेंगे। मासूम लोगों को परेशान करना पुलिस ने अपना धन्धा बना रखा है।''

पर तभी राकेश नीचे उतरा और आते ही उसने हरिचरण का नाम–पता दर्ज करा दिया। साथ में इतना जरूर कहा कि वह उस वक्त उसे चाय दे रहा था और वह उसकी जिम्मेवारी लेने को तैयार है। कहकर वह ऊपर चला गया। माधवी वहीं बनी रही।

''यह हुई न कायदे की बात!'' कहकर सब–इंस्पेक्टर माधवी की तरफ पीठ घुमाकर माताजी से मुखातिब हुआ।

''आप उसका हुलिया बतला सकती हैं?''

''हाँ जी, बिलकुल!'' माताजी ने जोश के साथ कहा, ''खूब लम्बा–तगड़ा था जी! एक छलाँग में दीवार फाँद गया।''

''कपड़े क्या पहने था?''

''सफेद कमीज, काली पैंट, और क्या?''

''दिल्ली शहर की आधी आबादी यही पहने होगी,'' माधवी बोल पड़ी।

''आप चुप रहिए,'' इंस्पेक्टर ने उसे घुड़का और माताजी की तरफ पलटा, ''आप उसे पहचान सकती हैं?''

''हाँ जी, बिलकुल! पैचान क्यों नहीं सकती?''

इंस्पेक्टर बड़ी अदा के साथ मुस्कराया और अपराधियों का चित्र–एलबम माताजी के सामने खोलकर रख दिया। माताजी ने एक नहीं, तीन अपराधी उसमें से पहचान लिये।

''तीन आदमी थे?'' माधवी फिर बोल पड़ी।

''आप चुप रहिए ना,'' इंस्पेक्टर फिर गरजा और माताजी से बोला, ''तीनों में से कौन था, ठीक से पहचानकर बतलाइए।''

''तीनों एक जैसे तो हैं,'' माताजी ने कहा।

''नहीं, तीनों अलग–अलग हैं। ठीक से देखिए।''

''क्या ठीक से देखूँ! चश्मे से जित्ता दीखेगा उत्ता तो देखूँगी। थारी तरह जवान तो हूँ नहीं,'' माताजी ने नाराज होकर कहा।

माधवी को लगा, कोई मजाकिया फिल्म चल रही है। माताजी को जिन्दगी में पहली बार मंच के बीचोबीच खड़े होने का मौका मिला है और वे उसका भरपूर फायदा उठा रही हैं। वह जोर से हँस पड़ी।

तभी पड़ोस के नौकर को साथ लिये घर का बड़ा लड़का भीतर घुसा। उसे देखना था कि माताजी उछल पड़ीं, "योई है! योई है!"

झटके के साथ कॉमेडी फिल्म त्रासदी में बदल गई।

माधवी को हँसी रोकने में वक्त लगा। धक्का खाकर उसने देखा, वह लम्बा-तगड़ा जवान लड़का सफेद कमीज और काली पैंट पहने हुए है!

"योई है! योई है!" उसकी तरफ उँगली उठाए माताजी चीखे जा रही हैं।

लड़का भौचक उनकी तरफ ताक रहा है। चेहरे पर अजीब बेवकूफी भरी मासूमियत का भाव है। शरीर के अनुपात में चेहरा एकदम नन्हा-सा है, बुद्धू बचपने की छाप लिये। उसे ऊपर से नीचे तक तौलता इंस्पेक्टर मूँछों-ही-मूँछों में मुस्करा रहा है, क्रूर बिलाव की तरह। कांस्टेबल जोर-जोर से डंडा हवा में घुमा रहा है, नाटकीय चेतावनी देता हुआ।

झपटकर घर के बड़े लड़के ने नौकर को दबोच लिया और धक्का देकर जमीन पर गिरा दिया। फिर उसकी पीठ पर पैर रखकर ऐसे खड़ा हो गया जैसे किसी खूँखार जानवर का शिकार खेलकर चुका हो।

"कैसे कह सकती हैं आप! अभी तो फोटो में आप किसी और को पहचान रही थीं!" घबराकर माधवी बोल पड़ी, "इंस्पेक्टर! इंस्पेक्टर! इन्हें कैसे मालूम? तुलसी को जल देते हुए इनकी आँखें बन्द थीं। मैं रोज ऊपर से देखती हूँ, ये आँखें बन्द करके आरती गाती हैं और तुलसी को पानी देती हैं। एक सेकंड के अन्दर ये किसी को कैसे पहचान सकती हैं!"

इंस्पेक्टर गुपचुप मुस्कराता रहा।

"सब पता चल जाएगा!" कांस्टेबल ने जोर से डंडा हवा में घुमाकर कहा।

माधवी का खून जम गया।

वे लोग उसे पकड़कर थाने ले गए।

"राकेश! राकेश!" चिल्लाती माधवी ऊपर भागी, "जल्दी थाने चलो। वे लोग बराबर के नौकर को पकड़कर ले गए। जरूर उससे मारपीट करेंगे। वह बेकसूर है।"

राकेश ने उसकी तरफ अचरज से देखा। उसकी आँखों में हमदर्दी उभर आई, आवाज बेहद कोमल हो गई। "हम इसमें क्या कर सकते हैं," उसने कहा, "हमारी बात वे क्या सुनेंगे? रपट हमने तो नहीं लिखवाई और न हमारा उस आदमी से कोई रिश्ता है।"

उसकी बात पूरी भी नहीं हुई थी कि माधवी खटाखट सीढ़ियाँ उतर गई और मकान-मालिक से दोबारा जिरह करने लगी।

उसकी बदहवास हालत पर वे हँस ही तो पड़े। बोले, "पूछताछ नहीं होगी तो चोर का पता कैसे चलेगा?"

"पूछताछ का यह मतलब तो नहीं कि बेकसूर आदमी को मारा जाए," माधवी ने कहा।

"अजी कोई नहीं मरता ऐसे! और आपको कैसे पता चला वह बेकसूर है?"

"मुझे तो यह भी नहीं पता कि आप बेकसूर हैं, पर इसी से क्या पुलिस आपको पकड़ सकती है?"

"आप कहना क्या चाहती हैं?" मकान-मालिक ने तमककर कहा।

"मेरे और आपके सामने आपकी माँ ने चार अलग-अलग आदमियों को चोर की तरह पहचाना, फिर उनकी नजर पर कैसे यकीन किया जा सकता है?"

"हम कहाँ कह रहे हैं, किया जा सकता है," उन्होंने कहा तो पास बैठी उनकी पत्नी बोल उठीं, "अजी माँजी तो एक फुट पर खड़े अपने माँ-जाए को नहीं पहचान सकतीं।" और पति-पत्नी ठहाका मारकर हँस पड़े।

"बेकसूर आदमी को मार पड़वाएँगे तो आपका भला नहीं होगा," माधवी ने कहा तो खुद महसूस किया, वह किसी मजलूम भिखारी की तरह मिमिया भर रही है। उसकी जगह कौशल होता तो...

वहाँ से उठकर वह बराबर वालों के घर जा पहुँची।

घर की मालकिन सोफे पर पसरी चाय पी रही थीं। उसे देखते ही बोलीं, "सुना आपने, सुबह-सुबह क्या फसाद हो गया! सुबह की चाय अब जाकर नसीब हुई है।"

"आपने उन लोगों को अपने नौकर को ले क्यों जाने दिया?" माधवी ने कहा, "मैंने तो साफ मना कर दिया।"

"मैंने तो कहा था, बड़ी दिक्कत हो जाएगी," वे बोलीं, "पर ये कहने लगे, पुलिस के काम में दखल देना ठीक नहीं है।"

"और बेकसूर आदमी को मार पड़वाना ठीक है!"

"अजी, कोई नहीं मरता ऐसे!" उन्होंने विरक्त भाव से कहा और चाय के लम्बे-लम्बे घूँट भरने लगीं।

दुहरी उदासीनता से परास्त माधवी वापस चली आई।

अपने घर के दरवाजे के भीतर घुसी तो लगा सामने कौशल खड़ा है। थरथराकर वह पीछे हट गई। नहीं, कुछ करना होगा। यूँ हारकर वह नहीं बैठ सकती।

अपने पर काबू पा वह अकेली थाने चल दी।

थानेदार निहायत शराफत से पेश आया। उसकी बात संजीदगी से सुनी, जरा-सा मुस्कराया और बोला, "वह बेकसूर है, हम भी जानते हैं। बेकसूर न होता तो इतनी आसानी-तसल्ली के साथ पुलिसवालों के पास न चला आता।"

"तब?" भौचक माधवी ने कहा, "उसे पकड़ा क्यों?"

"हो सकता है, उसे इस हादसे के बारे में कुछ मालूम हो। उसके साथियों में से किसी का इस या इस तरह की वारदात में हाथ हो। पूछताछ करने पर अता-पता मिल सकता है। आखिर इन वारदातों को रोकना तो पड़ेगा ना?"

"पूछताछ से आपका क्या मतलब है? जब आप मानते हैं, वह बेकसूर है तो उसे मारना-पीटना..."

"देखिए, हम लोग भी इनसान हैं, जानवर नहीं," उसकी बात काटकर वह बोला, "जानते हैं, बेकसूर है तो मारपीट क्यों करेंगे?"

"मैं उससे मिल सकती हूँ?" माधवी ने पूछा।

"हाँ-हाँ, क्यों नहीं।" उसने सिपाही को इशारा किया और जरा देर बाद लड़का उसके सामने खड़ा था।

माधवी ने ध्यान से उसे देखा। वह बेहद डरा हुआ था, फक, गुमसुम, पर मार-पीट के निशान उसके बदन पर कहीं नजर नहीं आ रहे थे।

"इन लोगों ने तुम्हें मारा तो नहीं?" माधवी ने पूछा।

लड़के ने 'ना' में सिर हिला दिया।

"तुम घबराना मत। एक-दो दिन में छूट जाओगे। हम लोग जानते हैं, तुमने चोरी नहीं की। जो ये लोग पूछें, सही-सही बतला देना। समझ गए ना? डरना मत। मैं कल फिर आऊँगी।"

लड़का गुमसुम उसकी तरफ ताकता रहा। उसके चेहरे का बुद्धूपन जरा कम नहीं हुआ। माधवी की समझ में नहीं आया, आगे क्या कहे।

थानेदार ने इशारा किया और सिपाही लड़के को पास ले गया।

"तसल्ली हो गई आपकी?" मुस्कराकर उसने माधवी से पूछा।

"उसे पकड़ लाने को मैं फिर भी गलत समझती हूँ।"

"हमारी अक्ल पर भी भरोसा कीजिए। अब देखिए, चोर को पता चल गया होगा कि शिनाख्त होकर एक आदमी पकड़ा जा चुका है। वह असावधान हो जाएगा। हार बेचने जाएगा या दूसरा उड़ाने की कोशिश करेगा तो हम आसानी से उसे पकड़ सकेंगे। नहीं?"

घबराकर माधवी उठ खड़ी हुई। उसे थानेदार की बातें तर्कसंगत लगने लगी थीं।

अगली सुबह सनसनी की तरह खबर फैल गई कि पुलिस हिरासत में एक लड़के ने आत्महत्या कर ली। विशेष रोमांच के साथ उन लोगों ने जानकारी हासिल की कि यह वही लड़का था जिसे कल चोरी के इल्जाम में पुलिस इसी मोहल्ले से पकड़कर ले गई थी। सुनने में आया कि कल सारा दिन पुलिसवाले उसे भूखा-प्यासा रखकर बार-बार पूछते रहे कि उसने हार कहाँ छुपाया है। रात घिर आने पर पिटाई शुरू की। आधी रात तक उसने अपना कसूर कबूल कर लिया, एक साथी का नाम बतलाया और पाखाने जाने की इजाजत माँगी। भीतर जाकर जाँघिए का नाड़ा गले में डालकर फाँसी लगा ली। बीस मिनट तक जब वह बाहर नहीं निकला तो दरवाजा तोड़ा गया और रोशनदान से लटकी उसकी लाश बरामद हुई। जहाँ तक हार का सवाल है, साथी के पास से अब तक बरामद नहीं हो सकता है।

''हम न कहते थे,'' मकान-मालिक ने ठसके के साथ कहा, ''बेकसूर होता तो खुदकुशी क्यों करता?''

मकान-मालकिन बिलखकर रो पड़ीं, ''मैंने इतना मना किया, मेरी कोई सुने तब ना। अब मोहल्ले के तमाम नौकर हमारे दुश्मन हो जाएँगे। किसी ने मेरे बच्चों को कुछ कर दिया तो मैं कहीं की न रहूँगी।''

माधवी के पास ही कहने को कुछ नहीं है। सारा दिन बीत गया। किसी काम में मन नहीं लग रहा। जहाँ भी जाती है, लगता है, गुमसुम लड़का पीठ के पीछे बना हुआ है। हर श्वास-प्रश्वास के साथ हलकी सिसकियाँ भरकर कहता है, पुलिसथाने से उठकर चली क्यों आईं? थानेदार की चिकनी-चुपड़ी बातों पर विश्वास कैसे कर लिया? मेरी गुमसुम सूरत देखकर भी शुबहा नहीं हुआ? हुआ नहीं कि करना नहीं चाहा? विश्वास कर लिया क्योंकि अविश्वास का रास्ता ज्यादा मुश्किल था?

मोहल्ले के नौकर लड़के की लाश जुलूस में लेकर प्रधानमंत्री के बँगले पर गए हैं। हरिचरण उनके साथ गया है। माधवी घर में अकेली है। सारा दिन बीत गया, चाय तक बनाने की हिम्मत नहीं हुई। जुलूस नेता के घर तक जाएगा और लौट आएगा। सब अपने काम-धन्धे में लग जाएँगे। और माधवी...एक डर मन में बैठ गया है; कौशल सुनेगा तो क्या कहेगा?

शाम के पाँच बज गए। सहसा दरवाजे की घंटी इस तरह टनटना उठी जैसे कोई गुमसुम चीख उठा हो।

काँपते हाथों से माधवी ने दरवाजा खोला तो देखा, सामने कौशल खड़ा है। वह डरकर पीछे हट गई जैसे गुमसुम लड़के की लाश लिये नौकरों का जुलूस उसके घर में घुस आया हो। ततैये के काटे-सा सूजा चेहरा लिये कौशल अन्दर आया और अपनी परिचित कुर्सी पर जा बैठा। पाँव घसीटती माधवी भी भीतर आई और उसके सामने बैठ गई।

चुप्पी छा गई।

कौशल ने चाय नहीं माँगी।

माधवी ने नहीं बनाई।

चुप्पी कायम रही।

''मैं कल भी आया था,'' आखिर कौशल ने कहा।

माधवी ने सूखे होंठों पर जबान फेरी और चुप रही।

''मैं बहुत परेशान था,'' उसने फिर कहा।

माधवी का सिर और झुक गया, अपनी कुर्सी में वह कुछ और सिकुड़कर बैठ गई।

''पता है, कल क्या हुआ!'' कौशल ने धिक्कारकर कहा।

माधवी का रोम-रोम सिहर उठा। तो इसे पता चल गया! अब...?

''हमारी बस्ती में एसिड बनाने का एक कारखाना है,'' उसने सुना कौशल कह रहा है, ''एक क्या, दसियों कारखाने हैं, जिनमें छोटे-छोटे बच्चे काम करते हैं। दस-दस, बारह-बारह बरस के बच्चे। कहने को यहाँ कानून बना हुआ है, कम उम्र के बच्चों से खतरनाक काम नहीं कराया जा सकता। पर कौन मानता है कानून? पेट के आगे कौन-सा कानून काम आता है? दिन-दहाड़े काम लिया जाता है और कोई आँखवाला देखने नहीं आता।''

क्या कह रहा है कौशल? इसका उस लड़के से क्या ताल्लुक, जो पुलिस हिरासत में मारा गया? एसिड के कारखाने में काम करनेवाले बच्चों के लिए तो माधवी जिम्मेदार नहीं। या है? उसका सिर जरा-सा ऊपर उठा था कि फिर झुक गया।

''कल एक बारह बरस का लड़का एसिड गिरने से बुरी तरह जख्मी हो गया। जानती हैं, कारखाने के मालिक ने क्या किया?''

कौशल कुर्सी पर आगे खिसक आया। उसके गले की कृकाटिका बोतल के तंग गले में फँसे काग की तरह हिलने लगी जैसे धीरे-धीरे कोई उसका गला घोंट रहा हो। गुमसुम लड़के की लाश...!

''जख्मी लड़के को ले जाकर रेल की पटरी पर रख दिया। रेल वहाँ से गुजरकर उसका देहान्त और क्रिया-कर्म एक साथ करती, उससे पहले वहाँ एक भलामानुस

आया। घायल लड़के को खींचकर पटरी से अलग तो कर दिया पर और मदद नहीं की। समझ गया होगा, किसी नर–गिद्ध की जूठन है, अधिक दया दिखलाई तो फँस जाएगा या समय नहीं रहा होगा। जिस आदमी के पास समय की कमी हो, उससे अधिक क्रूर और कायर जीव और कौन होगा?''

''मैं,'' माधवी के मन में बजा।

''सारी रात वह वहाँ पड़ा रहा बेहोश, पर मरा नहीं। भगवान की लीला अपरम्पार है...थू!'' कौशल ने उसके कीमती कालीन पर थूका नहीं, थूक वापस अन्दर घोंट लिया। पर माधवी ने अपने चेहरे पर उसकी लिसलिसाहट महसूस की। ''सुबह जाकर पुलिस वहाँ पहुँची। हो सकता है, भलेमानुस ने रात ही खबर कर दी हो। उसे अस्पताल पहुँचा दिया गया और उसने दम तोड़ दिया। किस्मतवाला था, वरना इस देश में कितने गरीब हैं जिन्हें इतने ठाठ–बाट से मरना नसीब होता है!''

कौशल चुप हो गया। काफी देर चुप रहा। माधवी के लिए उसकी चुप्पी कटु सम्भाषण से अधिक असहनीय था। जो कुछ इसे कहना है, कह डाले, माधवी एक बार में झेल जाए वरना...

''आप क्या समझती हैं, कारखाने का मालिक उसका हत्यारा है या नहीं?''

''है।''

''तो उस पर मुकदमा क्यों नहीं चल रहा? तमाम बस्ती चुप क्यों है? कोई शिकायत क्यों नहीं कर रहा?''

एक–एक सवाल हथौड़े की तरह उसके सिर पर बजा। गुमसुम लड़के की लाश ने उसकी जबान अपने बर्फीले हाथों में जकड़ ली। एक भी शब्द बाहर नहीं निकला।

''बस्ती के तमाम गरीब आदमियों के बच्चे इन कारखानों में काम करते हैं। उन्हें डर है कि आवाज उठाने पर कारखाने बन्द न कर दिए जाएँ! तब उनकी रोटी कैसे चलेगी?''

माधवी की जबान बर्फ की पकड़ से बाहर नहीं आई।

''लड़के के माँ–बाप तक मुकदमा नहीं चलाना चाहते। मैंने कहा, पैसे मैं दूँगा, हजार, दो हजार, तीन हजार, जितने लगेंगे मैं दूँगा, तुम मुकदमा चलाओ। पर वे नहीं माने। जानती हैं क्यों? कारखाने के मालिक ने उन्हें दो हजार रुपयों का मुआवजा दिया है। उसकी रोती–बिलखती माँ ने मुझसे कहा, 'बाबू, जो पैसा आप देंगे, मुकदमा खा जाएगा। हमारे हाथ क्या आएगा! अभी पाँच बच्चे और हैं।' मालिक बहुत दयालु है। दूसरे लड़के को कारखाने में लगाने को तैयार है। वाकई बहुत दयालु है? उसके मरने पर भी दो हजार का मुआवजा देगा!'' कौशल ने जलती आँखों से उसे देखा जैसे वह माधवी नहीं, कारखाने का मालिक हो। माधवी उसकी दृष्टि झेल नहीं पाई, आँखें झुका लीं।

सहसा चटखारा लेकर कौशल उठा और उसकी कुर्सी के सामने, करीब-करीब उससे सटकर खड़ा हो गया।

"आपने यह तो पूछा नहीं कि मुकदमे में लगाने के लिए मेरे पास रुपया कहाँ से आया?" उसने कहा।

माधवी ने आँखें ऊपर नहीं उठाईं, एक अव्यक्त भय उनमें तैर गया।

"मेरा इरादा रुपया आपसे लेने का था!" कौशल ने कहा।

आँखों का भय माधवी के चेहरे पर उतर आया।

कौशल की तेज नजर ने उसे पकड़ लिया।

"आप तो उनकी शुक्रगुजार होंगी कि आपका रुपया बचा दिया!" तीखे व्यंग्य के साथ उसने कहा।

माधवी तिलमिला गई।

"जी, नहीं!" ऊँची आवाज में उसने कहा, "आप दस हजार भी मुकदमे में लगा देते तो मुझे खुशी होती। मेरे पैसों से नाइनसाफी के खिलाफ लड़े तो मेरे लिए फख्र की बात होगी।"

कुछ बातें खुद को सुनाने के लिए कही जाती हैं और उन्हें ऊँची आवाज में ही कहना पड़ता है।

बस-स्टॉप पर खड़े कौशल ने बदन झटककर ढीला छोड़ दिया। एक खुशनुमा सुकून रगों में भर रहा था। कल से नसें गुस्से और तनाव के बन्धनों में जकड़ी पड़ी थीं। कुछ कर न पाने की कुंठा से जन्मे आक्रोश ने उसे पागल बना रखा था। अब यकायक नसें खुलने लगीं। लग रहा था, कारखाने के मालिक से सीधा मोर्चा लेकर जीत का सेहरा सिर पर बाँध, घर लौटा है।

क्या कहा था माधवी ने। 'मेरे पैसों से नाइनसाफी के खिलाफ लड़ें तो मेरे लिए फख्र की बात होगी।' याद रखूँगा, माधवी, भुलूँगा नहीं। मेरी पूरी जिन्दगी ही नाइनसाफी के खिलाफ लड़ाई है। आज नहीं तो कल...

देर तक कौशल माधवी का तमतमाया चेहरा देखता रहा था, फिर कुर्सी पर गिरकर कहा था, 'चाय पिलाइए, बहुत थक गया हूँ।'

माधवी चाय बना लाई थी, कहा था, 'मैं भी कल से बहुत परेशान हूँ।' और उसने एक लम्बी कहानी सुना डाली थी। कौशल की कहानी से कम भयानक नहीं। कहानी खत्म करके उसने कहा था, 'मुझे बराबर लग रहा है, अपराधी मैं हूँ।'

कौशल ठीक समझ रहा था माधवी उससे क्या चाहती है। वह चाहती थी, कौशल उसे दिलासा दे, उसका अपराध-बोध कम करे, उससे कहे, उसका कोई

अपराध नहीं है, उसने जो किया बहुत किया, दूसरा कोई उतना भी नहीं करता। पर कौशल झूठ नहीं बोल पाया था, गम्भीर स्वर में उसने कहा था, 'हाँ, अपराधी आप जरूर हैं। डूबते आदमी को सहारा देकर, पानी से आधा बाहर खींचकर वापस धकेल देना, मदद न करने से ज्यादा भयानक है।'

नीरस माधवी क्षण-भर उसकी तरफ देखती रही थी, फिर फफककर रो दी थी।

कौशल पसीज गया था, 'न-न, रोओ मत, तुम्हारा रोना मुझसे बर्दाश्त नहीं होगा,' कहकर उसने उसे खींचकर एकदम छाती से लगा लिया था।

उसके बदन से चिपकी माधवी उसी तरह रोती रही थी।

आह, औरत का रोना कितना सुखकर होता है! आदमी की छाती चौड़ी होती चली जाती है। एक आला बड़प्पन से भरकर उसके माथे पर चुम्बन अंकित कर दिया था। माधवी अलग जा पड़ी थी। बेचारी घबरा गई होगी। उसकी दृष्टि बाहर दरवाजे तक जाकर लौट आई थी। कौशल समझ गया था, पति आनेवाला होगा।

'अब आप जाइए,' माधवी ने कहा था।

'दूसरा प्याला चाय नहीं पिलाओगी?' स्नेह और गाम्भीर्य से भरी आवाज में कौशल ने पूछा था।

उसके नहीं कहने पर इसरार नहीं किया था, कहा था, 'राकेशजी आनेवाले हैं क्या?'

'हाँ,' घुटी आवाज में उसने कहा था, 'आपको घर नहीं आना चाहिए था।'

'न आता तो तुम्हारे मन का बोझ हलका कैसे होता?' उसने कहा था, 'हर किसी के सामने तो रोया नहीं जाता। अब और परेशान न हो। आदमी आदमी ही होता है, देवी-देवता नहीं। अपराध करता है तभी तो प्रायश्चित्त कर पाता है। अपने को सजा देने में भी एक सुख है।'

कैसे बिटर-बिटर माधवी उसे ताकती रही थी।

जाने दो, आज अब और कुछ नहीं, कौशल ने तय किया था और शालीनता के साथ उससे विदा लेकर बाहर आ गया था।

आँखें बन्द करके उसने अपने होंठों पर उँगली फेरी और चुम्बन उस पर अंकित कर दिया। अपराध तुम खूब करो, माधवी, बस प्रायश्चित जरूर करती रहना। ऐसे ही मेरे कन्धे पर सिर रखकर, चौड़ी हो रही मेरी छाती से चिपककर बार-बार रोना। बार-बार मुझसे सान्त्वना की माँग करना और बार-बार कहना, नाइनसाफी के खिलाफ लड़ो। तुम मेरे साथ हो तो मैं लड़ सकूँगा। सच कहता हूँ, मुझे पल-भर को चैन नहीं है। सोते-जागते अखबारों की सुर्खियाँ मेरी आँखों के सामने नंगा नाच करती हैं। दिल्ली शहर से कुल बीस मील दूर हरिपाड़ा गाँव में हरिजनों को जिन्दा जला दिया गया। नहीं, यह सुर्खी नहीं, निहायत मामूली खबर है। अखबार के एक

कोने में घिसटी पड़ी रहती है। बस, गाँव का नाम बदलता रहता है। कभी बेलची, कभी पलामू, कभी नन्दगाँव, कभी नारायणपुर। भागलपुर में कार्यकुशल पुलिस अफसरों के मातहतों ने अपराध रोकने की खातिर, अपराधियों की आँखों में तेजाब डालकर उन्हें मवाद रिसते फोड़े बनाकर छोड़ दिया। इस नारकीय यातना की कहानी सुनकर देश की प्रधानमंत्री को कै हो गई। बीच लोकसभा उन्होंने अपनी जुगुप्सा का ऐलान किया। पर इस जघन्य अपराध की सजा पुलिस कर्मचारियों को नहीं मिल पाई। अपनी कार्य-कुशलता के लिए वे काफी मशहूर थे और आज के युग में शोहरत से टक्कर नहीं ली जा सकती। बागपत में सरेआम, भरी दोपहरी को, चलती सड़क के मर्दों की खुली आँखों के सामने, पुलिस जवानों ने बार-बार एक औरत के साथ बलात्कार किया और...सड़क सहमी फिर चल पड़ी; कुछ देर शहर की आँखें फटी जरूर रहीं पर अँधेरा घिर आने पर, रोज की तरह बन्द हो गईं। अगली सुबह तक, दिन की सच्चाई, रात के सपने की तरह, विस्मृति के गड्डमड्ड मलबे में दफन हो चुकी थी।

सच कहता हूँ, माधवी, मैं लड़ना चाहता हूँ, बस किसी का साथ चाहिए। मैं लड़ूँगा, जरूर लड़ूँगा, तुम्हारे आँसू मेरे पास धरोहर हैं।

13

अगले चार दिन कौशल का फोन नहीं आया। सप्ताह पूरा हुआ। आज फिर सोमवार है। माधवी आश्वस्त है। मन का बहुत-सा कलुष पुँछ चुका। प्रदर्शनी वाले दिन की वितृष्णा अगली मुलाकात की संवेदना में जज्ब हो गई। जिसने तय किया पिछले हफ्ते जो सोचा था वही करेगी। तो ग्यारह बजे तैयार होकर त्रिवेणी के लिए निकल पड़ी।

आज भी कौशल कुमार त्रिवेणी के फाटक के बाहर खड़ा था। पर उसे स्कूटर से उतरते देख, उसकी तरफ नहीं लपका, अपनी जगह खड़ा रहा। माधवी पास पहुँची तो साथ चलने लगा। दोनों कैंटीन में पहुँच गए।

''दो चाय, प्याले साफ कर लेना...'' माधवी ने अपने आदेश जारी करने शुरू किए कि कौशल ने कहा, ''मेरे बड़े लड़के को तपेदिक हो गई।''

माधवी को अपने कानों पर विश्वास नहीं हुआ, ''क्या कहा आपने?'' उसने कहा।

''मेरे लड़के बिट्टू को तपेदिक हो गई।''

''कब? कैसे पता चला।''

''बुखार था। कल पता चला।''

''फिर?''

''आस-पड़ोस से माँगकर दस रुपए जमा किए तब डॉक्टर को दिखलाया। उसने एक्स-रे और जाने कौन-कौन से टेस्ट बतलाए हैं!''

''अस्पताल ले जाना होगा?'' माधवी ने कहा।

''हाँ, अपना पड़ोस भी क्या है! जिसे देखो फटेहाल। पाँच घरों से माँगे तब जाकर दस रुपए इकट्ठा हुए। अब आगे का खर्चा...'' बात बीच में छोड़कर वह चुप हो गया।

''आप नौकरी क्यों नहीं करते?'' माधवी ने कहा।

''वही मैं कहना चाह रहा था,'' कौशल समझकर आदमी की तरह बोला, ''राकेशजी मुझे नौकरी दिलवा सकते हैं?''

माधवी को उसकी समझदारी पर खुशी हुई पर राकेश के नाम ने असमंजस में डाल दिया।

''राकेश का ताल्लुक तो कारखानों से रहता है। आप किस तरह की नौकरी चाहते हैं?''

''पढ़ा-लिखा विशेष हूँ नहीं, आप जानती हैं। करूँगा क्या, क्लर्की कर सकता हूँ। एक बात मगर है। मैं अपने को बड़ा आदमी मानता हूँ, ऐसी नौकरी नहीं कर सकता जिसमें बॉस को सहना पड़े।''

माधवी उसे देखती रह गई। ''ऐसी नौकरी कहाँ मिलेगी जहाँ बॉस न हो!''

''हो तो मेरे सिर पर सवार न रहे। मैं अपने काम से मतलब रखूँ, जो काम करके दूँ, उसके पैसे मिल जाएँ, बस।''

''क्या काम?''

''कोई भी काम।''

''कोई काम जानते हैं आप?''

''किताबों के प्रूफ देख सकता हूँ।''

''पर उस तरह का काम तो राकेश के पास होगा नहीं।''

''उनके किसी जानकार के पास हो।''

''पूछूँगी। मुश्किल है। उनके परिचितों में प्रेस वाला कोई है नहीं...''

वह सोच में डूब गई। कौशल टक लगाकर उसे देखता रहा। सहसा उसने कहा, ''आप मुझे नौकर रख लें।''

''मैं?'' चौंककर माधवी ने कहा।

''हाँ, रोज सुबह पहुँच जाऊँगा। नागा बिलकुल नहीं करूँगा। जो काम आप बतलाएँगी, कर दूँगा।''

''मसलन?''

''आपका मन बहलाऊँगा, साहित्य-चर्चा करूँगा, आपकी कहानी-उपन्यास प्रकाशक तक पहुँचा दूँगा, जो किताबें आप पढ़ना चाहेंगी, ला दूँगा...''

''और इस नवाबशाही के लिए पैसा कहाँ से आएगा?'' माधवी एक स्निग्ध हँसी हँस दी।

''क्यों, अभी भी तो आप नौकर रखती हैं। जो उन्हें देती हैं...''

''उन्हें देती हूँ सौ रुपया महीना और वे जो काम करते हैं, जरूरत से पैदा होता है। खाना बनाना, घर की सफाई करना। आप ये काम कर सकते हैं?''

''कोशिश कर सकता हूँ।''

''आप? खाना!'' कल्पना में उसे सब्जी छौंकते देखकर माधवी हँसते-हँसते दोहरी हो गई।

"बना सकता तो आप रख लेतीं!"

माधवी ने उसके तमतमाए चेहरे को नहीं देखा, वैसे ही खिलखिलाते हुए बोली, "हाँ।" और हँसती रही।

"आप मुझे अपना नौकर समझती हैं!" चीखकर कौशल कुमार उठ खड़ा हुआ।

"क्या हुआ?"

"आप समझती हैं, मैं आपका नौकर हूँ!"

"मैंने नहीं कहा..."

"मुझे काम आता तो आप मुझे नौकर रख लेतीं?"

"नहीं," माधवी ने सहज स्वर में कहा, "अच्छे नौकर के गुण आपमें बिलकुल नहीं हैं।"

"होते तो..." होंठ चबाकर कौशल ने कहा।

"तो आप अच्छे नौकर होते और पैसे की दिक्कत आपको नहीं होती।"

"मैं आपके घर नें नौकरी करता!" कौशल अब भी चीख रहा था।

"नहीं," माधवी ने ठंडे स्वर में कहा, "जहाँ आपके लायक काम होता वहाँ करते। इसमें चीखने-चिल्लाने की क्या बात है? सभी आदमी नौकरी करते हैं, पैसा कमाते हैं, घर-बार चलाते हैं। आप इतने विशिष्ट कैसे हो गए कि नौकरी नहीं कर सकते?"

"मैं घर की नौकरी की बात कर रहा हूँ..."

"घर की नौकरी भी नौकरी है। घर में काम करनेवाले लोग भी इनसान हैं। आप तो इनसान-इनसान की बराबरी की बात करते हैं न?"

"अच्छी बराबरी है! एक आदमी दूसरे की सेवा करे, उसकी निजी आवश्यकताओं को पूरा करे, उसका हुक्म बजाता घूमे..."

"तो सेवा करवानेवाला हीन हुआ, करनेवाला नहीं। आपकी नफरत मालिक के लिए हो तो समझ में आती है, सेवक के लिए क्यों है?"

कौशल वापस कुर्सी पर बैठ गया। "नफरत नहीं, रोष है इस व्यवस्था पर, जो मालिक-सेवक के रिश्ते कायम करती है।"

"क्रोध कीजिए पर काम भी कीजिए। परिवार बनाया है तो बच्चों के प्रति कर्तव्य भी निभाना होगा।"

"क्यों निभाऊँ? मैंने स्वेच्छा से विवाह नहीं किया, स्वेच्छा से बच्चे पैदा नहीं किए। उनके जन्म के लिए मैं जिम्मेवार नहीं हूँ तो उन्हें मौत से बचाने की जिम्मेदारी मेरी क्यों है? मरने दो सब सालों को!"

माधवी घबरा गई। "यह कैसे हो सकता है?" उसने कहा।

''बिलकुल हो सकता है। अभी कौन-सी शानदार जिन्दगी जी रहे हैं जो मरने से बचाना होगा। मेरा काम बच्चे पालना नहीं, लिखना है। मरने दो बीवी-बच्चों को। मिलने दो पूरे परिवार को मिट्टी में। मैं लिखूँगा। बस लिखूँगा। आप देखेंगी, मेरे बच्चे की मौत मेरे उपन्यास को और तीखा रंग देगी।''

''क्या कह रहे हैं आप!'' माधवी ने उसका हाथ पकड़ लिया, ''इस तरह की भयानक बातें मत कहिए। स्वस्थ होकर सोचिए, कोई तो ऐसा काम होगा जो आप कर सकें, जिसमें आपको असन्तोष न हो, आप छोटा महसूस न करें?''

''हाँ, रुपया होता तो कम्पोजिंग एजेंसी खोल लेता। यह काम मैं खूब जानता हूँ। बचपन से यही सब तो किया है।''

''कितना रुपया लगता है?'' माधवी ने कहा।

''क्यों?''

''जानकारी के लिए पूछ रही हूँ।''

''नहीं-नहीं,'' कौशल ने गरदन हिलाकर कहा, ''आप और रुपए मुझे नहीं देंगी।''

''मैंने देने को नहीं कहा। चाहूँ तो भी नहीं दे सकती। मेरे पास हैं ही नहीं। पूछा इसलिए कि हो सकता है ऐसी चीजों के लिए सरकारी उधार मिलता हो।''

''आप जो भी कहें, मैं आपसे रुपया नहीं लूँगा। इस तरह तो आपका गुलाम हो जाऊँगा। जो अब तक लिया है वही वापस नहीं कर सकता तो और किस मुँह से माँगूँ? नहीं-नहीं, यह नहीं हो सकता, कभी...''

नदी के प्रवाह से बहते कौशल के भाषण में अवरोध पैदा करना कठिन लगा तो माधवी ने विषय को ही समाप्त कर दिया। ''छोड़िए,'' उसने कहा, ''राकेश से नौकरी के लिए पूछूँगी।''

तब तक छोकरा चाय दे गया था। सिर झुकाकर माधवी चाय पीने लगी पर मन में चिन्ता बनी रही।

कौशल ने खटाखट अपना प्याला खाली किया और बोला, ''कम्पोजिंग एजेंसी खोलने के लिए करीब बीस हजार रुपया चाहिए।''

''अच्छा,'' माधवी ने कहा।

''पर मैं आपसे नहीं लूँगा।''

''अच्छा।''

''आपके पास इतना रुपया है?''

''नहीं।''

''आपके पिता काफी सम्पन्न व्यक्ति थे, आपने एक बार बतलाया था।''

''तो?''

"तब तो आपके हिस्से भी काफी जायदाद आई होगी?"

"नहीं।"

"क्यों?"

"क्या मतलब? आपको यह प्रश्न पूछने का कोई अधिकार नहीं है। यह मेरा निजी और घरेलू मामला है। आपकी हिम्मत कैसे हुई मुझसे यह अशिष्ट और बेहूदा सवाल करने की?"

कौशल ने बाधा देने की कोशिश की पर वह कहती गई।

"अपने लोगों की यही बात मुझे बुरी लगती है। किसी के व्यक्तिगत जीवन के बारे में अकारण, अश्लील सवाल करना अपना जन्मसिद्ध अधिकार मानते हैं। पर आप जैसे अजनबी को बतलाने में भी हर्ज नहीं है। क्योंकि इस बारे में आप क्या सोचते हैं, उसका मेरे लिए कोई महत्त्व नहीं है। मेरे पिता ने अपनी जायदाद स्वयं अर्जित की थी और अपनी मर्जी से उसे मेरी माँ और एक अन्य स्त्री को सौंप गए। कोई और सवाल?"

"मैंने तो ऐसे ही पूछ लिया था," कौशल ने सकपकाकर कहा।

"आगे से खयाल रखिएगा कि 'ऐसे ही' सवाल मुझसे न करें।"

"गलती हुई। माफी चाहता हूँ," कौशल ने कहा, "दरअसल मैं अपनी जिन्दगी को निजी बनाकर रखने में ज्यादा विश्वास नहीं करता। उसे लेकर मैं तनिक भी कंजूस नहीं हूँ। सबसे बँटवारा कर लेता हूँ। लड़के की बीमारी को ही लीजिए। इलाज का साधन नहीं है तो नहीं है। इसमें निजी क्या है?"

माधवी शर्मिन्दा हो गई। लड़के की इतनी भयानक बीमारी के सामने क्या निजी और क्या पराया? क्या शिष्ट और क्या अशिष्ट?

"सॉरी," उसने कहा, "मैं ख्वामहख्वाह नाराज हो गई। प्लीज, मुझे बतलाइए, मैं आपकी क्या मदद कर सकती हूँ, राकेश से नौकरी के लिए कहूँगी ही। और कुछ? एक्स-रे वगैरह कब कराने हैं?"

"जब रुपयों का इन्तजाम हो जाए। डॉक्टर के हिसाब से तो कल ही होने चाहिए पर अपनी जेब तो देखनी होगी," कौशल ने हथियार डाले सिपाही की तरह कहा। माधवी दहल गई। "मुझसे ले लीजिए," उसके मुँह से अनायास निकल गया। फिर लगा, कोई फायदा नहीं है। इतना सब होने के बाद कौशल उससे पैसे नहीं लेगा।

"उधार?" कौशल ने पूछा।

"हाँ।"

"नहीं, उधार नहीं लूँगा।"

"तब?"

"देने हैं तो ऐसे ही दीजिए।"

माधवी को धक्का लगा। पर उसने जाहिर नहीं होने दिया। पूछा, "कितने चाहिए?"

"जितने दे सकें।"

"सौ।"

"हाँ।"

"इस वक्त नहीं हैं। कल सुबह आकर ले जाइएगा।"

"घर से?"

हाँ, कहने में माधवी को वक्त लगा। पर यह समय दुविधा में पड़ने का नहीं है। स्थिति इतनी नाजुक है कि मना किया ही नहीं जा सकता। उसने हाँ कह दिया।

सौ रुपए उसने राकेश से माँग लिये। कौशल का नाम नहीं लिया। लेने से क्या वह मना कर देता? नहीं, पर इतना जरूर कहता कि हर गलती का प्रतिकार कौशल कुमार को रुपए देकर नहीं किया जा सकता। और ठीक कहता। पर माधवी कह सकती है, इस बार रुपए देकर वह गुमसुम लड़के की मौत का प्रायश्चित्त नहीं कर रही, आगामी अपराध से बचने की कोशिश कर रही है। उसने मदद न की और कौशल के लड़के को कुछ हो गया तो एक नया गिल्ट उसका चैन छीन लेगा।

अगली सुबह राकेश के काम पर चले जाने के बाद भी माधवी उपन्यास लिखने नहीं बैठी। कौशल के निश्चित आगमन ने भी नया कुछ लिखकर उसे दिखलाने की ललक मन में पैदा नहीं की।

एक हफ्ता हो गया। उसने उपन्यास पर काम नहीं किया। पिछले सोमवार की दो घंटे लम्बी बातचीत के बाद सोचा था, अब उसकी गति में अवरोध नहीं आएगा। सही राह दीख गई है, अब तो बस कदम पर कदम रखना होगा। रास्ता दो-एक महीने में तय हो जाएगा और तब...माधवी आजाद हो जाएगी! पर घटनाक्रम ने जो मोड़ लिया, उपन्यास के मोड़ से ज्यादा बीहड़ निकला। माधवी उसकी चपेट में आ गई। पर पूरी तरह उपन्यास की गिरफ्त से भी बाहर नहीं आ पाई है। एक छटपटाहट है, जो बराबर उसकी शख्सियत को मथती रहती है; किसी काम में मन नहीं लगता; हर तरफ कूड़ा-ही-कूड़ा नजर आता है। पर कलम है कि स्याही पीने से इनकार कर रही है; कैद में छटपटाते खयाल कागज पर चढ़कर आजाद होने से मुँह फेर रहे हैं। माधवी लिख नहीं पा रही। मन की मलिनता से छुटकारा पाने का उपाय नहीं है; ऐसे में एक ही बात सूझती है, आस-पास के माहौल की मलिनता धो डाले। आज सुबह से माधवी घर की सफाई में जुटी हुई है।

कमरों से निबटकर वह गुसलखाने की तरफ बढ़ी। देखा, मेहतरानी अभी तक नहीं आई है। तरह-तरह के ब्रश और सफाई के पाउडर थामे वह बेसब्री से उसका इन्तजार करने लगी। आते-आते उसने ग्यारह बजा दिए। उसे देखते ही माधवी बोली, ''यह वक्त है आने का? ग्यारह बज रहे हैं!''

मेहतरानी ने बगल से मैले-कुचैले कपड़ों में लिपटे बच्चे को उतारा और जमीन पर लिटा दिया। बोली, ''घर तोड़े जा रहे हैं न, इसी से देरी हो गई।'' और झाड़ू उठाकर गुसलखाने की तरफ बढ़ गई।

माधवी को उसका उत्तर बिलकुल असंगत लगा, इसलिए चिढ़कर पूछा, ''कौन-से घर तोड़े जा रहे हैं?''

''हमारे घर जी,'' उसने कहा और नल खोलकर जमीन पर पानी उलीचने लगी।

''तुम्हारे घर!'' माधवी ने अविश्वास के साथ दोहराया, ''तुम्हारे घर तोड़े जा रहे हैं?''

''हाँ जी।''

''क्यों?''

मेहतरानी ने कन्धे झटक दिए। जो कहा, नल के शोर के कारण पल्ले नहीं पड़ा। उसने आगे बढ़कर नल बन्द कर दिया और दोबारा पूछा, ''क्यों तोड़ रहे हैं?''

''क्या मालूम! सरकार तुड़वा रही है,'' कहकर वह नल खोलने लगी तो माधवी ने झट से उसका हाथ ही पकड़ लिया।

तेज झटके के साथ उसने अपना हाथ अलग किया और नल चला दिया। माधवी सुन्न रह गई। लगा, उसने साफ कहा है, जिसे कोई नहीं छूता, उसे छूने का अधिकार तुम्हें कैसे मिल गया? बेहद छोटा महसूस करते हुए माधवी ने सोचा, ठीक तो है, अछूत को छूने का अधिकार किसी गांधी या विवेकानन्द को हो सकता है, मुझे नहीं।

क्षण-भर वह चुपचाप खड़ी उसे अपने पाखाने की सफाई करते देखती रही, फिर नल के शोर की वजह से, चाहते हुए भी आवाज को कोमल न रख पाने की मजबूरी में, जोर से पूछा, ''कब तोड़े गए थे तुम्हारे घर?''

''तोड़ रहे होंगे अब,'' उसने कहा, ''मैं चली तभी तो आए थे।''

''तेरा घर टूट रहा है और तू यहाँ आ गई!''

''तो क्या करूँ?''

''तेरा सामान...?''

''पड़ा रहेगा। जाऊँगी तो उठा लूँगी।''

वह माधवी के कपड़ों पर पानी के छींटे उड़ा-उड़ाकर फर्श धोने लगी। माधवी वहाँ से हटी नहीं, खड़ी रही। पूछा, "फिर तू क्या करेगी?"

"मैं क्या करूँगी?"

"कहाँ रहेगी?"

"झुग्गी डालूँगी दोबारा।"

"पर इतनी सख्त गरमी में...कितने बच्चे हैं तेरे?"

"जिन्दा तो यही है एक। बीमार है, इसी से साथ लिवा लाई।"

"क्या बीमारी है?"

"पता नहीं। कहे हैं, फेफड़े खराब हैं।"

"तब तो...अस्पताल ले जाना होगा।"

"ले गई थी।"

"तो?"

"कहा, खून लाओ। उत्ते रुपए धरे हैं मेरे पास!"

कहकर उसने बाल्टी-भर पानी फर्श पर उलट दिया। माधवी की साड़ी का किनारा भीग गया। पर उसकी हिम्मत वहाँ से हटने की नहीं हुई और न उसके काम में बाधा देने की।

काम निबटाकर मेहतरानी बाहर निकली, बच्चे को सँभाला और पूछा, "रोटी दोगी?"

हड़बड़ाकर माधवी अन्दर भागी और बासी रोटी के बजाय सौ का नोट निकाल लाई।

"सुन," उसने कहा, "मैं पैसे देती हूँ, तू अपने बच्चे का इलाज करा ले।"

"ठीक होगा भी?" उसने सख्त स्वर में पूछा।

"क्यों नहीं होगा। इलाज होगा तो जरूर हो जाएगा।"

उसने सौ का नोट उसकी तरफ बढ़ा दिया। देखकर मेहतरानी ने एकदम सिर हिला दिया। "इत्ते रुपए! ये तो साल ऊपर जाकर पूरे होंगे। मेरे से नहीं होगा।"

"तनखा से नहीं काटूँगी," माधवी ने जल्दी से कहा, "ऐसे ही दे रही हूँ।"

"क्यों?"

"ऐसे ही। तेरा बच्चा ठीक हो जाए..."

"आज सनीचर है?" मेहतरानी ने सवाल किया।

"नहीं, मंगल।"

"मंगल का दान दिया है तो पीला चावल भी दो," उसने कहा।

उस तरह का दान नहीं है, माधवी ने कहना चाहा पर सोचा, क्या फर्क है? पापों का बोझ कहो या अपराध-बोध, उतार फेंकने को तो रुपया दे रही है। उसने रसोईघर

से एक किलो चावल लेकर उनमें हल्दी मिलाई और उसे पकड़ा दिए। हरिचरण ने टोका तो उस पर चिल्ला पड़ी। वह बुड़बुड़ करता लौट गया।

मेहतरानी ने चावल लेकर मैले दुपट्टे के कोने में बाँध लिये और पहले वाले सहज स्वर में पूछा, ''रोटी दोगी?''

माधवी को फिर झटका लगा। यह क्या हो रहा है? अपने को नाचीज समझनेवाली मेहतरानी बराबर ऊपर उठती जा रही है और माधवी का कद छोटा होता जा रहा है। स्कूली बच्चे की तरह चुपचाप जाकर वह रोटी ले आई। मेहतरानी बच्चे को उठाकर चली गई, पर माधवी वहाँ से हिल नहीं पाई।

कौशल को घंटी बजाने की जरूरत नहीं पड़ी। विषण्ण मुख लिये माधवी सामने खड़ी थी।

''क्या हुआ?'' उसने पूछा।

माधवी वहाँ से हटकर बैठक में आई और सोफे पर गिर पड़ी।

''हुआ क्या?'' कौशल ने फिर पूछा।

'ऐसा क्यों होता है? ये लोग चुपचाप जुल्म क्यों सहते रहते हैं? अन्याय के विरुद्ध लड़ने की ताकत न भी हो, कम-से-कम आवाज उठा सकते हैं, रो-चिल्ला सकते हैं।''

''कौन लोग?''

''यही जिन्हें छोटे लोग कहकर पुकारा जाता है।''

''क्यों रोएँ-चिल्लाएँ? इसलिए कि उनका रोना-झींकना सुनकर बड़े लोगों को बड़प्पन का अहसास होता रहे।''

माधवी की पीठ पर सड़ाक से बेंत पड़ा। उसकी तिलमिलाहट कुछ कम हुई।

''कहते जाइए,'' उसने कहा।

कौशल फौरन पीछे हट गया। ''आप ऐसी कैसी हो रही हैं? पूरी बात बतलाइए। पर पहले चाय बनवा लीजिए। लगता है, आपको चाय की सख्त जरूरत है,'' उसने कहा।

''नहीं, चाय आज नहीं पिलाऊँगी और आपको रुपए भी नहीं दे पाऊँगी।''

कौशल का चेहरा मुरझा गया। ''इन्तजाम नहीं हुआ?'' उसने निराश स्वर में कहा।

''हुआ था। पर मैंने वे रुपए मेहतरानी को दे दिए।''

''क्यों?'' कौशल ने करीब-करीब डपटकर पूछा।

''क्योंकि उसके बच्चे को तपेदिक है, उसका घर तोड़ा जा रहा है। फिर भी वह मेरे घर काम करने आई थी और उसने एक बार भी मुझसे मदद की माँग नहीं की।''

''कितने रुपए दे डाले उसे?'' कौशल के स्वर में उपहास था।

''सौ।''

''सौ! मेहतरानी को!''

''हाँ।''

''इतने रुपए और मेहतरानी को!''

''इसमें अचरज की क्या बात है? आपको दे सकती हूँ तो उसे क्यों नहीं दे सकती?''

कौशल की आँखों से ज्वाला फूट निकली, चाबुक की फटकार-सी सपसपाती आवाज में उसने कहा, ''आपके लिए मैं और मेहतरानी एक बराबर हैं?''

''क्यों, वह इनसान नहीं है?''

''इसीलिए मेरे बराबर हो जाएगी!''

''इसमें नाराज होने की क्या बात है? आप तो वर्ग-विभेद के घोर विरोधी हैं, फिर दो इनसानों की जरूरत में आपको फर्क क्यों नजर आ रहा है?''

''सवाल जरूरत का नहीं है। मैं जानता चाहता हूँ, जिस भाव से आपने मेहतरानी को पैसे दिए हैं, क्या उसी भाव से मुझे देती रही हैं?''

''बिलकुल। मदद करने के भाव से।''

''मदद! परोपकार! समाजसेवा!'' फाहश गालियों की तर्ज पर कौशल ने शब्द उछाले, ''मैं समझता रहा, आप प्रेम के कारण रुपया देती हैं वरना...''

''प्रेम!'' माधवी ने तड़पकर कहा, ''प्रेम के कारण मैं आपको रुपया क्यों दूँगी?''

''प्रेम के कारण दी गई मदद लेने से मुझे इनकार नहीं है पर...''

''यह आपने कैसे सोच लिया कि मैं आपसे...आपसे...आप और...उफ मैं आपके मुँह से यह शब्द सुनना भी नहीं चाहती।''

''तो किसलिए मुझे पास बिठलाती रहीं अब तक?''

''आपने कहा था, आप मुझसे कोई अपेक्षा नहीं करते।''

''मैंने कहा और आपने मान लिया! बच्ची हैं क्या? जानती नहीं थीं, मैं आपसे प्रेम करता हूँ?''

''आपने कहा था, आप जानते हैं यह एकतरफा है। आप पर विश्वास करके मैंने आपको अपना दोस्त माना और आप...!''

''दोस्त! तब तो मेहतरानी भी आपकी दोस्त होगी!'' तिरस्कार के साथ कौशल कुमार ने कहा।

''हाँ, है!'' माधवी ने जोर से कहा, ''मेरे लिए आप और मेहतरानी एक बराबर हैं!''

माधवी और कौशल आमने-सामने खड़े थे। दोनों की मुट्ठियाँ भिंची हुई थीं, होंठ काँप रहे थे, छातियाँ तेज से उठ-गिर रही थीं, दोनों तरफ से नफरत का सैलाब बाँध तोड़ रहा था।

तभी राकेश कमरे में घुसा।

"एक फाइल ले जाना भूल गया था..." उसने कहा और ठिठककर रह गया।

"क्या हुआ?"

"कुछ नहीं," माधवी ने अस्फुट स्वर में कहा।

"मेरे लड़के को तपेदिक हो गई," कौशल ने कहा।

"आई एम सॉरी, मैं कुछ कर सकता हूँ?"

"क्या करेंगे?" कौशल ने व्यंग्य किया।

"पैसे दे सकता हूँ," राकेश ने सहज भाव से कहा।

"कितने?" फौरन कौशल ने पूछा।

"नकद नहीं। स्थिति तभी सँभल सकती है जब आप नियमित नौकरी करें।"

"मैं मैट्रिक फेल हूँ। आप मुझे नौकरी दिलवा सकते हैं?"

"नहीं।"

कौशल हँस पड़ा।

"आपकी उम्र क्या है?"

"पैंतालीस।"

"पैंतालीस की उम्र तक आपने कोई नौकरी नहीं की?"

"पच्चीस नौकरियाँ कर चुका हूँ," कौशल ने उग्र स्वर में कहा, "काम करने से नहीं कतराता पर..."

"यानी पच्चीस नौकरियाँ छोड़ चुके हैं!" अब राकेश हँस दिया।

"मैं किसी की गुलामी नहीं कर सकता।"

"क्या कर सकते हैं, वह बतलाइए।"

"लिख सकता हूँ।"

"ठीक है, लिखिए। मैं आपको पाँच सौ रुपए माहवार दूँगा।"

"नहीं!" माधवी ने आपत्ति की, "तुम क्यों दोगे?"

"अनागत में पूँजी लगा रहा हूँ," राकेश ने मुस्कराकर कहा।

"वाकई आप देंगे?" कौशल ने पूछा।

"हाँ, पर नकद नहीं। आपको ऐसा काम करवा दूँगा जिससे पाँच सौ रुपया मासिक आमदनी हो। कुछ और लोगों को भी काम मिले। मैं प्रोडक्टिव इन्वेस्टमेंट (उत्पादनशील-पूँजी-निवेश) में विश्वास करता हूँ," अन्तिम बात कहते-कहते राकेश का स्वर आत्मगर्व से खिल उठा।

"आप वाकई महान हैं," कौशल ने कहा।

राकेश के चेहरे पर सन्तोष की लहर दौड़ गई पर माधवी को उसका वाक्य तीर की तरह बींध गया।

''सोचकर बतलाइएगा, ठीक क्या काम करना चाहेंगे,'' राकेश ने कहा, ''कल मुझसे दफ्तर में मिलिएगा, पाँच बजे। अच्छा...'' शब्द में विदाई थी, उसकी अवहेलना नहीं की जा सकती थी।

''अच्छा, चलें,'' कौशल ने कहा और बाहर निकल गया।

''तुम रुपए क्यों दोगे?'' उसके जाते ही माधवी ने उग्र स्वर में राकेश से कहा।

''बार-बार एक ही बात को दोहराना जरूरी नहीं,'' राकेश ने कहा।

''उस आदमी का कोई भरोसा नहीं है। रुपए लेकर वह काम करेगा, इसका विश्वास नहीं किया जा सकता। पैसा डूब जाएगा तो...''

''तो डूब जाए!''

''पर क्यों?''

कुछ देर राकेश चुप रहा। जब बोला तो बहुत गम्भीर था।

''जिस आदमी पर कभी किसी ने भरोसा न किया हो, उस पर एक बार भरोसा करके देखना चाहिए, माधवी। मैं मानता हूँ, भरोसे के लायक आदमी तभी बन सकता है जब उस पर भरोसा किया जाए।''

''जरूरी नहीं है कि बन ही जाएगा।''

''नहीं। समझ लो कि यह एक प्रयोग है। शोध। लोग जुआ खेलते हैं न, कुछ उसी तरह।''

''जुआ इनसानों से नहीं खेला जाता। दूसरे आदमी पर प्रयोग करना क्या उचित है?''

काफी देर तक राकेश खोया-खोया-सा चुप बना रहा जैसे माधवी की बात सुनी न हो।

''अच्छा माधवी,'' हठात् उसने कहा, ''अनुचित करने का अधिकार क्या केवल तुम्हीं लोगों को है?''

कहकर वह और वहाँ ठहरा नहीं। जो फाइल लेने आया था, लेकर चला गया।

स्तब्ध कौशल अधसोया-सा चलकर बस-स्टॉप तक आया, बस के लिए रुका और जो बस सबसे पहले सामने आकर ठहरी, उसी में चढ़ गया। वह जल्द-से-जल्द उस माहौल से दूर निकल जाना चाहता था। घर जाना बेकार था। रुपए मिले नहीं। अब जो होगा, कल होगा।

इंडिया गेट के सामने से बस गुजरी तो वह अगले स्टॉप पर उतर गया। लौटकर इंडिया गेट तक आया और पानी के किनारे, पेड़ के नीचे घास पर चित लेट गया। आँखें बन्द कर लीं...लेटा रहा।

आज अब और कुछ नहीं। नाटक और सच को अलग कर देखना नहीं, सोचना नहीं, धिक्कारना नहीं, लड़ना नहीं।

आज बस पड़े रहो और वक्त को रफ्ता-रफ्ता आगे सरकने दो। सूरज ऊपर चढ़ेगा फिर डूबेगा, हवा जलेगी फिर शीतल हो जाएगी। उसका बदन सब कुछ महसूस करेगा। पसीने से भीगे बदन को गरम लू के थपेड़े भी ठंडक पहुँचा जाएँगे। यह सब होगा ही। प्रकृति का नियम है। सबके लिए एक जैसा। व्यक्ति-विशेष के लिए दया की गुंजाइश नहीं है।

दया! उसके भीतर रोदन फूट पड़ा। प्रेम नहीं, करुणा नहीं, अनुकम्पा नहीं। केवल दया। असह्य है। दुर्विसह्य!

सुष्टि में तो दया नहीं, न्याय है।

मुझे दया नहीं, न्याय चाहिए, उसने कहना चाहा...किससे? कौन है सुननेवाला!

आह, बदन कैसे टूट रहा है जैसे बरसों का बीमार हो।

बीमार ही तो है। जिसे किसी की चाहत ने कभी गुदगुदाया न हो, वह बीमार नहीं तो क्या है? बीमार और दया के काबिल!

नहीं-नहीं! हिचकियों में बँधे 'नहीं' उसके कंठ से निकले और वह फूट-फूटकर रो पड़ा।

रोता रहा। वक्त...सरकता...रहा...

भूचाल! भूचाल! चिल्लाता हुआ वह उठा और देखा, भूचाल नहीं पर जबर्दस्त तूफान ने धरती के अलावा सब-कुछ हिला रखा है। बड़े-बड़े पेड़, कागज के बेवजनी बन्दनवारों की तरह, हवा में झूल रहे हैं। ऐसी रोमांचकारी पेंगें कि अब टूटे और अब टूटे। त्रस्त निगाहों से उसने अपने ऊपर छाए नीम के पेड़ को देखा। टूटकर गिरे तो...वह हँस दिया...कफन तो ओढ़ा ही चुका निबोरियों का मुझे, अब टूटकर गिरे तो मेरी नामुराद नसों का मलबा इसकी जड़ों की खाद में मिल जाए। छूट जाऊँ सच और फरेब के जाल से। सृष्टि में संगमित हो जाऊँ, वापस अपनी मिट्टी से जा मिलूँ, आत्मा का परमात्मा में लोप हो! वह फिर जोर से हँस दिया। जानता हूँ न अच्छी तरह कि टूटकर गिरेगा तो ठीक नीचे अपने केन्द्र-बिन्दु पर नहीं, मुझे सुरक्षित छोड़कर, कुछ दूर धरती पर। वाकई सृष्टि से मिलना चाहता हूँ तो जरा सरकूँ, इसकी पनाह से निकलकर हमले की हद के भीतर पहुँच जाऊँ। तो चलूँ...बढ़ूँ आगे, बस दो-चार करवटें ही तो बदलनी हैं। पर मैं अपनी तरफ से क्यों कुछ करूँ? सृष्टि मेरा समर्पण चाहती है तो उठा ले मुझे। मैंने अपने बदन को ढीला छोड़ रखा है; इतनी तेज हवा है, उड़ा ले जाए मुझे।

कौशल को लगा, बदन को जरा और ढीला छोड़ने की देर है, तूफानी हवा वाकई उसे उड़ा ले जाएगी।

....तो ले जाए। आँखें उसने दोबारा मूँद लीं और पड़ा रहा, समर्पित। ले जाए...अब ले जाए मुझे...

तभी मूसलाधार बारिश शुरू हो गई। हवा ने पानी के आगे हथियार डाल दिए। दोनों हाथ छाती पर बाँधे कौशल निढाल पड़ा भीगता रहा। तो सृष्टि भी दया कर गई उस पर।

अपनी-अपनी नियति है या अपना-अपना व्यक्तित्व। किसी को प्रेम मिलता है और किसी को केवल दया। मैं कौन हूँ अपनी नियति से लड़नेवाला। भगवान को नहीं मानता, घटनाक्रम के तर्क को तो मानता हूँ। मेरा भविष्य कौन निर्णीत कर सकता है, मेरे इतिहास के सिवाय।

मैं जाऊँगा। जो दया मुझे मिल रही है उसे प्राप्त करने अवश्य जाऊँगा। इस महान व्यक्ति के पास जो माधवी का पति है।

और वह बारिश के शोर से होड़ लगाकर जोर-जोर से हँसने लगा...हँसता रहा।

14

डेढ़ महीना बीत गया।

कौशल उस दिन के बाद नहीं आया।

अगले दिन राकेश ने बतलाया था कि उसने कौशल को कम्पोजिंग एजेंसी खोलने के लिए बीस हजार रुपया दे दिया है।

"कुछ लिखा-पढ़ी...?" उसने सकुचाते हुए पूछा था पर राकेश के तल्खी के साथ नहीं कहकर बात काट देने पर, कुछ कहने की हिम्मत नहीं हुई थी।

आजकल राकेश से कौशल के बारे में बात करने की हिम्मत नहीं होती। खुद कुछ कहता है तो सुन लेती है, बस।

एक महीना पहले, उसने कौशल की कम्पोजिंग एजेंसी चलकर देख आने के लिए कहा था तो साथ चली गई थी और देखकर लौट आई थी। पर...

गांधी नगर की एक तंग अँधेरी गली। सड़क के दोनों तरफ बनी 10-12 वर्ग फीट की सीलन-भरी कोठरियाँ। कोठरियों के आगे बदबू के भभकारे उड़ाती, खुली बहती गन्दी नाली। गाड़ी नाली के पास गली के मुहाने पर छोड़ देनी पड़ी थी। पैदल चलकर एक कोठरी तक पहुँचे थे। बराबर की कोठरी में वेल्डिंग का काम हो रहा था। ठक-ठक लोहा पीटा जा रहा था।

"देश का भविष्य बन रहा है," कौशल ने तंज के साथ कहा था और राकेश ने सहज भाव से अनुमोदन किया था, "भविष्य क्यों, देश का वर्तमान भी इन छोटी-छोटी कोठरियों में है। बड़ी कोठियों में रहनेवाले लोग तो परजीवी हैं, इन पर आश्रित।"

"बिलकुल!" विद्रूप से हँसकर कौशल ने कहा तो माधवी को लगा, उसने धक्का देकर राकेश को नीचे गिरा दिया है। आश्रित, आलीशान कोठियों में कैद हैं, और आनेवाली पीढ़ियों के लिए उनसे भी शानदार कैदखाने तैयार करवा रहे हैं। अन्नदाता तंग कोठरियों और अँधेरी मियानियों में देश का भविष्य और वर्तमान बना

रहे हैं। उनकी आनेवाली पीढ़ियों को छत के नीचे इतनी जगह भी नसीब न हुई तो क्या है? खुला मैदान और हवादार झुग्गियाँ जो हैं। आजाद रहने के लिए और क्या चाहिए! वाह! शब्दों का कैसा खूबसूरत मायाजाल है।

उस कोठरी की छत इतनी नीची थी कि राकेश को सीधे खड़े होने में दिक्कत हो रही थी। वैसे भी तीन आदमियों के खड़े रहने लायक जगह उस कोठरी में नहीं थी। उस छोटी-सी 18-12 वर्गफीट की कोठरी में छह काठ की मेजें अटी हुई थीं। उन पर लकड़ी के बक्से रखे थे, जिनमें लोहे का टाइप भरा था। हिन्दी के अक्षर; स्वर, व्यंजन और मात्राएँ।

आश्चर्य के साथ माधवी ने देखा, बारह-तेरह बरस के लड़के अक्षरों को हाथ से उठा-उठाकर बक्सों में फिट कर रहे हैं।

''अरे, किताबों की कम्पोजिंग ऐसे हाथ से होती है।'' उसके मुँह से निकला और फौरन वह शर्मिन्दा हो गई।

राकेश, कौशल और बक्सों पर काम पर रहे तीनों लड़कों ने मुँह उठाकर कौतुक के साथ उसकी तरफ देखा और नजरें फेर लीं। माधवी को लगा, इस बात पर कौशल जरूर कोई फिकरा कसेगा पर फिकरा आया राकेश की तरफ से।

''जी! आपने क्या सोचा था, यहाँ ऑटोमैटिक मशीनें लगी होंगी?''

अपमानित माधवी की आँखों में आँसू भर आए थे। बात कौशल ने कही होती तो दुख न होता। एक कुंठाग्रस्त, असफल आदमी और कह भी क्या सकता है। पर राकेश! उसे समझ जाना चाहिए था कि अपने अज्ञान पर माधवी स्वयं लज्जित है।

माधवी क्या और कितना जानती है, जान सकती है? जानने के साधन क्या हैं उसके पास? राकेश कहता, यह केवल एक बहाना है; जानना चाहे तो जरूर जान सकती है, आखिर पढ़ी-लिखी महिला है। पर क्यों चाहेगी? परदों से ढकी खिड़कियों और ढके दरवाजों के भीतर पनाह पाई पत्नियाँ क्यों जानना चाहेंगी कि बाहर, कहाँ क्या हो रहा है! पढ़ी-लिखी है, ठीक है, इतना ज्ञान उसे है कि भारत जैसे अल्पविकसित देश में श्रमिकों का इस्तेमाल होना चाहिए। कीमती मशीनें वहाँ भला कोई क्यों खरीदेगा, जहाँ खुद इनसान को मशीन बनाया जा सके। जब श्रमिक के हाथ इनसानी बदन के हिस्से नहीं कल-पुर्जे बन जाते हैं, तभी तो उद्योगपति सफलता की सीढ़ी पर पैर रखता है। खुशहाली और किसे कहते हैं? इतने ढेरो-ढेर हाथ और इतना कम काम। एक काम को हासिल करने को बेकरार बीस हाथ। जितने ज्यादा हाथ, उतने कम दाम। दो गिराते चलो और कम दाम हाथों में से एक जोड़ी दमदार हाथ चुन लो, इतने कम दाम पर कि हाथ काम तो करें पर पेट भरे नहीं। हाथ जल्दी बेकार हो भी

जाएँ, तो अफसोस करने की गुंजाइश नहीं है। बीस की बजाय तीस जोड़ी हाथ, दो साल में आगे फैल जाएँगे। दाम और गिरेंगे। पहले से कम दाम पर हाथ चुन सकोगे। सफलता की सीढ़ी पर खटाखट चढ़ते चले जाओगे, देश की उन्नति होगी, नेतागण पीठ ठोकेंगे; पेट ही खाली रहेंगे, काम करने को हाथ मिलने बन्द नहीं होंगे। खाली पेट रहकर जिन्हें काम करने की आदत नहीं है, खुद-ब-खुद मिट जाएँगे। हर समस्या का समाधान है, नव-औद्योगिकीकरण के निष्करुण अभियान में। किसमें हिम्मत है कि राह में रोड़ा बने। हट जाओ, माधवी, बीच से हट जाओ, तुम हट जाओ!

माधवी को लगा, बीसियों फौलादी हाथ उसे बाहर धकेल रहे हैं। हाथ आगे को फेंक, वह घबराकर दो कदम पीछे पलटी तो कौशल से जा टकराई। लड़खड़ाकर अपने को सँभाला तो पास खड़े राकेश का सहारा लेना पड़ा। उसकी बाँह को हाथ में पकड़कर स्थिर हुई और साड़ी का पल्लू आगे खींच, माथे का पसीना पोंछने लगी।

''पानी मँगाऊँ? बहुत गरमी है। पंखा तो यहाँ है नहीं, आपको दिक्कत हो रही होगी,'' कौशल ने कहा।

''हर तरह की आदत होनी चाहिए,'' उसकी बात काटकर राकेश ने रुक्ष स्वर में कहा, ''छह की बजाय यहाँ तीन आदमी क्यों काम कर रहे हैं?''

कौशल ने जवाब नहीं दिया, काम पर लगे एक लड़के से बोला, ''जा, दो गिलास पानी तो ले आ।''

''जरूरत नहीं है,'' राकेश ने टोक दिया, ''उसे काम करने दीजिए। बाकी लड़के कहाँ हैं?''

लड़के ने बारी-बारी कौशल और राकेश की तरफ देखा, राकेश की आवाज के मालिकाना रोब को पहचाना और पानी लेने जाने के बजाय दोबारा काम पर लग गया।

''तीन ही आदमी क्यों हैं?'' राकेश ने आजिजी से अपना सवाल दुहराया तो कौशल ने कहा, ''अभी रखे नहीं।''

''क्यों?''

''अभी किताबें मिली कहाँ हैं?''

''मिलेंगी?''

''जरूर।''

''कब तक?''

''अब यह मैं कैसे बतलाऊँ?''

''क्यों, आपने कोई योजना तो बनाई होगी।''

"योजना!" कौशल ने शब्द को इस तरह दुहराया जैसे उसकी समझ से परे, कोई अरबी-फारसी का लफ्ज हो। माधवी को लगा अब वह फुहार मारकर हँस देगा पर इतने में राकेश ने तीखे स्वर में कहा,"छह आदमियों के लायक जगह कुछ सोचकर तो बनाई होगी?"

तीनों लड़के काम रोककर उसकी तरफ देख रहे थे। माधवी ने देखा, एक लड़के ने दूसरे को आँख मारी है और दोनों होंठ दबाकर हँस दिए हैं।

माधवी को अटपटा जरूर लगा, पर उसका ध्यान कौशल की तरफ बँटा हुआ था। उसे डर था, वह कोई बेतुकी बात न कह डाले। तर्क-कुतर्क भी हो तो राकेश सहन कर लेता है पर असंगत फिकरेबाजी उसे सह्य नहीं है। आँखें बन्द करके वह प्रार्थना कर उठी—हे भगवान, मेरे सामने राकेश का अपमान मत होने देना। तभी सुना, कौशल सुशील बालक की तरह कह रहा है, "बिलकुल सोचकर बनाई है। आप तो स्वयं व्यवसाय करते हैं, जानते हैं कि बाजार में साख होने में वक्त लगता है और बिना साख से कुछ नहीं मिलता। एक महीने बाद देखिएगा, छह की जगह भी कम पड़ेगी।"

सवाल का जवाब मिल गया। एकदम तर्कसंगत। राकेश खुश हो गया।

"मेरी शुभकामनाएँ," उसने कहा, "आज के बाद मैं यहाँ नहीं आऊँगा। एजेंसी आपकी है, काम आपका, सफलता-असफलता आपकी। हाँ, हर महीने मुझे हिसाब दिखला दीजिएगा।"

"हिसाब?" कौशल अब भी सुशील बालक की तरह बोल रहा था, "यह जरा टेढ़ी खीर है। बही-खाता लिखना कभी सीखा नहीं। आपको मदद करनी पड़ेगी।"

राकेश हँस दिया। शिष्ट पर सख्त स्वर में उसने कहा, "तब तो हर पन्द्रहवें दिन मिलना पड़ेगा। ठीक है, आप दफ्तर आ जाया कीजिएगा, हिसाब-किताब रखने में मैं मदद कर दूँगा।"

माधवी ने चैन की साँस ली ही थी कि देखा, लोहे का पाइप हाथ में उठाए एक लड़का फिक्क करके हँस दिया। न जाने क्यों माधवी सिहर उठी थी। पर राकेश खुश था।

वे लोग लौट आए थे।

राकेश खूब खुश था।

"कैसा लगा?" गाड़ी में बैठकर उसने पूछा।

माधवी अब तक उस लड़के की बेमतलब हँसी से अस्थिर थी, अब उसे उनका एक-दूसरे को आँख मारकर देखना भी याद आ गया।

"पता नहीं क्यों, अच्छा नहीं लगा," उसने अनायास कहा।

"क्यों?" राकेश का स्वर चाकू की तरह धारदार था, "तुमने क्या सोचा था, वहाँ एयरकंडीशंड दफ्तर होगा। जनाब, इस देश में इन्हीं छोटी-छोटी कोठरियों में असली काम होता है।"

"जानती हूँ," आहत माधवी ने कहा था, "तुम्हारी फैक्टरी भी किसी आलीशान इमारत में नहीं है।"

राकेश ने बेमन से हुँकारा भरा तो माधवी ने समझा, इस बात से भी वह नाखुश ही हुआ है।

"मेरा ऐसा कोई मतलब नहीं था," उसने कोमल स्वर में कहा, "बस लगा, कहीं कुछ गड़बड़ है। हो सकता है, मेरा वहम हो।"

राकेश चुप रहा तो उसने एक फीकी हँसी हँसकर कहा, "हूँ भी तो काफी वहमन।"

उसने अपनी हथेली राकेश के घुटने पर रख दी। उसकी तरफ से कोई जवाब नहीं मिला फिर भी रखे रही।

गाड़ी तंग बस्तियों से निकलकर जमना पुल पार कर गई, तब राकेश ने कहा, "बीस हजार रुपए की लागत में सात आदमियों को काम मिलेगा, यानी सात परिवारों का पालन-पोषण होगा। इस तरह सब लोग छोटे उद्योग खोलें तो देश की सारी समस्या हल हो जाए।" उसके स्वर में सन्तोष था और आत्म-प्रशंसा।

माधवी को चुपचाप हाँ कह देनी चाहिए थी, पर पता नहीं क्यों, उसके मुँह से निकल गया, "इतनी कम तनख्वाह में पालन-पोषण क्या होगा?"

"बेकारी से तो अच्छा है!" राकेश ने डपटकर कहा।

गाड़ी के भीतर चुप्पी छा गई। हठात् राकेश ने आहत स्वर में कहा, "तुम आदमी को खुश क्यों नहीं होने दे सकतीं!"

माधवी क्या कहती, स्तब्ध बैठी अपने को कोसती रही। वह भी बस, सच के पीछे झाड़ू लेकर पड़ जाती है; क्या जरूरत है हर कोने में कूड़ा टटोलने की।

तभी से राकेश से कुछ पूछने की हिम्मत नहीं रही। आश्चर्य है। पर है।

उस बात को एक महीना हो चला। कौशल नहीं आया। न फोन किया। अजीब बात है। कैसे यह सम्भव हुआ? क्या राकेश ने कौशल को उससे मिलने के लिए मना कर दिया? अच्छा हुआ। समस्या का समाधान हो गया। कितनी बार माधवी खुद राकेश से अनुरोध कर चुकी, कौशल को घर आने से मना कर दे। राकेश ही नहीं मानता था। हर बार यही कहा, 'मैं क्यों करूँ, करना है तो तुम करो।' फिर?...चलो, जो हुआ, अच्छा हुआ।

फिर बार-बार यह सवाल मन में क्यों उठता है? एक बार राकेश से पूछ ले, अनिश्चय समाप्त हो जाएगा। नहीं, वह नहीं पूछ सकती। राकेश कहेगा, मुझे क्या जरूरत थी उसे मना करने की? हिम्मत कैसे हुई तुम्हारी मुझ पर यह आरोप लगाने की?

हो सकता है, कौशल खुद न आया हो। आए भी क्यों? काम-धन्धे में लग गया, पहले की तरह बेकार नहीं है कि वक्त काटने के उपाय ढूँढ़ता फिरे।

अच्छा, न पूछे राकेश से कौशल के बारे में, इतना तो पूछ ही सकती है कि कम्पोजिंग एजेंसी कैसी चल रही है? तुम्हारा प्रयोग सफल हो रहा है या नहीं? पर...हिम्मत नहीं होती...

आज की रात फिर वही सवाल मन में घुमड़ रहा है और अब बाहर आसमान में बादल। पहर रात बीत चुकी पर माधवी को नींद नहीं आ रही है। बादलों की मुठभेड़ दिमाग पर न जाने क्या दस्तक दे रही है। ये गड़गड़ाते बादल बरस क्यों नहीं रहे? पूरे शहर पर खाकी तारपीन की तरह तने हुए हैं। तम्बू से बाहर निकलने का उपाय नहीं है। सभी कुछ भीतर सिमट गया है, बाहर है क्या? सितम्बर के दैत्य ने एक साँस में पूरी हवा अन्दर खींच ली, फिर बाहर फेंकी नहीं। यह कौशल की कहानियों का माहौल दिल्ली शहर पर कैसे तारी हो गया? ऐसी दहशत-भरी घुटन पहले देखी नहीं, महसूस नहीं की।

मर तो नहीं गया कौशल? भूत बनकर उसकी शापित जिजीविषा ने माधवी के शहर को निगल लिया? अब इस शहर में हवा कभी नहीं चलेगी? बादल नहीं बरसेंगे? सूरज और नहीं निकलेगा! बस नीम-अँधेरे में जंग खाया इस्पाती बादल अकेले आदमी के कुंठाग्रस्त आक्रोश की तरह तना रहेगा। हमेशा। या तब तक, जब तक ऊपर टँगा, तैश खाता सूरज एक-एक करके सारे जल-कण चूस न ले। ताबूत में बन्द बासी हवा कब तक जिन्दा इनसान का साथ देगी?

छटपटाकर माधवी उठ बैठी। छत से लटका पंखा रोज की अभ्यस्त गति से घूम रहा है। दीवारों के भीतर कैद बोझिल बासी हवा को चक्राकार घुमा रहा है। कैसे साँस आएगा? नथुनों में भरो तो लगता है हवा नहीं, दहशत भीतर खींच रहे हैं। एक नाकारा आदमी का प्रतिशोध...उफ!

ताजी हवा दम तोड़ चुकी। एक अपरिभाषित बू वातावरण में घुली हुई है। क्या है वह? पसीने से तर जुराबें, चूहों की बीट, दीवार पर आई सैलाबी या...! लाशें ऐसे ही धीरे-धीरे सड़ा करती हैं! सबसे पहले दुर्गन्ध आती है। एक बार बू आने लगे तो बढ़ती ही जाती है, फिर हाड़-मांस के पुतले को खाद बनते देर नहीं लगती, लाश चाहे नालायक आदमी की हो चाहे जीनियस की!

छत से लटका पंखा फाँसी पर टँगे शव की तरह घूम रहा है। घुमा रहा है बू को बराबर। चक्राकर। हवा अब बाकी नहीं रही। जहाँ है बस बू है। माधवी अब कभी साँस नहीं ले पाएगी। कभी नहीं।

लड़खड़ाते हुई वह उठी और पंखा बन्द कर दिया।

बराबर में सोया राकेश कसमसाकर जग गया।

''बत्ती चली गई क्या?'' उसने कहा।

''कैसा घटाटोप बादल है। देखना, अब प्रलय होगा।''

''बत्ती तो जल रही है, पंखा क्यों नहीं चलता?'' राकेश ने कहा।

''दम घुट रहा है। साँस नहीं आता।''

राकेश ने उठकर पंखा चला दिया।

''बन्द कर दो,'' माधवी ने कहा, ''दम घुटता है। बासी हवा में कोई कैसे साँस ले!''

''तुम्हें ताजी हव की जरूरत कब से हो गई?'' राकेश ने कहा और तुरन्त सो गया।

माधवी रात-भर जागती रही। सच है? ताजी हवा में खुलकर साँस लेने की इच्छा ने ही माधवी को इस दलदल में फँसा दिया है कि अब जरूरत-भर को भी साँस आता नहीं?

रात गुजर गई। सवेरा हो गया। बादल न छँटे न बरसे। रह-रहकर अब भी गड़गड़ा उठते हैं। बिजली नहीं चमकती। क्यों नहीं चमकती? अँधेरा छँटता क्यों नहीं? पानी क्यों नहीं बरसता? कौशल आता क्यों नहीं? मर गया या जिन्दा है? मर गया तो खबर क्यों नहीं मिली? घटाटोप बादल हों तो दो-एक बार बिजली चमकती ही है। न चमके तो...सवाल मन में गड़गड़ाता रहा तो खुलकर साँस आएगा कैसे? सच राकेश, मुझे गलत समझ लिया तुमने। क्यों समझने लगे गलत तुम मुझे! मेरा साँस लेना तुम्हारे लिए अपराध कब से हो गया?

माधवी और राकेश गर्द-गुबार-भरी चुप्पी के बीच नाश्ते की मेज पर बैठे हैं। बाहर बिन बरसे बादल लटक रहे हैं। राकेश जाने की जल्दी में है, जल्दी-जल्दी नाश्ता निबटा रहा है। नाधवी हैरान-सी चुप है, खा नहीं रही।

सहसा बिना चमक बादल गड़गड़ा उठा है। माधवी सिहर गई है। राकेश ने सीधा उससे कहा, ''कौशल आए तो कहना, मुझसे मिल ले।''

''कौशल तो आया नहीं डेढ़ महीने से।''

''कब से?''

"जब से कम्पोजिंग एजेंसी लगी है तभी से।"

"उससे कहा था, हर पन्द्रहवें दिन आकर हिसाब दिखला जाए। एक महीना हो गया, एक बार भी नहीं आया। तुम कुछ नहीं जानतीं?"

"नहीं," कहकर माधवी का सिर झुक गया। वह क्यों शर्मिन्दा है?

"उसका पता-ठिकाना कुछ है तुम्हारे पास?"

"घर का पता है।"

"खत डाल दूँ?" राकेश ने उसकी राय माँगी। माधवी ने सोचा, हाँ कहकर चुप हो जाए, उससे ज्यादा सरोकार उसे नहीं रखना चाहिए, पर पिछले महीने की संवादहीनता के टूटने पर मन में लालच पैदा हो गया कि संवाद आगे बढ़े, दोबारा चुप्पी में न बदले। "इससे अच्छा होगा कि कम्पोजिंग एजेंसी हो आओ," उसने कहा।

"पता नहीं कौन-सी गली में है, मुझे ठिकाना नहीं मालूम," राकेश ने कहा।

"गए तो थे उस दिन," माधवी ने कहा।

"हाँ, गांधी नगर की किसी गली में है, इतना जानता हूँ पर ठीक कहाँ है, नहीं मालूम। उस दिन तो जमना पुल से कौशल के साथ गया था, याद नहीं?"

"याद है। पता तो होगा तुम्हारे पास," उसने कहा, "वहाँ पूछने पर पता चल जाएगा।"

"नहीं, मेरे पास नहीं है," राकेश ने कहा।

हद हो गई! अनजान आदमी पर इतना भरोसा कि जगह की खोज-खबर तक नहीं है? और वक्त होता तो माधवी राकेश की लापरवाही की काफी भर्त्सना करती पर आज कुछ कहते नहीं बना। चुप्पी साधे बैठी रही।

बादलों ने गड़गड़ाना बन्द कर दिया। अँधेरा और बढ़ गया। अब बरसेगा शायद, माधवी ने सोचा।

"राजेश्वर मिश्र के यहाँ उसका आना-जाना है न?" राकेश ने पूछा।

"है तो," चौंककर माधवी ने कहा, "पूछूँगी उनसे।"

राकेश जाने के लिए उठ खड़ा हुआ। बाहर बादलों में बेमतलब बिजली चमकी और आखिर वे बरस ही पड़े। माधवी को साँस आया। "इतनी बारिश में जाओगे?" उसने आग्रह के साथ पूछा।

राकेश ने उसके आग्रह को नहीं पहचाना। तिरस्कार के साथ कहा, "और क्या!" और बाहर निकल गया।

दो-तीन दिन और बीत गए। माधवी ने कौशल को ढूँढ़ निकालने के लिए कुछ नहीं किया। वह दुविधा से बाहर नहीं आ सकी। राजेश्वर मिश्र को फोन करे, उनके

दफ्तर जा पहुँचे या कौशल कुमार के नाम उसके घर के पते पर खत डाले? कोई भी रास्ता निरापद नहीं है। कीचड़ में हाथ डालकर खँगालने की इच्छा नहीं हो रही। जो होना है, खुद हो जाए। बादल भी तो आखिर बरस ही दिए थे।

तीन दिन बाद राकेश ने दोबारा पूछा, कौशल का पता चला या नहीं, तो बात और टाली नहीं गई। राकेश के दफ्तर चले जाने पर, उसने राजेश्वर मिश्र को फोन मिला लिया।

''कहिए, क्या कर डाला?'' हमेशा की तरह चहकती आवाज में उसने कहा।

''कुछ भी तो नहीं,'' शुष्क हँसी हँसकर माधवी ने कहा।

''उपन्यास पूरा हो गया?''

''नहीं तो,'' माधवी ने कहा तो अचरज के साथ खुद महसूस किया कि इतने दिन उपन्यास आगे बढ़ाए बिना वह कैसे रह सकी!

''चेले को बम्बई भेज दिया, उपन्यास लिखा नहीं, फिर क्या करती रहीं, यहीं चली आतीं।''

''किसे बम्बई भेज दिया?'' माधवी मतलब की बात पर अटक गई।

''लीजिए अब यह भी हम बतलाएँ!'' राजेश्वर हँसा।

आज माधवी में लफ्फाजी खेल खेलने का सब्र नहीं था, फौरन बोली, ''कौशल कुमार बम्बई चला गया क्या?''

''आपको नहीं मालूम?''

''कब गया?''

''एक महीना हो गया।''

''यह कैसे हो सकता है!'' उसके मुँह से निकला।

''क्यों, बिना इजाजत खिसक गया क्या?'' अपने फिकरे पर राजेश्वर खुद मजे से हँस दिया, पर आज उसकी हँसी ने माधवी को मुँहतोड़ जवाब देने के लिए नहीं उकसाया।

''तो कम्पोजिंग एजेंसी कौन चला रहा है?'' उसने कहा।

''कैसी कम्पोजिंग एजेंसी?''

माधवी की परेशान बेसब्री ने उससे मनुहार करा डाली, ''प्लीज,'' उसने कहा, ''मजाक छोड़िए, सच-सच बतलाइए, कम्पोजिंग एजेंसी के बारे में आप कुछ नहीं जानते?''

''नहीं।''

''यह कैसे हो सकता है? करीब डेढ़ महीना हुआ, राकेश ने कौशल को बीस हजार रुपया दिया था, कम्पोजिंग एजेंसी खोलने के लिए। एजेंसी खुल गई थी, हम लोग...''

उसकी बात पूरी भी नहीं हुई थी कि उधर से जोरदार सीटी बजने की आवाज आई।

"बीस हजार रुपया!" राजेश्वर ने रकम को पूरा महत्त्व देते हुए कहा, "हे भगवान, तभी बम्बई जाकर फिल्म बनवाने की बात कर रहा था। मैंने कहा, भाई मेरे, यूँ हवा में फिल्में नहीं बना करतीं तो तैश में आकर बोला, समझ क्या रखा है, यहाँ भी कोई गिरे-पड़े नहीं हैं! अब समझा किसका नावाँ बोल रहा था।"

"पर हम लोग खुद जाकर एजेंसी देख आए थे। आपसे जिक्र नहीं आया?"

दूसरी तरफ काफी देर चुप्पी रही।

"प्लीज, ठीक-ठीक बतलाइए," माधवी ने फिर मनुहार की।

"एक बार जिक्र किया तो था। कह रहा था, राकेशजी और माधवीजी जैसे महान व्यक्ति पहले नहीं देखे..."

"वह छोड़िए। यह बतलाइए, एजेंसी के बारे में क्या कह रहा था?"

"कह रहा था, खोलने का इरादा है।"

"आपको दिखलाई नहीं?"

"नहीं।"

"तब आपका क्या खयाल है, एजेंसी..."

"आपने खुद देखी थी?"

"हाँ।"

"तो होगी!"

"वह बम्बई चला गया है, यह पक्की बात है?"

"सौ-फीसदी। चाहें तो उसकी पत्नी से मिलकर और पक्की कर लें।"

"तो क्या कम्पोजिंग एजेंसी बन्द करके चला गया?" माधवी ने अनमने भाव से प्रश्न किया।

"या कभी खोली ही नहीं!" राजेश्वर हो-हो कर हँस दिया, "कमाल के लोग हैं आप भी! बहते दरिया में रेत डालेंगे और पूछेंगे, कहाँ गई?" और अपने भाषा-विन्यास पर वह देर तक, खुश होकर, हँसता रहा।

माधवी ने चुपचाप फोन काट दिया। अब? जाए उसके घर उसकी पत्नी से जवाब-तलाब करने? वितृष्णा से उसका रोम-रोम काँप उठा। वह क्यों जाए? उसने राकेश से बार-बार मना किया था कि एक अनजान-नाकारा आदमी पर भरोसा मत करो, इतना रुपया मत दो। वह नहीं माना। अब जो वह चाहे, करे। पर...करे तो तब, जब माधवी उसे बतलाए कि कौशल यहाँ है नहीं, बम्बई भाग गया। और माधवी...चार दिन कट गए, बतलाना हुआ नहीं।

रोज सुबह, बिस्तर छोड़ते हुए माधवी सोचती है, आज कहूँगी, नाश्ते पर। नहीं, नाश्ते पर राकेश जल्दी में होता है, शाम को कहूँगी उसके घर लौट आने पर। नहीं,

घर लौटते समय वह बहुत थका हुआ होता है, रात को कहूँगी, बिस्तर पर लेट जाने पर। रात के अकेले दुकेलेपन में कई तरह की बातें की जा सकती हैं। पर रात...अकेलापन दुकेलेपन में नहीं बदलता...और बदलता है तो माधवी उसे खोना नहीं चाहती। सोचती है, सुबह कहूँगी, पहला प्याला चाय पीते हुए। पर...चार दिन बीत गए; शाम रात में तब्दील होकर सुबह ले आती है और माधवी सोचती रह जाती है कि आज कहेगी जरूर, मौका देखकर...

सुबह आँख खुली जव राकेश को बिस्तर के पास खड़े कहते सुना, ''यह क्या है?''

चौंककर आँखें खोलीं तो देखा, राकेश के हाथ में तार है।

''क्या हुआ?'' घबराकर उसने पूछा।

''मैं पूछ रहा हूँ इसका क्या मतलब है?'' राकेश का स्वर अप्रत्याशित रूप से कठोर था।

''किसका?'' उसने बेवकूफ की तरह कहा।

राकेश ने तार उसके ऊपर फेंक दिया।

पढ़कर माधवी बीच अधर में लटक गई। यह सच है या मजाक? वह हँसे या रोए? कौशल का तार था, बम्बई से। चन्द सतरें। ''मुबारक हो। बढ़िया खबर ला रहा हूँ। कल पहुँचूँगा दिल्ली।''

''वह बम्बई गय हुआ है, तुमने मुझे बतलाया नहीं?'' उसने सुना, राकेश कर्कश स्वर में कह रहा है।

इस चोट के लिए वह तैयार नहीं थी।

''मुझे मालूम था, यह तुमने कैसे सोच लिया?'' तड़पकर उसने कहा।

''तार से तो यही लगता है।''

''तुम्हें तार का विश्वास है, मेरा नहीं?''

''किस बात का विश्वास नहीं किया तुम्हारा?''

''मैं कह जो रही हूँ, मुझे मालूम नहीं था।''

''यह तुमने पहली बार अब कहा है।''

''तो झूठ कह रही हूँ?''

''मैंने नहीं कहा।''

''सोचा तो है!''

''मैंने नहीं, तुमने सोचा है। अब जाहिल औरतों की तरह उसे मेरे सिर पर थोप रही हो,'' राकेश ने कहा।

माधवी को जैसे लकवा मार गया। जबान जवाब दे गई। बदन ने हरकत करने से इनकार कर दिया। स्तब्ध, निर्वाक् वह तार पकड़े बैठी रही। राकेश ने हाथ आगे बढ़ाकर उससे तार लेना चाहा तो अपनी उँगलियों पर उसके हाथ का स्पर्श महसूस करके वह एकदम बिखर गई। ''क्या होता जा रहा है तुम्हें?'' गहरी व्यथा के साथ उसने कहा।

बिना तार लिये राकेश का हाथ हट गया।

''और तुम्हें? सब कसूर क्या मेरा है?'' उसने कहा।

नहीं, मेरा होगा, माधवी ने कहना चाहा पर शब्दों से पहले हिचकी होंठों से बाहर निकल गई। उसे भीतर घोंटने में शब्द भी वापस घुट गए। राकेश कमरे से चला गया। माधवी ने सुना, बाहर का दरवाजा खुला फिर बन्द हो गया। वह समझ गई, राकेश घर से बाहर चला गया। उससे कतराकर, बिना नाश्ता किए, उसे आहत-अपमानित छोड़कर। बारह बरस में पहली बार।

विमूढ़ माधवी हाथ में थमे तार को बार-बार पढ़ती रही।

यह कैसा आदमी है जो राकेश का बीस हजार रुपया गबन करके बम्बई भाग गया और अब इतनी आराम-तसल्ली के साथ, माधवी के लिए खुशखबरी लेकर दिल्ली लौट रहा है? उसका घर लूटकर उसी को मुबारकबाद दे रहा है! क्या वह मुझे अपनी तरह बेहिस्स, बेहया समझता है? पर क्यों? मेरा कसूर क्या है? उसके पास जवाब है और नहीं भी। जवाब जो हैं तसल्ली नहीं देते। एक विराट् भयावह प्रश्नचिह्न उसके पूरे अस्तित्व पर हावी होता जा रहा है और वह है कि पक्षाघात से आक्रान्त रोगी की तरह निस्पन्द पड़ी है।

15

चार दिन ऐसे गुजरे जैसे बैसाखियों के सहारे चलना सीख रहे हों। अपाहिज-सी सुबह होती। रोजमर्रा की जरूरत-भर की बात करके राकेश घर से निकल जाता। माधवी के इन्तजार को अपनी कमर पर ढोने में असमर्थ दिन, किसी तरह लँगड़ा-लँगड़ाकर उस जगह पहुँचता जहाँ शाम रात में तब्दील होती है। देर करके राकेश घर लौटता...बैसाखी हाथ से छूट जाती। बेसहारा दिन बिस्तर पर अकेला दम तोड़ देता।

कुछ देर माधवी राकेश की पीठ की तरफ मुँह किए कुलबुलाती रहती पर कितनी देर? एक लम्बी उसाँस भरकर वह करवट बदल लेती और आखिर खुद भी पीठ बन जाती। दो पीठों के बीच तकरार भी मुमकिन नहीं।

उस सुबह के बाद राकेश ने कौशल कुमार का जिक्र नहीं किया। करता, तो माधवी यूँ निरुपाय न रहती। कहने को बहुत-कुछ था उसके पास। पर इतनी ताकत नहीं थी कि दीवार बनी पीठ को भेदकर शब्द राकेश के कानों तक पहुँचा सकती। सिर्फ एक बार राकेश उसका नाम ले लेता तो माधवी सँभल जाती, गूँगे-लँगड़े दिन को सँभाल लेती, सब-कुछ राकेश के सामने उगल देती। उससे छिपाकर रखने लायक है ही क्या उसके पास? इतने दिन चुप क्यों रही? उसका कसूर क्या है, यही न कि वह चुप रही। या यह कि उसने खुद को अपराधी मान लिया...

चार दिन बाद कौशल का फोन आया। थकान से चूर माधवी नाराजगी तक जाहिर न कर सकी।

"कौशल हूँ," उधर से आवाज आई और बेइख्तितार माधवी ने कहा, "लौट आए आप!"

"मेरा तार मिला?" उसने पूछा।

"तार क्यों भेजा?" मुर्दा आवाज में माधवी ने कहा।

"इतना खुश था कि भेजे बगैर रह न सका।"

झटका खाकर माधवी के भीतर की वितृष्णा फुंफकार उठी। "कम्पोजिंग एजेंसी बीच में छोड़कर बम्बई क्यों गए आप?" उसने कहा।

"अजी, मेरी खबर सुनेंगी तो एजेंसी-वेजेंसी सब भूल जाएँगी," कौशल ने किलककर कहा।

एक तिक्त हँसी हँसकर माधवी ने कहा, "आप तो हर पन्द्रहवें दिन राकेश को हिसाब दिखलानेवाले थे, फिर उन्हें इत्तिला किए बगैर दिल्ली छोड़कर कैसे चले गए?"

"हिसाब भी दिखला दूँगा। अभी क्या बिगड़ गया?"

"दिखलाएँगे तो तब जब कुछ होगा दिखलाने को। एजेंसी ठप्प पड़ी है तो..."

"किसने कहा, ठप्प पड़ी है। लड़का देख रहा है, मजे से चल रही है।"

"कौन लड़का?"

"मेरा बड़ा लड़का, बिट्टू।"

"बिट्टू! उसे तपेदिक हो गई थी न?"

"अरे हाँ, वह तो बतलाना ही भूल गया। बाद में टेस्ट करवाया तो पला चला, तपेदिक नहीं है, वैसे ही बुखार था। अब ठीक है, बिलकुल।"

रुपया दिया गया था तपेदिक का इलाज करवाने के लिए और तपेदिक कभी थी ही नहीं! नहीं, गलत है। रुपया माँगा गया था लड़के का इलाज कराने के लिए, दिया नहीं गया था। दिया गया था, अनागत में हिस्सेदारी कमाने के लिए। इतनी सस्ती और आसानी से मिल जानेवाली चीज नहीं है। फिर गम कैसा? माधवी अपने में गर्क थी और कौशल था कि बोले चला जा रहा था।

"एजेंसी की फिक्र मत कीजिए। एकदम बढ़िया चल रही है। और बम्बई गया था आपके काम से। वैसे मेरे लिए अपने और आपके काम में कोई फर्क नहीं है। आपके लिए अलबत्ता..."

"बिना बतलाएँ क्यों गए?" माधवी ने बात काटकर पूछा।

"काम पूरा होने से पहले आपसे जिक्र नहीं करना चाहता था।"

"ऐसा क्या था?" अनचाहे माधवी के मन में कौतूहल जन्म लेने लगा था।

"था! अन्दाजा लगाकार बतला दें तो मान जाएँ आपको!"

"मुझे नहीं मालूम। आप ही बतलाइए।"

"फोन पर नहीं। घर पर बुलाइए तो तफसील से बतलाऊँ। बात ऐसी है कि मुँह मीठा किए बिना नहीं बतला सकता।"

"बतलाना तो फोन पर ही होगा।"

"हर्गिज नहीं।"

"आपकी कहानी पर फिल्म बन रही है, यही न?" माधवी ने उसे कोंचा।

"जी नहीं। फिल्म बन जरूर रही है पर मेरी नहीं, आपकी कहानी पर।"

"क्या?"

"जी!"

"पर कैसे? मैंने किसी फिल्म वाले को अपनी कहानी नहीं दी।"

"आपको देने की जरूरत क्या है? हम जो हैं सेवा करने के लिए।"

"मेरी समझ में कुछ नहीं आ रहा। कौन बना रहा है? किस कहानी पर!"

"घर बुलाइए तो बतलाऊँ। फोन पर इतनी भारी खबर नहीं सुनाई जा सकती।"

"घर पर नहीं...

"एक घंटे से ज्यादा नहीं बैठूँगा।"

"पहले राकेश से मिल लीजिए," माधवी ने कहा, "वे बेहद नाराज हैं। आपको इस तरह उनसे बिना कुछ कहे जाना नहीं चाहिए था।" राकेश का चेहरा याद करके माधवी का सारा उत्साह खत्म हो गया।

"उनसे कल सुबह मिल लूँगा। माफी माँग लूँगा देर करने की। आप नाहक परेशान हो रही हैं। इतनी जबर्दस्त खबर रात-भर पेट में पड़ी रही तो अफारे से मर जाऊँगा," कौशल ने इतने सहज-सौम्य ढंग से कहा कि माधवी पिघलने लगी।

"अच्छा, ऐसा करें..." उसने कहना शुरू किया कि "आधे घंटे में पहुँचता हूँ," कहकर कौशल ने फोन काट दिया।

"हलो! हलो!" उसे रोके रखने को माधवी चीखी पर फोन कट चुका था।

आधा घंटा बीता तो दुविधा-जड़ माधवी फोन के बराबर में ही बैठी थी। दरवाजे की घंटी घनघनाई तो ऐसे चौंकी जैसे जलजला आ गया हो। पर उठकर दरवाजे तक नहीं गई। घंटी रुक-रुककर बजती रही। आखिर हरिचरण ने रसोई से निकलकर दरवाजा खोला और कौशल भीतर आ गया। उसके सामने से होकर अपनी हमेशा की कुर्सी में जम गया। फक चेहरा लिये माधवी अपनी जगह बैठी रही।

"तो खिलाइए मिठाई," कौशल ने कहा।

ठस्स माधवी बैठी रही, उठने का उपक्रम नहीं किया।

"अच्छा, यह बतलाइए, आपकी सबसे बड़ी महत्त्वाकांक्षा क्या है?" कौशल ने चुग्गा डाला।

"पता नहीं," उसने अस्फुट स्वर में कहा।

"भूल गईं! आपने एक बार कहा था, आपकी एक ही महत्त्वाकांक्षा है कि मणि कौल आपकी कहानी पर फिल्म बनाएँ।"

कोई भूला-बिसरा सपना याद आ जाए, ऐसे माधवी ने कहा, "शायद।"

"बस तो मिठाई खिलाइए," कौशल ने उछलकर कहा।

उसका हाथ मेज पर रखी ऐश-ट्रे पर जाकर लगा और वह फर्श पर गिरकर झन्न से टूट गई।

झन्न से ही माधवी की तन्द्रा टूटी। यंत्रचालित-सी वह उठी और फर्श पर बिखरे रंगीन काँच के टुकड़े समेटने लगी।

"ओह, सॉरी," कौशल ने लापरवाही से कहा और फिर बोला, "खाली चाय से काम नहीं चलेगा, वैसे आपने तो खैर अभी चाय को भी नहीं पूछा," कहकर वह पूरे आत्मविश्वास के साथ हँसा।

हाथ में सहेजे टुकड़े लिये माधवी अपनी जगह वापस आ गई। हरे काँच के झिलमिलाते टुकड़े उसकी गोद में आ गए। अनायास उसके हाथ टुकड़ों को आपस में जोड़कर ऐश-ट्रे का आकार देने लगे।

"अरे छोड़िए भी उसे," कौशल ने कहा।

"कितना खूबसूरत ऐश-ट्रे था!" माधवी कह उठी।

"अगली बार आऊँगा तो लेता आऊँगा," कौशल ने लापरवाही से कहा, "अब मेरी खबर..."

"आप लेते आएँगे!" आश्चर्य के साथ माधवी ने कहा।

"हाँ-हाँ।"

माधवी हँस पड़ी। अपमानित करनेवाली हँसी। "जानते हैं क्या कीमत थी उसकी?" उसने कहा, "बेलजियन कट-ग्लास का था; पाँच सौ में भी नहीं मिलेगा यहाँ!"

"ठीक है," कौशल उसी लापरवाह अन्दाज में बोला, "मणि कौल कहानी के लिए जो पैसा देंगे, उसमें से आपके लिए एक ऐश-ट्रे जरूर लेता आऊँगा।"

"कौन पैसा देंगे?" माधवी ने चकित भाव से पूछा।

"डेढ़ घंटे से यही बतलाने की कोशिश कर रहा हूँ कि मणि कौल आपकी कहानी पर फिल्म बना रहे हैं।"

दुर्लभ बेलजियन कट-ग्लास के अमूल्य टुकड़े माधवी के हाथ से छूटकर कालीन पर बिखर गए। उसने उनकी तरफ झुककर देखा तक नहीं। विस्मय और जिज्ञासा से भरा एक 'क्या!' उसके मुँह से निकला और अपलक दृष्टि कौशल पर टिक गई।

"जी!" कौशल ने विजयोल्लास से कहा।

"यह कैसे हो सकता है! मेरी उनसे कभी कोई बात नहीं हुई!"

"मेरी तो हुई है।"

"आपकी क्यों?"

"पूरी बात सुननी है तो मिठाई खिलानी होगी।"

"घर में तो है नहीं।"

"तो बाहर चलिए, हम खिलाते हैं," कौशल ने कहा पर माधवी ने मना कर दिया। बहुत आग्रह किया पर नहीं मानी। आखिर वह बोला, "बहुत कंजूस हैं आप। खैर छोड़िए, थोड़ी-सी चीनी ले आइए, वही फाँककर कह दूँगा।"

"चाय बनवाती हूँ," लज्जित माधवी ने कहा।

"चाय बनती रहेगी, पहले चीनी ले आइए, बात बतलाने लायक तो बनूँ।"

सलज्ज हँसी हँसकर माधवी चीनी की कटोरी ले आई। गम्भीर श्रद्धा के साथ, कौशल ने एक चम्मच चीनी उठाकर फाँक ली, फिर बोला, "अब सुनिए। पिछले महीने मणि कौल दिल्ली आए थे। एक मित्र ने उनसे मिलवाया। मेरी कहानियाँ पढ़ीं और पसन्द कीं। कहने लगे, 'मैदान' और 'आवाज' पर फिल्म बनाना चाहते हैं। मैंने फौरन आपकी कहानी 'आधा सच' का जिक्र ऋर दिया। वह विवेचना की कहानी थी कि मणि मुग्ध हो गया। पाँच-छह बैठकें हुईं उसके साथ। साहब, कायल हो गए हम उसके जीनियस के और वह हमारा लोहा मान गया। काफी बहस-मुबाहिसे के बाद तय हुआ कि तीनों कहानियों को एक सूत्र में पिरोकर फिल्म बनाई जाए और नाम रखा जाए, आधा सच!"

"तीनों को मिलाकर? पर..." माधवी ने संशय प्रकट करना चाहा तो कौशल बात काटकर बुलन्द आवाज में बोला, "नहीं-नहीं, आप कोई झंझट नहीं करेंगी। नाम आपकी कहानी पर ही रखा जाएगा।"

"मैं तो यह कह रही थी कि तीनों कहानियों पर एक साथ..."

"बिलकुल!" कौशल ने फिर बात काट दी, "सब तय हो चुका है। पच्चीस-पच्चीस हजार रुपया वह हम दोनों को देगा। अगले महीने दिल्ली आएगा तो अनुबन्ध साथ लेता आएगा।"

"पर..."

"पर-वर कुछ नहीं। आप कोई बाधा नहीं होने देंगी। होने दीजिए मेरी दो कहानियाँ और आपकी एक। पैसा दोनों को बराबर मिलेगा। मैंने तो मणि कौल से भी कह दिया है, मुझे इसका कोई मलाल नहीं है। कहने लगा—भई है तो तुम्हारे साथ ज्यादती पर फाइनेंसर के लिए दोनों लेखक एक बराबर हैं। तो मैंने कहा—मुझे मिला, उन्हें मिला, एक ही बात है। फिल्म बननी चाहिए। पैसा मेरे लिए कोई मानी नहीं रखता।"

"पर..."

"नहीं-नहीं! हजार बार नहीं! पैसा आपको पूरा लेना होगा। मैं आपकी एक नहीं सुनूँगा।"

माधवी रुपए-पैसे के बँटवारे के बारे में नहीं सोच रही थी। उसे कहानी पर फिल्म बनने पर ही विश्वास नहीं था।

"यह सब बाद की बातें हैं," मधुर स्वर में उसने कहा, "मैं पहले यह समझना चाहती हूँ कि वे तीनों कहानियों पर एक साथ फिल्म क्यों बनाना चाहते हैं? और वह भी दो अलग लेखकों की कहानियों पर। सत्यजित रे ने एक फिल्म ऐसे बनाई थी,

मुझे याद आता है, 'तीन कन्या' नाम से। पर थीं सब कहानियाँ रवीन्द्रनाथ ठाकुर की। तब से छोटी-छोटी कहानियों पर टुकड़ा-टुकड़ा बनी फिल्म मुझे विशेष प्रभावशाली नहीं लगी थी। तीन कहानियों के बजाय अगर वे..."

"आप मणि कौल को समझती क्या हैं? कहानियों को अलग-अलग नहीं फिल्माएगा वह। तीनों को जोड़कर एक अभूतपूर्व स्क्रीनप्ले लिखा गया है, दिखलाऊँ?"

"स्क्रीनप्ले लिखा भी गया?"

"जी हाँ, ये दखिए।" क्लिप से नत्थी किए चार टंकित पृष्ठ उसने उसे थमा दिए।

पढ़कर माधवी चकित-मुग्ध रह गई। यथार्थ की बारीक पकड़ और कल्पना की स्वच्छन्द उड़ान से बुना, सत्य को उद्‌घाटित करता, फन्तासी का मोहक मायाजाल!

"वाह!" उसके मुँह से निकला, "वाकई अभूतपूर्व है!"

"देखा आपने, तीनों कहानियों का मूल सूत्र एक है; जीवन में आधे सच और आधे झूठ का मिश्रण। बस इसी सूत्र को पकड़कर मैंने उन्हें इस तरह आपस में बुना है कि कोई कह नहीं सकता..."

"आपने बुना है या मणि कौल ने?"

'बुना मैंने है, क्रेडिट मणि कौल को मिलेगा।"

'स्क्रीनप्ले आपने लिखा है?"

"सीनारियो का सारा काम मैंने करके दिया है। फिल्म के हिसाब से फाइनल स्क्रीनप्ले मणि कौल का लिखा समझ लीजिए।"

"आप इतना अच्छा स्क्रीनप्ले लिख सकते हैं, मैं सोच भी नहीं सकती थी।"

"आप सोचना चाहती कहाँ हैं, वरना हम तो जाने क्या-क्या कर सकते हैं!" कौशल ने स्निग्ध मुस्कराहट के साथ कहा।

माधवी की नसों का तनाव कम होता जा रहा था। वह भी मुस्करा दी।

"स्क्रीनप्ले लिखने की बात मणि से करना मुमकिन नहीं था। वह उसे अपने क्षेत्र में दखलन्दाजी समझता। मैंने दो-तीन सीनारियो लिखकर यूँ ही उसे पकड़ा दिए। कहा, सिनेमाटोग्राफी के बारे में हम ज्यादा कुछ जानते तो नहीं पर देख लीजिए, शायद कुछ आपके काम का हो। पढ़कर मणि वाह-वाह कर उठा। कहने लगा, विजुअल की तुम्हारी पकड़ बेमिसाल है। मेरा बस चले तो इस काम के लिए तुम्हें अलग पैसे दिलवाऊँ पर क्या करूँ, हमें अपने ढंग से स्क्रीनप्ले लिखवाना पड़ता है और उसके लिए मेहनताने के पैसे भी देने पड़ते हैं। पर क्रेडिट में तुम्हारा नाम मेरे नाम के साथ जाएगा। हम तो इसी में खुश हैं, माधवीजी, पैसा न कभी हमें मिला, न मिलेगा।"

माधवी दो-तीन बार सीनारियो पढ़ गई। "वाकई चमत्कृत करनेवाली चीज है," उसने कहा।

"कोई सुझाव हो तो दीजिए। मैं चाहता हूँ, लोग फिल्म देखें तो कह उठें, ऐसी चीज हिन्दुस्तान में पहले नहीं बनी।"

"उसके लिए मेरे सुझावों की जरूरत नहीं पड़ेगी। सारा काम तो आप कर ही चुके हैं।"

"तो तय रहा," कौशल बोला, "पच्चीस हजार रुपया आपको मिलेगा और पच्चीस मुझे।"

"नहीं-नहीं," माधवी को कहना पड़ा, "आपका हिस्सा ज्यादा होना चाहिए। दो-तिहाई काम आपने किया है बल्कि उससे भी ज्यादा..." कहते-कहते उसे खयाल आया कि मणि कौल जो पैसा देगा, उसमें से कौशल आसानी से कम्पोजिंग एजेंसी के लिए लिया गया रुपया लौटा सकता है। पर मुँह खोलकर कह नहीं पाई।

"मैंने किया, आपने किया, एक ही बात है। काम होना चाहिए। मैं तो बस एक चीज चाहता हूँ, फिल्म में कोई कमी न रहे। पैसा आपको मिला, मुझे मिला, एक ही बात है। बल्कि मैं तो मणि कौल से कहनेवाला हूँ कि अनुबन्ध आपसे करे, सारा रुपया आपको दे; उसमें से जितना चाहें, आप मुझे दे दें।"

इससे तो कह देता, कम्पोजिंग के लिए दिया गया रुपया काटकर मुझे दे दें, बात व्यावहारिक धरातल पर रहती। माधवी सहज बनी रह सकती थी।

"जिस दिन आपने कहा कि आपकी महत्त्वाकांक्षा है कि मणि कौल आपकी कहानी पर फिल्म बनाएँ, उसी दिन मैंने तय कर लिया था कि जब तक आपकी इच्छा पूरी नहीं हो जाएगी, मैं मरूँगा नहीं। कहीं तो आपके काम आऊँ! जानती हैं, मेरी महत्त्वाकांक्षा क्या है? बस यह कि मर जाऊँ तो आप मुझे स्नेह और सद्भावना के साथ याद करें।"

माधवी का अन्तर्मन भीग गया। आँखें नम हो आईं। शरीर में स्फुरण होने लगा। वाह, क्या आदमी है!

उसने सुना, वह पूछ रहा है, "उपन्यास आगे लिखा?"

"नहीं," उसने कहा।

"क्यों?"

माधवी के पुलकित शरीर को गुदगुदाती एक नन्ही शैतान बालिका बोल उठी, "क्योंकि आप यहाँ नहीं थे।"

"अब तो मैं आ गया हूँ," कौशल ने इतनी गम्भीरता से कहा कि वह हँस पड़ी।

"अरे," उसने कहा, "आप तो सच मान गए!"

"मेरे लिए आपकी हर बात सच है।"

"और जो दो विरोधी बातें एक साथ कहूँ तो?"

"तो उनमें से जो सच होगी, मुझ तक पहुँच जाएगी।"

"तो सुनिए, मेरे उपन्यास लिखने न लिखने का आपसे कोई ताल्लुक नहीं है।"

"फिर लिखा क्यों नहीं?"

"बस, नहीं लिखा।"

"पर क्यों?"

"होगा कोई निजी कारण।"

"क्या?"

"बतलाना जरूरी नहीं है।"

माधवी की पुलक गायब हो चुकी थी। मन की खरोंचें उभरने लगी थीं। वह नहीं चाहती थी कि वापस हताशा के उसी गढ़े में दफन हो जाए जिसमें पिछले महीने गर्क रही है और जहाँ से यह सनसनीखेज खबर, अचानक उसे बाहर खींच लाई है।

"छोड़िए," उसने कहा, "इस वक्त हम उससे कहीं ज्यादा दिलचस्प बात कर रहे हैं।"

उसकी बात पूरी नहीं हुई थी कि कौशल बोल उठा, "राकेशजी और आपके सम्बन्ध तो ठीक हैं न?"

क्षण-भर को माधवी भौचक रह गई पर जल्दी ही सँभलकर जोर देकर बोली, "बिलकुल। राकेश और मेरे सम्बन्ध ठीक क्या हैं, आप नहीं जानते वरना ऐसी बात सपने में भी आपके दिमाग में न आती।"

बात जितनी जोर से कही जा सकती थी, उसने कह दी, पर एक अनाम डर उसे भीतर तक मथ गया। वाकई क्या आदमी है! एकदम मन की बात सूँघ लेता है।

पर इस खबर को सुनने के बाद सब ठीक हो जाएगा। सारी संवादहीनता समाप्त हो जाएगी। खुशी के अतिरेक में राकेश और माधवी एक-दूसरे को गले लगा लेंगे, बाँहों में जकड़ लेंगे, नाचेंगे, गाएँगे, झूम-झूमकर खुशी मनाएँगे। मणि कौल। मामूली नाम नहीं है मणि कौल! मन्दिर की घंटी की तरह नाम उसके मन में बजने लगा और एक लापरवाह मदहोशी उस पर छाने लगी। 'मणि कौल मेरी कहानी पर फिल्म बना रहे हैं और मैं नाच रही, गा नहीं रही, छत से चिल्ला-चिल्लाकर आने-जानेवालों को खबरदार नहीं कर रही! जश्न मनाने के बजाय कुर्सी पर पड़ी बासी मुर्दे की तरह गँधा रही हूँ। नहीं! जश्न होगा! कौशल कुमार भी क्या याद करेगा, माधवी खुशी मनाना खूब जानती है!'

सिर से पाँव तक स्फुरित होकर माधवी उछलकर खड़ी हो गई।

"व्हिस्की पिएँगे?" उसने कहा।

"क्या?" अचम्भित कौशल ने सिसकारी भरी।

"हाँ, कुछ धमाका होना चाहिए। मिठाई से काम नहीं चलेगा। खबर से लायक जश्न होना चाहिए। दूँ?"

"दे दीजिए," बमुश्किल कौशल के मुँह से निकला।

एक गिलास में पेग बनाकर माधवी ने कौशल को थमा दिया।

"और आप?" उसने कहा।

माधवी अलमस्त भाव से हँस दी। "मैं उन लोगों में से हूँ जो पानी पीकर मदहोश होने की ताब रखते हैं। यह देखिए।"

अपने गिलास में ठंडा पानी डालकर उसने खनकती हँसी के साथ कहा, "चियर्स!"

"चियर्स," कौशल ने यंत्रवत् दोहराया।

माधवी ने अपना गिलास उसके गिलास से टकरा दिया और कहा, "हमारी सफलता को।"

फिर गिलास से चुस्की भरकर मस्त भाव से बोली, "मन में वह मस्ती कहाँ जो मेरे मस्ताने में है।" और खिलखिलाकर हँस पड़ी।

कौशल मंत्रमुग्ध, एकटक उसे देखता रहा, हँसी में शरीक नहीं हुआ।

"कहीं यह मेरी कहानी की तरह आधा सच तो नहीं," कहकर माधवी फिर खिलखिलाई, "कभी सपने में भी नहीं सोचा था कि मणि कौल मेरी कहानी पर फिल्म बनाएँगे। चियर्स और चियर्स!" दो बार अपना गिलास कौशल के गिलास से टकराकर उसने घूँट भरा कि देखा, सामने राकेश खड़ा है।

दो गिलासों के टकराने की आवाज इतनी तेज नहीं होती कि कमरे के हर कोने से लौट-लौटकर आती रहे? फिर क्या है कि माधवी के हाथ का गिलास बदस्तूर घनघनाए जा रहा है? कौशिल का गिलास तो गजों दूर है उससे। एक त्रिकोण बनाए वे तीनों अपनी-अपनी जगह चुप खड़े हैं, उस शोर के भँवर में कैद, जो दो गिलासों के आपस में टकरा जाने से पैदा हुआ था और अपनी धुरी पर चक्कर काटे चला जा रहा है। शोर कम हो तो माधवी कुछ कहे...

"राकेशजी को नमस्कार," कौशल ने कहा।

राकेश ने प्रत्युत्तर दिया होगा, शोर के कारण माधवी सुन नहीं पाई। अब माधवी की बारी है। अपनी बात फौरन कह देनी चाहिए, इससे पहले कि यह शोर उसके दिलोदिमाग पर हावी होकर हमेशा के लिए उसे गूँगा कर दे।

"मेरे गिलास में पानी है," उसके मुँह से निकला।

"तो?" राकेश ने कहा।

कितनी जोर से चीखा होगा वह कि कमरे का तमाम कोलाहल बर्फ की तरह जम गया। राकेश बर्फीली पहाड़ की चोटी पर पहुँच गया और माधवी नीचे तलहटी

के सपाट धरातल पर रह गई। बर्फ पर चढ़ना आसान नहीं है, पाँव फिसल-फिसल जाता है।

''मैं नाटक कर रही थी,'' माधवी ने कहा।

राकेश ने गौर से उसे देखा।

''खुश होने का!''

''आपके गिलास में भी पानी है?'' राकेश ने कौशल से पूछा।

''जी नही!'' कौशल ने कहा। धनुष की टंकार-सी आवाज क्यों गूँजी उसकी? माधवी ने चौंककर उसकी तरफ देखा। उसके चेहरे पर छाया विश्वविजयी दर्प कितना बीभत्स है।

''आप भी हमारी खुशी में शरीक होइए न,'' वह राकेश से कह रहा है, ''मणि कौल हमारी कहानियों पर फिल्म बना रहे हैं।''

''हमारी...?''

''जी! मेरी और माधवीजी की कहानियों पर।''

''ओह!'' राकेश ने ऐसे कहा जैसे कोई भारी भोथरा पत्थर माधवी के सिर पर दे मारा हो।

''मुझे पहले नहीं मालूम था! अभी पता चला...'' माधवी सफाई देने लगी तो बात काटकर राकेश ने कौशल से पूछा, ''इसीलिए आप बम्बई गए थे?''

''जी हाँ, जैसे ही बात पक्की हुई, वापस चला आया।''

''एजेंसी का क्या किया?''

''लड़का देख रहा है। बढ़िया चल रही है।''

''इतने दिन हिसाब क्यों नहीं दिखलाया?''

''बच्चा है। संकोचवश आपके पास आया नहीं होगा।''

''आगे क्या करने का इरादा है?''

''यह कह रहे थे, मणि कौल जो पैसा देंगे, उसमें से एजेंसी का पैसा लौटा देंगे,'' माधवी बीच में बोल पड़ी।

''लगता है,'' राकेश ने सर्द आवाज में कहा, ''मेरे पैसे वापस करने की फिक्र इनसे ज्यादा तुम्हें है!''

माधवी के पाँव उखड़ गए। इतना जबर्दस्त धक्का खाकर बर्फ पर कौन टिका रह सकता है!

''माधवीजी बिलकुल ठीक कह रही हैं,'' कौशल ने कहा, ''मणि कौल से मैंने कह दिया है कि फिल्म का पूरा पैसा माधवीजी के नाम से दे।''

''तो?''

''जी?''

"फिजूल बात है। आपके हवाई किलों से मेरा कोई सरोकार नहीं है। मैं अब तक का हिसाब जानना चाहता हूँ। कल लेकर आइए, मेरे दफ्तर में।"

"कल तो नहीं हो सकेगा।"

"क्यों?"

"आज तो मैं लौटा हूँ।"

"तो?"

"मैंने आपसे पहले ही कहा था, हिसाब-किताब मुझे आता नहीं। एक दिन में कैसे बनाऊँगा?"

"साफ क्यों नहीं कहते कि आप जानते नहीं, आपके पीछे काम हुआ है या नहीं और हुआ है तो कितना!"

"काम बराबर हो रहा है।"

"मुझे बिना बतलाए आप बम्बई चले कैसे गए?" राकेश का स्वर और सख्त हो गया।

"आप भूल रहे हैं, राकेशजी, मैं आपका मुलाजिम नहीं हूँ," कौशल ने तमककर कहा।

क्षण-भर राकेश उसकी तरफ देखता रहा, फिर धीमे से हँस दिया, बोला, "हाँ, मुलाजिम नहीं, मेहमान हैं। और व्हिस्की लीजिएगा?"

अब जाकर, राकेश के आने के इतनी देर बाद, कौशल के चेहरे की रंगत उड़ गई।

"गलती हो गई," उसने कहा, "पहले एजेंसी का हिसाब लाना चाहिए था, तब यह खबर। याद रखना चाहिए था कि आप व्यापारी हैं, कलाकार नहीं।"

"कलाकार होना आदमी को सब जिम्मेवारियों से बरी नहीं कर देता," राकेश ने कहा।

"तो हिसाब आपको कल ही चाहिए?"

"यकीनन।"

"अच्छा तो चलें," उसने कहा और आगे बढ़कर एक कागज माधवी को पकड़ा दिया।

दो रुपए का स्टॉम्प पेपर था। उस पर कौशल का शपथपत्र छपा हुआ था। सत्यापन, अनुप्रमाणित, अभिसाक्षी जैसे कानूनी शब्दों के बीच से जो माधवी के पल्ले पड़ा वह कौशल का हलफनामा था, "मैं, कौशल कुमार, ऊपर उल्लेखित अभिसाक्षी...घोषित करता हूँ, यह कि (1) अभिसाक्षी वृत्ति से लेखक है और एतद् द्वारा अपनी अब तक लिखी गई और भविष्य में लिखी जानेवाली पुस्तकों से सम्बन्धित सभी प्रतिलिपि अधिकार (कॉपीराइट) श्रीमती माधवी चौधरी के नाम पृष्ठांकित करता हूँ।"

(2) "यह कि वह रॉयल्टी वसूल करने और प्रकाशकों व मुद्रकों के साथ व्यवहार करने की एकल हकदार होंगी।"

"क्या है यह?" नासमझ महसूस करते हुए माधवी ने कहा।

"अपनी जिम्मेवारी पूरी कर रहा हूँ," कौशल ने सगर्व कहा।

राकेश ने माधवी के हाथ से कागज छीन लिया। गौर से पढ़ा और बोला, "वैसे रॉयल्टी तो आप एडवांस ही लिया करते होंगे।"

"आगे से नहीं लूँगा," कौशल ने कहा, "मेरे पास जो पूँजी है, मैंने पूरी की पूरी माधवीजी को अर्पण कर दी। इससे अधिक कोई करोड़पति भी नहीं दे सकता। जहाँ तक आपके हिसाब का सवाल है, कल लेता आऊँगा। तो चलूँ?" उसकी दृष्टि माधवी की तरफ घूम गई। न चाहते हुए भी माधवी के फक पड़े चेहरे पर हलकी लाली दौड़ गई। कहा उसने कुछ नहीं। कहा राकेश ने भी कुछ नहीं। कौशल बाहर निकल गया। भीतर चुप्पी छाई रही।

तुम बहुत गलत प्रयोग कर बैठे राकेश, माधवी ने कहना चाहा। यह आदमी खुद ऊपर नहीं उठेगा पर हमें जरूर नीचे गिराता जाएगा, खुद अपनी नजरों में। एक-दूसरे से नजरें न चुराएँ तो शायद बचे रह सकें वरना...चोर-नजरों से माधवी ने राकेश को देखा जरूर पर जो कहना चाहती थी, नहीं कहा। उसके पाँव धरती से उखड़ चुके थे। अधर में लटका इनसान कुछ नहीं कह सकता।

एक पैग शराब की क्या बिसात कि कौशल के सिर चढ़कर बोले। दस पैग पीकर भी उसके कदम लड़खड़ाते नहीं, जबान बहकती नहीं। उसकी बातें लोगों को बहकी-बहकी लगती जरूर हैं, पर उसका ताल्लुक शराब से नहीं होता। कौशल जब पूरी तरह तार्किक होता है तभी लोग उसे बिलकुल दीवाना मानकर चलते हैं। समाज के नियम युक्ति पर नहीं, पुनरावृत्ति पर टिके हैं। जो बार-बार होता आया है, वही ठीक है; जो पहली बार हो रहा है, एकदम गलत। नहीं, इतनी सीधी-सरल विभाजन-रेखा नहीं है। पहली बार होनेवाली चीज भी उस दर्जे की हो सकती है कि बार-बार दोहराई जा सके। जो दोहराया जा सके, वह ठीक है, जिसे दुहराने की ताकत औसत आदमी में न हो, वह गलत।

दरअसल जब आदमी खुद को प्यार करता है और दूसरों को केवल बर्दाश्त, तो उसके कदम अनायास समाज-स्वीकृत परिपाटी पर पड़ते हैं। इधर-उधर लड़खड़ाएँ भी तो जल्द वापस आ जाते हैं। हटकर चलते भी हैं तो बस दो-चार कदम और वह भी नए-पुराने रास्तों के बीच ऐसा सन्तुलन बनाकर कि बहुत शीघ्र; उन जैसे अन्य स्वनामधन्य सामाजिक प्राणी उनकी सहायता को आ जुटते हैं और दोनों को मिलाकर

एक कर देते हैं। लोग एक ही बात जानते हैं, यह कि मनुष्य सामाजिक प्राणी है और इसलिए समाज उस आदमी को मान्यता देता है, जो समाज में रहकर अपने लिए जिए और उस व्यक्ति को पागल बतलाता है, जो समाज से बाहर रहकर समाज के लिए जीने की कोशिश करे। जैसे ही आदमी अपने विवेक को सामाजिक नीति से ऊपर रखने लगता है, समाज के लिए वह विवेकहीन हो जाता है।

कौशल समाज से नफरत करता है और खुद को सिर्फ बर्दाश्त। नफरत वह अपने से भी करता है पर नफरत के काबिल बनने के लिए खुद को नहीं, समाज को जिम्मेवार मानता है। जो वह करता है, जिस किसी के साथ, इसी तर्क के अन्तर्गत करता है। ऐसा आदमी बहक कैसे सकता है? बहका हुआ तो समाज है, जो घिसी-पिटी लीक से बाएँ-दाएँ पड़ते उसके कदमों को लड़खड़ाने का नाम देता है। कौशल कभी लड़खड़ाया नहीं। इसीलिए तो आज माधवी के घर जाते वक्त फिल्म का स्क्रीनप्ले ही नहीं, अपना वह हलफनामा भी जेब में डालकर चला था!

फिर क्या हुआ कि आज सिर्फ एक पैग शराब पीकर, उस घर से निकलते-निकलते उसके कदम डगमगाने लगे, निगाहें बहकने लगीं और जोर-जोर से हँसने को जी चाहने लगा?

हवा के बहाव के साथ डगमगाते हुए, उसने जेब में हाथ डालकर सिगरेट निकालनी चाही तो खाली जेब ने स्क्रीनप्ले की याद दिला दी। उसे तो वह माधवी के घर ही छोड़ आया! तो जाए लौटकर माँगने के लिए? पति-पत्नी क्या अब तक वैसे ही आमने-सामने बुत बने खड़े होंगे? अब तक तो उनके पैर जमीन के भीतर धँसकर उन्हें एक मंच प्रदान कर चुके होंगे। महान व्यक्तियों को मंच मिलना ही चाहिए, जहाँ खड़े होकर वे दुखी-हारी गरीब जनता को उसकी जिम्मेवारियाँ याद दिला सकें। कौशल को याद दिलाने की जरूरत नहीं है। अपनी जिम्मेवारी निभाना खूब जानता है। उसका हलफनामा पढ़कर बेचारी माधवी...उसके चेहरे पर मुस्कराहट खिंच गई। तो जाए उस आदर्श दम्पती के घर और माँगे अपने कलाकार का दाय? स्क्रीनप्ले नहीं होगा तो फिल्म कैसे बनेगी? मणि कौल बेचारा...!

सहसा बेतहाशा दौड़कर वह बस स्टॉप के पास खड़े पीपल के पेड़ से लिपट गया और बुदबुदा उठा :

'तुम्हें एक भेद की बात बतलाता हूँ, किसी से कहना मत। कहोगे भी कैसे? तुम ठहरे बे-जबान, ठूँठ। पर मैं हाड़-मांस का बना इनसान हूँ, नहीं कहूँगा तो पेट फूलने लगेगा। गरीब आदमी का पेट नहीं फूलना चाहिए; देखनेवालों को गलतफहमी हो सकती है। उसे सम्भ्रान्त आदमी समझ बैठेंगे तो बहुत गड़बड़ हो जाएगी। सम्पूर्ण वर्ग-विभाजन खतरे में पड़ सकता है। तो सुनो, हे स्थितप्रज्ञ वृक्ष, मेरा एक मित्र है, रवि त्यागी और उसका एक मित्र है मणि कौल। तो मणि कौल मेरा मित्र हुआ। हुआ

न? मित्र का मित्र और क्या हो सकता है! अब मेरा एक मित्र हुआ मणि कौल और एक माधवी चौधरी। श्रीमती माधवी चौधरी! मेरी तमाम मिल्कियत की वारिस!' वह ठठाकर हँसा और हँसी रुकने पर बुदबुदाता गया, 'तो मणि कौल और माधवी चौधरी भी मित्र हुए। हुए न? होना ही पड़ेगा। तर्कशास्त्र के उसूल बदले नहीं जा सकते।

'मणि कौल बढ़िया आदमी है, मेरी तरह उपेक्षित जीनियस! प्रशंसक हैं, पैसा नहीं। माधवीजी के पास पैसा है और प्रशंसक की दृष्टि भी। दोनों को मिला दूँ तो...!

'अच्छा जाने दो। यह बतलाओ सीनारियो बढ़िया लिखा गया है न? फिल्म जोरदार बनेगी और जरूर बनेगी। चार दिन मैं किसी के साथ गुजार दूँ और वह मेरी बात से प्रभावित हुए बगैर रह जाए, असम्भव है। जहाँ तक जीनियस का सवाल है, मणि कौल क्या है मेरे सामने? हाँ, तो मैं कह रहा था...क्या कह रहा था...जाने दो...नशा उतरने लगा है। पूरा सच मैं सिर्फ नशे में बोल सकता हूँ। सच की परिभाषा जानते हो न, तरुवर देवता? कल्पना के हसीन गुब्बारे को जंग लगी सुई चुभाकर फोड़ डालने को सच कहते हैं। और यह काम सिर्फ बड़े आदमी कर सकते हैं। मेरे जैसा आदमी तो जिन्दा ही गुब्बारों के सहारे रहता है। तभी तो दस पैग व्हिस्की पीकर भी मुझे नशा नहीं होता। नशा होता है तब, जब गुब्बारा कुछ ज्यादा ऊँची उड़ान भर लेता है और तब मैं...!

'छोड़ो। देखो, बस आ रही है, मैं चला...'

पेड़ के तने से अपने को अलग झटककर कौशल बस की तरफ दौड़ा, ऐसे जैसे नकाब फेंककर भुतहा सच उसका पीछा कर रहा हो। बस में चढ़कर उसने अपनी आँखें कसकर बन्द कर लीं। मैं जो चाहता हूँ वहीं देखता हूँ। इतना कमजोर नहीं हूँ कि पीछे से आ रहे हमलावार के शिकंजे में फँस जाऊँ। मैं न चाहूँ तो दुनिया की कोई ताकत मुझे पीछे मुड़कर देखने पर मजबूर नहीं कर सकती।

16

सब कुछ एक साथ होत है। बहुत ही घिसा-पिटा जुमला है। सच की तरह। कभी-कभी एक 'होना' दूसरे 'होने' की काट बन जाता है और दरार के बीच से आदमी बच निकलता है। ऐसा न हो तो...

माधवी और राकेश के बुत बैठक से चलकर खाने की मेज तक गए, फिर वहाँ से उठकर सोने के कमरे में, पर बदन पर पुते पलस्तर के भीतर से निकलकर इनसानी रिश्ता कायम न कर सके। जबान पथराई रही, आँखें जमी रहीं। वे चुप्पी की दीवारों में चिने हुए थे कि फोन की घंटी घनघना उठी।

कौशल! जेहन में बिजली का झटका लगा। माधवी के हाथों ने फोन उठाने से इनकार कर दिया।

राकेश ने फोन नहीं उठाया। बिस्तर पर सपाट लेटा छत को घूरता रहा।

फोन बजता गया।

माधवी की निगाहें राकेश के पास से होती हुई वापस छत की तरफ जा रही थीं कि बीच में राकेश की नजरों से टकरा गईं। क्षणिक मुठभेड़ के बाद राकेश ने आँखें फेर लीं, पर माधवी चोट खा चुकी थी। फोन उसे उठाना पड़ा।

कौशल नहीं था।

सिर में चढ़ा खून सर्र से नीचे उतरा। अप्रत्याशित निष्कृति भी एकदम बर्दाश्त नहीं होती। पलंग की पटी का सहारा लेकर उसने खुद को सँभाला ही था कि एक बार फिर खून सिर चढ़ गया। बहन ममता का घबराहट से भरा स्वर क्या कह रहा है, समझ में आ गया था। माँ को जबर्दस्त दिल का दौरा पड़ गया है!

"ओह भगवान, मैं फौरन आ रही हूँ," कहते-कहते गले से हिचकी निकल गई।

राकेश से कुछ कहना नहीं पड़ा। हिचकी में बँधे शब्द उसने सुन लिये। "चलो," उसने कहा और माधवी से पहले कमरे से निकल गया। जल्दी-जल्दी सीढ़ियाँ उतरकर, गाड़ी के पास बैठकर माँ के घर, तिलक रोड, जाते-जाते उनके बीच की चुप्पी खुद-ब-खुद आत्मीय हो गई। माधवी ने अपना हाथ राकेश की बाँह में रख लिया।

सुबह तक माँ की तबीयत इतनी सँभल चुकी थी कि डॉक्टर ने उन्हें खतरे से बाहर घोषित कर दिया, पर यह भी ताकीद कर दी कि 'एनजाइना' का दर्द अगर इसी तरह उठता रहा तो स्थिति कभी भी गम्भीर रूप ले सकती है। लिहाजा उन्हें फौरन अस्पताल में दाखिल कर देना चाहिए। माँ किसी हालत में भी अस्पताल जाने के लिए तैयार नहीं थीं।

आखिर डॉक्टर इस बात के लिए राजी हो गया कि ऑक्सीजन आदि का प्रारम्भ करके फिलहाल उन्हें घर पर ही रखा जाए पर घरवाले इस बात का पूरा खयाल रखें कि किसी किस्म का शोरगुल या परेशानी उनके आराम में विघ्न न डाले।

माधवी और ममता ने तय कि वे बारी-बारी से माँ के पास रहेंगी। पेथेडीन का इंजेक्शन लेकर माँ सो गईं तो ममता घर चली गई और राकेश दफ्तर। माधवी उनके पास रह गई।

पेथेडीन के नशे में माँ सो क्या रही थीं, बेहोश पड़ी थीं। चेहरे से दर्द की शिकनें मिट गई थीं, एक बालसुलभ चिकनाहट वहाँ फैल गई थी। होंठ नीचे को लटककर अनमनी मुस्कराहट में फैल गए थे। निस्पन्द देह और विकार-रहित मुख मृत्यु की याद दिला रहा था। माधवी का दिल भर आया। उसने अपना हाथ बिस्तर पर निर्जीव पड़े उनके हाथ पर रख दिया। हाथ गरम था, नब्ज चल रही थी। माधवी आँसू पी गई। आँखें बन्द करके हाथ की गरमाई महसूस करती हुई, बचपन की यादों में खो गई। ममता के लौटकर आने तक, वह ऐसे ही अपलक माँ को निहारते हुए, उनके पास बैठे रहना चाहती थी।

फोन की घंटी बजी तो वह ऐसे चौंककर उठी जैसे भूत देख लिया हो। भागकर चोंगा उठाया और आवाज को दबाकर अधिक-से-अधिक धीमा करके कहा, ''हलो।''

''कौशल हूँ।'' उधर से चिल्लाकर कहा गया।

''यहाँ फोन क्यों किया?'' गुस्से से उफनते शब्दों को भी घोंटकर फुसफुसाहट से ऊपर नहीं उठने दिया जा सकता था।

''इतनी ढीली आवाज में क्यों बोल रही हैं? क्या हो गया?''

''देखिए, माँ की तबीयत बहुत खराब है। मैं बात नहीं कर सकती। फोन रख दीजिए,'' संयत रहने की कोशिश करते हुए उसने समझाकर कहा।

''मुझसे नाराज हैं क्या?''

''आपने सुना नहीं, माँ की तबीयत...''

''वह तो मैंने सुन लिया। पर आप इतनी ढीली क्यों हो रही हैं? कुछ हो गया है क्या?''

''जी हाँ!'' माधवी के मन में नफरत के वलवले उठ गए, ''माँ को दिल का दौरा पड़ा हुआ है। फोन रख दीजिए।''

"मुझे आपसे मिलना है," उधर से आवाज आई।

"क्या? आप पागल तो नहीं हैं?" हैरत ने गुस्से और नफरत तक को जज्ब कर लिया। "मैं कह रही हूँ फोन रख दीजिए।" कहकर उसने फोन काट दिया और क्षण-भर वहीं खड़ी हाँफती रही। ठंडा पानी पीकर अपने को प्रकृतिस्थ किया और वापस माँ के कमरे की तरफ चल दी।

आधे रास्ते पहुँची थी कि फोन की घंटी फिर बजी। झपटकर उसने चोंगा उठाया और सख्त स्वर में, 'हलो' उगल दिया।

"कल मैं स्क्रीनप्ले आपके घर में छोड़ आया था, वह मुझे चाहिए।"

"ईडियट!"

"क्या?"

"मैंने मना किया है फिर बार-बार यहाँ फोन क्यों कर रहे हैं?" अन्त तक आते-आते उसका गुस्सा आत्म-दैव्य में डूब गया, यहाँ तक कि आँखों में आँसू आ गए।

"स्क्रीनप्ले कब लूँ? मणि कौल आ रहा है दिल्ली, उसे देना है।"

"यहाँ नहीं है..."

"तो घर से ले लूँगा। आप वापस कब पहुँचेंगी?"

"स्क्रीनप्ले आप मेरे घर छोड़ किस खुशी में गए थे?"

"जान-बूझकर नहीं छोड़ा। मैं आपका काम कर रहा हूँ और आप हैं कि..."

"ठीक है। पोस्ट से भेज दूँगी।"

"पर मुझे तो कल चाहिए। मणि कौल कल ही पहुँच रहा है।"

"तब कुछ नहीं हो सकता।"

"वाह, आपने कह दिया और नहीं हुआ। मेरी सारी मेहनत अकारथ नहीं हो जाएगी? रात को तो घर लौटेंगी, मैं किसी वक्त आकर ले जाऊँगा। ग्यारह, बारह, एक बजे..."

यह आदमी तो पागल है, माधवी के मन में बजा। पर फौरन उसने अपनी गलती महसूस की। पागल नहीं होशियार है। सजग, खुदगर्ज, आत्मग्रस्त, सेडिस्म की हद तक आत्मलीन। ऐसे आदमी से माँ की बीमारी का जिक्र करना मेढक के गन्दे पोखर में हाथ डालने जैसा है।

"ले जाइएगा आठ बजे," उसने शब्दों को चाबुक की तरह सरसराते हुए कहा, "पर यहाँ फोन मत कीजिएगा, समझे!"

"मुझे क्या जरूरत है..."

"मैं फोन काट रही हूँ। दोबारा मत मिलाइएगा," उसने सख्त स्वर में कहा और फोन काट दिया।

कुछ देर वह वहीं खड़ी रही, कहीं फिर न बज उठे। मन में घृणा का इतना तीव्र ज्वार उठ रहा था कि खड़े रहना मुश्किल हो रहा था। सिर में घुमेर उठ रही थी,

आँखों के आगे अँधेरा छा रहा था और उलटी के साथ रुलाई फट पड़ने को हो रही थी। उसके हाथ में चाबुक होता तो इस आदमी को...

भीतर के कमरे से माँ के कुनमुनाने की आवाज सुनाई दी तो भागकर उनके पास जा पहुँची। माँ ने एक बार आँखें खोलीं, इधर-उधर देखा, फिर बन्द कर लीं। पेथेडीन का नशा अभी बाकी था। नींद में खलल इसी फोन ने डाला था। एक बार फिर नफरत का बलगम उसकी छाती और गले में लिसड़ गया। किसी तरह यह आदमी मर नहीं सकता, उसने गहरे अवसाद के साथ सोचा।

शाम सात बजे ममता और राकेश दोनों तिलक रोड पहुँच गए। ममता माँ के पास रह गई, माधवी राकेश के साथ घर लौट आई। राकेश का व्यवहार इतना सौहार्दपूर्ण था कि घर पहुँचने पर, पहले दिन की सारी तनातनी भूलकर वह मनुहार कर उठी, "आठ बजे वह ईडियट कौशल कुमार अपना स्क्रीनप्ले लेने आएगा। मैं उससे मिलना नहीं चाहती। प्लीज, वह आए तो स्क्रीनप्ले उसे पकड़ा देना, बैठक की मेज पर पड़ा है।"

"यहाँ आएगा?" राकेश के माथे पर शिकन उभर आई।

"क्या करूँ? मुझे तो पता भी नहीं था, उसे इसकी जरूरत है। माँ के घर फोन करके उसने..."

"पहले कहतीं तो मैं तीन बजे उसे दे देता। दफ्तर तो आया ही था।"

"मुझे क्या पता था, वह उल्लू का चरखा इसे यहाँ छोड़ गया है। अब कहता है, कल मणि कौल दिल्ली आ रहे हैं, उन्हें देना है। बार-बार तिलक रोड फोन मिलाकर माँ को डिस्टर्ब कर रहा था। तंग आकर मैंने..." कहते-कहते माधवी रो पड़ी।

"पता नहीं तुम इतनी कमजोर कब से हो गईं," राकेश ने लम्बी साँस भरकर कहा।

"एकदम जोंक है। पता नहीं कहाँ से आ चिपका है खून चूसने को!"

"अच्छा, धीरज रखो, मैं दे दूँगा," राकेश ने कहा तो वह एकदम उसकी छाती से आ लगी। "माँ ठीक हो जाएँगी न?" उसने कहा।

"बिलकुल। जरूर। बहुत जल्दी। अपने को सँभालो!" लाड़-भरे शब्दों से राकेश उसे थपकता रहा।

राकेश का अपनापन पाने के लिए अब मुझे कमजोर बच्चे की तरह सुबकना पड़ता है, उसके मन में उठा, पर उसने सुबकना बन्द नहीं किया। राकेश का स्पर्श ही सम्बल था उस समय।

आठ बजने से पहले वह आलोक और समीर को लेकर अपने सोने के कमरे में बन्द हो गई। समीर तो बुलाते ही पास आ लेटा पर आलोक को बैठक के पास से

हटाए रखना उतना आसान नहीं था। बड़ी मुश्किल से यह कहकर कि उसे बहुत-सी बातें समझानी हैं, जिससे वह उसकी अनुपस्थिति में समीर की देखभाल कर सके, उसे अपने पास बैठने के लिए राजी किया। माँ की बीमारी के बारे में देर तक खूब समझाकर कहा, फिर भी अगले दिन दोपहर को उसके घर न रहने की बात सुनकर, समीर एकदम रो पड़ा। उसे समझाने के बजाय माधवी खुद रो दी।

आलोक ने उसे बाँह से पकड़कर हिलाया, फिर ठीक राकेश की नकल करता हुआ बोला, "पता नहीं तुम इतनी कमजोर कब से हो गईं।"

माधवी का रोना एकदम रुक गया, एक समीर था कि सुबके जा रहा था। उसकी पीठ पर एक लाड़-भरा धौल जमाकर आलोक ने कहा, "अरे रोता क्यों है बुद्धू! मम्मी नहीं होंगी तो क्या हुआ? मैं तो हूँगा। दोनों मिलकर हरिचरण के साथ कंचे खेलेंगे। मम्मी मना करती हैं न?" आखिरी बात उसने माधवी को आँख मारकर, फुसफुसाकर समीर के कान में कही।

माधवी के होंठों पर क्षीण-सी मुस्कराहट खेल गई। समीर ने सुबकना बन्द कर दिया पर हथियार नहीं डाले। ठुनककर बोला, "सुबह तुम आलू के पराँठे बनाकर जाना। हरिचरण की बनाई रद्दी सैंडविच लेकर नहीं जाऊँगा स्कूल।"

"पक्का!" माधवी ने कहा और देर तक उसके सिर पर हाथ फेरती रही। आलोक को भी बातों में अटकाए रखा। कमरे से बाहर वह तभी निकली जब राकेश ने आकर बतला दिया कि कौशल आकर लौट गया है।

अगली सुबह, जल्दी उठकर अपना वायदा निभाने माधवी रसोईघर में जा घुसी। एक चूल्हे पर पराँठे सेंकने शुरू किए तो दूसरे पर खीर भी चढ़ा दी। बनाकर जाएगी, समीर खुश रहेगा। सात बजे होंगे कि राकेश ने आकर कहा, "कौशल का फोन है। बात करोगी या मना कर दूँ?"

"कह दो, नहीं हूँ," वितृष्णा से सिहरकर उसने कहा कि एक डर उसे मथ गया। अभी बात नहीं की तो तिलक रोड फोन करेगा। बार-बार। कल की तरह...हो सकता है, यहाँ से समझाकर कहे तो समझ जाए, वहाँ फोन आता है तो मारे गुस्से के ठीक से बात करना मुश्किल हो जाता है। बाकी पराँठे हरिचरण से सेंकने को कहकर वह फोन के पास चली गई।

"कल रात क्या हुआ। कहला दिया, तबीयत खराब है," कौशल ने कहा।

"तो?"

"आपसे जरूरी मिलना है। मणि कौल से बात करने से पहले। स्क्रीनप्ले पर आपके पास कोई सुझाव हो तो..."

"मेरे पास कोई सुझाव नहीं है।"

"मेरे पास तो हैं। फाइनल करने से पहले आपसे बात करना जरूरी है। किस वक्त आऊँ?"

"किसी वक्त नहीं। आप इनसान हैं या हैवान? आपकी समझ में इतनी-सी बात नहीं आती कि माँ को छोड़कर इधर-उधर घूमना मेरे लिए सम्भव नहीं है।"

"आप वहाँ कब जा रही हैं?"

"अभी। फौरन।"

"तो पाँच मिनट के लिए मुझसे मिलती जाइए। मैं स्कूटर लेकर त्रिवेणी पहुँच रहा हूँ।"

"असम्भव!"

"तो ग्यारह बजे आ जाइए।"

"नहीं!"

"आपको साथ न देना हो तो पहले कहा कीजिए, अब मैं मणि कौल से क्या कहूँ?"

"स्क्रीनप्ले है तो आपके पास, दे दीजिएगा।"

"आपसे बात किए बिना फाइनल कैसे कर सकता हूँ?"

"अरे बाबा, मुझसे क्या खाक बात करेंगे! मैंने स्क्रीनप्ले लिखने को कहा नहीं था और न मुझे लिखना आता है।"

"कैसे नहीं आता! आप नाटक लिख सकती हैं, इतने बढ़िया संवाद लिख सकती हैं, तो स्क्रीनप्ले क्या चीज है आपके लिए? मुझसे बढ़िया लिखेंगी।"

"होगा!" उसकी खुशामद पर माधवी का मन थूकने को हो रहा था।

"अच्छा, ऐसा करते हैं, ग्यारह बजे मैं त्रिवेणी पहुँच जाता हूँ, वहाँ से आपको फोन करूँगा। स्थिति ठीक हुई तो आ जाइएगा।"

"मैं उस वक्त माँ के पास हूँगी।"

"वहीं कर लूँगा।"

"कैसे कर लेंगे!" माधवी पूरी ताकत लगाकर चीख पड़ी, "हजार बार कह चुकी हूँ, वहाँ फोन नहीं करना है। माँ की तबीयत खराब हो जाती है।"

"ठीक है, मैं मणि से मना कर देता हूँ, हमें फिल्म नहीं बनवानी।"

"इसमें मना करने की क्या बात है?" अनायास माधवी के मुँह से निकला तो कौशल ने फौरन बात पकड़ ली। बोला, "आपको जब इसमें कोई दिलचस्पी नहीं है तो मुझे बेकार खपने की क्या जरूरत है! मैं मना कर देता हूँ।"

माधवी चुप रही। मणि कौल को मना वह नहीं करना चाहती, पर माँ को छोड़कर इस आदमी से बात करना भी सह्य नहीं है।

"मणि कौल आपसे मिलना चाहें तो क्या कहूँ?" सहसा कौशल ने ललककर पूछा।

माधवी का असमंजस और बढ़ गया। "वह तो माँ की तबीयत पर निर्भर करता है। कुछ सँभल गई तो..." उसने कहा।

"आज तीन बजे के लिए तय कर लूँ।"

"कितने दिन हैं वे यहाँ?"

"कल जा रहा है।"

"तब...पता नहीं..."

"ऐसा करते हैं," कौशल एकदम सहज, नपे-तुले स्वर में कहने लगा, "मैं और मणि कौल तीन बजे त्रिवेणी पहुँच जाते हैं। स्थिति ठीक रही तो आप आ जाइएगा, नहीं तो मैं सँभाल लूँगा। ठीक है?"

"हाँ," कहती माधवी अपने सख्त शब्दों पर लज्जित हो आई। लगा समझकर कहने से कौशल समझ सकता है। "देखिए," उसने कहा, "आपको समझना चाहिए, मैं आजकल कितनी परेशान हूँ। तिलक रोड फोन बजता है तो माँ डिस्टर्ब होती हैं, और लम्बी बातचीत से उनकी तबीयत...देखिए, कितनी भी जरूरी बात क्यों न हो, जिन्दगी और मौत का सवाल ही क्यों न हो, आप वायदा कीजिए कि वहाँ फोन नहीं करेंगे।"

"बिलकुल नहीं करूँगा," कौशल ने तुरन्त कहा, "बात को ऐसे कहें तो मैं हमेशा मानने को तैयार हूँ। आप फिक्र मत कीजिए, मैं सब सँभाल लूँगा। आप अपना खयाल रखिए। बस, आने की कोशिश जरूर कीजिएगा।"

"ठीक है," माधवी ने सहज भाव से कहा।

फोन नीचे रखा तो देखा राकेश, आलोक और समीर–तीनों की निगाहें उस पर टिकी हुई हैं।

"मणि कौल से मिलने की बात है, आज तीन बजे, चली जाऊँ," उसने कहा।

"जरूर जाना चाहिए," राकेश ने कहा।

इतने में आलोक फट पड़ा, "तुम तो कह रही थीं, नानीजी बीमार हैं," उसने अपमानित करनेवाले स्वर में कहा और उसकी बात पूरी होने से पहले ही समीर रो दिया, "हमें कुछ नहीं मालूम। तुम डेढ़ बजे घर लौट आना, बस!"

परेशान लाचार माधवी ने राकेश की तरफ देखा।

"आज डेढ़ बजे, मम्मी नहीं, पापा घर आएँगे," राकेश ने फौरन बच्चों से कहा, "फिर हम तीनों जाएँगे नानीजी को देखने, मम्मी वहीं मिलेंगी। ठीक? चलो, अब जल्दी करो नहीं तो बस निकल जाएगी।"

माधवी ने गद्गद भाव से राकेश को देखा।

"जाओ, अब तुम भी तैयार हो जाओ," राकेश ने कहा, "तीन बजे मैं तिलक रोड आ जाऊँगा माँ के पास। तुम हो आना।"

माधवी खुश हो गई। सच, राकेश साथ हो तो कुछ भी मुश्किल नहीं।

ठीक तीन बजे राकेश बच्चों को साथ लेकर तिलक रोड पहुँच गया। आलोक और समीर, दोनों खुश नजर आ रहे थे। पापा का साथ कभी-कभी मिलता है न। मम्मी तो रोजमर्रा की जरूरतों में से एक हैं। "रास्ते में आइसक्रीम खाकर आए हो न," उसने कहा।

"तुम्हें कैसे मालूम?" समीर बोला।

"सूरत से पता चल रहा है!" माधवी हँस पड़ी। मन वाकई खुश था। मणि कौल से मिलने का उत्साह, राकेश का स्नेहपूर्ण व्यवहार, बच्चों की ओर से निश्चिन्तता, सबने मिलकर चेहरे पर मोहक मुस्कराहट ला दी थी। उसी मुस्कराहट को लिए वह त्रिवेणी के कैंटीन में घुसी और यह देखकर भी नहीं बुझी कि कोने की मेज पर कौशल अकेला बैठा चाय सुड़क रहा है।

"मणि कौल...?" मुस्कराहट कायम रखते हुए उसने पूछा।

"आता ही होगा। क्या लेंगी, चाय?"

"चलिए, चाय ही सही," अदा के साथ बैठते हुए उसने कहा।

"सब ठीक है न?" उसकी मोहक मुस्कराहट की नकल करते हुए कौशल ने पूछा तो खट से उसके चेहरे से मुस्कान हट गई। "ठीक कहाँ है, माँ की तबीयत काफी खराब है," उसने कहा।

"बाकी सब तो ठीक है न?"

"जी, बाकी सब ठीक है!" उसने व्यंग्य के साथ दोहराया।

"कल आपकी आवाज सुनकर मैं घबरा गया था। लगा, आप बहुत नाराज हैं।"

"नाराज तो हूँ ही।"

"क्यों?"

"कमाल है! कितनी बार आपसे कहा, वहाँ फोन नहीं करना है फिर भी आपने..."

"बस, यही बात है?"

"छोटी बात है!"

"और कोई नाराजगी की बात तो नहीं है न?"

"जी नहीं!"

"राजेश्वर मिश्र ने मेरे बारे में आपसे कुछ नहीं कहा?"

"नहीं।"

"पता नहीं क्यों मुझे बार-बार लग रहा है, जरूर राजेश्वर मिश्र ने आपसे कुछ कहा है!"

उकताकर माधवी ने एक लम्बी साँस खींची। मणि कौल को याद करके कड़ुवाहट अन्दर घोंटकर पूछा, "मणि कौल ने कितने बजे आने के लिए कहा था?"

"तीन बजे। आता ही होगा।"

"जब तक वे आएँ हम लोग स्क्रीनप्ले देख लेते हैं। क्या बात करना चाहते थे, आप उसके बारे में?"

"आपने कुछ सोचा?"

"नहीं।"

"मैं सोच रहा था, नायिका पर कैमरा फोकस करें तो पार्श्व में एक नौकरानी दिखलाई जाए, जिसके चेहरे के बदलते भाव, स्थितियों पर मूक टिप्पणी करते चलें। कैसा रहेगा?"

"अच्छा रहेगा। पर ये तो मणि कौल के सोचने की बात है।"

"अजी, मणि तो हर बात में हमारी राय माँगता है!" कौशल ने इतने दम्भ के साथ कहा कि माधवी हँस पड़ी।

"मणि आता ही होगा। पूरा स्क्रीनप्ले डिस्कस करने का वक्त नहीं है। कोई मजेदार बात सुनाइए।"

माधवी का चेहरा व्यंग्य से विकृत हो गया। "राकेश को हिसाब दिखला दिया?" उसने पूछा।

"जी हाँ।"

"सब ठीक है?"

"बिलकुल। आपको नहीं बतलाया उन्होंने? सब-कुछ एकदम फिट-फाट है। राकेशजी ने यह जरूर कहा है कि इस बारे में मैं उन्हीं से बात करूँ, आपसे नहीं।"

"उनकी बात ठीक है। मैं सिर्फ इतना जानना चाहती हूँ कि एजेंसी चल तो ठीक रही है?"

"सौ फीसदी। जब आप मेरे लिए इतनी परेशान हैं तो कैसे हो सकता है कि ठीक न चले?" कौशल ने आत्मीय मुस्कराहट के साथ कहा।

खतरे की गन्ध पाकर माधवी फौरन पीछे हट गई। "मेरी परेशानी राकेश के लिए है," उसने कहा।

"बनिए मत!"

"क्या मतलब?"

"उनके लिए होना लाजिम है पर कुछ मेरे लिए भी है, मैं जानता हूँ। आपको खुश करने के लिए मैं जान पर खेल जाऊँगा। एजेंसी एकदम बढ़िया चलेगी। चलेगी

क्या, चल रही है। राकेशजी से पूछ देखिएगा। कल सब गिला-शिकवा मिट गया। बढ़िया आदमी हैं, राकेशजी, बहुत बढ़िया!''

''किस तरह?'' माधवी ने शंकित होकर पूछा। कहीं और रुपया तो नहीं ऐंठ लिया इसने राकेश से? बढ़िया आदमी ज्यादातर यह उसी को बतलाता है जो इसके जाल में फँसकर सोने के अंडे दे।

''हर तरह।'' कौशल खी-खी करके हँस दिया, ''आपको उनके बढ़िया होने में कोई शक है?''

माधवी मात खा गई। जवाब नहीं सूझा। बैरे को बुलाकर दो प्याले चाय का आदेश दोहरा दिया।

''जहाँ तक मेरा सवाल है,'' कौशल ने भीगे सुर में अलापा, ''मेरे पास जो कुछ है, आपको दे चुका; मेरे और आपके बीच कोई हिसाब-किताब नहीं हो सकता। जो भी मैं हूँ, कभी हो सकता हूँ, सब आपके नाम लिख चुका हूँ। आप...''

''हाँ, वह बात भी आपसे करनी थी। यह कागज आप वापस ले लीजिए। मैं स्वीकार नहीं कर सकती।'' माधवी तो वह हलफनामा भूल ही चुकी थी। अब याद आया तो पर्स में से उसे बाहर निकाल लिया।

''नहीं!'' कौशल इस तरह चीखा कि आसपास की मेजों पर बैठे लोग मुड़कर उन दोनों को घूरने लगे। ''ऐसा मत कीजिए! मेरे विश्वास को मत ठुकराइए! मैं मर जाऊँगा! गरीब आदमी हूँ! कभी किसी को कुछ नहीं दिया। लेता ही रहा हूँ। एक ही चीज मुझे मिली है, लिखने की प्रतिभा। उसे देने का अधिकार मेरा है, केवल मेरा! आप मेरी प्रतिभा को ठोकर मारेंगी तो मैं बेमौत मारा जाऊँगा। ऐसा मत कीजिए! नहीं!''

अन्तिम 'नहीं' पर फिर उसकी आवाज ने जुम्बिश खाई। जिन लोगों ने पहले सुनकर अनसुना कर दिया था, वे भी अब उन्हें देखकर मुस्कराने लगे।

''अच्छा-अच्छा, ठीक है, बाद में बात करेंगे। यहाँ कुछ मत कहिए,'' माधवी ने घबराकर कहा। समाज के बीच बेपर्दा होने के डर से कागज वापस पर्स में डाल लिया और मुँह नीचे करके चाय के घूँट भरने लगी।

''आप मेरे अकेलेपन से वाकिफ नहीं हैं,'' कौशल कहता गया पर धीमे सुर में, ''मेरा कोई नहीं है इस दुनिया में।''

''क्या बात कर रहे हैं,'' माधवी ने हँसकर कहा, ''आपकी पत्नी है, बच्चे हैं, दोस्त न भी हों तो परिवार है। भरा-पूरा।''

''अब आपसे क्या कहूँ! मैं अपनी बात कभी कहता नहीं। पत्नी से मेरे सम्बन्ध बिलकुल खत्म हो चुके हैं। जब से आपको जाना है, उसके पास जाना बन्द है। बहुत नाराज है वह मुझसे और...''

"चुप रहिए!" माधवी ने सिहरकर कहा, "यह मुझे बतलाने की जरूरत नहीं है।"

"ठीक है। मैं तो सिर्फ यह कह रहा था कि मेरी पत्नी मायके जाने को कह रही है। मैं उसे रोकूँगा नहीं। अधिकार नहीं है रोकने का। पर आप इस सबके लिए अपराधी महसूस न करें। मैंने जान-बूझकर यह रास्ता चुना है। सच का। जब मेरे मन में उसके लिए प्यार नहीं रहा..."

"मैं कह रही हूँ, चुप रहिए!" थर-थर काँपती माधवी उठकर खड़ी हो गई। "आप मेरा अपमान कर रहे हैं। मैं यह सुनने के लिए तैयार नहीं हूँ। मैं जा रही हूँ!" पर्स उठाकर वह दरवाजे की तरफ मुड़ गई।

"मणि आ गया।" कौशल ने किलककर कहा।

"कहाँ?" माधवी ठिठक गई।

"अभी घुसा है अन्दर।"

माधवी वापस कुर्सी पर बैठ गई। दो मिनट गुजर गए।

"कहाँ हैं?" माधवी ने पूछा।

"नहीं, गलती हो गई पहचानने में। यह तो कोई और है।"

"आपको उन्हें साथ लेकर आना चाहिए था!" माधवी ने खीजकर कहा।

"किसमें?" उसने गरीब आदमी के अभिमान के साथ कहा, "मेरे पास कौन सी गाड़ी है!"

"पूरा एक घंटा बरबाद हो गया। चलिए, फोन करके पूछते हैं।"

"उसका फोन नम्बर तो मेरे पास है नहीं।"

"फिर बात कैसे हुई थी, आपके यहाँ भी फोन नहीं है।"

"उसने एक मित्र के हाथ सन्देश भिजवाया था।"

"तो आप उनसे सम्पर्क कैसे करेंगे?"

"उसी के पास जाऊँगा, वह फोन मिला देगा।"

"इससे तो अच्छा है, उसे फोन करके मणि कौल का नम्बर ले लीजिए।"

"वह देगा नहीं।"

"क्यों?"

"मणि कौल पसन्द नहीं करता। अपने मित्र के यहाँ ठहरा है, उसे पसन्द नहीं वहाँ कोई फोन करे।"

"फिर क्या करें?" माधवी ने परेशान होकर कहा, "मुझे तो अब जाना है। पता नहीं वे आएँगे भी या नहीं।"

"आर्टिस्ट आदमी है, मनमौजी। कहीं अटक गया होगा।"

"बेकार इतनी परेशानी उठाई," माधवी ने लम्बी साँस भरकर कहा, "राकेश को भी परेशान किया। खैर, चलती हूँ।"

''बैठिए न थोड़ी देर।''

''नहीं, चार बज गए। बहुत देर हो गई।''

''मणि आता तब भी तो बैठतीं।''

माधवी ने इशारे से बैरे को बुलाया और पैसे चुकाने लगी।

''कमाल है,'' कौशल ने कहा, ''मणि से मिलने के लिए आपके पास वक्त है, मुझसे मिलने को नहीं!''

''जाहिर है,'' माधवी ने ठंडे स्वर में कहा और बाहर निकल गई।

घर पहुँचकर पता चला माँ की तबीयत बेहतर है तो लगा, कुछ देर और बैठ ही लेती त्रिवेणी में। हो सकता है, मणि कौल आए हों बाद में। मणि कौल आए नहीं, सुनकर राकेश को काफी अचरज हुआ, फोन पर सम्पर्क नहीं हो सकता, जानकर और चकराया पर माधवी के कहने पर कि 'आर्टिस्ट आदमी है, मनमौजी,' समझौता करता हुआ बोला, ''चलो, अगली बार पहले से खत डालकर मिलने का वक्त तय कर रखना। मैं अब बच्चों को लेकर जा रहा हूँ। उन्हें घर छोड़कर फैक्टरी निकल जाऊँगा। तुम तो बाद में ही आओगी।''

सुनकर माधवी का मन हलका हो गया। राकेश से बात होती है तो लगता है, सब-कुछ अपने हाथ में है। हर बात का ठोस कारण है और तर्कसंगत परिणति। और कौशल से बात होते ही सब तर्क गड्डमड्ड हो जाते हैं। हर चीज अधर में जा लटकती है, गुरुत्वाकर्षणविहीन। जो घटता है, अकारण। जो नहीं घटता, घटित से अधिक वास्तविक बनकर तलवार की तरह सिर पर लटक जाता है। लटका रहता है तब तक, जब तक कहानी पूरी होकर कागज पर न उतर जाए। ऐसा न हो तो कभी कुछ न बदले। धरती का आकर्षण पल-भर के लिए भी किसी को न छोड़े। फिर कोई क्यों कला में नए, बेहतर जीवन की तलाश करेगा? जब आधा सच, सच नहीं लगता, तभी तो आदमी पूरे सच की तलाश करता है।

शाम को छह बजे कौशल का फोन आया। वहीं माँ के घर।

''फिर आपने यहाँ फोन किया?'' फौरन उसने कहा। आजकल धरती को छोड़कर ऊपर उड़ने की उसकी कोशिशें कम होती जा रही हैं।

''मणि से बात हो गई। कल ग्यारह बजे मिलने को कह रहा था, मैंने कह दिया आपका आना सम्भव नहीं है।''

''क्यों? यह क्यों कह दिया!'' बेसाख्ता उसके मुँह से निकला।

"आप ही ने तो कहा था, आपके पास वक्त नहीं है।"

"उनसे मिलना था तो आ जाती थोड़ी देर के लिए। मुझसे बिना पूछे मना क्यों कर दिया?"

"पूछता कैसे? आपने वहाँ फोन करने को मना किया था।"

"तो अब क्यों किया?"

"आप ग्यारह बजे आ जाइए। मैं मणि से सम्पर्क करने की कोशिश करता हूँ।"

"अब रहने दीजिए। बाद में खत डालकर अगली बार मिलने के लिए वक्त ले लेंगे।"

"आप आइए तो अव्वल तो वह आएगा और न आया तो स्क्रीनप्ले पर बात कर लेंगे।"

"आज जब मैंने कहा था तब क्यों नहीं की?"

"हबड़-दबड़ में मूड नहीं बना।"

"हबड़-दबड़ तो कल भी रहेगी। मेरा आना सम्भव नहीं है।"

"समझा। मणि से मिलने आना सम्भव है, मुझसे नहीं। इसलिए कि मणि कौल बड़ा आदमी है, नामवर है और आपके हिसाब से मैं मामूली आदमी हूँ, आपका कर्जदार..."

"अरे बाबा," माधवी सन्तुलन खोकर ऊँचा बोल पड़ी, "मणि कौल दो दिन को आए हैं, आपकी तो हर रोज की चढ़ाई है।"

"मैं तो आप ही का काम कर रहा हूँ। मेरा क्या है, मना कर देता हूँ, उसे।"

"जरूर कर दीजिए। इस चिख-चिख से अच्छा है, फिल्म न बने," खीजकर माधवी ऊँची आवाज में बोली कि भीतर से माँ की कमजोर और परेशान आवाज आई, "कौन है?"

"बन्द कीजिए फोन!" कहकर उसने चोंगा नीचे पटक दिया।

ममता माँ के कमरे से निकलकर बाहर आई। "किससे बात कर रही हो? माँ परेशान..."

"है एक ईडियट। अब आए तो तू उठाना और कह देना, मैं चली गई।"

उसकी बात खत्म भी न हुई थी कि फोन फिर बजा। ममता ने उसकी कही बात दोहरा दी। फोन कट गया। माँ ने परेशान आवाज में एक बार फिर पूछा, "कौन है? बार-बार फोन क्यों करता है?"

"है एक जोंक पर आप फिक्र मत कीजिए, झटक देंगे उसे," माधवी ने हँसकर टाल दिया पर पूरा शरीर घृणा से काँप गया।

दो घंटे बाद घर पहुँची तो दरवाजा खोलते ही आलोक ने कहा, "दो घंटे से हर पाँच मिनट पर कौशल कुमार महाराज का फोन आ रहा है तुम्हारे लिए। मना क्यों नहीं करतीं उस लल्लू को..."

उसे जवाब देती, इससे पहले ही फोन बज उठा। झपटकर उसने उठाया और गाली देने की तरह 'हलो' कहा। कौशल ने फौरन अपनी रेलगाड़ी चालू कर दी।

"अरे कहाँ रह गई थीं? मारे चिन्ता के मैं तो बेहाल हो गया।"

"किस खुशी में? मेरे लिए चिन्ता करने का अधिकार आपको किसने दिया? मैं कहाँ थी, यह आपको बतलाने की जरूरत कैसे हो गई?" एक वाक्य में मन की सारी नफरत न उँड़ेल पाने के कारण माधवी कहती चली गई। पर कौशल की खाल पर खरोंच तक नहीं आई।

"आप हमारी चिन्ता नहीं करतीं तो इसका मतलब यह तो नहीं कि हम भी न करें। कहाँ थीं?" उसने कहा, खासे आशिकाना अन्दाज में।

"आपसे मतलब?"

"ठीक-ठाक तो हैं न?"

"जी नहीं! माँ की तबीयत फिर खराब हो गई, आपके बार-बार फोन..."

"मणि से बात हो गई। कल ग्यारह बजे त्रिवेणी आ जाइएगा।"

माधवी चुप रही।

"आएँगी न?" आवाज फिर लहक उठी।

"देखूँगी।"

"नहीं आईं तो सब गुड़-गोबर हो जाएगा। मणि से अनुबन्ध की बात करनी है।"

माधवी के मुँह में ढेरों खट्टा थूक जमा हो गया था, बोलना मुश्किल हो रहा था। "मैं फोन रख रही हूँ," उसने कहा।

"क्यों, बात करने की सुविधा नहीं है क्या?" कौशल ने कहा तो माधवी को लगा, जवाब देने की कोशिश की तो उलटी हो जाएगी। बिना कुछ कहे उसने फोन काट दिया और पस्त-हिम्मत वहीं बैठी रही। क्षण-भर बाद फोन फिर चिंघाड़ा तो माधवी भागकर गुसलखाने में जा पहुँची। फोन बजता रहा।

राकेश ने आकर चोंगा उठाया। कौशल का नहीं था। पर माधवी अब सुकून महसूस करने की हालत में नहीं थी।

घुमेर खाते सिर को हाथों से थामे, वह मुँह नीचे लटकाकर वाश-बेसिन में उलटी करती रही।

‘स्साला! माँ का...!’ भद्दी गाली के साथ कौशल ने जेब में पड़ा आखिरी रुपया उछालकर जमीन पर पटका और चप्पल के नीचे दबा दिया।

बस, यह बचा है नामुराद, वह बुदबुदाया, पूरे-का-पूरे दस का नोट मैडम को फोन मिलाने में उठ गया। काहे का कर्जदार हूँ मैं उनका? उनके बीस हजार जैसे मेरे बीस। इतना रुपया तो हर हफ्ते फोन मिलाने में निकल जाता है मेरा। अठन्नी-अठन्नी करके जेब खाली होती है और...हाय! नीचे झुककर उसने चप्पल के नीचे से रुपया उठाया और होंठों तक ले जाकर चूम लिया।

‘हाय, मेरे आखिरी सहारे, बतला तेरा क्या करूँ?’ आवाज में कशिश भरकर उसने कहा, ‘मिला लूँ फोन एक बार और?’

तब घर जाने का बस का भाड़ा नहीं बचेगा। दो बसें बदलकर घर पहुँचना होता है। अस्सी पैसे लगते हैं पूरे। एक फोन करने पर बचेगी केवल एक अठन्नी, यानी पचास पैसे।

ठीक है, दिल्ली के ऐतिहासिक लाल किले पर उतरकर दस पैसे के चने खरीदेंगे और टूँगते-टूँगते घर तक टहल लेंगे। चारेक मील का रास्ता है, घंटे-भर में तय हो जाएगा। डॉक्टरों का कहना है, पैदल घूमना सेहत के लिए मुफीद होता है, यानी गरीब आदमी के सेहत के लिए। पैसोंवालों को फल-फ्रूट का सेवन अधिक लाभ पहुँचाता है। बेचारे बड़े लोग! मुसीबत है जीना। बैठे-बैठे थक जाते हैं; भूख लगती नहीं, नींद गायब हो जाती हैं, बदन पर चर्बी चढ़ती चली जाती है। दिमागी सुकून मिल नहीं पाता। डॉक्टर कह-कहकर थक जाता है, दिमाग को ठंडा रखिए, हलकी-फुलकी गपशप कीजिए, ताश-गोल्फ जैसे खेल खेलिए, चाहें तो किसी खुशनुमा बाग में टहल आइए पर बेचारे, गाड़ी से कुर्सी तक और कुर्सी से गाड़ी तक की कवायद से फुर्सत मिले तब तो! नींद की गोली खाकर किसी तरह रात गुजारते हैं और सुबह फिर शुरू। गरीब आदमी की मौज है; जब चाहे बस से उतरकर पैदल चलना शुरू कर दे, कोई टोकनेवाला नहीं है। थककर नींद बढ़िया आती है, खाना फौरन हजम हो जाता है। भरपेट न खा पाओ तो और अच्छा है सेहत के लिए; दिल का दौरा नहीं पड़ता।

जेब में पैसा हो तो आदमी को चाय, कॉफी, शराब, जाने क्या-क्या खुराफात सूझती रहती है। कौशल को ही लो। सुबह-सुबह चाय की कुछ ऐसी तलब उठी कि बीवी के ‘पत्ती नहीं है! शक्कर नहीं है!’ के ऐलान बर्दाश्त न कर पाया और जेब से सारे पैसे निकालकर उसके हाथ पर दे मारे। इकलौता दस का नोट बचाकर रखा, बस। कितनी बड़ी गलती हो गई। कम-से-कम एक बोतल दारू के लायक पैसे तो बचाकर रखता। कल तीन बजे जाकर तो नसीब हुए थे, काफी जद्दोजहद के बाद। शब्दों का जाल बिछाना मछली पकड़ने के लिए जाल फेंकने से कम

मेहनत नहीं माँगता। याद करके वह हँस दिया। वाह, जवाब नहीं है तुम्हारा, कौशल कुमार! माधवी का पति क्या चीज है तुम्हारे सामने, हद-से-हद एक बड़ी मछली! वह हँसा पर बीच कहकहे रुक गया। हँसने लायक गरमाई नहीं है जेब में। बीवी की रोनी सूरत पर नाहक तरस खा गया। उसका तो धर्म है रोना। हम जैसे लोगों के पास एक अदद बीवी ही तो होती है अपनी मर्दानगी साबित करने के लिए। रोएगी नहीं तो हमें मर्द कौन मानेगा! उसकी बीवी बेचारी है भली। ज्यादती को मर्द के प्यार का इजहार समझकर स्वीकार करती है और खूब सुर में चीखती-चिल्लाती है। मजा आ जाता है। समझदार भी है। कितनी खुश हुई थी भलीमानुष यह जानकर कि माधवी जैसी अमीर औरत उन पर मेहरबान है। पर कुछ दिन पैसा क्या मिल गया, आदतें बिगड़ गईं। आजकल किल्लत होने पर सबसे पहले कौशल की चाय पर मुहर लगाने लगती है। और तो और, मायके जाने की धमकी भी दे देती है, जैसे वहाँ टकसाल खुला है! अगली गाड़ी से बिना टिकट वापस रवाना न कर दिया तो उसका नाम कौशल नहीं। साली! जानती भी है पैसा निकलवाने के लिए कितनी भाग-दौड़ करनी पड़ती है, कितने नमकीन झूठ बोलने पड़ते हैं! ख्वाहमख्वाह उस पर तरस खा गया। पी आता चाय बाजार में जाकर। बच्चों के लिए प्याज-रोटी का जुगाड़ तो हिन्दुस्तानी माएँ कर ही लेती हैं; कोई मजाक है, भारतीय माँ जैसी माँ संसार-भर में नहीं मिल सकती। शरच्चन्द्र कहते हैं...कहते होंगे! यहाँ हलक सूख रहा है। कल माधवी के घर से लौटते वक्त जो एक बोतल चढ़ाई थी, उसका नशा...कब का उतर गया।

तो अब? चलकर करे फोन और उसके बाद चार मील की सेहतमन्द कवायद? और जो माधवी अब तक घर न पहुँची हो तो? कैसे हो सकता है? डेढ़ घंटा हो गया तिलक रोड से चले और अब तक घर नहीं पहुँची? कहाँ रह गई बीच में? अरे, जरूर पहुँच चुकी होगी, साले झूठ बोल रहे होंगे! पर कौन? तिलक रोड वाले या बच्चे? चली नहीं कि पहुँची नहीं। कितना बुनियादी सवाल है! कहाँ करे फोन? घर पर या तिलक रोड? तिलक रोड करेगा तो...

माधवी की माँ को दिल का दौरा पड़ा है, वे डिस्टर्ब होंगी। वाह, साहब वाह! मेरी माँ को दिल का दौरा पड़ा था तो बिलकुल बिना डिस्टर्ब हुए आराम-तसल्ली से यमराज के पास पहुँच गई थीं। पहली बार पड़ा तभी वैद्यजी ने कह दिया था, रामजी का बुलावा आ जाए तो कौन टाल सकता है। यह तो दरवाजे पर पहली खटखट है। दो बार और द्वार खड़खड़ाएगा और जीव भवसागर तर जाएगा। हमारे शहर अलीगढ़ के वैद्य विलासचन्द बेचारे बड़े धर्मात्मा थे। भगवान पर अगाध विश्वास और श्रद्धा रखते थे। मुफ्त की दवा-दारू देकर उसके काम में दखल नहीं देते थे। अच्छी तरह जानते थे कि दवा दे दो तो दाम वसूल करने के लिए कुछ

लोगों से महीनों चिख-चिख करनी पड़ती है। इतने दिन ऐसे मरीज जिएँ कि नहीं, क्या भरोसा है!

धन्य हो वैद्यजी, कौशल की माँ डंडे से पीटकर कपड़ों का मैल निकालती हुई भगवान को प्यारी हुई, क्या साफ-शफ्फाफ मौत थी। बिस्तर पर एक दिन नहीं लेटी, डिस्टर्ब बेचारी कैसे होते? दरअसल यह अंग्रेजी का 'डिस्टर्ब' शब्द बना ही उन लोगों के लिए है जिनके कपड़े धुलते समय भी इतने साफ होते हैं कि डंडे से पीटने की जरूरत नहीं पड़ती।

थू! बलगम का थक्का जमीन पर थूककर वह फिक्क से हँस पड़ा। चलो, हमें क्या, टॉस किए लेते हैं। है न सरकारी सिक्का अपने पास। देखें अशोक चक्र ऊपर आता है या गेहूँ की बाली। चक्र आया तो तिलक रोड फोन करेंगे, गेहूँ की बाली आई तो माधवी के घर।

उसने जेब से रुपया निकालकर उछाला और चप्पल के नीचे दबा लिया। धीरे से चप्पल अलग सरकाई तो देखा, चक्र नहीं है। चलो, जाने दो। आज और नहीं करेगा तिलक रोड फोन। हाँ, कल ग्यारह बजे मिलने में उसने आनाकानी की तो...देख लेगा! कल तक के लिए हथियार का इस्तेमाल स्थगित; अब चलो घर का नम्बर मिलाओ, अभी नहीं, आधे घंटे बाद। तब तक जरूर घर पहुँच जाएगी। बतला चुकी है न सैकड़ों बार, आठ बजे बच्चे खाना खाते हैं और वह उनके खाने के वक्त घर जरूर पहुँच जाती है। और यह भी कि आठ-साढ़े आठ के बीच फोन न किया करे, खाने के बीच वे लोग डिस्टर्ब होते हैं। फिर वही कमबख्त डिस्टर्ब! होने दो कमबख्तों को डिस्टर्ब। वह अपनी सुविधानुसार फोन करेगा, आधे घंटे बाद, आठ और साढ़े आठ के बीच।

जहेकिस्मत! फोन माधवी ने ही उठाया।

"अरे, कहाँ रह गई थीं? मारे चिन्ता के मैं तो बेहाल हो गया," उसने आवाज में शहद घोलकर कहा।

"किस खुशी में..." उधर से जिस सख्त, नफरत से सनी आवाज में जवाब आया, उसने मजबूर कर दिया कि वह आगे न सुने। फोन का चोंगा कान से हटाकर नीचे लटका दिया। बड़ा कारसाज तरीका है बचाव का। जो माधवी कहे, सुनो नहीं, बस इतना मालूम रहे कि कुछ कहा जा रहा है। कल्पना की पतंग की डोरी कायदे से हिलाते चलो तो अल्फाज खुद-ब-खुद जेहन में उतरने लगेंगे। फिर उधर से आ रही आवाज की हलकी-हलकी थापें जैसे ही गायब होने लगें, अपनी बात कह डालो।

मामूली कल्पना-शक्ति का आदमी नहीं है कौशल। सपने और सच्चाई को यूँ मिलाकर रखता है कि हातिमताई भी दूध का दूध और पानी का पानी नहीं कर सकता। पूरी बात जिस दिन लोगों को पता चलेगी...वह धीमे से मुस्कराया जैसे कल

का मीठा सपना आज फिर देख रहा हो और उधर से आती आवाज के बन्द होते ही बोला, "आप हमारी चिन्ता नहीं करतीं तो इसका मतलब यह तो नहीं कि हम भी न करें। कहाँ थीं?"

"..."

"ठीक-ठाक तो हैं न?"

"..."

"मणि से बात हो गई। कल ग्यारह बजे त्रिवेणी आ जाइएगा।"

"..."

"आएँगी न?" और अब कौशल ने चोंगा फिर कान पर रख लिया।

"देखूँगी।"

"नहीं आईं तो सब गुड़-गोबर हो जाएगा। मणि से अनुबन्ध की बात करनी है," उच्च श्रेणी के अभिनेता की तरह कौशल ने अपनी आवाज में मनुहार और चेतावनी का अद्‌भुत तालमेल बिठला लिया।

"मैं फोन रख रही हूँ," माधवी ने कहा।

एक बार उसने फोन रख दिया तो दोबारा मिलाने के लिए कौशल के पास अठन्नी नहीं है। एक जुमला-भर बोलने की मोहलत है।

आवाज में ज्यादा-से-ज्यादा कशिश पैदा करके उसने कहा, "क्यों, बात करने की सुविधा नहीं है क्या?"

फोन कट गया।

'बेचारी,' कौशल बुदबुदाया, 'बात करने तक की सुविधा नहीं है।'

परियों की कहानी के राजकुमार की तरह उसने एक लम्बी साँस भरी। आह, बेचारी, किले में कैद ओस की बूँद-सी नाजुक राजकुमारी! मैं तुम्हें आजाद करूँगा, जरूर करूँगा, अपनी जान पर खेलकर। देखते हैं कौन ज्यादा ताकतवर है, दैत्य का श्राप या मेरी जिजीविषा। मैं, कौशल कुमार...आह! एक दर्दीली मुस्कराहट चेहरे पर ओढ़े वह बस-स्टॉप की तरफ चल दिया; यूँ जैसे उड़नेवाले घोड़े पर सवार, कील घुमाने-भर का इन्तजार कर रहा हो।

17

मैं हर्गिज–हर्गिज ग्यारह बजे त्रिवेणी नहीं जाऊँगी, सुबह आँख खुलते ही माधवी ने प्रण किया। मणि कौल आकर लौट गए तो...लौट जाएँ! मणि कौल! अनायास एक स्वस्थ उत्तेजना की लहर शरीर में दौड़ गई। मणि कौल उसकी कहानी पर फिल्म बना रहे हैं, वह चाहे तो उनके समकक्ष खड़े होकर उनसे बातचीत कर सकती है, एक प्रशंसक की तरह नहीं, पार्टनर की तरह। कैसी बेबसी है! वह मिलना चाहती है, मिल सकती है, फिर भी न मिल सकने का नाटक करना होगा। कौशल बीच में न होता...हर चीज के बीच में वह कैसे टपक पड़ता है...ऐसे आदमी जल्दी मरते भी तो नहीं!

जो हो, वह त्रिवेणी नहीं जाएगी। अनुबन्ध मणि कौल डाक से भेज देंगे। सीनारियो के बारे में बात करनी होगी तो...तो क्या होगा? मिल लेने से कितनी बातें साफ हो जाती हैं, बातचीत के लिए रास्ता खुल जाता है, एक–दूसरे से सम्पर्क करने का सूत्र प्राप्त हो सकता है, अभी तो देखो न, फोन नम्बर तक नहीं है। तो...?

नहीं, वह नहीं जाएगी। कौशल के व्यवहार के बाद...अपमान सहकर वह फिल्म नहीं बनवाएगी। अपमान? मानो तो अपमान है, न मानो तो...? जी कड़ा करके एक बार आदमी सह ले तो...वह सह भी ले पर राकेश के सामने किस मुँह से कहेगी कि जो हुआ उसके बावजूद वह आज त्रिवेणी जाएगी, क्योंकि वह फिल्म बनवाने का लालच नहीं छोड़ सकती। आखिर आदमी अपने को कितना छोटा करे, कोई हद होती है। होती है? हाँ–हाँ होती है! वह नहीं जाएगी; हर्गिज–हर्गिज नहीं जाएगी।

एक बार आदमी दुविधा की गिरफ्त से बाहर निकलकर फैसला कर ले तो सब–कुछ आसान हो जाता है। माधवी ने राकेश के साथ बैठकर नाश्ता किया और उससे कहा कि दफ्तर जाते समय उसे तिलक रोड छोड़ता जाए।

"तबीयत ठीक है तुम्हारी?" राकेश ने पूछा।

"बिलकुल!" उसने चहककर कहा और एक टोस्ट खत्म करके दूसरे पर मक्खन लगाने लगी।

"रात?"

"ऐसे ही जी मिचला गया था, अब बिलकुल ठीक हूँ।"

"लगता तो यही है वरना तुम और दो टोस्ट।" राकेश हँस पड़ा। माधवी भी।

हँसी-खुशी निबटकर वे तिलक रोड पहुँच गए। माँ की तबीयत भी आज माधवी को अपनी मनःस्थिति के उपयुक्त, पहले से काफी बेहतर मिली। माधवी को अन्दर आता देख वे मुस्करा दीं। बहुत दिनों बाद उनके चेहरे पर स्वस्थ स्मिति देखने को मिली। माधवी का मन खुश हो गया।

मरीज के खाने-पीने, स्पंज-सफाई आदि का काम निबटाकर वह उनके पलंग के बराबर वाली आरामकुर्सी पर, बकायदा आराम करने के इरादे से, बैठ गई। पर उससे पहले रिकॉर्ड-प्लेयर पर रविशंकर का सितार लगाना न भूली। राग-विहाग की मधुर स्वर-लहरी ने माँ को दुलराया तो वे एक बार फिर मुस्कराईं, चेहरे पर सुकून उभरा और उन्होंने आँखें बन्द कर लीं। कुछ पल माधवी उनकी शान्त मुखमुद्रा देखकर विश्रान्ति अनुभव करती रही, फिर अपनी आँखों को भी झपक जाने दिया। रात अच्छी तरह सो नहीं पाई थी, अब संगीत की थपकियों पर खुद को बह जाने दिया।

बीस मिनट बाद रिकॉर्ड खत्म हुआ तो वह चौंककर उठी और दोबारा वही रिकॉर्ड चला दिया। नींद टूटकर भी नहीं टूटी। जैसे ही कुर्सी से टेक लगाई, दोबारा सो गई।

नींद में उसे लगा, बाहर दरवाजे की घंटी बार-बार बज रही है। काफी खीझ महसूस हुई पर जैसे ही समझ में आ गया कि घंटी उनकी नहीं, ऊपरवालों की बज रही है, वह शान्त हो गई। एक बार आँखें खोलकर माँ की तरफ भी देख लिया, वे परेशान नहीं हैं, आराम से सो रही हैं। अवचेतन मन कैसे जान लेता है, समस्या हमारी नहीं, किसी और की है, उसके लिए नींद खराब करने की क्या जरूरत नहीं है; सोचकर माधवी हलके से मुस्करा दी, सच, आदमी के स्वार्थ की सीमा नहीं है! पता नहीं, ऊपरवाले दरवाजा खोल क्यों नहीं रहे? होगा। मुझे क्या? लगता है, रिकॉर्ड खत्म होने को है, हो जाएगा तो दूसरा लगाने के लिए उठूँगी, तभी बाहर जाकर देख आऊँगी। ऊपरवाले नहीं होंगे तो घंटी बजानेवाले से कह दूँगी, बहुत हुआ भाई, अब जाओ।

मुस्कराकर उसने बदन को और ढीला किया कि उनकी अपनी घंटी कर्कश स्वर में बज उठी और...बजती चली गई! माधवी उछलकर कुर्सी से उठी और दरवाजे की तरफ भागी। कौन है जो घंटी पर हाथ रखकर ऐसे खड़ा हो गया है जैसे किसी के नाम गिरफ्तारी का वारंट लाया हो! तभी बाहर से फटी-फटी मर्दाना आवाज ने पुकारा, "मिसेज चौधरी।"

माधवी ने पलटकर माँ को देखा। वे जग चुकी थीं और घबराई नजरों से उसे देख रही थीं। इच्छा हुई कि रुककर उन्हें तसल्ली दे पर तभी वह कर्कश आवाज फिर गूँजी, "मिसेज चौधरी!"

भागकर माधवी बाहर जा पहुँची।

भयानक दु:स्वप्न की तरह दरवाजे पर कौशल खड़ा था! बराबर में ऊपरवालों की छोटी बच्ची थी।

"बड़ी देर से ये आपके बजाय हमारी घंटी दबाए जा रहे हैं। कह रहे हैं आपसे मिलना..." बच्ची ने कहा तो माधवी बीच ही में फुफकार उठी, "यहाँ क्यों आए आप?"

"आप त्रिवेणी नहीं आईं," कौशल ने कहा, "आपको बतलाना था..."

"मेरा नाम लेकर पुकारने की हिम्मत कैसे हुई आपको!"

"इतनी देर से घंटी बजा रहा हूँ..."

"तो? यहाँ आए क्यों आप?"

"मणि कौल आया था। कह रहा था, अनुबन्ध तभी बन सकता है जब मैं आपसे 'अथॉरिटी लेटर' लेकर आऊँ। अभी दे दीजिए मुझे। मैं..."

"यहाँ मैं कुछ नहीं दे सकती। चले जाइए यहाँ से। बाद में बात कीजिएगा।"

"क्या मतलब? मैं आपका नौकर हूँ!"

"जो भी है, यहाँ से चले जाइए!" माधवी आवाज को ऊँचा उठाने से भरसक रोक रही थी; धीमे सुर में ही तीखा जहर घुला हुआ था।

"जाइए जल्दी!" उसने कहा और दरवाजा बन्द करने लगी।

"समझ क्या रखा है आपने!" कौशल जोर से चीखा, "कर्ज दिया है इसका यह मतलब नहीं कि खरीद लिया है मुझे!"

"चिल्लाइए मत!" माधवी ने धीमी पर सख्त आवाज में डपटकर कहा।

"एक-एक पैसा लौटा दूँगा आपका!" कौशल और जोर से चीखा, "आप क्या समझती हैं, मैं कुत्ता हूँ कि रोटी के दो टुकड़े डाल दिए और जो चाहे करवा लिया!"

"प्लीज, धीरे बोलिए, माँ की तबीयत खराब हो जाएगी," घबराकर माधवी ने कहा।

"मैं अभी जाकर बेच आता हूँ एजेंसी को!" कौशल पूरा दम लगाकर चीखा।

माधवी सिर से पाँव तक पसीने से भीग गई। इस आदमी के सामने माँ की बीमारी का नाम क्यों ले लिया? अब यह उसकी कमजोरी का भरपूर फायदा उठाकर जोर-जोर से चीखता चला जाएगा। क्या करना चाहिए जिससे वह चुप हो? नौकर को बुलाकर धक्के मरवाकर बाहर कर सकती है, पर तब तक यह इसी तरह चिल्लाता रहा तो?

उसने स्वाभिमान को थूक की तरह भीतर घोट लिया और मधुर स्वर में कहा, "प्लीज, इस वक्त चले जाइए। शाम को घर पर फोन कीजिएगा, यहाँ बात करना ठीक नहीं है।"

"क्यों ठीक नहीं है?" कौशल और ऊँची आवाज में चीखा, "मैं डंके की चोट पर कह रहा हूँ, एजेंसी बेच दूँगा। दस-पाँच हजार रुपया जो मिलेगा, लाकर आपके मुँह पर दे मारूँगा। बाकी की पाई-पाई भी चुका दूँगा। रात-दिन काम करूँगा, बीवी-बच्चों को जहर दे दूँगा पर आपका उधार रखकर नहीं मरूँगा!"

"माधवी," भीतर कमरे से माँ को घबराई आवाज आई।

"प्लीज, चले जाइए यहाँ से, "माधवी ने रोकर कहा और अन्दर जाने को मुड़ गई।

"हाँ-हाँ, जा रहा हूँ। अभी पार लगाता हूँ एजेंसी को! आपके टुकड़ों पर पलनेवाला पालतू कुत्ता नहीं हूँ। दिखला दूँगा मैं भी, बड़ा आदमी कौन है!"

बाहर खड़ा कौशल जोर-जोर से चीखता रहा।

भीतर माँ को दोबारा दिल का दौरा पड़ गया।

थकी-माँदी, बेहाल माधवी रात देर से घर पहुँची तो कौशल का फोन आया। आवाज सुनते ही उसने चोंगा नीचे पटक दिया।

घंटी दोबारा बजी, बजती रही, माधवी बेशर्म बनी अपने कमरे में बैठी रही।

यह आदमी नहीं तो कुत्ता भी नहीं है। कुत्ते की वफादारी इसमें नहीं है। यह तो भेड़िया है, जो घात लगाकर हर आते-जाते अकेले कमजोर इनसान पर पूरी तैयारी के साथ हमला करता है और फिर शिकार को तुरन्त नहीं, धीरे-धीरे कई दिनों में खाता है, उसने सोचा।

घंटी बजनी बन्द हो गई। शायद राकेश ने फोन उठा लिया।

आज जो कुछ हुआ, राकेश को बतलाना होगा। अब और बर्दाश्त नहीं किया जा सकता। इस आदमी का पेट नहीं भरेगा। यह वह जोंक नहीं, जो भरपेट खून चूस लेने पर, फूला पेट लिये नीचे गिर पड़े। जोंक की तरह वह सहज प्रवृत्ति से शोषण नहीं करता। यह आदमी का बच्चा है; लिहाजा एक दिमाग भी है इसके पास। सोचने-विचारने की शक्ति, तर्कबुद्धि, स्वार्थपरक विवेक, कुटिल जीवन-दर्शन; बहुत सारे मददगार हैं इसके। खून चूसकर यह बाहर उगल देगा और दोबारा आ चिपकेगा बदन से। जैसे-जैसे खून की खुराक पेट में जाएगी, इसका लालच बढ़ता जाएगा, क्षुधा शान्त होने के बजाय और लपलपाएगी; तमाम उम्र बीत जाएगी, इससे पीछा नहीं छूटेगा, जब तक मौत का फरिश्ता न आकर...

माँ बीमार न होतीं तो माधवी इसकी बकझक से उदासीन हो जाती। पत्थर की मूर्ति पर खरोंच डालते चले जाना इतना आसान नहीं होता। खून की बूँद देह से निकले नहीं तो जोंक को चिपटे रहने में तकलीफ होने लगती है। पर माँ के रहते कुछ नहीं हो सकता। उन्हें हर हालत में इसके हमले से बचाकर रखना होगा। पुलिस से आरक्षण नहीं माँगा जा सकता? एक आदमी को क्या हक है कि किसी के घर में इस तरह जबर्दस्ती घुस आए! राकेश से पूछना चाहिए।

माधवी उठकर खड़ी हुई कि जैसे भूचाल आ गया। तेजी से राकेश कमरे में आया और बम विस्फोट की तरह उसका सवाल गूँजा, "तुमने उसे एजेंसी बेचने को कहा है?"

"क्या हुआ?" घबराकर उसने कहा।

"कहा है तुमने?" तमतमाकर राकेश ने सवाल दोहराया। इतने गुस्से में माधवी ने पहले उसे कभी नहीं देखा।

"किससे?" हतप्रभ होकर वह बोली।

"किससे क्या? उसी कमबख्त कौशल कुमार से। तुमने उससे कहा है कि पाँच हजार में एजेंसी बेच डाले?"

"नहीं तो! किसने कहा?"

"उसी ने। फोन आया था अभी। तुम्हें पूछ रहा था। मैंने पूछा, क्या काम है, तो बोला एजेंसी का सौदा हो गया है पाँच हजार में।"

"पूरी कहानी सुनोगे?" क्लान्त भाव से माधवी ने कहा और उस दिन की पूरी कहानी कह डाली, फिर बोली, "रुपया खोकर भी पीछा छूटे तो छुड़ा लेना चाहिए।"

"दिमाग खराब तो नहीं हो गया?" राकेश ने कहा, "जानती भी हो बीस हजार का टाइप है दुकान में। और सामान भी है। कोई मजाक है, पच्चीस हजार की चीज पाँच हजार में बेच डालेगा! अभी दोबारा फोन आएगा उसका। उससे कहो, एजेंसी बेचने का अधिकार उसे नहीं है। मैं कह चुका हूँ। पर वह शायद तुम्हारे हुक्म का इन्तजार कर रहा होगा!"

"मैं कहूँ उससे? उसकी वजह से माँ को दिल का दौड़ा पड़ गया और तुम मुझसे कह रहे हो..."

"तुम भी तो सन्तुलन खोकर बात करती हो। समझाकर कहतीं तो चुप करा सकती थीं उसे।"

माधवी को जैसे लकवा मार गया। क्या कह रहा है राकेश?

"मैं क्या उसके पैर छूती?" उसने कहा।

"जरूरत पड़ने पर गधे को बाप बनाना पड़ता है," राकेश ने कहा, "सब्र से काम लेना तो तुम जानती ही नहीं।"

''तुम क्या चाहते हो, एक बदमाश आदमी मुझे परेशान करे और मैं...''

''अब वह बदमाश हो गया। कल तक दोस्त और जीनियस था!'' राकेश ने व्रिदूप के साथ कहा।

''हाँ। मुझे नहीं मालूम था वह इतना लीचड़ आदमी है। उसे रुपया दिया क्यों?''

''मैंने दिया है?''

''तो किसने दिया है?''

''ठीक है, दिया है। तुम्हारे कहने से। अब जो मैं कहता हूँ, वह करो। उससे कहो एजेंसी उसके बाप की नहीं है कि आधे-पौने दाम पर बेच देगा। ठीक ग्राहक की तलाश करे, तब बेचे।''

''और जो वह दोबारा तिलक रोड आ धमका?'' माधवी ने त्रस्त स्वर में कहा।

''अरे, समझाकर मना करो उसे।''

''हम पुलिस को इत्तिला नहीं कर सकते?''

''बच्चों जैसी बातें मत करो। पुलिस इसमें क्या करेगी? लिखा-पढ़ी करके तो रुपया दिया नहीं है।''

''मैं रुपए की बात नहीं कर रही। पर जिस तरह वह घर में आया और मेरा नाम लेकर पुकारा। माँ को दोबारा...'' वह सुबक उठी।

''अपने को सँभालो,'' राकेश ने कठोर स्वर में कहा, ''जाकर हाथ-मुँह धो लो। स्वस्थ मन से बात करोगी तो स्थिति को सँभाल सकती हो। इतनी कमजोर नहीं हो।''

हूँ। कमजोर हूँ। माधवी ने कहना चाहा। मुझे सँभाल लो। जाने दो रुपया। सख्ती से उससे कहो मुझसे सम्पर्क न करे। मुझे इस दलदल से बाहर निकाल लो, राकेश। तुम मेरे पति हो, तुम्हारा कर्तव्य है कि मेरी रक्षा करो। माँ को बचाए रखने के लिए यदि मुझे उससे मिलना पड़ा, बात करनी पड़ी तो मेरा व्यक्तित्व टूट जाएगा, हस्ती मिट जाएगी। मौत से भी भयानक है अपने व्यक्तित्व को यूँ मिटने देना। ऐसा मत होने दो, राकेश।

उसने राकेश का चेहरा पढ़ा। माथे पर उभरी शिकनों और कसे होंठों को नजरअन्दाज करके कहीं हमदर्दी का चिह्न खोजने की कोशिश की। बिजली के झटके की तरह उसने महसूस किया कि राकेश के शरीर पर जो चेहरा है, वह राकेश का नहीं नितान्त अपरिचित आदमी का है। कब राकेश का चेहरा गायब हो गया और एक नया चेहरा उसकी जगह आ लगा, माधवी को पता क्यों नहीं चला? कहाँ गया उसका वह शान्त-सौम्य मुख? कब माधवी इतनी गहरी नींद सो गई कि उसने देखा नहीं कि राकेश के चेहरे का सारा आब आक्रोश के रेगिस्तान ने सोख

लिया है। अपने साथ मुझे भी दलदल में खींच लिया, उसने साफ सुना, किसी ने तिरस्कार के साथ कहा है। किसने कहा? राकेश के होंठ तो खुले नहीं, मुरझाए फूल-से बन्द हैं। उसका शुष्क चेहरा सामने है; जबान न सही, माथे पर खिंची हर शिकन यही कह रही है।

कौशल का फोन तो आना ही था। मौत की तरह।

चोंगा माधवी के हाथ में था, मुर्दा शरीर से उठती दुर्गन्ध की तरह।

कौशल बोल रहा था, "मैं भरी सभा में पैर छूकर आपसे माफी माँगने को तैयार हूँ। सुबह के अपने दीवानेपन के लिए बहुत शर्मिन्दा हूँ। पर यह कहते हुए मुझे कोई शर्म नहीं है कि आपसे अतिरिक्त प्रेम के कारण ही ऐसा हुआ। पिछले दिनों आप इतनी कटी-कटी रहीं कि बर्दाश्त नहीं हुआ। एक पागलपन मुझ पर सवार हो गया। उसी पागलपन में आपके घर जा पहुँचा..."

माधवी चुप थी।

"मणि कौल को लेकर आप परेशान न हों। मेरी उससे बात हो गई है। वह अगले महीने की पच्चीस तारीख को दिल्ली आ रहा है, अनुबन्ध पर दस्तखत कराने। पर उससे पहले वह चाहता है कि मैं आपसे अथॉरिटी लेटर लेकर उसे दे दूँ जिससे उसे दिखलाकर, वह पैसे का इन्तजाम कर ले। केवल औपचारिकता है पर पूरी तो करनी ही पड़ेगी।"

माधवी चुप रही।

"मैं आपका काम इसलिए नहीं कर रहा, क्योंकि आपने मुझे पैसा दिया है, बल्कि आपके साहित्य के प्रशंसक के नाते कर रहा हूँ। एजेंसी बेचकर रुपया मिलने के बाद जो बकाया रहेगा, उसे मैं पूरा करूँगा, कभी-न-कभी; जैसे भी होगा; अपनी जान पर खेलकर।"

यही वह संकेत था जिस पर उसे बोलना था। मन की जुगुप्सा और वितृष्णा पर काबू पाकर माधवी ने कहा, "नहीं, कम्पोजिंग एजेंसी नहीं बिकेगी।"

"आपका हुक्म नहीं है तो नहीं बिकेगी," कौशल ने अतिनाटकीय भावुकता से कहा तो बिलबिलाकर माधवी ने जोड़ा, "मेरा मतलब है जब तक ठीक ग्राहक नहीं मिलता, नहीं बिकेगी।"

"अथॉरिटी लेटर कब लूँ?" कौशल ने पटरी बदल ली।

"डाक से भेज दूँगी," यंत्रवत् माधवी ने कहा।

"नहीं-नहीं, हमारे यहाँ डाक बहुत देर से पहुँचती है। मुझे कल ही चाहिए। तिलक रोड आकर ले लूँ?"

माधवी सुन्न रह गई। इतना बेशर्म भी कोई आदमी हो सकता है!

वह चुप रही। 'हल्लो–हल्लो' कौशल चीखने लगा।

सहसा माधवी के मस्तिष्क में बिजली कौंध गई। यह बेशर्मी नहीं, 'ब्लैकमेल' है! कौशल चेतावनी दे रहा है, उसकी बात मानी नहीं गई तो वह तिलक रोड जा पहुँचेगा।

"हल्लो! हल्लो! हल्लो!" कौशल बराबर चीख रहा है। चिल्लाकर फेंका गया हर 'हल्लो' नुकीली चोंच मारकर माधवी के शरीर का मांस नोच रहा है।

"मैं दस बजे त्रिवेणी आकर दे दूँगी," नुची–खुसटी आवाज में उसने कहा।

"ठीक है, मैं पौने दस पहुँच जाऊँगा।"

"फोन रख रही हूँ।"

"पहले यह बतलाइए, आपने मुझे माफ कर दिया?"

"नहीं!" माधवी के रुँधे गले से निकला। बहुत कोशिश करने पर भी वह अपने को 'हाँ' कहने लायक नहीं बना पाई। आधा सच आदमी बोल भी ले पर पूरा झूठ?

"आप मुझे माफ नहीं करेंगी तो मैं भी खुद को माफ नहीं करूँगा। भरपूर सजा दूँगा।"

"..."

"ठीक है। जब तक क्षमा नहीं मिलेगी, मैं अन्न को हाथ नहीं लगाऊँगा। भूख हड़ताल पहले भी कर चुका हूँ। कारखाने की हड़ताल के दौरान। तब ग्यारह दिन बाद समझौता हो गया था। पर इस बार, कितने भी दिन क्यों न बीत जाएँ, मैं हड़ताल नहीं तोड़ूँगा। आपके प्रति किए गए अपराध का प्रायश्चित्त करने में मेरी जान चली गई तो परम सुख से मरूँगा मैं।"

वाकई यह आदमी इतनी आसानी से मर सकता है। काश, ऐसा हो सकता! राकेश ने इसे रुपया न दिया होता तो माधवी मुक्त–कंठ से कहती, 'जरूर। इस सुख से आप कदापि वंचित न रहिए। खाना छोड़कर मरिए चाहे जहर खाकर, मेरी तरफ से क्षमा आपको नहीं मिलेगी।'

अब नहीं। वह अच्छी तरह जानती है, उसके इतना कहते ही वह कहेगा, मैं एजेंसी पाँच हजार में बेच रहा हूँ और यह कहने तिलक रोड आ धमकेगा। कोई छुटकारा नहीं है। ब्लैकमेल से निबटने के दो ही तरीके होते हैं, बचपन में पढ़े जासूसी उपन्यास याद आ गए; जो वह कहे, करते चलो या ब्लैकमेल करनेवाले को जान से मार दो!

माधवी पसीना–पसीना हो गई। हकलाकर उसने कहा, "मैंने आपको माफ कर दिया।"

''शुक्रिया! शुक्रिया!'' कौशल ने चटखारा लेकर कहा, ''मैं जानता था मेरी मौत का खयाल आप बर्दाश्त नहीं कर सकेंगी। धन्य हूँ मैं, मुझे मेरे प्रेम का प्रतिफल मिल गया। मुझे मालूम था, कभी-न-कभी आप...''

शब्द कानों में गरम सीसा घोल रहे थे। माधवी ने फोन का चोंगा कान से हटाकर नीचे लटका दिया और उबकाई लेकर रो पड़ी।

कौशल के शब्दों की ध्वनि रुलाई के शोर में दब गई। फिर भी यह अहसास बना रहा कि वह बोले जा रहा है और वही सब, जो नाकाबिले-बर्दाश्त है, फिर भी बर्दाश्त करना है।

वह दूने वेग से रोने लगी।

कौशल बोलता रहा।

माधवी रोती गई।

आखिर फोन कट ही गया।

कौशल टेलीफोन बूथ से बाहर निकल आया। हाथ की मुट्ठी खोलकर हथेली सामने फैलाई और दोबारा मुट्ठी बन्द कर ली।

'खाली मुट्ठी में बन्द तमाम दुनिया।' वह बुदबुदाया और ठहाका मारकर हँस पड़ा। हमेशा की तरह हँसने की प्रक्रिया में उसके मुँह में ढेर सारा कड़ुवा पानी भर आया। थू करके उसने उसे बीच सड़क उगल दिया।

इसमें हँसने की क्या बात है, उसने अपने को फटकारा। गम्भीर चिन्तन का विषय है। मेरा हाथ बिलकुल खाली है फिर भी सब कुछ मेरी मुट्ठी में है। मेरी मौत के खयाल से दहलकर माधवी ने मुझे माफ कर दिया। यही नहीं, मेरे प्यार के इजहार पर कोई बन्दिश नहीं लगाई। मन लगाकर मुझे सुना, एक बार ना-नुकर नहीं की। औरत इससे ज्यादा कर भी क्या सकती है! कौशल ने कहा, ''मुझे मेरे प्रेम का प्रतिफल मिल गया। मुझे मालूम था, कभी-न-कभी आप मेरे प्यार का मूल्य समझ लेंगी। मैं आपके लिए उसी तरह अनिवार्य हो जाऊँगा जैसे आप मेरे लिए हैं। पुरुष के प्यार में ताकत हो तो, हो नहीं सकता कि स्त्री के दिल में प्यार न उपजे। स्त्री तो उर्वरा है। जन्मदात्री। प्रेम का बीज गिरे और फले नहीं, कैसे हो सकता है! अब मैं जी-जान से लिखूँगा, किसी से डरूँगा नहीं। जिस दिन तुम मुझे मेरा प्राप्य दोगी, मैं अमर हो जाऊँगा। और तुम दोगी जरूर। तुम साक्षात् अन्नपूर्णा हो, देने में कटौती कैसे करोगी। अन्न दोगी, प्रेम नहीं, इतनी क्रूर तुम नहीं हो सकतीं। नहीं हो, मैं जानता हूँ। तभी तो तुम मेरी प्रेरणा हो, मेरी गुरु, मेरी अन्तरात्मा। आज से एक नए कौशल का जन्म हुआ है, पुराना कौशल कुमार मर गया। तुम्हें अब कभी शिकायत

का मौका नहीं मिलेगा।'' इतना कुछ कहा कौशल ने और माधवी ने कहने दिया। एक बार टोका नहीं, बाधा नहीं दी, नकारा नहीं।

कल दस बजे माधवी त्रिवेणी में मिलेगी। ग्यारह नहीं, दस। बेसब्री सब इस तरफ नहीं, उस तरफ भी है। 'अथॉरिटी लेटर' ऐसी चीज नहीं है जो पहली दफा में सही-सही बन जाए। कुछ-न-कुछ कसर रह ही जाती है ऐसे कामकाजी पत्रों में। तीन-चार बार मिलना होगा तब जाकर निर्दोष ड्राफ्ट बन पाएगा। फिर सीनारियो को फाइनल रूप देना है। जब तक वह पूरा होगा, मणि कौल के दिल्ली आने की प्रतीक्षा आरम्भ हो जाएगी। माधवी से मिलते रहना होगा। कितनी सुखद है भविष्य की कल्पना! बस, आज के लिए इतना काफी है। उड़नेवाले घोड़े को थकाना नहीं चाहिए। चलने दो दुलकी चाल। और चले चलो खरामा-खरामा घर की तरफ। एक बार वहाँ पहुँच गए तो पटकनी खाकर नीचे गिरना ही है। जहाँ मच्छर, मक्खी और तिलचट्टे इतनी आजादी से पलते हों, वहाँ कल्पना के नाजुक चौपायों के लिए जगह नहीं बचती।

पहुँचते ही पत्नी कहेगी, आटा नहीं है, शक्कर नहीं है, चाय की पत्ती नहीं है। अचानक जमीन पर पटका गया कौशल आँखें घुमाकर देखेगा, कहीं कुछ नहीं है। बस वह है, उसके खाली हाथ और परिवार की माँगें।

छोड़ो! जो है उसके बारे में क्या सोचना? वह तो है ही। और रहेगा। कौशल अच्छी तरह जानता है, उसकी तरह के लोग मुक्के उछाल-उछालकर कितने भी भाषण क्यों न दे लें, बदलेगा कुछ नहीं। कम-से-कम उसके जीवनकाल में नहीं। अभी तो दुश्मन को ठीक से पहचाना तक नहीं। व्यक्ति को व्यक्ति मानकर चलने का मोह बाकी है। यह विश्वास पूरी तरह जगा नहीं कि दुश्मन अच्छा-बुरा नहीं होता, बस दुश्मन के गिरोह का आदमी होता है। वर्ग-चेतना को परिपक्व होने में न जाने कितने दशक लगेंगे। पर तब तक हाथ पर हाथ रखकर नहीं बैठा जा सकता। बड़ी लड़ाई लड़ने के लिए अपने को तैयार करना पड़ता है। और उसके लिए जरूरी है कि छोटी-छोटी मुठभेड़ों में जीत हासिल करके अपना हौसला बढ़ाते रहें। एक-एक सर्वहारा एक-एक बुर्जुआ को हरा सके, यह भी कोई कम नहीं। और इससे बड़ी हार एक बुर्जुआ के लिए क्या हो सकती है कि उसकी धर्मपत्नी उसी के एहसानों के बोझ तले दबे, उसके कर्जदार से प्रेम करे। और दया करो मुझ पर, श्रीयुत् राकेश चौधरी, तुम्हारी बीवी मेरी मुट्ठी में है।

एक बार फिर, खुले हाथ की मुट्ठी बाँधकर उसने हवा में उछाल दी और जमीन से दो हाथ ऊपर, अरबी घोड़े पर सवार, इठलाता हुआ सड़क पर बढ़ चला।

18

एक-एक करके तीस दिन बीत गए।

माधवी रोज दस बजे कौशल से त्रिवेणी में मिलती है।

ग्यारह-साढ़े ग्यारह बजे बड़ी मुश्किल से पल्ला छुड़ाकर बाहर निकलती है तो देखती है, कौशल साथ-साथ चला आ रहा है। मना करने का फायदा नहीं है, अनुभव से वह जान गई है। लाख अपशब्द सुनकर भी यह मंत्रसिद्ध भूत उसका पीछा नहीं छोड़ेगा। तिलक रोड की कोठी के सामने पहुँचकर भी वह तमाम पड़ोसियों की कौतूहलपूर्ण निगाहों के सामने कोठी के आगे सड़क पर खड़े रहकर, कोई-न-कोई व्यथा-कथा छेड़ देता है और तब तक नहीं टलता, जब तक माधवी दस-बीस रुपयों के साथ दो-चार सौहार्दपूर्ण शब्द न निकाल दे। रुपए देने से ज्यादा तकलीफ शब्दों को बोलने में होती है। अन्दर के जहर में घुलकर इस तरह बाहर निकलते हैं कि मुँह का स्वाद दिन-भर कसैला बना रहता है; माधवी खाने-पीने से मोहताज हो जाती है।

एक दिन सामने से जा रहे स्कूटर को देख, हाथ देकर रोक लिया था और भागकर उसमें चढ़ गई थी पर कोई लाभ नहीं हुआ था; उससे पहले कूदकर कौशल उसमें सवार हो गया था। उसके बराबर की तंग जगह में बैठना इतना दुःसाध्य था कि उसके बाद से पैदल चलने को स्वीकार करना पड़ा था; हालाँकि उसका मतलब था, आधा घंटा देर करके तिलक रोड पहुँचना और उतनी देर कौशल को और सहना।

दस बजे के बजाय साढ़े ग्यारह बजे तिलक रोड पहुँचती तो माँ कुछ कहतीं नहीं, गहरे दुख से बिन्धी शिकायती नजरों से उसे देखकर रह जातीं। पर ममता चुप नहीं रहती। साफ कह देती, "इतनी देर करके आती हो, तुम्हें माँ की जरा फिक्र नहीं है। यह तो सोचा करो, रात-भर उनके पास रहकर मुझे सुबह जल्दी घर लौटना चाहिए।" माधवी सिर झुका लेती, कहती कुछ नहीं। कौशल से कहे सहानुभूति के शब्द गले में फाँस की तरह लटके रहते हैं, कुछ कहने लायक नहीं छोड़ते। सच तो यह है, माधवी औरत नहीं रह गई, मशीन बन चुकी है। चाबी भरे यंत्र की तरह, दिन-भर माँ की देखभाल करती है और शाम को घर लौटने पर बिस्तर पर निढाल पड़ जाती है; आनेवाले कल को झेलने के लिए अपने कलपुर्जों में तेल डालती है। घर, पति, बच्चे

कहाँ किस हाल में हैं, देखने की ऊर्जा बची नहीं रहती। वह नहीं जानती, आलोक-समीर कब स्कूल जाते हैं, कब लौटते हैं, क्या खाते हैं; खाते भी हैं या नहीं।

तीस दिन से रोज दस बजे...

कभी अथॉरिटी लेटर में एक पंक्ति और जोड़नी होती है; कभी उसकी दो प्रतियाँ और टाइप कर देनी होती हैं; कभी मणि कौल का पत्र आ जाता है, जिसे देखना माधवी के लिए जरूरी होता है और जो, कौशल त्रिवेणी पहुँचने पर देखता है कि साथ लाना भूल गया है, जिससे अगले दिन फिर वही दस बजे त्रिवेणी में मिलना जरूरी हो जाता है। तब पता चलता है कि पत्र तो कौशल से कहीं खो गया; बस में साली भीड़ भी कितनी रहती है, धक्के-पर-धक्के लगते चले जाते हैं, अपने पास कौन साली गाड़ी है, गिर-गिरा गया होगा कहीं; मगर कोई बात नहीं, उसमें जो लिखा है उसे जबानी याद है। बार-बार वह खत का मजमून दोहराता है, माधवी को सुनने में दिलचस्पी हो, चाहे नहीं। नहीं है, कहने से माधवी कतराती है क्योंकि उसका मतलब है, उसकी हजार विद्रूप-भरी उक्तियाँ सुनने में आधा-पौना घंटा और बरबाद कर देना, चाहे त्रिवेणी में बैठे रहकर, चाहे तिलक रोड पर माँ की कोठी के ठीक सामने, काँइयाँ नजरों के हमलों की चोट सहते, खड़े रहकर। लिहाजा न सुनकर सुनने का नाटक करना पड़ता है, शायद ऐसा करने से कल की यातना से छुटकारा मिल जाए! पर अगली सुबह कौशल को वह पत्र घर में पड़ा मिल जाता है; घर क्या दड़बा है, कहीं जगह हो तो चीज ठौर-ठिकाने से रखी जाए, वे लोग इनसान थोड़ा हैं, सूअर हैं सूअर; बेहतर है कि माधवीजी उसे अपनी कोठरी में महफूज रखें और त्रिवेणी न आ सकें तो कौशल तिलक रोड आकर दे जाएगा। धमकी कारगर होती है और माधवी अगली सुबह दस बजे त्रिवेणी पहुँच जाती है और उस दिन कौशल फिर पत्र लाना भूल जाता है, जिससे...

अन्तहीन सिलसिला है यंत्रणा का!

एक-एक करके तीस दिन बीत रहे हैं। माँ की हालत बिगड़ती जा रही है और माधवी...

"क्या होता जा रहा है तुम्हें?" खीजकर एक दिन ममता ने कहा।

"परेशान हूँ," माधवी के मुँह से निकला।

"क्या परेशानी है?"

माधवी क्या कहती! कुछ देर सामने ताकती रही, फिर बोली, "यही...माँ की बीमारी..."

ममता ने अजीब अविश्वसनीय दृष्टि से उसे देखा, माँ की इतनी चिन्ता है तभी बारह बजे से पहले यहाँ पहुँचने की फुर्सत नहीं मिलती!

माधवी का चेहरा जर्द पड़ गया। ममता की तरफ से नजरें घुमाकर उसने शून्य में टिका दीं। एक वहशत-भरा पगलाया भाव उनमें उभर आया।

"क्या हुआ, बतलाती क्यों नहीं? तुम्हें देखकर लगता है, कोई तुम्हें ब्लैकमेल कर रहा है।"

माधवी का बदन इतनी जोर से थरथराया कि लगा बेहोश होकर गिर पड़ेगी। ममता ने कन्धों से पकड़कर उसे थाम लिया, बोली, "प्लीज, मुझे बतलाओ क्या हुआ है, मैं जरूर तुम्हारी मदद कर सकूँगी।"

माधवी की आँखों में आँसू आ गए। मदद? क्या मदद करोगी तुम? मेरी मदद करने का बस एक तरीका है, कौशल कुमार को मार डालो। नहीं, तुम नहीं कर सकतीं, कोई मेरी मदद नहीं कर सकता। अपनी मदद मुझे खुद करनी होगी। मेरे सामने रास्ता साफ हो गया है। मैं कौशल कुमार को मार डालूँगी। ब्लैकमेल से निबटने का एक ही तरीका है, ब्लैकमेलर का खात्मा। मुश्किल क्या है? माँ को देखने रोज दो-दो डॉक्टर आते हैं। किसी से भी नुस्खा लिखवा लूँगी, कह दूँगी, अपनी बीमार बूढ़े कुत्ते को 'सुलाने' के लिए साइनाइड चाहिए। पुराने परिचित डॉक्टर हैं, बिला हील-हुज्जत नुस्खा लिख देंगे। फिर केमिस्ट से 'दवा' लेनी होनी और अगली सुबह, दस बजे त्रिवेणी पहुँचने पर, कौशल की चाय में मिला देनी होगी। वह अपनी बातों में इस तरह मसरूफ रहता है कि उसकी आँखों के सामने ही मिलाई जा सकती है। या उससे कहेगी, बाहर जाकर एक पान ले आए उसके लिए। मीठी आवाज में कहेगी तो लपककर चला जाएगा...किस्सा खत्म! आज डॉक्टर आकर लौट चुके। कल आएँगे। ठीक है, कल नुस्खा लिखवाएगी, परसों त्रिवेणी जाते समय खरीदेगी और...

उसकी देह में अपार परितोष व्याप गया। जरा उत्तेजना महसूस नहीं हुई, बस सुकून का अहसास सिर से पाँव तक भिगो गया। जैसे नींद की गोली खाई हो। इतने दिन नाहक बरबाद किए। आज से बहुत पहले यह कर गुजरना था। खैर...अब... बस...दो दिन और हैं...एक तृप्त मुस्कराहट उसके होंठों पर फैल गई, आँखें नींद से झपक उठीं।

"अब क्या हुआ?" ममता ने कहा।

"बहुत दिनों से सोई नहीं। नींद आ जाए तो..." कहते-कहते वह जम्हाई ले उठी।

"नींद की गोली क्यों नहीं ले लेतीं?" ममता ने कहा।

"वही करूँगी...चलूँ अब," एक और जम्हाई लेकर वह उठ खड़ी हुई।

रोज की तरह आज भी माधवी घर पहुँचते ही सीधी बिस्तर पर जा लेटी। फर्क इतना था कि लेटते ही नींद आ गई। खाना खाने के लिए राकेश को उसे झकझोरकर उठाना पड़ा और आधा-पौना खाकर, वह दोबारा बिस्तर पर जाकर सो रही।

बारह घंटे सो लेने के बाद, सुबह तरोताजा देह लेकर उठी। बहुत दिन बाद हाथों से बाल सँवारकर आईने में देखा तो लगा, गरदन पर नया चेहरा उग आया है। इस नए चेहरे का रंग निखरा हुआ है, होंठ खिले-खिले हैं, आँखों के नीचे काले गड्ढे नहीं हैं। आँखें भी बुझी-बुझी कान्तिहीन नहीं, बल्कि खूब चौड़ी खुली हैं और दिप-दिप कर दमक रही हैं।

''क्या हुआ?'' राकेश कह उठा, ''बड़ी खूबसूरत लग रही हो आज!''

''देखते जाओ,'' माधवी खिलखिला दी, ''अब रोज लगेंगे।''

राकेश की निगाहों में एक मुग्ध अकुलाहट भर गई। बहुत दिन बाद।

''मन में आ रहा है, आज फैक्टरी न जाऊँ,'' उसने कहा।

माधवी की इच्छा हुई, उसे बाँहों में समेट ले और अपना सिर उसकी गोदी में रखकर सो जाए और...सोती रहे, देर तक। पर आज नहीं। तिलक रोड पहुँचना है। जल्दी। ऐसा न हो कि डॉक्टर आकर लौट जाएँ।

''न-न,'' उसने मधुर हास्य के साथ कहा, ''ऐसा गजब न करना। फिर तो रोज घर बैठना पड़ेगा।''

राकेश भी हँसा। ''रात की ड्यूटी तो नहीं है न!'' उसने कहा।

सलज्ज भाव से माधवी ने गरदन हिला दी, नहीं।

''तुम्हें लेता हुआ आऊँ?''

इस बार भी माधवी ने गरदन हिलाकर उत्तर दिया, ''हाँ।''

''पूरी दुलहिन लग रही हो,'' राकेश ने कहा और सचमुच, याददाश्त के किसी धुँधले कोने में छिपे, शादी के पहले दिन की तरह, उसकी एक उँगली हलके से अपनी उँगली से दबा दी। लजाकर माधवी ने सिर झुका लिया। देह फिर परितोष से भर गई। क्या हुआ, उसे धुँधला-सा खयाल आया, अब किसी चीज से उत्तेजना क्यों नहीं होती? क्या इस कदर थक चुकी? अच्छा है। उत्तेजना, आवेग, आवेश चाहती भी नहीं। बहुत भोग चुकी। अब चाहती हूँ शान्ति और सुकून। दो दिन और हैं फिर...लम्बी नींद...

त्रिवेणी में खुल्लमखुल्ला सामने बिठलाकर जहर देने पर पुलिस उसे छोड़ेगी नहीं, वह जानती है। कौशल को देने के बाद भी खुद भी...साइनाइड या फाँसी?

''क्या सोचने लगीं?'' राकेश ने फुसफुसाकर पूछा।

माधवी ने आँखें उठाकर उसे देखा। मन-ही-मन कहा, मरने दो मुझे, मरना ही पड़ेगा। इस जोंक से छुटकारा पाने का और तरीका नहीं है। इस तरह तिल-तिल कर मरने से अच्छा है, साइनाइड की एक चुटकी लूँ और...

''तुम्हारा उपन्यास पूरा हो गया?'' उसने सुना, राकेश पूछ रहा है।

''क्या!'' उसने ऐसे कहा जैसे पेट में गोली लग गई हो।

''उपन्यास पूरा हो गया तुम्हारा?'' राकेश ने प्यार से पूछा। प्यार आने पर उसे

उसकी रचनाओं का खयाल बरबस आता है।

"नहीं," उसने कहा और फिर दोहराती ही गई, "नहीं-नहीं!"

"क्या हुआ?" राकेश ने कहा।

"कुछ तो नहीं," उसने हँसकर कहा और चेहरा छुपाने को मुड़ गई।

नहीं, वह साइनाइड नहीं ले सकती, पहले उपन्यास पूरा करना होगा।

अलमारी खोलकर उसने उपन्यास की पांडुलिपि निकाल ली। कितने महीने हो गए! कवर पर धूल जनी है, भीतर पन्ने पीले होने लगे हैं...

एक-एक पन्ने को हाथ से सहला-दुलराकर पलटा...ऐसा क्यों लग रहा है जैसे बरसों पहले पढ़े किसी और के उपन्यास के पन्ने पटल रही है? यह उसी ने लिखा है न? अधूरा है या पूरा हो चुका? जानती तो है, अधूरा है। फिर ऐसा क्यों लग रहा है, कब का पूरा हो चुका? लिखने को कुछ बाकी नहीं है?

नहीं, बाकी है। बहुत कुछ बाकी है। यह अधूरा है! इसे पूरा करना होगा। वह साइनाइड नहीं ले सकती।

वह पन्ने पलटती रही। अन्दर का 'नहीं' चुनौती बनने के बजाय विषाद में बदलने लगा। मन गहरे अवसाद में डूब गया। उपन्यास की लाश...

"मम्मी!" तभी समीर ने आकर पुकारा।

पीले कागजों के पुलिन्दे को तेजी से बिस्तर पर पटककर उसने झपटकर समीर को अंक में भर लिया और ताबड़तोड़ उसके गालों पर चुम्बन जड़ दिए।

"क्या करती हो!" भौचक समीर ने अपने को छुड़ाते हुए रुआँसे स्वर में कहा, "पाँच रुपए दो, बस निकल जाएगी।"

माधवी ने उसे पकड़कर एक बार फिर चूम लिया। तब पाँच रुपए उसके हाथ पर रखे। वह लाल सुर्ख होकर कमरे से बाहर दौड़ गया।

"आलोक!" माधवी ने आवाज लगाई।

आलोक पास नहीं आया। जाने को तैयार वहीं दरवाजे के पास खड़े रहकर बोला, "मैं जा रहा हूँ।"

"एक मिनट इधर तो आओ," माधवी ने कहा।

"देर हो रही है," कहकर वह बाहर भाग गया।

राकेश खिलखिलाकर हँस दिया, "कहीं उसे मत चूम लेना। किसी को मुँह दिखलाने लायक नहीं रहेगा। इतना ही मन है तो मेरे पास आ जाओ।"

माधवी उसके पास आ गई। "शाम को जल्दी आना," उसने कहा और मन का सारा प्यार, उँगलियों में समेटकर, राकेश के सिर के बाल सहला दिए।

उसके चले जाने पर कमरे में लौटी तो बिस्तर पर पड़े पुलिन्दे ने पास बुला लिया। उठाकर किसी बीमार के सिर की तरह गोद में रख लिया। उस पर हाथ

फेरने लगी। पर आँखों का सूनापन नहीं मिटा। स्याही में बिजली नहीं कौंधी। अभी नहीं, उसने अपने से कहा, बाद में इसे पूरा करूँगी। जरूर। कौशल जब नहीं रहेगा, मेरी अस्मिता पर पड़ी धूल की परतें साफ हो जाएँगी, तब। अभी कुछ नहीं सोचना मुझे, कुछ नहीं कुरेदना। झाड़न उठाकर उसने कवर पर पड़ी धूल को रगड़कर साफ किया। फिर एक बड़ा-सा कागज का लिफाफा ढूँढ़ निकाला और उसके भीतर डालकर, उसे सुरक्षित रख दिया, बाद के दिनों के लिए।

वह शीशे के सामने जा खड़ी हुई। हर कोण से अपना चेहरा निहारकर मन लगाकर शृंगार करने लगी...बहुत दिन बाद।

ताजा-खिला चेहरा लिये, सुबह दस बजे के पहले तिलक रोड पहुँची तो ममता खुश होकर बोली, ''वाह, आज तो खूब जँच रही हो!''

''रात खूब सोई,'' माधवी ने कहा।

''बढ़िया है। बस, अब कल भी इसी तरह जल्दी आ जाना।''

''जरूर। पर आज शाम तू जल्दी आना। तेरे जीजाजी मुझे लेने आएँगे।'' कहते-कहते माधवी नववधू की तरह लजा गई।

ममता क्षण-भर उसका चेहरा पढ़ती रही, फिर बोली, ''बात क्या है, कह तो ऐसे रही है जैसे बरात लेकर आ रहे हों।''

माधवी उन्मुक्त भाव से हँस दी।

''कुछ है जरूर,'' ममता ने कहा, ''कहो तो मिठाई लेकर आऊँ?''

''तेरी शादी की सालगिरह है क्या?'' माँ बोल पड़ीं, फिर खुद ही जोड़ा, ''नहीं, वह तो अगले महीने है।''

बहुत दिन बाद माँ के मुँह से इतना सहज-मधुर वाक्य सुना। ''तबीयत कैसी है?'' रुँधे कंठ से उसने पूछा।

''कल और आज में काफी बेहतर हुई है,'' ममता ने कहा।

''हाँ,'' माँ ने कहा, ''बहुत दिन बाद आज कुछ खाने का मन है। क्या सब्जी बनाओगी...परवल बनाओ न?''

''मैं बनाती हूँ,'' माधवी ने चहककर कहा, ''तू जा ममता, जा और जल्दी आ।'' और बरबस गुनगुनाती हुई वह रसोईघर की तरफ चल दी।

साढ़े दस बजे कौशल का फोन आया। आना ही था। दस बजे माधवी त्रिवेणी पहुँची जो नहीं। उस वक्त वह डॉक्टर भार्गव से नुस्खा लिखवा रही थी। साढ़े दस बजे

कौशल से बात करते वक्त नुस्खा उसके हाथों में था। डॉक्टर भार्गव माँ की तबीयत बेहतर होने की डॉक्टरी पुष्टि कर चुके थे। यानी जो-जो महत्त्वपूर्ण था, घट चुका था। कौशल का फोन तो पत्र के नीचे घिसटे पुनश्च: की तरह था, बस। माधवी ने उसे अन्यतम सहजता से लिया।

हमेशा की तरह आज भी कौशल घंटा-भर झक मारता रहा पर उसे विचलित नहीं कर सका। पर्स में डॉक्टर भार्गव का नुस्खा जो था। दृढ़ता के साथ वह एक ही बात दोहराती रही, "आज नहीं, कल मिलूँगी, नौ बजे।"

"कल जरूर मिलेंगी न," कौशल ने कहा।

"जरूर," माधवी ने कहा तो उसकी आवाज पेशेवर नर्तकी की तरह बल खा उठी।

"बड़ी खुश हैं आज।"

"बहुत।"

"तब, आ जाइए न।"

"नहीं, कल।"

"कल कोई खास बात है क्या?"

"बहुत!"

"क्या बात है, बतलाइए न?"

"कल।"

"बात तो बतला दीजिए। आ कल जाइएगा।"

"कल।"

"बतलाइए न, मैं बहुत धैर्यहीन आदमी हूँ।"

"कल।"

आखिर उसकी आवाज की खनक से हारकर कौशल ने हथियार डाल दिए।

"कितने बजे आएँगी?" उसने पूछा।

"नौ बजे। ठीक नवें घंटे पर। तत्काल!"

"कैसी मूड में हैं आज?"

माधवी हँस पड़ी। "मैंने पहले भी आपसे कहा है, मूड पुल्लिंग है, स्त्रीलिंग नहीं। मेरा मेरा मूड कहता है, कल का इन्तजार करो।"

उसने फोन काट दिया पर उसके पास बनी रही। जानती थी न, दोबारा बजेगा। पर आज उस अपेक्षित प्रतीक्षा ने दिमाग की नसों पर जोर नहीं डाला। बल्कि घात लगाती बिल्ली की तरह चूहे के पास आने की बाट जोहती रही।

फोन नहीं बजा। आश्चर्य! है और नहीं भी। बात-बात पर उत्तेजित हो जानेवाला कौशल, उसकी आवाज की मस्ती से इतना विचलित हो गया होगा कि कल तक का इन्तजार, उसे प्रहर्षपूर्ण लगा होगा। कल सुबह तक वह अपनी उत्तेजना को कोड़े

मार-मारकर उस पराकाष्ठा पर पहुँचा लेगा, जहाँ करीब-करीब हिस्टीरिया की जकड़ में होगा। जैसे ही वह त्रिवेणी पहुँचेगी, वह प्रश्न-पर-प्रश्न उगलने शुरू कर देगा। एक-के-बाद-एक, रह-रहकर वही एक, जैसे कै कर रहा हो। न चाहकर भी माधवी उत्तर देगी तो लगेगा उसकी उलटी समेट रही है। माधवी ने तो कभी अपने बच्चों की उलटी नहीं समेटी। जरूरत पड़ने पर राकेश आगे बढ़कर साफ कर देता। ओह, राकेश!

सुना है, साइनाइड मुँह में डालते ही आदमी तत्काल खत्म हो जाता है। सामने बैठा, जोर-जोर से बोल रहा कौशल, चाय का एक घूँट भरेगा और... दुमकटा प्रश्न उत्तर नहीं माँगेगा। कौशल की गरदन लटक जाएगी। होंठ खुल आएँगे। आँखें ऊपर टँग जाएँगी। माधवी चुप रहेगी। शब्दों की वेश्यावृत्ति से छूटकर चाय का लम्बा घूँट भरेगी और...

होने दो जो होगा। पुलिस आएगी, गिरफ्तारी होगी...माधवी नहीं जानती आगे क्या होगा। पूरा सच सिमटकर एक लम्हे में समा गया है। वह पुरसकून लम्हा, जब कौशल की आवाज अचानक शब्द को छीलकर बन्द हो जाएगी। उसके बाद और पहले के क्षण नाटक के दृश्यों से ज्यादा कुछ नहीं हैं। माधवी एक अभिनेत्री है, जो कल एक प्रबल नाटक में महत्त्वपूर्ण भूमिका निभाने जा रही है। बस। पूर्णविराम!

शाम को राकेश की गाड़ी का हॉर्न बजा माधवी ने उसके भीतर आने का इन्तजार नहीं किया। भागती हुई बाहर निकली और उसके उतरने से पहले, दूसरी तरफ का दरवाजा खोलकर, गाड़ी में बैठ गई।

"क्या हुआ?" चकित राकेश ने पूछा, "माँ से न मिलूँ?"

"नहीं, घर चलो।"

राकेश ने बहस नहीं की, गाड़ी चला दी। माधवी उसके पास खिसक आई और उससे सटकर बैठ गई। राकेश की बाँह ने उसके कन्धे घेर लिये।

"एक्सीडेंट हुआ तो पुलिस तुम्हें पकड़ेगी, मुझे नहीं," राकेश ने कहा और हँस पड़ा। शादी से पहले, दोनों घूमने निकलते थे तो राकेश हर बार यही कहा करता था। राकेश के साथ माधवी भी हँस दी और देर तक हँसती चली गई। राकेश के चुप हो जाने के बहुत देर बाद तक।

राकेश ठगा-सा रह गया। "क्या हुआ" उसने कहा, "इतना क्यों हँस रही हो?"

"क्यों, हँसने के लिए नुस्खा लिखवाना पड़ता है क्या?"

"इतना हँसने के लिए जरूर लिखवाना चाहिए," राकेश ने कहा।

"लिखवा तो लिया, अब बनवा लेते हैं," माधवी ने कहा, "गाड़ी रोको।"

"क्या मतलब?"

"रोको न।"

राकेश ने गाड़ी रोक दी।

"अभी आई," कहकर माधवी उतर गई और सामने दवा की दुकान में घुस गई। पाँच मिनट बाद लौटी तो राकेश ने उत्सुकता से पूछा, "क्या कर आईं?"

"सिरदर्द की दवा लाई हूँ, बड़ी कारगर दवा है। गोली अन्दर और दर्द चुप!"

"चुप नहीं, बाहर," राकेश ने कहा।

"नहीं, चुप!" माधवी ने कहा और देर तक हँसती रही।

राकेश के माथे पर बल पड़ गए। माधवी ने देखा तो हँसी रोक संजीदा हो गई।

"कुछ ज्यादा हो गया न, अब नहीं हँसूँगी," उसने कहा और चुपचाप बैठ गई। अब राकेश हँस दिया और बाँह से घेरकर उसे पास समेट लिया।

अगले चौराहे पर लाल बत्ती मिलने पर गाड़ी जैसे ही रुकी, फटेहाल बच्चों ने उसे घेर लिया। 'इवनिंग न्यूज, इवनिंग न्यूज' की पुकार चारों तरफ रिरिया उठी। "क्या तरीका है अखबार बिकवाने का! " उसे याद आया कौशल ने एक दिन कहा था, "भिखारियों ने भीख न माँगी, सेठों के अखबार बेच दिए। मजूरी ज्यादा क्यों दें, भिखारियों को भिखारी रहने दिया जाए, तभी मुनाफा डबल होता है। थू!"

इन फटेहालों में कुछ या काफी लँगड़े-लूले-अपाहिज भी होंगे, उसने महसूस किया पर आँख उठाकर उनकी तरफ देखा नहीं, और न अखबार खरीदने के लिए पर्स टटोला।

"लेना एक," पचास पैसे का सिक्का उसकी तरफ बढ़ाकर राकेश ने कहा। फिर अपनी तरफ की खिड़की से हाथ बढ़ाकर एक खुद भी ले लिया।

"दो-दो का क्या करोगे?" माधवी ने कहा।

"करना क्या है, ले लो," राकेश ने कुछ सख्ती से कहा तो उसने सबसे करीब खड़े बच्चे की हथेली पर सिक्का डाल दिया, उसकी तरफ देखा तक भी नहीं। अखबार आकर उसकी गोदी में गिर गया।

गाड़ी चल दी। वह अखबार उठाकर सरसरी निगाह उस पर दौड़ाने लगी।

अखबार से नजर उठाई तो देखा, मेडिकल इंस्टीट्यूट की इमारत सामने है। अभी इसी को लेकर एक खबर पढ़ी है। "इसमें समाजसेवी सुशीला पाठक की अपील निकली है," उसने राकेश से कहा, "इंस्टीट्यूट में सोलह बरस के एक गरीब लड़के का ऑपरेशन होना है। पाँच हजार रुपया लगेगा। लड़के के पिता के लिए इतना रुपया जुटा पाना सम्भव नहीं है। इसलिए लोगों से अपील की है कि वे कुछ-न-कुछ दान दें। अजीब बात है, सरकारी अस्पताल में लोग क्यों दान दें! सरकार को पैसा लगाना चाहिए।"

राकेश ने भी देखा. सामने इंस्टीट्यूट की इमारत है। उसने गाड़ी धीमी कर ली।

''देना चाहती हो तो दे देते हैं,'' उसने कहा।

''क्या पता झूठ ही हो,'' माधवी ने कहा, ''चलो न, गाड़ी क्यों रोक रहे हो?''

राकेश तनिक झिझका फिर गाड़ी तेज कर दी। कुछ दूर जाने पर बोला, ''इंस्टीट्यूट सरकारी अस्पताल नहीं है। हो भी तो हर किसी का मुफ्त ऑपरेशन करने की हमारी सरकार की कोई पॉलिसी नहीं है। कुछ पैसे देना चाहो तो दे सकते हैं।''

''जाने दो,'' माधवी ने कहा, ''रोज कुछ-न-कुछ होता ही रहता है।''

अखबार मोड़कर उसने गाड़ी के फर्श पर डाल दिया और सिर राकेश के कन्धे पर टिका दिया।

गाड़ी गति पकड़ने लगी।

''आगे कहीं गजरे वाला दिखे तो रोकना,'' कुछ ठहरकर माधवी ने कहा।

राकेश मुस्करा दिया।

''पर खरीदना एक, दस-बारह नहीं,'' माधवी ने कहा।

राकेश हँस दिया। ''एक-दो तो, तुम जानती हो, हम खरीदते नहीं। श्रृंगार करना है तो पूरा करो वरना...''

खट से माधवी ने उसके होंठों पर चूम लिया। बीच सड़क। राकेश फिर नहीं बोला।

गाड़ी की रफ्तार तेज होती गई।

सुबह आँख जल्दी खुल गई।

दरअसल सुबह हुई नहीं थी। अन्दर-बाहर रात के आखिरी पहर का सन्नाटा था, जाग उठने से जरा पहले का ठहरा-ठहरा स्पन्दन लिये। अँधेरा चितकबरा पड़ने लगा था, पूरी तरह छँटने से पहले उस बेआवाज दस्तक का इन्तजार कर रहा था, जो बिला नागा रोज पड़ती है।

माधवी उठकर बच्चों के कमरे में चली गई। अन्दर जीरो पावर का बल्ब जल रहा था। बाहर और भीतर की रोशनी एक-ब-एक हो रही थी। हलके उजास में बिस्तर पर निश्चल लेटीं, आलोक और समीर की सफेदपोश आकृतियाँ, बर्फ से गढ़ी मूर्तियों की तरह दिख रही थीं।

बिना शब्द किए माधवी पलंग के पास कुर्सी पर बैठ गई। टक लगाकर उन्हें देखने लगी। छूने की कोशिश नहीं की। तस्वीर कहीं हिल न जाए। इससे सुन्दर कहीं कुछ नहीं है! वह कृतज्ञ थी। आनन्द-लीन देख रही थी। आँखों में आँसू उमड़कर गालों पर बहने लगे थे। नीचे गिरकर उसकी साड़ी की पटलियाँ भिगो रहे थे।

एक घंटा बीत गया...

चेहरे के नक्श साफ होने लगे...समीर ने कसमसाकर बदन तोड़ा...

माधवी बाहर निकल आई। आँसुओं को उसने नहीं पोंछा, खुद सूख गए। शान्त मन से उसने राकेश से कहा कि फैक्टरी जाते हुए उसे तिलक रोड छोड़ता जाए।

रास्ते-भर वह उसे अपलक निहारती रही पर छूने की कोशिश नहीं की। उतरने लगी तो राकेश ने मुड़कर उसकी तरफ देखा और मुस्करा दिया। कितना सुन्दर है सब-कुछ, माधवी ने अगाध तृप्ति के साथ महसूस किया और घर के अन्दर चली गई।

सुबह आठ बजे उसे पहुँचा देखकर ममता चकित रह गई। ''अभी तो मैंने माँ का स्पंज भी नहीं किया,'' उसने कहा।

''स्पंज मैं कर देती हूँ,'' माधवी ने कहा, ''पर तू घर मत भाग जाना। नौ बजे मुझे एक घंटे के लिए त्रिवेणी जाना है। दस बजे लौट आऊँगी तो तू चली जाना।''

''ठीक है,'' ममता ने कहा, ''तुम एक घंटे यहाँ हो तो मैं एक काम कर आऊँ। बहुत दिनों से बेबी के स्कूल जाना चाह रही हूँ, आज हो आती हूँ।''

''नौ बजे तक आ जाएगी न?''

''उससे भी पहले। मुझे वहाँ करना क्या है!''

ममता को भेजकर माधवी माँ के कमरे में चली आई। माँ ने मुस्कराकर उसका स्वागत किया। आज यह पूछने की जरूरत महसूस नहीं हुई कि तबीयत कैसी है। पौने नौ तक उनका काम निबट गया।

ममता के आते ही त्रिवेणी के लिए चल पड़ूँगी, माधवी ने पर्स में पड़े पैकेट को थपथपाकर तय किया।

तभी माँ कह उठीं, ''कल तेरे बनाए परवल बहुत बढ़िया थे। ऐसा नहीं हो सकता, आज मैं थोड़ी-सी गोभी खा लूँ?''

''गोभी तो बहुत सकील होगी माँ,'' उसने कहा।

''बस, जरा-सी जायका बदलने को,'' माँ मनुहार कर उठीं।

बना देती हूँ, माधवी ने सोचा, इतना मन है तो चख लेंगी जरा-सी। कुछ नहीं होगा। अब किसी का कुछ बुरा नहीं होगा। बुराई की जड़ मिटनेवाली है। दस-पन्द्रह मिनट में गोभी तैयार हो जाएगी, उतने में ममता आ जाएगी। त्रिवेणी पहुँचेने में दस-बीस मिनट की देरी हुई तो कोई बात नहीं। कौशल इन्तजार करेगा, आदत है। बहुत हुआ तो इन्तजार करता-करता फोन कर लेगा। कोई बात नहीं। माधवी अब उसके फोन से नहीं डरती। माधवी अब किसी चीज से नहीं डरती। हर डर से वह मुक्त है, निर्भय, नि:शंक, निश्चय पर अटल।

सब्जी तैयार हो गई। ममता नहीं आई। नौ बज गए। माधवी ने गैस पर सूप बनने रख दिया, चलो, इसे भी बना डालती हूँ। आ जाएगी ममता। बाद में माँ को अकेले ही सँभालना होगा उसे। सँभाल लेगी। बच्चों को राकेश सँभाल लेगा। मुझे भी...समझ जाएगा। हमारे बीच अब कोई गलतफहमी बाकी नहीं रही। वह समझ

जाएगा, मैंने जो किया, करना ही था, और उपाय नहीं था इसलिए।

"ममता आई क्यों नहीं? अब और देर नहीं होनी चाहिए। कहीं मुझे..."

माँ के बिस्तर के पास पड़ी घंटी चीत्कार कर बज उठी और बजती चली गई।

माधवी के सिर पर जैसे गाज गिरी। सूप का पतीला नीचे पलटकर वह उसके कमरे की तरफ भागी।

घंटी उसी तरह बजती रही।

माँ का हाथ घंटी पर गिरा पड़ा था; चेहरे पर हवाइयाँ उड़ रही थीं; साँस उखड़ रही थी; बदन के कपड़े पसीने से भीग रहे थे। घंटी बजती चली जा रही थी।

"क्या हुआ?" घबराहट में उसके मुँह से निकला।

माँ ने बोलने की नाकाम कोशिश की।

"नहीं-नहीं, बोलिए नहीं," उसने कहा और गोली उनके मुँह में डाल दी। हाथ घंटी पर से हटा टिया। पसीने से भीगा हाथ बर्फ की तरह ठंडा था। माधवी को खुद पसीना छूट गया। "डॉक्टर को बुलाती हूँ!" कहती वह फोन पर पहुँची।

वह चोंगा उठाती, उससे पहले फोन की घंटी बज उठी।

उसने चोंगा उठाया और कहा, "फोन रख दीजिए। मुझे डॉक्टर..."

उसके वाक्य को बीच में काटकर उधर से आवाज चहकी, "कौशल हूँ। आप आईं नहीं। आपने तो कहा था, नवें घंटे पर तत्काल..."

"फोन रख दीजिए," माधवी चीखी, "मुझे डॉक्टर को मिलाना है।"

"क्यों, क्या हो गया?" कौशल ने आराम से पूछा।

"माँ की हालत खराब है। फोन फौरन काटिए!"

"इतना घबराइए मत। ठीक हो जाएगी। आप हौसला..."

"फोन काटिए, जल्दी!"

"आप हौसला रखिए। इस तरह से घबराने से तो आपकी अपनी तबीयत..."

माधवी ने फोन का चोंगा नीचे पटक दिया और पड़ोसियों के घर फोन करने दौड़ी। माँ के कमरे से जाते-जाते कहा, "आती हूँ फोन करके।"

माँ ने कातर नजरों से उसे देखा और अस्फुट स्वर में पूरा दम लगाकर किसी तरह कहा, "...मत...जा...मेरे...पास..."

माधवी रुकी नहीं। दौड़कर पड़ोसी के यहाँ पहुँची और डॉक्टर भार्गव को फोन करके वापस दौड़ पड़ी। रास्ते-भर प्रार्थना करती रही—हे भगवान, माँ के पास ममता पहुँच चुकी हो! पहुँच चुकी हो!

ममता नहीं पहुँची थी।

माधवी माँ के पास आई। उनकी साँस घुट रही थी। साँस लेने की कोशिश में पेट इतनी बुरी तरह ऊपर-नीचे हो रहा था कि पूरा पलंग हिल रहा था।

''मा...ध...वी...'' टूटती आवाज में उन्होंने कहा।

''डॉक्टर आ रहा है,'' उसने कहा और उनका हाथ थाम लिया।

हाथ उसके हाथ पर कस गया जैसे लाश की पकड़ हो! ''न...हीं...ब...चूँगी...'' घरघर करती आवाज में उन्होंने कहा, ''म...म...ता...''

''जरूर बचोगी!'' माधवी ने कहा, ''मैं डॉक्टर शिन्दे को बुलाती हूँ।''

पता नहीं डॉक्टर भार्गव अब तक पहुँचे क्यों नहीं। डॉक्टर शिन्दे को भी बुला ले, शायद वे जल्दी पहुँच जाएँ। किसी तरह हाथ छुड़ाकर वह फोन के पास आई और चोंगा उठा लिया।

कोई आवाज नहीं थी। क्या हुआ, फोन खराब हो गया या...! अब तक कौशल उस पर लिसड़ा पड़ा है।

''हलोऽ!'' वह चीखी।

''कहाँ चली गई थीं? क्या हो गया?'' कौशल की आवाज आई।

''माँ मर रही हैं!'' वह रो दी।

''ओहो, मैं कुछ कर सकता हूँ?''

सहसा उसका पगलाया दिमाग काम कर गया।

''हाँ,'' उसने कह, ''792163 पर फोन करके कहिए, ममता फौरन यहाँ आ जाए, मुझे इस फोन पर डॉक्टर से बात करनी है,'' जो भी अंक सबसे पहले उसके मन आए, उन्हें बतलाकर उसने कौशल को टालना चाहा।

''अच्छा, क्या नम्बर?''

''792163। जल्दी!''

''उनासी, इक्कीस, तिरसठ?'' कौशल को, लगता था, कोई जल्दी नहीं है।

''हाँ-हाँ, जल्दी कीजिए।''

''किसको बुलाना है—ममताजी को?''

''जल्दी! प्लीज!'' वह जोर से चीखी।

आखिर फोन कट गया।

माधवी ने डॉक्टर शिन्दे को फोन मिलाया। कहा, ''माधवी हूँ। डॉक्टर साब, फौरन आ जाइए! माँ की तबीयत बहुत खराब है।''

''मैं यहाँ हूँ,'' माँ के कमरे से आवाज आई। डॉक्टर भार्गव पहुँच गए थे।

वह भागकर वहाँ पहुँची। डॉक्टर भार्गव इंजेक्शन-पर-इंजेक्शन लगा रहे थे।

''एंबुलेंस के लिए फोन कीजिए, अस्पताल ले जाना होगा,'' उसे देखते ही उन्होंने कहा।

माधवी वापस फोन पर भागी तो सुना उसकी घंटी पहले से बज रही है। उठाकर उसने हलो नहीं कहा, सीधा चिल्लाई, ''फोन रख दीजिए। एम्बुलेंस को करना है।''

"अरे, क्या नम्बर बतला दिया आपने?" उधर से आवाज आई, "उस पर कोई ममता नहीं है।"

"रहने दीजिए। माँ को फौरन अस्पताल ले जाना है। फोन काट दीजिए।"

"पर ममताजी का सही नम्बर बतला दीजिए।"

"रखो फोन!" होशोहवास खोकर वह चीख उठी, "डॉक्टर! डॉक्टर! यह आदमी फोन नहीं रख रहा!"

डॉक्टर भार्गव ने आकर उसके हाथ से फोन ले लिया। इशारे से उसे माँ के पास जाने के लिए कहा।

माँ के कमरे में जाते-जाते उसने सुना, डॉक्टर भार्गव ने सर्द-सख्त स्वर में कहा है, "फोन रखो!" और तत्काल अपनी तरफ से नम्बर घुमाने लगे हैं। एक... दो...तीन अब एम्बुलेंस आ जाएगी, माँ के पास पहुँचने पर उसने राहत महसूस की।

माँ ने एक बार पूरा दम लगाकर साँस बाहर फेंका और...पलंग हिलना बन्द हो गया! पेट नीचे गिरकर ऊपर नहीं उठा!

"डॉक्टर!" माधवी ने आवाज दी।

डॉक्टर भार्गव ने फोन रख दिया।

माँ की गरदन लटक गई; होंठ खुल आए; आँखें ऊपर टँग गईं।

डॉक्टर भार्गव अन्दर आए और...यह क्या! डॉक्टर माँ की छाती पर मुक्के क्यों मार रहे हैं!

"डॉक्टर?" वह फुसफुसाई।

उन्होंने धीरे से हाथ हिलाया और फिर वही हाथ आगे बढ़ाकर माँ की आँखें बन्द कर दीं।

माधवी अवसन्न रह गई।

फोन बजने लगा।

डॉक्टर शिन्दे आ पहुँचे। डॉक्टर भार्गव ने उन्हें देखकर सिर हिला दिया।

ममता लौट आई।

दोनों डॉक्टर वापस चले गए।

फोन बजता रहा।

ममता फफककर रो दी। माधवी फिर भी अवाक् बैठी रही।

लोग आने लगे।

ममता ने खुद को सँभाला। माँ को नीचे उतारा गया। माधवी जहाँ थी, बैठी रही। ममता ने हाथ पकड़कर उसे उठाया और माँ के बराबर जमीन पर बिठला दिया। माधवी बैठ गई। बैठी रही।

लोग आते रहे, पास बैठते रहे, फोन बजता रहा, बजता रहा।

दोपहर बाद, ममता ने आकर कहा, ''तुम्हारा फोन है, सुन लो।''

''फोन!'' उसके बदन में धुरधुरी आ गई।

''कई बार मना कर चुके, बार-बार किए जा रहा है, जाकर सुन लो और खत्म करो,'' कड़वे स्वर में ममता ने कहा।

माधवी को चोंगा उठाना पड़ा।

''माँ मर गईं,'' उसने कहा।

''हाँ, पता चला। फिर तो आज आपका आना नहीं होगा?''

माधवी सुन्न-चुप रही।

''तब कल आइए। दस बजे। मेरी किस्मत भी कितनी खराब है, अब तो यकीन आ गया होगा आपको। कितनी शिद्दत से आज का इन्तजार किया था पर...आज आप आतीं तो मन का सब-कुछ आपके सामने उगल देता!''

माधवी अवाक्-मूक रही।

''हल्लो! हल्लो! हल्लो!'' कौशल चीखा, ''माधवीजी! माधवीजी!''

''हाँ,'' माधवी ने कहा। कहना पड़ा।

''कल आएँगी न?''

''हाँ,'' माधवी ने कहा। और चारा नहीं था।

''बात करने की सुविधा नहीं है क्या?'' कौशल ने पूछा।

''नहीं,'' माधवी ने कहा।

''अच्छा, रख रहा हूँ, कल मिलेंगे,'' कौशल ने कहा और फोन काट दिया।

कल-कल-कल! माधवी के कानों में चुभता रहा। फिर एक कल! कल इस आदमी से मिलना होगा? ना मिली तो? तो...क्या होगा? तिलक रोड आ धमकेगा। माँ की तबीयत...कहाँ है माँ? उसका बदन एक बार थरथराया फिर सुन्न पड़ गया। माँ मर गईं। घबराकर उसने अपना पर्स टटोला। पुड़िया सुरक्षित है। माधवी ने किसी को जहर नहीं दिया। फिर माँ मर कैसे गईं?

अगले दिन सुबह साढ़े दस बजे, माधवी को फिर फोन पर बुलवाया गया।

''अब तक आईं नहीं?'' कौशल ने साधिकार पूछा।

''नहीं,'' माधवी ने कहा।

''कब तक आएँगी?''

''नहीं!''

''क्या? हल्लो-हल्लो-हल्लो...!''

''नहीं आऊँगी।''

"क्यों?"

"..."

"रिश्तेदारों के बीच फँस गई हैं क्या?"

"..."

"आ जाइए न थोड़ी देर के लिए, ऐसे मत मारिए हमें। इन्तजार कर रहा हूँ, आएँगी तो बहुत बढ़िया खबर दूँगा आपको।"

"..."

"नहीं आएँगी?"

"नहीं!"

"आना तो पड़ेगा। आज नहीं तो कल। पच्चीस तारीख को मणि कौल आ रहा है। कल चिट्ठी आई है। आज सीनारियो फाइनल करके भेजना है। आपसे बात करना जरूरी है।"

"नहीं।"

"कम्पोजिंग एजेंसी के बारे में भी तय करना है।"

"नहीं।"

"मैं आ जाऊँ वहाँ?"

"नहीं।"

"तो आपके घर आ जाता हूँ। कब जाएँगी आप घर?"

"नहीं।"

"घर नहीं जाएँगी?"

"नहीं।"

"कब तक?"

"..."

"ठीक है, आपकी इच्छा। मेरा काम तो रुक नहीं सकता। मैं तिलक रोड आ रहा हूँ।"

इसके काफी देर बाद दोनों तरफ चुप्पी रही। कौशल प्रतीक्षा कर रहा होगा कि उसके मुँह से सुबकी सने नहीं का चीत्कार सुनकर फोन काटे। जब चुप्पी काफी खिंच गई तो उसूलों के पक्के, पुश्तैनी डाकू की साफगोई के साथ चिल्लाकर बोला, "तो आ रहा हूँ!" और फोन काट दिया।

माधवी अन्दर कमरे में जाकर जमीन पर बैठी चाचियों-मामियों की भीड़ के बीच दुबक गई। कमरे की खिड़की से उसने देखा, अपनी पतली-लम्बी सींकियाँ टाँगों पर धबड़-धबड़ करता कौशल दरवाजे के भीतर घुसा है। एक बुजुर्ग ने इशारे से मर्दों का कमरा दिखला दिया है और वह अन्दर चला गया है।

चन्द मिनट गुजर गए। वैसे ही धबड़-धबड़ करता वह बाहर निकला और दरवाजा लाँघ गया।

अगले बारह दिन माधवी तिलक रोड से बाहर नहीं निकली।

रोज कौशल का फोन आता था। एक-दो-तीन-चार बार। बहुत कुछ था कहने को उसके पास। वही सब जो अनगिनत बार पहले कह चुका था। पर उसकी अभिव्यक्ति। शिल्प-शैली! हर बार भिन्न। मधुर, अम्ल, लवण, कटु, काषाय, तिक्त; अनुरोध, चेतावनी, मनुहार, आग्रह, अधिकार, आतंक; हर रस-भाव को उसने शब्दों में बाँधा, बुना और बट-बटकर सँवारा। अद्‌भुत था उसका वाक्य-विन्यास, भावों की अनुगूँज : पर न जाने क्या हुआ कि माधवी के भीतर शब्द नहीं उफने, भावों का ज्वार नहीं फूटा, उमंग के हर दौर के जवाब में एक ही शब्द उसने कहा, नहीं!

यह कैसे हो गया! हतबुद्धि कौशल बार-बार अपने से पूछ रहा है, मैंने तो मुट्‌ठी की पकड़ जरा ढीली नहीं की, फिर मेरे हाथ से सब-कुछ छूट कैसे गया? देखते-देखते, मेरे और माधवी के बीच अकम्पित 'नहीं' की दीवार कैसे खड़ी हो गई? बारह दिन से रोज फोन करता हूँ, एक नहीं, तीन-तीन, चार-चार बार, फिर मेरी आवाज के नंगे तार को छूकर भी वह बेअसर कैसे रहती है? यह कैसी दीवार है जिसे फोड़कर बिजली का करंट उस तक पहुँच नहीं पाता; शरीर तनिक तड़फड़ाता नहीं, आवाज से बिलबिलाहट जाहिर नहीं होती। दीवार के उस पार वह देख नहीं सकता, सुनने को अधिक कुछ मिलता नहीं; तिलक रोड वाले घर गया तब भी वह नहीं दीखी। दोबारा जाने में वितृष्णा अनुभव होती है। सफेदपोश अमीरजादों का वह समूह, जैसे सफेद उकाब घात लगाए बैठे हों! कंचों-सी भावविहीन उनकी आँखों ने एक सम्मिलित दृष्टि उस पर डाली थी, क्षणांश के लिए उनमें जुगुप्सा की धुन्ध छाई थी, फिर वही भावहीन ठंडापन जम गया था। कौशल को लगा था उसका तीसरा नेत्र आज खुलकर रहेगा! पर...

मरने दो! प्रलय एक दिन होगा, वह जानता है। अभी सवाल माधवी का है। वह साफ महसूस कर रहा है कि दीवार के पीछे खड़ी माधवी, जिसे वह देख नहीं सकता, धीरे-धीरे लुप्त हो रही है, रोज थोड़ा-थोड़ा सिकुड़कर मोम की प्रतिमा आग की तपिश पाकर रफ्ता-रफ्ता पिघल रही हो जैसे। नहीं, माधवी लोप नहीं हो सकती। रुपए-पैसे चाहे उसे मिलने बन्द हो जाएँ, इतनी तपस्या-साधना से प्राप्त किया अक्षय पात्र उसके हाथ से छिन जाए, पर माधवी को वह नहीं छोड़ सकता।

उसकी मौजूदगी उसे चाहिए। अपने अस्तित्व के आतंक से वशीभूत उसका फूलता-मुरझाता अस्तित्व उसे चाहिए। अपना अस्तित्व बचाए रखने का यही एक उपाय है उसके पास। अपना कहने को है क्या, कौशल के पास, सिवाय उस 'मैं' के, जो माधवी के संसर्ग में बार-बार पृथ्वी पर गिरकर दोगुना-चौगुना आकार ग्रहण करता रहा है। आधारशिला है माधवी, वह न रही तो इतनी मेहनत से बनाया शीशे का महल नीचे गिरकर चकनाचूर हो जाएगा। बहुत कुछ करने को बाकी है...सभी कुछ करने को बाकी है! उसे कुछ अद्वितीय लिखना है! स्क्रीनप्ले के वे दो-चार पन्ने भूमिका-भर हैं। उसे एक महान उपन्यास का सजृन करना है, ऐसा उपन्यास जो कभी लिखा नहीं जा सकता, अगर कौशल उसे लिखने से चूक गया। माधवी न रही तो उपन्यास लिखा नहीं जा सकेगा। यह माधवी, जिसे कौशल जानता है, इसका सृजन भी कौशल ने ही किया है। कमजोर रचना वह बर्दाश्त नहीं कर सकता, अपना आत्मविश्वास डगमगाने नहीं दे सकता। एक रचना कमजोर निकल जाए तो दूसरी भी...

माधवी को अपने आसपास बनाए रखना होगा। यह इम्तिहान है कौशल के कलात्मक जीनियस का, साहित्य पर पकड़ की उसकी बारीकी का, उसे पास होना ही होगा। जैसे भी हो!

उसने एक लम्बी साँस भरकर तय किया कि रस्सी को इतना नहीं खींचना चाहिए कि टूट जाए। कुछ दिनों के लिए उसे ढीला छोड़ना होगा फिर एक झटके में...। रचना करने के लिए जो सन्तुलन, व्यथा और विवेक के बीच, उन्माद और तटस्थता के बीच, तनाव और तर्क के बीच बनाए रखना होता है; वही माधवी को बचाए रखने के लिए भी जरूरी है। ठीक है, जो करना है, करेगा कौशल। वर्षों से मस्त विचरते अपने आवेश-आक्रोश पर अंकुश लगाने की जी-तोड़ कोशिश में वह होंठों से लगी सिगरेट से ताबड़तोड़ निकल रहे धुएँ पर मुहर लगा बैठा। हवा में घुमाकर उसने दोबारा सिगरेट होंठों से लगाई और इतने आहिस्ता-आहिस्ता कश खींचने लगा, जैसे पहली बार सिगरेट पी रहा हो।

19

तेरहवीं की रस्म पूरी हो गई।

माधवी घर लौट आई। यह भी एक रस्म है।

घर के बाहर सीढ़ियाँ नहीं होनी चाहिए। लौटने की ललक न हो तो ऐसा लगता है जैसे पहाड़ पर चढ़ रहे हों। निढाल माधवी ऊपर पहुँची और सीधी अपने सोनेवाले कमरे की तरफ चल दी। जाड़े के बेरहम धुँधलके ने सब कमरों में भुतहा नीम-अँधेरा भर रखा था। माधवी ने उनकी तरफ नहीं देखा। कमरे धूल की परतों के नीचे दबकर स्थायी गोधूलि में खो जाएँ तो उसे क्या! उसका नफा-नुकसान इसमें कुछ नहीं है। उसे बस पनाह चाहिए।

अपने कमरे में दाखिल होकर वह बिस्तर पर लेट गई और आँखें कोरी छत पर टिका दीं। छतों को सफेद नहीं, काला होना चाहिए, आँखों में इस तरह चुभें तो नहीं। फिर भी...वह सफेद में स्याह देखती चुपचाप लेटी रही।

दरवाजे पर पड़ा परदा हिला और समीर अन्दर आया। आकर उसके बराबर में बिस्तर पर लेट गया। हाथ उसके पेट पर डाल दिया। माधवी का बदन निस्पन्द पड़ा रहा। दृष्टि छत पर अटकी रही। समय शायद काफी बीत गया।

अँधेरा गहरा हो गया। हरिचरण ने आकर कमरे की बत्ती जला दी, पर वापस जाने के बजाय वहीं दरवाजे पर खड़ा रहा।

माधवी का ध्यान उसकी तरफ नहीं गया।

"बीबीजी," उसने धीमे से पुकारा।

माधवी की नजर उसकी तरफ घूमी पर चेहरा भावहीन बना रहा।

"गाँव से तार आया है," उसने हिचकिचाते हुए कहा, "घरवाली सख्त बीमार है..." वह जरा रुका पर माधवी की तरफ से कोई सवाल नहीं आया।

"हमें जाना पड़ेगा," आखिर उसने खुद ही कहा, "इस वक्त आप खुद इतना परेशान हैं पर...क्या करें...हमें..."

"ठीक है, जाओ!" माधवी ने कहा।

चौंककर हरिचरण ने उसकी तरफ देखा, फिर पहले से ज्यादा झिझकते हुए कहा, "कुछ रुपए, एडवांस..."

''नहीं।'' उसकी बात पूरी होने से पहले ही माधवी बोल उठी।

''जी!'' चकित हरिचरण के मुँह से निकला, फिर अपने सुने पर अविश्वास करके, उसने निष्ठा के साथ बात पूरी कर डाली, ''पन्द्रह-बीस दिन में लौट आएँगे, पाँच सौ रुपए चाहिए।''

''नहीं,'' माधवी ने दोहरा दिया।

''क्या कह रही हैं, बीबीजी, बारह साल से आपके पास हूँ, पहले कभी आपने मना नहीं किया!''

''अब और उधार नहीं दे सकते।''

''उधार हम नहीं माँग रहे,'' हरिचरण ने अभिमान के साथ कहा, ''एडवांस माँग रहे हैं, तनखा से काट लेना।''

''नहीं।''

तभी आलोक अन्दर आया और बोला, ''एडवांस दे दो। उसे गाँव जाना है।''

''नहीं,'' माधवी ने कहा।

''नहीं कैसे?'' आलोक ने आक्रामक होकर कहा, ''चाहिए जो उसे।''

समीर उठकर बैठ गया। ''दे दो न ममी,'' उसने फुसफुसाकर कहा, ''वो बहुत बीमार है। तुम यहाँ थी नहीं न, इसीलिए पहले नहीं गया। वो...रो...रहा था,'' आखिरी बात उसने उसके कान के पास मुँह लाकर कही।

''साहब से बात करो,'' कहकर माधवी ने आँखें बन्द कर लीं।

''तुम क्यों नहीं दे सकतीं!'' आलोक आकर एकदम उसके सिर पर सवार हो गया।

''पापा से बात करो।''

''पापा नहीं हैं। देर से आएँगे।''

''जब आएँ बात कर लेना।''

''तब बात कैसे करेगा? उसे अभी फौरन जाना है!'' आलोक पूरी ताकत लगाकर चीखा। उसका मुँह लाल हो गया था, आँखों में आँसू छलछला आए थे, गुस्से और हताशा से बदन काँप रहा था। समीर ने नीरव रहकर क्षण-भर उसे देखा, फिर फटी आवाज में चिल्लाया, ''तू ममी को क्यों तंग कर रहा है!'' और रो दिया।

हरिचरण ने आगे बढ़कर आलोक का हाथ पकड़ लिया और उसे कमरे से बाहर ले जाने लगा।

''दरवाजा बन्द करते जाओ और बत्ती भी,'' माधवी ने पीछे से कहा और करवट बदलकर समीर की तरफ पीठ कर ली।

सुबह नौ बजे के बाद आँख खुली तो देखा राकेश उसके बराबर में बैठा उसका चेहरा पढ़ रहा है। एक दफा उसकी तरफ ताककर, माधवी आँखें बन्द करने जा रही थी कि उसने उसका हाथ थाम लिया। दूसरा हाथ माथे पर रखकर आँखें खुली रखने पर मजबूर कर दिया। कोमल स्वर में कहा, "सुनो, तुम अपना उपन्यास पूरा कर डालो।"

माधवी आँखें बन्द करना भूल गई। अपलक उसे देखती रह गई।

"तुम एक उपन्यास लिख रही थीं न?"

माधवी चुप रही।

"पूरा नहीं हुआ है न?"

"नहीं।"

"कर लो।"

"नहीं।"

"क्यों नहीं?"

"होगा नहीं।"

"होगा। जरूर होगा। करके देखो तो सही!"

"नहीं," कहकर माधवी ने आँखें बन्द कर ही लीं।

"अच्छा छोड़ो पूरा मत करो। जितना लिखा जा चुका, उतना तो मुझे दिखलाओ। उठो अब," राकेश ने जबर्दस्ती हाथ पकड़कर उसे उठा दिया और कहा, "जाओ, लेकर आओ।"

यंत्रचालित-सी वह उठी और अलमारी खोलकर खड़ी हो गई। सुस्त भाव से खानों में हाथ डालकर देखा, पांडुलिपि नहीं मिली। "बाद में देखूँगी," उसने कहा, "कागजों के बीच दबा होगा।"

पर राकेश नहीं माना। उसे बाँह से घेरकर अलमारी के पास रोके रखा। कहा, "कागज निकालकर देखो।"

और चारा न देख, माधवी मन्थर गति से एक-एक कागज निकालकर बाहर डालने लगी। पलंग पर कागजों का अम्बार लग गया। पुरानी पत्रिकाएँ, जहाँ-तहाँ से आए पत्र, उसके प्रकाशित उपन्यास की पांडुलिपि, प्रकाशित कहानियों की अखबारी कतरनें, टंकित प्रतिलिपियाँ, हस्तलिखित प्रतियाँ, ढेरो-ढेर आधे-पौने लिखे कागज और कौशल की कहानियों की कतरनें। कौशल के कहानी-संकलन की टंकित प्रतिलिपि, कौशल के खत, कौशल की कहानियों पर प्रतिक्रियाएँ, कौशल के लेख, कौशल का हलफनामा, कौशल का...

पागल की तरह वह उन्हें फर्श पर पटकने लगी। पलंग से भी बड़ा-ऊँचा ढेर फर्श पर उठ आया। अलमारी खाली हो गई या शायद नहीं हुई। पूरे कमरे में एक अजीब-सी बदबू फैल गई जैसे मुर्दाघर में रखी बासी लाशें गँधा रही हों। साड़ी के

पल्लू से नाक दबाकर, माधवी ने अपने चारों तरफ एक बेचैन नजर डाली। राकेश नहीं दीखा। कहाँ गया, कागजों की इस हौलनाक चारदीवारी के बीच उसे अकेला छोड़कर? खिड़की के बाहर से चिलचिलाती धूप मुँह चिढ़ा रही है, भीतर सीलन-ही-सीलन है। शरीर का एक-एक रोमछिद्र पसीने से चिपचिपा रहा है।

अनदेखती आँखों से उसने कागज उठाए और वापस अलमारी में ठूँसने शुरू कर दिए। बिला तरतीब, जो जब हाथ लगा, अन्दर अड़ा दिया और दोनों पल्ले कसकर बन्द कर दिए। पर कागजों की बू पर ताला नहीं लगा। वह वैसे ही कमरे में बसी रही। और तो और, खुद उसके कपड़ों और बदन से बहकर बेचैन करने लगी। काश, कपड़ों की तरह, वह शरीर की त्वचा भी उतार फेंक सकती! वह भागकर गुसलखाने में जा घुसी और फव्वारे को पूरी रफ्तार से खोलकर उसके नीचे बैठ गई। और बैठी रही।

रात के सन्नाटे में, जोर-जोर से साँस लेने की कोशिश में हाँफती, बदहवास माधवी बिस्तर पर उठ बैठी। दोनों हाथों से कसकर पलंग की पाटियाँ पकड़ लीं। बिस्तर पर कैसे पहुँच गई, अभी कुछ देर पहले तो तिलक रोड के घर के अन्दर ऊपर-नीचे सीढ़ियों पर दौड़ लगाती, होश खोती चली जा रही थी। बीसियों कमरे थे—सूने, अकेले और अँधेरे से अटे, कुछ सीढ़ियों के ऊपर, कुछ सीढ़ियों के नीचे। हर कमरे के एक-एक कोने तक, एक कमरे से दूसरे कमरे में, एक मंजिल से दूसरी मंजिल पर; बदहवास, हताश, विषण्ण, वह दौड़ी चली जा रही थी। पर...कागज...नहीं मिला।

किस पैशाचिक शक्ति ने उसे तिलक रोड से उठाकर यहाँ ला पटका? कहाँ है वह कागज? कौन रोक सकता है उसे तलाश करने से?

वह झटके से उठ बैठी। आजाद है वह। एक लम्बी साँस भरकर उसने चेहरे का पसीना पोंछा और बराबर के कमरे में जा घुसी। अभ्यस्त हाथों ने बिजली का स्विच ढूँढ़ निकाला और कमरे से अँधेरा भाग गया। दौड़कर माधवी ने अलमारी खोल ली। पहली, दूसरी, तीसरी, चौथी...एक फाइल निकाली और जमीन पर पटक दी। फिर दूसरी, तीसरी, चौथी...फर्श पर एक ऊँचा ढेर उठा और दाएँ लुढ़क गया। दूसरा ढेर बढ़ा और बाएँ पसर गया। हर अलमारी के पास और दूर-दूर तक फर्श पर कागजों के ढेर लुढ़कते गए। पूरे कमरे की जमीन पर लावारिस शरणार्थियों की तरह कागज दम तोड़ गए। और उस नामुराद बाढ़ के बीच, माधवी इस तरह फँस गई कि बाहर निकलने के लिए कागजों को रौंदना पड़ा। फाइलों के बेतरतीब ढेर को कुचलती हुई, वह आगे लड़खड़ाई तो देखा सामने राकेश है। रात कब की बीत गई। सुबह की

रोशनी में फाइलों के खुले होंठ चीत्कार कर रहे हैं। वैसी ही चीत्कार करती नजर से राकेश ने उसे देखा।

"मेरा उपन्यास!" माधवी ने कहा।

हाथ से खींचकर राकेश ने उसे कागजों के भँवरजाल से बाहर निकाल लिया और ले जाकर बिस्तर पर लिटा दिया। लेट तो वह गई, आँखें भी बन्द कर लीं पर नींद, हर करवट के साथ दूर भागती चली गई। करवटें बदलते-बदलते उसने महसूस किया, घर धीरे-धीरे खाली हो रहा है। सबके पास अपना-अपना काम है। दिन और रात के बीच का फर्क बहुत मानी रखता है। अब शायद दिन है...इसीलिए घर में अब वह अकेली है।

वह उठी और वापस राकेश के कमरे में जा पहुँची। देखा, दरवाजे पर ताला लटक रहा है। खिड़की से झाँककर देखा, फर्श पर फाइलों का ढेर वैसा-का-वैसा उघड़ा पड़ा है। उनमें तो था नहीं उसका उपन्यास...

वह आलोक-समीर के कमरे में जा घुसी और उनकी अलमारियों में ढूँढ़ना शुरू कर दिया। पहले समझदार आदमी की तरह कॉपियों-किताबों के बीच हाथ डालकर देखा; नहीं मिला तो और उपाय न देख, उन्हें बाहर निकालना शुरू किया। बेतरतीब उन्हें जमीन पर पटका नहीं। एक ढेर किताबों का बनाया, एक कॉपियों का। कवायद करते स्कूली बच्चों जैसी पंक्तियाँ सज गईं। फर्श पर छोटी-बड़ी किताबों की अलग-अलग मीनारें खड़ी हो गईं। पर उसका उपन्यास उनमें नहीं था।

लम्बी साँस भरकर, उसने एक बार फिर उन्हें अलग करके छाँटना शुरू किया। भरसक कोशिश की कि तरतीब बनी रहे, किताबें इधर-उधर बिखरें नहीं, पर ज्यादा देर तक अपने को सँभाले न रख सकी। एक बदहवासी उस पर हावी होती चली गई और हाथ से छूटकर, कॉपियाँ-किताब फर्श पर बिखरने लगीं। लग रहा था, जितनी बार उन्हें उलटती-पलटती है, उनकी संख्या बढ़ती जाती है। अभी तो सब-की-सब फर्श के आधे हिस्से में आराम से टिकी हुई थीं। अब क्या हुआ कि एक कोने से दूसरे कोने तक फैल गईं। फिर भी कुछ बाकी हैं, जिन्हें पहले से उलटाई किताबों के ऊपर पटक देने के सिवाय चारा नहीं है। हाथ की तमाम किताबें जब उसके अख्तियार से बाहर हो गईं तो माधवी निढाल होकर, वहीं किताबों के ऊपर चित्त पड़ रही।

बाहर दरवाजे पर चटखनी नहीं लगी; रसोईघर के दरवाजे बन्द रहे।

बाहर दरवाजे की घंटी एक-दो-तीन बार घनघनाई। माधवी नहीं उठी। भड़भड़ाकर दरवाजा खुला और दोनों बच्चे अन्दर आ गए।

"हमारी किताबें!" समीर ने कहा और फफककर रो दिया। बुत बना आलोक देर तक जमीन पर बिखरी किताबों को और उसे ताकता रहा, फिर दोनों हाथों से मुँह ढाँपकर वह भी रो पड़ा। माधवी फटी-फटी आँखों से उन्हें देखती रही।

हाथ में डबलरोटी-मक्खन थामे राकेश भीतर आया तो दोनों बच्चे उससे ऐसे चिपट गए जैसे हौलनाक सपना देखकर डर गए हों।

राकेश उन्हें पकड़कर बाहर लिवा ले गया। माधवी को नींद आ गई।

फिर हर रात, माधवी तिलक रोड के अँधेरे-सूने-भुतहे घर में भटकती-घूमती और सुबह आँख खुलने का इन्तजार करती कि घर के सब प्राणी अपने-अपने काम पर निकल जाएँ, जिससे अकेले खाली घर के अन्दर वह अपनी तलाश जारी रख सके।

"पांडुलिपि बाद में ढूँढ़ लेना," आखिर राकेश ने कहा, "अभी आगे का लिख लो। कुछ दोबारा भी लिखा गया तो हर्ज क्या है?"

माधवी के बदन में शॉक लगा। दिमाग पर जोर देकर सोचना शुरू किया, कहाँ आकर रुका था उपन्यास? अब तक क्या लिखा है उसमें? कहना क्या चाह रही थी वह? कितना कहा जा चुका, कितना शेष है? जरूरी क्यों हो गया था वह लिखना, जो उसने लिखा और अब याद नहीं आ रहा...कुछ भी याद नहीं आ रहा...

सहसा माधवी खिलखिलाकर हँस पड़ी। एक घनघोर शब्द, बादलों की टकराहट की तरह, जब पानी बरसता नहीं।

"सुनो," उसने कहा, "मैंने तय किया है कि आज के बाद मैं जो कुछ भी लिखूँगी, उसके सम्पूर्ण अधिकार कौशल कुमार को सौंप दूँगी।"

राकेश से कुछ कहते नहीं बना और तभी फोन बज उठा।

"परसों मणि कौल आ रहा है," कौशल ने कहा।

"बहुत दिन बाद याद किया," माधवी ने कहा, "आपसे एक जरूरी बात कहनी थी। मैंने एक हलफनामा लिखा है, जिसके मुताबिक मैं भविष्य में लिखे जानेवाले अपने सारे उपन्यासों के सर्वाधिकार आपको सौंप रही हूँ।"

"क्या?"

"हाँ, याद है, एक हलफनामा आप मुझे दे गए थे। उसके बदले में मुझे भी तो कुछ करना चाहिए वरना दुनिया कृतघ्न न कहेगी!" कहकर माधवी हँसने लगी।

"क्या वक्त तय करूँ मणि से आपसे मिलने का?" हँसी से घबराकर कौशल ने कहा।

"जो आप चाहें।"

"मैं आऊँ या नहीं उनके साथ?"

"जरूरत समझें तो आ जाइएगा।"

"आप क्या चाहती हैं?"

"कुछ नहीं," कहकर माधवी फिर हँसी तो कौशल ने फोन काट दिया।

पच्चीस तारीख की सुबह से माधवी ने मशीन की तरह मणि कौल के स्वागत की तैयारी की। कौशल ने बाद में बतलाया था कि वे शाम चार बजे उसके घर आएँगे। नारियल की बर्फी तैयार की, चिउड़ा भूना, अपने सबसे सूफियाने प्याले-प्लेट और लैस लगे नैपकिन निकाले, दार्जिलिंग से आया रंगीली-रंगलियट का नया चाय का डिब्बा खोला और सब-कुछ करीने से मेज पर सजा दिया। खुद बादामी रंग की ढाकई साड़ी पहनकर मेज के बराबर में आ सजी।

वक्त गुजरने लगा। चार बजे, साढ़े चार...पाँच। माधवी अपनी जगह बनी रही। उसे कोई जल्दी नहीं थी। आधा घंटा और बीता। फोन की घंटी बजी। माधवी ने घड़ी देखी। वक्त ने लम्हों से हटकर घंटों की शक्ल अख्तियार की। उसने फोन उठा लिया।

''मणि अभी यहाँ से गया है, एक जरूरी मिटिंग में। आपके यहाँ सात-साढ़े सात तक पहुँचेगा। माफी माँग रहा था,'' कौशल ने कहा।

माधवी अपनी जगह बैठी रही। ढाकई साढ़ी का करारा कलफ बदन में चुभने लगा। लम्हे घड़ी की सुई की नोक पर जा टँगे। उसकी चुभन महसूस करती माधवी जड़ हो गई।

साढ़े सात बज गए। राकेश घर लौट आया। वह भी उसके बराबर में, पत्रिका हाथ में लेकर, इन्तजार करने बैठ गया। पर उसका साथी नहीं बन पाया। उसके चेहरे पर सुकून था और इन्तजार के जल्द पूरा होने का यकीन। उसकी आस्था माधवी के लिए घड़ी की दूसरी सुई बन गई। इससे तो राकेश न आया होता।

नौ बजे कौशल का फोन फिर आया। ''अभी-अभी मणि कौल से बात हुई है। उसे खेद है कि आपके पास नहीं आ सका। कल बम्बई वापस जा रहा है। दो दिन बाद आएगा। तब आपसे मिलेगा। अनुबंध मुझे दे रहा था, पर मैंने कह दिया आपसे बात करे।''

''आप मुझे उनका फोन नम्बर दे दीजिए,'' माधवी ने कहा।

''वह मैं नहीं दे सकता, मणि को पसन्द नहीं है।''

''नहीं पसन्द तो न सही,'' माधवी ने कहा, ''नम्बर मुझे देना ही होगा, यह मेरा हुक्म है।''

''क्या!'' कौशल चौंक उठा।

माधवी हँस पड़ी।

''अच्छा लिखिए,'' कौशल ने कहा, ''725612।''

आधे घंटे तक माधवी नम्बर घुमाती रही, घंटी नहीं बजी। सहायता सेवा से मिलाने को कहा, नहीं मिला। आखिर पूछताछ से पूछा नम्बर किस पते पर है; मालूम हुआ दिल्ली में ऐसा कोई नम्बर नहीं है।

साढ़े दस बजे कौशल का फोन आया। "मणि कौल ने अपना बम्बई जाने का कार्यक्रम स्थगित कर दिया। कल सुबह साढ़े आठ बजे आपको फोन करेगा तब..."

उसकी बात सुनने का धैर्य माधवी में नहीं था।

"क्या नम्बर बतला दिया आपने? पूछताछ वाले कहते हैं, ऐसा कोई नम्बर दिल्ली में नहीं है," उसने कहा।

"पूछताछ वाले। पूछताछ से पूछने की जरूरत क्यों हुई आपको?" कौशल ने चीखकर कहा।

"चिल्लाइए मत," माधवी ने सर्द स्वर में कहा, "सही नम्बर बतलाइए।"

"क्या नम्बर बतलाया था मैंने?"

"725612।"

"यही तो है। अभी-अभी मैंने बात की है।"

"असम्भव।"

"दरअसल, उससे पहले एक नम्बर और लगाना होता है," कुछ ठहरकर कौशल ने कहा।

"क्या?"

"वह मैं नहीं बतला सकता।"

"क्यों?"

"वह गोपनीय है।"

"आप पागल तो नहीं हो गए! गोपनीय इसमें क्या हो सकता है! नम्बर मुझे दीजिए।"

"नहीं, मैं नहीं दूँगा। आपको मुझ पर विश्वास नहीं है तो साफ-साफ कह दीजिए, मैं अभी मणि को फोन करके कह देता हूँ। भाड़ में जाए वह और भट्ठी में पड़िए आप। मैं किसी के बाप का नौकर नहीं हूँ। क्यों दूँ आपको नम्बर? जिससे आप मुझे काटकर सारी बात अकेले-अकेले उससे तय कर लें। इतना बड़ा गधा नहीं हूँ। समझती क्या हैं आप..." मेहनत से डाले उसके हिस्टीरिया के दौरे की चिल्लाहट को, बीच उठान, माधवी ने फोन का चोंगा नीचे रखकर घोंट दिया। दिमाग पर जोर डाला तो बिजली कौंध गई। टेलीफोन डायरेक्टरी उठाकर बम्बई का स्टेशन कोड देखा और कौशल का दिया नम्बर मिला दिया।

"हलो," आवाज काफी आकर्षक थी।

"मणि कौल से बात करनी है," उसने कहा।

"बोल रहा हूँ," सुना तो समझ में नहीं आया क्या कहे पर सँभलकर बोली, "मैं माधवी चौधरी बोल रही हूँ, दिल्ली से...कौशल कुमार आपसे मिले होंगे?"

"कई बार!" उन्होंने कहा तो लगा बेचारे काफी सताए जा चुके हैं।

माधवी बेवकूफ महसूस कर रही थी, फिर भी पूरी बात पता करने के लिए कहना पड़ा, ''उन्होंने मुझे बतलाया था कि उनकी कहानी पर फिल्म बनने की बात चल रही है और इसी सिलसिले में आप दिल्ली आनेवाले हैं...''

''ऐसा है,'' मणि कौल ने कहा, ''मैं उन्हें बतला चुका हूँ कि फिल्म के लिए मेरे पास फाइनेंस नहीं है, इसलिए बनाने के बारे में सोचना फिजूल है। आप...?

''कोई नहीं...'' अस्फुट स्वर में माधवी ने कहा और फोन हाथ से छोड़ दिया।

राकेश ने सुना तो सिर पीट लिया। फिल्म बनवाने के मोह में वह हर महीने कौशल को और रुपया देता रहा है, जाहिराना तौर पर कम्पोजिंग एजेंसी के चालू खर्च के लिए।

'बढ़िया आदमी हैं राकेशजी।' माधवी की याददाश्त ने मुँह चिढ़ाया और वह लड़खड़ाती हुई बिस्तर पर जा पड़ी।

उस एक रात में माधवी ने कई मंजिलें तय कर लीं। सुबह नौ बजे जब कौशल का फोन आया तो वह उसके लिए पूरी तरह तैयार थी।

''मणि कौल से मिलकर आ रहा हूँ। वह शाम को पाँच बजे आपके घर...'' चपल फुदकी की तरह कौशल का स्वर कूज रहा था कि माधवी ने बात काट दी।

''मेरी बात हो गई उनसे,'' उसने कहा।

''क्या?'' काले गिरगिटमार ने फुदकी झपट ली। आसमान छूती चिल्लाहट मची और मौत का सन्नाटा छा गया।

छाया रहा।

फिर कौशल के गले से सवाल ऐसे निकला जैसे खून की धार बह रही हो, ''कैसे?''

''आपने कहा था, वे सुबह साढ़े आठ बजे मुझे फोन करेंगे, तो कर लिया उन्होंने,'' माधवी ने मधुर स्वर में कहा।

''मणि कौल ने आपको फोन किया था?''

''जी''

''उन्होंने कहा, वे मणि कौल बोल रहे हैं?''

''जी हाँ, इसमें अचरज की क्या बात है?''

''नहीं, वह तो...बोल कहाँ से रहे थे?''

''पता नहीं। घर से ही बोल रहे होंगे।

''क्या कहा उन्होंने?''

''यही कि फिल्म बनाने का उनका कोई इरादा नहीं है।''

“यह कैसे हो सकता है!”

इसके बाद चुप्पी इतनी देर खिंची कि माधवी को लगा दूसरे सिरे पर और कोई हो, कौशल नहीं हो सकता। उसने फोन काट दिया।

पाँच मिनट बाद दोबारा बजा।

“सचमुच आपकी मणि कौल से बात हुई है?” उसने पूछा।

“जी।”

“उन्होंने फोन किया था?”

“जी।”

“दिल्ली से?”

“आप उनसे दिल्ली में ही मिले थे न?”

“हाँ....”

“बस फिर, दिल्ली से ही किया होगा।”

“यह कैसे हो सकता है!”

“क्यों, आपने कहा था न, वे फोन करेंगे।”

“क्या कहा उन्होंने?”

“यही कि वे फिल्म नहीं बना रहे हैं।”

“इसके अलावा क्या कहा?”

“कुछ नहीं।”

“मेरा जिक्र किया?”

“हाँ, कहा, आप उनसे मिले थे।”

“कहानी कैसी लगी, कुछ कहा?”

“नहीं।”

“बिलकुल कुछ नहीं?”

“नहीं?”

“आपकी कहानी की बात हुई थी या मेरी!”

“किसी की नहीं।”

“फिर आपने क्या कहा?”

“कुछ नहीं।”

“तब?”

“उन्होंने कहा, वे फिल्म नहीं बना रहे।”

“अपने-आप क्यों कहा उन्होंने?” कौशल ने बुदबुद की।

“क्यों, आपकी उनसे बात जो हो चुकी है।”

“हाँ...पर...बड़ी अजीब बात है!”

माधवी चुप रही।

"मणि कौल आपसे बात कैसे कर सकते हैं!" कौशल के होंठों से अब भी खून की बूँदें टपक रही थीं।

"क्यों, आपने कहा था न, सुबह साढ़े आठ बजे वे मुझे फोन करेंगे तो कर लिया उन्होंने," माधवी ने घाव पर तीखा मलहम लगाते हुए कहा।

"यह कैसे हो सकता है!" कौशल ने पगलाई आवाज में कहा।

माधवी चुप रही।

"यह नहीं हो सकता!"

माधवी चुप रही।

फोन कट गया।

पाँच मिनट बाद फिर बजा।

"सच बतलाइए प्लीज, वाकई मणि कौल ने आपसे बात की है?" कौशल की आवाज गोली लगे पनकौवे की तरह काँप रही थी।

"हाँ," माधवी ने कहा।

"यह कैसे हो सकता है!" कौशल चीखा।

माधवी चुप रही।

फोन कट गया।

अब माधवी को पूरे व्यापार में मजा आने लगा था। अपने बिछाए जाल में खुद फँसा आदमी कितनी मनोरंजक चेष्टाएँ करता है। चिकनी रोटी का ललचाता टुकड़ा लगाकर चूहेदान तैयार करें और चूहे के बजाय खुद उसमें कैद हो जाएँ तो बाहर खड़े चूहे को देखकर, कैसे-कैसे रोचक भाव आएँगे हमारे चेहरे पर। आश्चर्य, अविश्वास, शेखी, और फिर धीरे-धीरे सिर पर सवार होती हताशा, नैराश्य और पागल होने का अहसास। कौशल का चेहरा दिखाई नहीं दे रहा पर आवाज ही काफी मनोरंजक है। माधवी उसकी हर जुम्बिश से वाकिफ है। वाह, मेरे दोस्त, अब तुम और मैं एक ही दायरे के अन्दर कैद हैं। क्या झूठ है और क्या सच? क्या यथार्थ है और क्या नाटक? क्या है वास्तविकता और क्या कल्पना और क्या फरेब के बल पर खड़ा फन्तासी का संसार?

ग्यारह बजे, सूखा चेहरा लिये राकेश घर आया। कम्पोजिंग एजेंसी देखने गया था! जहाँ छह महीने पहले टाइप फिट होता देखकर आए थे, वहाँ अब कपड़े सिल रहे थे। दर्जी की दुकान पूरे जोर पर थी। आसपास पूछताछ की तो सभी दुकानदार ठठाकर हँस दिए थे। एक ने तो मुँह पर ही राकेश को 'भोले बाबू' की उपाधि से सुशोभित कर दिया था। किराए पर लाए गए टाइप की बात बहुतों को अब तक याद थी।

माधवी को अचरज नहीं हुआ। लगा यही सच है, युक्तिसंगत और न्यायपूर्ण। एजेंसी का होना झूठ होता, तर्कहीन और असंगत।

राकेश का चेहरा देखने के काबिल है। उस पर वही भाव आ-जा रहे हैं; आश्चर्य, अविश्वास, नैराश्य और बेवकूफ बनाए जाने का अहसास, जो सारी सुबह कौशल की आवाज से प्रकट होते रहे हैं।

सहसा माधवी बेकाबू हो हँस दी।

तड़पकर राकेश उठ खड़ा हुआ। "तुम दोनों ने मिलकर अच्छा बेवकूफ बनाया मुझे!" हिकारत के साथ उसने कहा और तेजी से बाहर निकल गया।

हँसते-हँसते माधवी रो दी। पर कान तब भी फोन की तरफ लगे रहे। राकेश गया, अब और बचा क्या है जिन्दगी में!

घंटी बजते ही उसने चोंगा उठा लिया।

फोन कटता-बजता रहा।

बार-बार कौशल पूछता, वाकई मणि कौल से आपकी बात हुई थी? माधवी कहती, हाँ और भौचक कौशल चीख पड़ता, यह कैसे हो सकता है!

दोपहर तक यह सिलसिला चलता रहा फिर शापग्रस्त पागल की तरह कौशल फट पड़ा, "मणि कौल जब दिल्ली में है नहीं तो आपको फोन कैसे किया!"

"बम्बई से किया होगा," माधवी ने सहज भाव से कहा।

"आपका नम्बर उनके पास कैसे आया?"

"आपने दिया होगा।"

"पर मेरी तो उनसे आपके बारे में कोई बात ही नहीं हुई।"

"जब मेरी कहानी पढ़ने को दी तभी बतलाया होगा।"

"कहानी दी ही नहीं।"

"आपको याद नहीं है," माधवी ने बेहद मीठे स्वर में कहा, "कहानी दिए बिना फिल्म बनने की बात कैसे हो सकती थी?"

"फिल्म बनने की बात नहीं हुई!" कौशल जोर से चीखा, जैसे कलेजे में घुपा चाकू खींचकर बाहर निकाल रहा हो।

माधवी का बदन उत्तेजना और प्रहर्ष से काँप उठा। वह धीमे से हँसी और सरस स्वर में बोली, "यह कैसे हो सकता है? सुबह उन्होंने मुझसे बात की है। यह जरूर कहा कि अभी फौरन फिल्म बनाने के लिए पैसा नहीं है, पर यह भी विश्वास दिलाया कि फाइनेंस कॉरपोरेशन से उधार लेकर, बहुत जल्द, वे मेरी कहानी पर फिल्म बनाएँगे मेरी 'आधा सच' उन्हें बेहद पसन्द आई है।"

"और मेरी कहानी?" कराहकर कौशल ने पूछा।

"उसका कोई जिक्र उन्होंने नहीं किया।"

"यह कैसे हो सकता है!"

"कह रहे थे, आप उनसे मिले जरूर थे, अपनी कहानियाँ भी पढ़वाई थीं पर फिल्म के लायक नहीं लगीं।"

"नहीं! यह नहीं हो सकता!" कौशल तड़पकर चीखा।

"आप खुद उनसे पूछ देखिए।"

"मैं कैसे पूछ सकता हूँ!"

"क्यों? बम्बई फोन कर लीजिए? नम्बर दूँ?"

"वे मुझसे बात नहीं करेंगे।"

"क्यों नहीं करेंगे? बहुत शालीन आदमी हैं। फिर आपकी इतनी इज्जत करते हैं। वह तो फिल्मांकन में आपको अपने साथ लेना चाहते हैं।"

"किसने कहा?"

"खुद उन्होंने।"

"आपसे कहा?"

"जी हाँ।"

"कब?"

"आज सुबह।"

"क्या कहा?"

"यही कि आपकी कहानी इस्तेमाल नहीं कर सकते पर फिल्मांकन में आपको अपने साथ रखना चाहते हैं। कह रहे थे, विजुअल का आप जैसा ज्ञान और कहीं नहीं देखा।"

"उन्होंने कहा?"

"हाँ।"

"यह कैसे हो सकता है!"

"आप बात कर लीजिए उनसे। न हो तो जब मुझसे मिलेंगे, मैं याद दिला दूँगी। आपका पता भी दे दूँगी।"

"कब मिलेंगे आपसे?"

"अगले महीने। दिल्ली आने पर। बीस तारीख को।"

"अगली बीस को वह दिल्ली आ रहे हैं?"

"जी हाँ। कह तो रहे थे वैसे चिट्ठी लिखकर पक्का कर देंगे।"

"अजीब...बात...है!" कौशल के मुँह से हर शब्द ऐसे निकला जैसे टिकटी पर टँगा आदमी कीड़े खाकर कराह रहा हो।

माधवी के होंठों पर क्रूर, आह्लादपूर्ण मुस्कराहट खेल गई। कब-कब कोड़ा हाथ आता है। पूरे वेग के साथ उसने उसे घुमाया और कहा, ''एक बात और बतलानी थी। एजेंसी के लिए ग्राहक मिल गया है। कल राकेश उसे साथ लेकर एजेंसी दिखला आए हैं।''

''क्या ?'' चीत्कार के बाद सन्नाटा! कोई-कोई चोट बेहोश भी कर देती है।

माधवी चुप रहकर उसकी यातना का स्वाद लेती रही।

आखिर उसे होश आया। ''कैसे?'' उसने कहा, ''चाबी किससे ली?''

''चाबी की क्या जरूरत थी? आपका लड़का काम देखता है न, वह वहीं तो था।''

''परसों आप एजेंसी पर रहिएगा। राकेश उसे लेकर आएँगे,'' माधवी ने हँसकर कहा, ''सौदा तो भई, आपको तय करना पड़ेगा।''

उधर की बेहोशी शायद टूटी नहीं। माधवी ने फोन काट दिया और उसके दोबारा बजने का इन्तजार करने लगी। एक मिनट भी नहीं बीता था कि घंटी बज उठी।

''वह कहाँ एजेंसी देखकर आए हैं?'' कौशल ने पूछा।

''वहीं जहाँ आपने दिखलाई थी।''

''एजेंसी वहाँ नहीं है,'' कौशल ने जवाबी वार किया।

''अच्छा-अच्छा, शिफ्ट कर दी होगी,'' माधवी ने कहा, ''आपका लड़का नई जगह ले गया होगा!''

''कैसे हो सकता है!'' वार खाली जाता देख वह तड़पा।

''क्यों नहीं हो सकता?''

''चाबी मेरे पास है!'' वह जोर से चीखा।

''हाँ-हाँ, पर एक चाबी लड़के के पास भी है, तभी तो काम देख पाता है,'' माधवी ने मधुर स्वर में कहा।

''आजकल नहीं देखता। एजेंसी बन्द है।''

''नहीं,'' माधवी ने इतनी मीठे स्वर में कहा कि खुद उस पर अचरज हो आया, ''बन्द नहीं है। राकेश उसे चलाने के लिए बराबर पैसा दे रहे हैं।''

''कुछ दिन पहले तक चल रही थी, अब बन्द है,'' कौशल ने कहा।

''तब जरूर राकेश कुछ दिन पहले गए होंगे। खैर, ग्राहक एजेंसी देख चुका है। अब आप तीस हजार पर सौदा तय करके हमारे रुपए वापस करवाइए।''

''यह झूठ है!'' कौशल जोर से चीखा।

''क्या झूठ है?''

''जो है नहीं, उसे कैसे देखा जा सकता है!''

"बेच दी या कभी खोली ही नहीं?" माधवी ने कहा और फौरन महसूस किया कि इस सवाल ने कौशल को टिकठी से उतार दिया है। बन्धन खुल गए हैं, कोड़ा दूर जा पड़ा है। घायल लक्कड़बग्घे की तरह हमला करते हुए उसने कहा, "खोलो क्यों नहीं? बाकायदा खोली थी। पर आपके परम मित्र राजेश्वर मिश्र सलामत रहें, वहाँ से बराबर सामान चोरी करवाते रहे। मेरा सर्वनाश करने के लिए उन्होंने क्या नहीं किया! आप नहीं जानतीं मुझे कितनी मुसीबतों का सामना करना पड़ा है। आप..."

"जानती हूँ," माधवी ने बात काटकर कहा; अपने प्रभाव से निकल भागने की छूट वह उसे नहीं दे सकती। रेंगकर कुछ दूर जाए तो और बात है; आखेट का मजा दोगुना हो जाएगा। माधवी खुद अपने पर मुग्ध है। लग रहा है मीलों दूर देख सकती है, सुन सकती है, सूँघ सकती है; जो पास नहीं है उसे छू सकती है, उसका स्वाद ले सकती है। अब इस दिलचस्प खेल को वह नहीं छोड़ सकती।

"मैं अच्छी तरह जानती हूँ, वहाँ अब कुछ नहीं बचा," उसने कहा।

"आप जानती हैं, राजेश्वर मिश्र वहाँ चोरी...?" कौशल चकित-स्तब्ध था।

"करवाते रहे हैं, जानती हूँ। अब तो मणि कौल से फिल्म बनवानी ही पड़ेगी नहीं तो हमारा रुपया वापस कैसे मिलेगा? उनका खत आते ही मैं आपको लिखूँगी।"

"उनका खत आएगा आपको यकीन है?"

"बिलकुल। कहा है तो क्यों नहीं आएगा! आप नहीं जानते मेरी कहानी उन्हें कितनी पसन्द आई है और आपसे तो वह बुरी तरह प्रभावित हैं। कह रहे थे, आपको स्थायी तौर पर फिल्मांकन के लिए अपने साथ लेना चाहते हैं।"

"सच?"

"बिलकुल। मैं सूचना देती रहूँगी आपको। हजार रुपया महीना आपको देने को तैयार हैं।"

"सच?"

कितना आसान है एक के बाद एक झूठ बोलते चले जाना। और कितनी खूबसूरत-पारदर्शी और रंग-बिरंगी है झूठ की दुनिया। सच क्या है उसके सामने। एक ठोस, मटमैला और खुरदरा पत्थर। झूठ की दुनिया में उड़ान भरनेवाला मन, कल्पना के गुब्बारे में सुई चुभाकर, पथरीली धरती पर क्यों उतरेगा?

पूरा दिन बीत गया।

कौशल टेलीफोन बूथ से बाहर नहीं निकला।

खाने-पीने की सुध नहीं ली।

बस अठन्नी पर अठन्नी खाँचे में डालता रहा।

सिर की नसें फूलकर गुब्बारा हो गईं। सोचने-समझने की शक्ति जवाब दे गई। जमीन पर टिके पाँव उखड़ने लगे। अपनी तर्कबुद्धि से छुटकारा पाने के लिए जिस सहारे की उसे जरूरत थी, वह मिल गया था। पर हवा में तर्कहीन विचरने के परमानन्द को प्राप्त करने से पहले धरती का गुरुत्वाकर्षण जोर मार रहा था। कौशल का अंग-अंग भयानक पीड़ा से टूट रहा था। सड़ाक-सड़ाक कोड़े बरस रहे थे। मुँह से बार-बार पृथ्वी के कैदी का आर्तनाद फट रहा था, यह कैसे हो सकता है, कैसे!

धीरे-धीरे उस भयावह यातना में आनन्द आने लगा। वह उसके आगे समर्पण करता चला गया। दिमाग का अंकुश पूरी तरह हट जाने पर जो सुख मिलता है, उसे वही आदमी जान सकता है, जो हर पल दिमाग से काम लेता रहा हो। दर्द की प्रतीति छटपटाहट के बजाय रोमांच पैदा करने लगे तो और क्या चाहिए!

एक अदृश्य जिन्न कौशल को उठाकर ऐसे मायावी जंगल में ले आया था, जहाँ का हर पेड़, उसके देखते-देखते फूटा, फूला और फलने लगा। आँखों के सामने से एक पगडंडी गायब हुई कि बड़ का पेड़ चटखा और नई पगडंडी खुल गई। जादू की छड़ी घूमी और पेड़ों से हीरे-जवाहरात झड़ने लगे; हर झाड़ी हजार रंगों की रोशनी से जगमगा उठी। उसकी आँखें चुँधिया गईं, पाँव डगमगा उठे, सारे बदन में रोंगटे खड़े हो गए। आज एक ऐसे रंगीन गुब्बारे की डोर उसकी पकड़ में आ गई थी, जिसमें हवा भरने का काम उसे नहीं करना पड़ा था। जिन्दगी में पहली बार। किसी और के भरोसे, हमेशा के लिए हवा में उठने से पहले, उसने एक बार आँखें पूरी तरह खोल लीं और जेब टटोलकर देखी। एक आखिरी अठन्नी बची थी।

पसीजी हथेली की मुट्ठी बाँधकर, उसने कुछ देर उसे महसूस किया फिर खाँचे में डाल दिया और बुदबुदा उठा—यह कैसे हो सकता है! माधवी तो कभी झूठ बोलती नहीं; तो क्या मैं ही पूरा समय सच बोलता रहा!

□□□